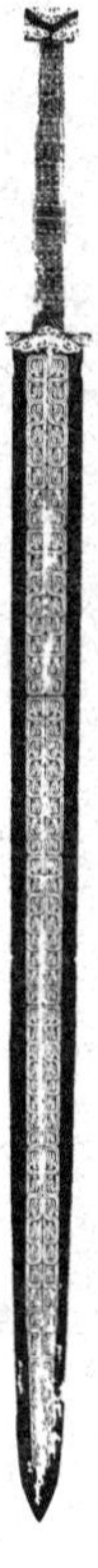

大秦帝國

第三部 中卷

金戈铁马

孙皓晖 ㊔

中信出版集团 | 北京

图书在版编目（CIP）数据

大秦帝国．第三部．金戈铁马．中卷 / 孙皓晖著
．—北京：中信出版社，2016.7（2025.1 重印）
ISBN 978-7-5086-6414-9

I. ①大… II. ①孙… III. ①长篇历史小说—中国—当代 IV. ① I247.5

中国版本图书馆 CIP 数据核字（2016）第 151753 号

大秦帝国
著者：孙皓晖
出版发行：中信出版集团股份有限公司
（北京市朝阳区东三环北路 27 号嘉铭中心 邮编 100020）
承印者：河北鹏润印刷有限公司

开本：787mm×1092mm 1/16　　印张：20　　字数：298 千字
版次：2016 年 7 月第 1 版　　印次：2025 年 1 月第 23 次印刷
书号：ISBN 978-7-5086-6414-9
定价：598.00 元（全 17 册）

献给中国原生文明的光荣与梦想

目录

第九章　孤城血卜

第十章　胡服风暴

第六章 滔滔江汉

一　碧水风雪云梦泽

大雪纷飞的冬日，鲁仲连接到了田单商队的快马急书：河内沦陷。

这时，春申君正在府中与鲁仲连拥炉小酌。一看书信，春申君倏然变色："噢呀自作孽，魏国四十万大军睡大觉了？还有信陵君，都到北溟逍遥游去啦！"鲁仲连粗重地喘息着沉默着，猛然一拳砸到案上："秦国猖狂，欺六国无人乎？"霍然起身，"春申君，我这便上路。来春清明，你我到汨罗相见！"春申君一连声嗟呀惊叹："噢呀呀，说好来春上路了。这大雪塞道，如何走法？"鲁仲连急迫道："等不得了，不见秦人冬天打仗么？"说罢转身便走。到得庭院，一片风雪骤然扑面。春申君大急，跟在后面紧走急说："噢呀慢点，你看这天气，总得备辆车带些干肉干粮啦。"鲁仲连也是边走边说："不用。经常上路，还能饿着？有风有雪，干净。"春申君转身对跟来的仆人喊道："噢呀，别跟着乱跑，快去牵马。"说话间到了门庭，仆人已经牵来了鲁仲连的骏马在廊下等候。春申君看见鞍辔齐整的骏马，恍然锐声道："仲连且慢，家老，快去拿我那领貂裘来啦。”

鲁仲连大笑道：“风雪见猛士，那物事上身累我，不要。”笑罢一拱手告辞，飞身上马，两腿一磕，那匹铁灰色骏马一声短促的嘶鸣，骤然大展四蹄，箭一般冲入茫茫风雪之中。只留下春申君怔怔地伫立在风雪地里，兀自唏嘘叹息。

出得春申君府邸，漫天皆白，整个郢都城垣都陷进了茫茫雪雾之中。鲁仲连有主见，径自走马向城南而来。郢都临水近江，云梦泽伸展出的小江河多在城垣西南，西门南门修建了直通外水的水门。水门下常有各种船只停泊，供旅人官员等从水路出城。寻常时日，一见客官过桥进得码头，船家便在各自船头笑脸相迎，没有人争相呼唤，只任你挑选上船。不管客官跨上哪家船只，其余船家都会遥遥招手，操着或急促或温软的水乡口音喊一声：“客官顺风——”离去船家也会对同行笑盈盈喊一声：“再会——”回头再笑着一句，“客官，侬坐好了。”小船便悠然荡出码头，漂出水门，融入茫茫水天之中。那份殷殷之情，总是给旅人一片温馨，令远足者怦然心动。鲁仲连熟悉楚国，更是喜欢水乡独有的这一份明亮柔昵，但来江南，能坐船从不乘马。如今风雪漫天，陆路难行，水路却不似北方冰冻，正好不耽搁行程。

谁想一过那座石桥，水门下一片空寂，大小没有一只船。

“有船么？可有船家出水——”鲁仲连焦急，大袖一抹脸上雪水，一声高喊，连呼三遍，都是空无应答，不禁重重地叹息一声，一时愣怔在风雪之中。

“客官，侬有急火事了？”背后码头石下突兀冒出一个苍老的声音。鲁仲连惊讶回头。一堆雪丘中钻出了一个白发苍苍的精瘦老人，一身粗布夹衣，青布包头，双手拢在袖中，一边跺着脚一边上下打量着。鲁仲连忙道：“老人家，那些船呢？”老人一笑：“客官毋晓得，今冬大雪忒煞猛，有房子的上岸去了，没房子的投亲靠友去了，船也没有了。”鲁仲连焦急道：“水道又没冰冻，不做生计，上个甚岸？”老人笑道：“侬毋晓得，水道没冻，人却冻了。官府有令，冬船增税三成。谁想守在这里吃雪了？”鲁仲连又气又笑道：“冬日客人少，为何还要增税？”老人呵呵笑道："侬是这般说。官府却说，冬船价高了。"鲁仲连不禁愤愤道："岂有此理！当真昏君。"老人连忙紧张地四面张望了一番，才低声道："毋高声了。侬有急火事，老朽送客官一趟子了，左右在这里也是冻着。"鲁仲连惊喜道："老伯有船？在何处？"老人向水上那堆雪丘一努嘴："不大，还算快捷了。"鲁仲连恍然笑道："啊，大雪盖了船篷。老伯，我还有这匹马，能载么？"老人打量了骏马一眼沉吟道："客官，侬到哪里去了？"鲁仲连道："东出云梦泽，再到震泽吴越之地。"老人摇头道："侬是远足，马不行。我这小船也只过得云梦，江东没走过了。要不客官再等等，看有无别个船来？"鲁仲连断然道："便是老伯。马，我托在城门守军这里。"老人惊讶道："侬一匹好马，不怕狼兵杀了吃马肉？"鲁仲连笑道："他要杀马，我便杀他。老伯，稍等片刻。"说罢卸下马背上的一只皮口袋，牵马去了。

过得片刻鲁仲连回来，老人已经将船上积雪除去，一只乌篷轻舟亮在了码头之下。老人站在船头笑着："船桥雪水滑，客官小心了。"鲁仲连说声不打紧，已经大步走过了搭在码头与船头之间的一板桥，轻捷稳健地到了船头："老伯，走。要我帮个手么？"老人已经操起了长长的橹桨，摇摇头笑道："大雪天不能张帆，慢些个，侬毋得急噢。"鲁仲连笑道："只要走，慢也是快。""客官是个明理人。"老人呵呵笑着，小船已经悠然荡出了码头，看看将近城门，老人从怀中摸出了一个大铁钱，咣啷一声，准准地丢进了三丈开外挂在城门洞口的一个敞口铁箱。鲁仲连惊讶道："老伯，好准头！"老人笑道："三五丈远，客官见笑了。瞎子阿鹏，十丈开外一扔即中，那才叫准头了。"鲁仲连大奇："瞎子？瞎子能有如此功夫？"老人还是呵呵笑着："不多算，日每三钱，几十年扔下来，能没个准头？"鲁仲连不禁一声叹息，说不出话来了。

出得水门一个时辰，小船与漫天雪花一起飘进了云梦泽。极目远眺，天是无边的灰，水是断续的蓝。肥大的雪花从天宇深处涌流出来，匆匆地扑向无垠的水面。云梦泽腾出灵动湿热的水雾，紧紧地拥住了冰凉的雪花，悄无声息地升腾起无边的白纱。天地朦胧，小船悠悠，直是在虚无的云天飘荡。

“雪拥云梦兮水天澹澹，孤舟一叶兮我心茫茫——”鲁仲连站在船头，不禁高声吟哦，末了圈起掌筒一声长呼，“云梦大泽——我来了——”

“客官好学问。”老船家呵呵笑着，“雪天走云梦，老朽也是头一遭。”

“老伯，大雪碧水云梦泽，美是不美？”

老人呵呵笑着悠悠摇橹，破天荒地没有说话。一阵风雪呼啸吹过，吹起老人单薄布袍下五色补丁的破旧内衣。鲁仲连心中一颤，顿时觉得不是滋味，蹲身钻进船舱，走出来将一件翻毛短皮袍披到老人身上。老人一回头，满脸通红道：“客官，这可使勿得，船家人不作兴受外财，老朽要招人骂了。”鲁仲连高声道：“天寒地冻，老伯病了，我也走不远。”老人一怔，局促笑道：“呵呵，也是，那便算了侬的船资，老朽生受了。”说罢停下手中橹，将皮袍穿好，又找了一条细麻绳在腰间束了一道，搓着手笑了：“绵暖不如皮，老话在理，侬毋晓得多舒坦了。”鲁仲连拳头捶着胸脯高声道：“老伯，我是后生，有一拨子牛力气，你教我摇橹。”老人呵呵笑着连连摇手：“使勿得使勿得，风雪无向，侬要上手，明日就漂到糊涂国去了。”鲁仲连大笑：“那便说好，天晴了教我。”老人已经站在橹担前操起了大橹：“侬毋晓得，这橹带舵，没有三年跑船，不教上手的了。”鲁仲连心中一动道：“老伯，这船是你自家的么？”老人又恢复了慈和的呵呵笑声：“是了是了。十年前，老朽才打得这条船。船是家，有船才有家了。”鲁仲连默然良久，长长地叹息了一声。

老人猛然高声道：“客官进舱，要起风了。”

“风便风，不怕！正好见识云梦泽汪洋之气。”

说时迟那时快，一道恍若城墙的白茫茫混沌雪雾已经迎面推了过来，隆隆之声夹着尖锐呼啸，势若千军万马。老人大喝一声：“客官趴下！头冲船头。”鲁仲连不及思索，一个滑步倒在船舷抓住了一条固帆麻绳。老人却挺直着身板，钉在橹担前牢牢抓着大橹纹丝不动，将船头正正地对着白茫茫突兀高耸的雪山风雷。片刻之间，鲁仲连眼前骤然一黑，一股巨大的推力生生要将他抛将出去。鲁仲连贴在船舷之下，双脚紧紧蹬住了一道板棱，双手死死抓住了麻绳，只觉得尖锐的呼啸掠过，头皮耳目像被利刃飞快地刮过，一阵剧烈疼痛，当即眩晕了过去。

及至睁开眼睛，景象已是大变。天空湛蓝得令人心醉，红红的太阳枕在遥远的水线，碧水长天，明亮得扎人眼睛。鲁仲连挣扎着扣住船舷站起身来，踉跄着脚步一声大喊：“噢嗬——太阳出来了——”如何没有人说话？鲁仲连蓦然回头，顿时惊呆了——船尾橹担前，老人身上已经没有了翻毛皮袍与半长布袍，一身五色补丁的短衣，也只丝丝缕缕地挂扯在棱棱瘦骨上，一条腿紧紧钩着橹担，一条腿弯曲在船板，怀抱大橹弓着腰身，头冲着船头，圆睁着双眼，脸上满是鲜血，一头白发散乱地披在双肩，动也不动地扎在那里，分明一座白石雕像。

“老伯——”鲁仲连一声嘶喊，一步冲上去抱住了老人。

老人已经僵硬了。不管鲁仲连将老人抱在怀里如何努力，老人双手都铁钩一般抓着橹柄，佝偻前仆着僵硬冰凉的身板。鲁仲连大急，三两下脱去自己的丝绵长袍裹住老人，又飞快地钻进船舱从皮袋里找出了路途常备的急救丹药，钻出舱来撬开老人的牙关，含一口水嘴对嘴给老人灌了下去。过得片刻，眼见着老人慢慢松开了双手伸开了腿脚，眼珠轻轻地转动了一下。

“老伯！你醒了？”鲁仲连惊喜地大叫起来。

“好后生，侬好命……”老人艰难地绽开了一丝笑意，“放晴了，竖起樯桅，挂上帆，只把住橹担，朝东不动，便入了江东。老朽没将客官送到，惭愧了……”猛然，粗重短促的一声喘息，老人雪白的头颅一歪，没有了声息。

“老伯，鲁仲连害你也！”猛士如鲁仲连者，生平第一次放声大哭。

惨淡的夕阳隐没了，满天星斗闪烁在无垠的夜空，一钩新月斜挂，激荡的涛声无休止地摇晃着小船随波逐流。鲁仲连静静地坐在船尾，端详着身边盖着长袍的老人，双手只抱着橹柄，任小船向着东方漂去。他不想起桅张帆，只想守护着这个因他而死的老人。蓦然之间，鲁仲连眼前一闪，那是何物？烙印！

鲁仲连静神凑近，只见老人雪白散乱的鬓发下隐隐两个焦黑中透着肉红的古字——小臣！淡淡月光之下，肉红幽幽，惊心动魄。鲁仲连不禁一个激灵——老人是逃跑的奴隶？没错。方今天下，唯有楚国的贵族封地保留着古老的战俘奴隶制。“小臣”是最低贱的苦役奴隶，名号“小臣”，是殷商古老部族对低贱奴隶的称谓。果然如此，老人一定是经历了常人无法想象的苦难，隐藏了常人无法体察的苦涩，终是沦落船户，却永远地对客人绽开着一副殷殷笑脸。看着老人安详舒展的面容，鲁仲连不禁喃喃道：“老伯，你为何不逃到北方去？魏齐韩赵秦，早已经没有这种烙印古奴了。是了是了，我猜度老伯是离不开水乡，离不开这云梦泽也。”

天终是亮了。太阳虽然又红又大，风却冷飕飕刀子一般。鲁仲连活动了一番手脚，开始收拾张帆。老人这只船虽然不大，却打造得精巧结实，桅杆底部是一副牢牢固定在船体上的“人”字形木架，大约只有三四尺高。齐国靠海，鲁仲连大体还晓得一些船上本事，一番搜寻，找到了躺在船舷沟槽里的一段丈余高的挂帆柱。幸亏是冬雪休船，老人拆了桅杆，否则昨日一定是樯桅摧折帆布碎裂小船倾覆。鲁仲连不及感慨，抱起帆柱一番折腾，终是将帆张了起来。一看风向，正是西北风劲吹，直下东南正是顺风。鲁仲连一阵轻松，对老人深深一躬：“老伯，托你佑护了。顺风，我们走。”如老人所说，鲁仲连只站在撸担前牢牢将橹柄对着东南方，小船悠悠去了。

漂得一日，红日西沉时，小船顺风顺水地漂到了一座小岛前。

鲁仲连疲累已极，打量一番地势，将小船抛锚在一处极是避风的岩石之下，背起老人提着皮袋登上了小岛。这是一座孤岛，山石嶙峋草木茂密，积雪中依然露出苍黄青绿。鲁仲连站在最高的一块岩石上将小岛打量一番，断定不会隐藏冬天觅食的猛兽，才放下老人，折来一大堆枯枝断木，打起火镰在避风处燃起了一堆篝火。忍着饥渴，鲁仲连用一口短剑先在山坡上挖出了一个三四尺见方的土坑，又在坑底铺满了松软的茅草，然后将老人轻轻抱了进去，给老人盖上了自己那件长大的丝绵袍；仔细思忖，又找来一方石板，盖住了土坑。鲁仲连兀自喃喃道：“老伯，你且先在这里歇息一段时日。日后，鲁仲连定然将你移回郢都安葬，访出你的名姓，给你老人家立一座高大的墓石。”说着将翻出的新土堆在石板上，恰恰一座坟茔。一切妥当，鲁仲连打开皮袋拿出干肉酒囊，将一方干肉端端正正地摆在老人坟前："老伯，旅途之酒无薄厚。来，你先饮了。"提着酒囊围着坟茔洒了一圈清酒，颓然坐在了篝火前喘息起来。分明是饥肠辘辘，鲁仲连拿着干肉却难以下咽，一个蒙眬，靠着山石软倒，随即大放鼾声。

一觉醒来，又是山水明亮。鲁仲连自觉精神振作，方才一通大吃大喝，吃喝完毕，在老人坟茔前插了三根高高的青竹，又用剑画了三个大大的"十"字，下岛上船去了。

谚云：冬冷雪后。这一日还是干冷的西北风，鲁仲连却觉得天从人愿，虽是一身夹袍浑身冰凉，精神分外抖擞。起锚扯帆，片刻之间进入了茫茫云梦。又是一日顺风漂流，暮色时分，辽阔浩渺的云梦泽渐渐收窄，水流也在碧蓝中泛出青灰，远远地青山夹峙，苍苍云梦终是化做了长川东去。鲁仲连大是惊喜，兀自高声长呼："噢嗬！大江滔滔，仲连来也——"

出得云梦泽，是三千里江东地面，也便是吴越两个已经灭亡了的国度，此时叫做东楚。一入江东，有了盎然春意。两岸青山村畴，江面白帆依稀，渔船商船间或总能遇到，比辽阔清冷的云梦泽多了一番生机。鲁仲连从未来过江东，然却带有一张墨家绘制的《江东山水图》，再有不明，遇到船家便问，也还算走得顺当。

过了一日一夜，小船出江，进入了震泽大湖。一出震泽，是老吴国的都城姑苏。过了姑苏，便是鲁仲连此行寻觅的越地大山。想想自己不通吴越方言，更兼水陆皆生，鲁仲连在震泽北口的丹徒[1]城停了半日，用春申君令牌请官署派了一名颇有阅历的老通吏，又自己雇请了一名年轻力壮的水手，便于夜间进震泽，直下老越国茫茫大山。

鲁仲连火急要找的，是一位隐居在会稽山的神秘人物。

---

[1] 丹徒，吴国城邑，秦统一后置丹徒县，在今镇江市郊地带。

二　隐世后墨再出山

会稽山，既是大禹聚会诸侯之地，也是大禹葬身之地，更是天下享有赫赫盛名的圣地神山。会稽山东麓有口深不见底的古井，井水直通东海，越人称为“禹井”，说是大禹踏勘海水涨落的“眼井”。会稽山上有禹冢，周遭山林鸟雀群落万千，专司禹冢之耘护，春拔草根，秋啄其秽。若有人妄害此鸟，当地越人部族追杀无赦。当鲁仲连站在这座被苍翠松柏紧紧环绕的大冢前时，一时感慨万端。那五六丈高的冢丘五色杂陈，仿佛是上天将天下的各色土壤都搬到了这里。更令人惊讶的是，如此一座小山也似的大冢，却没有一根杂草，疏松坚挺，毫无千年风雨冲刷痕迹，五色土斑斓明艳，干净得如同春日刚刚耕耘过一般。连周遭的松林地面都是了无杂物污秽，山林幽谷清新得令人心醉。

“官府有仆役护持禹冢？”鲁仲连素来求实，不大信遥远的民间传说。

通吏大是摇头：“没没没。会稽山猎户都不进，纵有官府仆役，如何谋生？”

突然，森森无边的松柏林海中一阵林涛般的异样声音弥漫了过来。鲁仲连抬头之间，蓦然便见万千飞鸟贴着地面向禹冢掠来，没有一声啁啾鸣叫，起起落落地衔起地面的落叶枯草，盘旋飞舞着从鲁仲连身边掠过，大片出了山林直向遥遥大海飞去。

“噫——”鲁仲连长长地惊叹一声，盯着鸟群飞去的方向良久愣怔。

通吏笑道：“越地荒莽，原多神异之说，先生见笑。”

“禹冢神鸟，信哉斯言！”鲁仲连由衷赞叹了一句。

“先生，过了禹冢山，是若邪溪，过了若邪溪，才是五泄峰，须得赶路也。”

“好，走。”鲁仲连答应一声，跟着通吏轻轻地走出了这片洁净的山林。

大约走得一个多时辰，翻过了两个山头，眼前一道峡谷。一条山溪挂在半山之上，匹练直下声若沉雷，赫然一片孤潭深深沉在谷底，南山崖上一柱悬空孤石斜斜伸出在潭水之上，奇绝异常。鲁仲连长剑指着山溪高声道："那定然是若邪溪了。"通吏笑道："此水有四奇，先生晓得无？"鲁仲连摇头："我却如何晓得？"通吏指着遥遥山溪道："一奇铸得神剑，山左有欧冶子铸剑石洞。二奇浣得轻纱，山右是西施族人当年的村落。三奇众山倒影，窥之如画。先生说，美是不美了？"

"如何不美，第四奇如何？"鲁仲连饶有兴味。

"这末了最是令人不解。"通吏认真地皱起了眉头，"但有人物在此出奇，此后便不奇了。人云，奇后不奇。"

"莫名其妙，此话怎说？"

"欧冶子之后，若邪溪不能铸剑。西施之后，若邪溪不能浣纱。先生且看，这里早已经了无人迹，都迁走了。"

"奇！"鲁仲连童心大起，"可有谁个在孤石看过众山倒影么？"

通吏摇头："如此之险，谁个上得去？众山倒影只怕是传闻，先生莫得涉险。"

"若是不险，有何看头？"鲁仲连说着话已经大步向山崖走去。

这道山崖青苍苍一道绝壁高耸，半腰凌空伸出一方孤石。孤石之上有一棵亭亭大树，高逾七八丈，此刻一团白云飘过，恰恰掩住了孤石，那大树仿佛生在云端的天树一般，当真是物化神奇。鲁仲连高声问："那是甚树？能在孤石生长？"通吏笑道："这是白栎，比北地的麻栎可是高大多了，生在孤石之上，原是少见。"鲁仲连再不说话，端详一阵，一手用长剑拨打着齐腰深的茅草，一手揪着杂乱丛生的灌木枝杈，不消片刻攀上了山崖。通吏遥遥看去，白栎树梢恰恰在鲁仲连脚下。此时，鲁仲连从山崖边一跃飞起，堪堪地落在了白栎树冠，树冠倏忽一沉，鲁仲连已经大鸟一般落到了孤石之上。

"好！"通吏不禁大大赞叹了一声。

此时白云刚刚飘过，峡谷明澈如洗。鲁仲连乘崖俯视，只见幽幽谷底汪洋着一片碧蓝，潭水四周是层层叠叠的绿树作岸，分明一个巨大的绿盆中盛着一汪碧水，那碧蓝明亮的潭水中涌动着一簇簇嵯峨山峰，直是天地间匪夷所思的图画。

"众山倒影，窥之如画。若无人到此，此话却是如何来的？"鲁仲连兀自喃喃，如醉如痴，“隐匿此等山水之间，谁还去想世间纠葛？”徘徊半日，感慨中来，拔出长剑在合抱粗的白栎树干上一阵刻画，跟着双掌一振，树皮纷落，赫然显出四个大字——误人山水！

正在此时，谷风长啸，一团乌云骤然扑面而来，孤石大树顿时陷入一片黑暗。鲁仲连直觉一股旋风卷来，要将他拔起一般，大骇之下，连忙伏身贴地紧紧抱住了大树。倏忽旋风卷过，明澈的峡谷已是一片幽暗。再看那峡谷深潭，已是漆黑如墨，森森骇人，哪里还有窥之如画的仙境？

“山雨将来，先生回来——”通吏惊慌的声音一丝细线般飘了过来。

鲁仲连抖擞精神，爬上高大的树冠，飞身一纵，抓住了山崖上一根粗大的青藤，脚蹬手抓地攀上了山头，回到通吏面前，已经是衣衫凌乱满头大汗脸色苍白。通吏笑道：“先生形迹，不像观画之人了。”鲁仲连一阵喘息，大喝了半皮囊凉水，这才长吁一声：“天地神异，尽在越地也。”霍然起身，“走！明日赶到五泄峰。”

万山丛中风雨无定，鲁仲连两人一夜半日的路程，经历了七八次风云变幻，次日午后赶到五泄峰，衣服还是半干半湿地紧贴在身上。鲁仲连又气又笑骂道：“鸟！隐居这等地方，当真折腾死人。”通吏连忙一嘘，小心低声道：“先生莫得无遮拦，五泄峰有山神耳目。”鲁仲连哈哈大笑：“好好好，五泄峰好。”看着鲁仲连谐谑玩笑，通吏笑了：“先生，你只登上前面这座峰头，便真要说好了。”“是么？那走！”鲁仲连也是惦记着心中大事，说得一句，猫腰大步匆匆地向山上爬去。这面山坡虽然很长，却不甚陡峭，只小半个时辰便登上了山顶。举目眺望，鲁仲连长长地惊叹了一声，身子钉在了山头一动不动。

一道青森森的峡谷，对面两座高山造云壁立，夹着一条山溪，飞珠溅玉直泄山谷，望若垂云，却是两百余丈一道大瀑布悬空。一泄之下，两山又骤然重合，伸出了一个平台，垂云白练隆隆跌入平台，又是直泄山谷数十丈，如此连环三泄，跌入最后一道巨大的平台，瀑布宛如白练鼓风，骤然舒展飘开，变成一道十多丈宽广的白练隆隆坠谷。五道瀑布连环而下，直是青山胸前拖曳了一幅飘飘白纱，当真是天地造化。

"如此雄山奇水，如何叫一个'泄'字？忒煞风景也。"

通吏笑道："越人将瀑布叫做'泄'，土语了。"

"五泄峰？暴殄天物！"鲁仲连耿耿不能释怀。

"先生如此上心，不妨取得一个雅名，小吏禀报官府更名如何？"

鲁仲连思忖良久，哈哈大笑："还是五泄峰了，泄尽天地晦气。噫！有人唱歌？"

通吏惊喜道："有歌声，便有高人。先生且听，这歌非同寻常！"

青山之中，歌声清亮悠远满山回荡，却不知来自何处。鲁仲连仔细听去，但觉柔情幽幽，却一个字也听不出意思来：

滥兮抃草滥予
昌互泽予
昌州州
甚州焉乎
秦胥胥
缦予乎
昭澶秦踰
渗惿随河湖[1]

鲁仲连听得满头雾水，大奇笑道："这是天歌，人是不懂。"

通吏笑道："我用雅言[2]给先生唱一遍，只是大意了。"

通吏悠悠唱了起来：

今夕何夕兮　　搴舟中流
今日何日兮　　得遇君子同舟

[1] 这首歌词连同下面的译文，是中国古代唯一用方言字音记载下来的越语歌词，见《说苑·善说》。

[2] 雅言，春秋战国对官话的称谓。中国自西周开始规定雅言为官场用语，延伸至战国成为交际通用语。

蒙羞被好兮　　不訾耻诟

心几顽而不绝兮　相知君子

山有木兮木有枝　心悦君兮君不知

鲁仲连听得大是愣怔，不禁喟然一叹：“如此美歌，惜乎竟不入《诗》！”

通吏笑道：“《诗》是孔夫子删的，原本没收楚吴越。”

“这人却在哪里？”鲁仲连怔怔地望着余音袅袅的青山，兀自喃喃着。

“先生唱得一曲，引她出来了。”

“非礼。又不是春日踏青，何能唐突高洁？”鲁仲连想了想上到一块最高的山岩上，两手嘴边一圈，呼喊起来：“何方高人？敢请一见——”

一个声音真切冰冷：“阁下高名上姓？”仿佛在身边，仍是不见人影。

“在下临淄外墨。”鲁仲连心中一动，突然说了一句隐语。

“法同，则观其同。”停顿片刻，真切的声音又飘了过来。

“法异，则观其直。”

“赏，上报下之功也。”

“同，异而俱于之一也。”

突然，真切淡漠的声音变成了一阵动人的笑声：“果然千里驹，来得好快也！”笑语还在山谷回荡，一个白色身影从峡谷倏忽飘了上来，堪堪地落在了鲁仲连对面。鲁仲连只是留心盯着对面山林，突觉眼底白影一闪，定睛一看，大是愣怔——面前一个亭亭玉立的少女，白纱裹身长发披肩，半身隐在花草之中，活活一个仙子在前。

“你？是方才与我对话之人？”鲁仲连终于开口了。

少女一阵笑声：“空山幽谷，能有何人？”

鲁仲连正色道：“音色有定，分明不是一人。”

突然传来冰冷真切的声音：“小技耳耳，岂有他哉。”分明面前少女说话。

鲁仲连再不疑心，一拱手道：“既是如此，鲁仲连请见南墨巨子。”少女一点头：“这个通吏，不能入山。”鲁仲连踌躇道：“我不谙越语，没有通吏岂不误事？”少女笑道：“谁与你说越语了？自找累赘罢了。”通吏在一旁笑道：“无妨无妨，先生自去便了。”鲁仲连道：“荒险山地，足下出事我如何心安？”少女冷笑道：“荒险山地？也只你说。”说罢伸手一指，“左走二十步，山崖下便有一客栈。”“客栈，当真？”鲁仲连与通吏皆感大奇，异口同声地惊讶发问。

少女也不说话，白影一闪，倏忽到左手崖下，说声：“看好了。”脚下一跺，地面齐腰身的草木隆隆分开，赫然显出一条宽可容车的石板道。石板道尽头是一面光洁的巨石，巨石右侧一个灰色的凸起之物，活生生一个大纽扣。少女上前在纽扣上“啪”地一拍，轰隆一声，巨石下方滑开了一扇大门。少女指点道：“这是客栈，机关最是简单，就这两处，客官记下了。客栈内一应物事齐全，你只阖上山门，自是万无一失。”

通吏只惊愕得发愣，猛然醒悟，连连点头：“开眼开眼，先生便去了，小吏乐得生受一番这山腹奇趣。”鲁仲连也不想耽搁，对少女一拱手道：“如此便好，请带我入山。”

少女遥指瀑布：“五泄之后，跟上了。”只一转身，轻盈飘上了方才鲁仲连看瀑布的山头。鲁仲连大是惊愕，世上果真有如此飞升自如的轻身功夫，况且还是个纤纤少女，当真匪夷所思。当下也顾不得多想，憋足一口气大步登山。上到山顶，少女咯咯笑道：“还千里驹呢，山龟一般。”鲁仲连大喘着气道：“你这轻身功夫，不，不是人。”少女一撇嘴笑道：“呀，自己笨还骂人！”鲁仲连脸红道：“我是说，你云雾飞升，仙子一般。”少女一伸手道：“我来帮帮你，否则呀，日落也到不了。”鲁仲连一摆手：“不用。五泄峰不就在峡谷对面么？”少女一皱眉头道：“对面？就你这笨走，日落还不定能到，来！”说罢将脖颈上搭着的白纱拿下，一伸手绑在了鲁仲连腰间的牛皮鞶带上，“记住，你只提气常步便了，无须使出蛮牛力气。”鲁仲连生平第一遭与女子如此接近，更兼好胜心极强却要被一个少女“提携”，不觉有些窘迫，却又无话可说，只点头道：“好了，试试。”

少女笑道：“第一次，闭上眼了。”鲁仲连高声慷慨道：“不就翻山越涧么，闭个甚眼？不怕！”少女一笑：“人笨脾气还大，好了，起——”

骤然之间从山头飞起，向峡谷中飘来，但遇大树与山崖伸出的岩石，少女便是落脚一点。起起落落，总在鲁仲连觉得身子沉重时便恰到好处地落在一个树梢或岩石上，倏忽之间便又飞起，不断地贴着山崖向那高天瀑布飞去。鲁仲连原是文武双绝的名士，轻身功夫堪称一流，今日却是大开眼界。他竭力想教腰间白纱不能着力，却总是不能如愿，任他提气飞跃，那幅白纱总是绷得笔直地趁着他，使他能堪堪借力而不至于落入谷底的森森尘寰。

大约半个时辰，两人降落在一处山坳。鲁仲连一打量，这个山坳恰恰在夹着瀑布的东山山腰，回首看去，遥遥的一柱青峰插天矗立，分明是清晨观赏瀑布的山峰。如此看去，两人方才贴着那座大山飞了一个巨大的弧形，近于抄了个直线捷径。若要走来，要顺着山岭翻越，无论如何也得一日路程了。鲁仲连不禁由衷赞叹："姑娘天马行空，鲁仲连佩服！"少女脸上一红笑道："没有你卖力笨走，我也带不动了。"鲁仲连哈哈大笑："实话实话，鲁仲连今日才知道一个笨字，是笨。"少女不禁莞尔一笑："笨汉天心，好着呢。"鲁仲连却猛然惊呼："噫！对面五道瀑布，如何只剩两道了？"少女咯咯笑道："真笨呢，中三道被上下两道遮盖，只在那座高峰看得见了。"一时之间，鲁仲连大是感慨："要观真山，须得登高。信哉斯言也！"少女揶揄道："说过一回了，还说？"鲁仲连大为惊讶："奇了，姑娘如何知道我说过一回？"少女只一笑："走，莫得我师等烦了。"说罢向山坳深处去了。

走到山坳尽头，又攀上一道山崖，瀑布雷声轰鸣如近在咫尺，却偏偏不见瀑布。少女笑道："不用打量，瀑布在山前，出去时自然看得见了。"鲁仲连又是一番感慨："墨家多奇思，这南墨院又是鬼斧神工也。"少女目光一闪道："比神农大山总院如何了？"鲁仲连笑道："姑娘没有去过墨家总院？"少女摇摇头，鲁仲连也不再问了。

上得山崖，是一座宽阔的岩石平台。除了脚下石板道，岩石山体绿树葱茏，将平台遮掩得严严实实，与周围山体一般无二。少女道："你且稍待，我去禀报巨子。"说罢一闪身消失在山崖之中。

片刻之后，少女出来笑道："请随我来。"

鲁仲连跟着少女，进了一座幽暗的山洞。曲曲折折大约走了百十来步，豁然明亮。鲁仲连一打量，眼前竟是一个巨大的天坑。天坑方圆足有三五亩地，恍若一片宽广的庭院，错落有致地布满了花草竹林与奇异的高大树木，四面石壁高逾百丈，青亮光洁寸草不生；仰头看去，广袤的天空变成了一方碧蓝的画框，几片白云悠然地浮动其中，说不出的高远清奇。饶是鲁仲连见多识广，也为这天成奇观惊叹不止。

穿过一片竹林，眼前绿草如茵，草地中央一座竹楼悬空而立，竹楼下一座茅亭，依稀墨家总院老墨子的天竹阁。少女将鲁仲连领到茅亭下笑道："有凉茶，你且稍坐，巨子便来。"说罢飘然去了。鲁仲连只一点头，捧起石几上的陶壶咕咚咚猛饮了一阵，清凉沁香，一抹嘴盯住了那座竹楼，等待着那个自立南墨的老人出现。

天下事也奇。墨家是以对天下兼爱为本的学派，又是纪律最为严明的行动团体，按说最应该传承有序，最应该凝聚不散。然则，老墨子死后，墨家却迅速分解，非但当初的四大弟子各成一派，连稍有成就的年轻弟子也出了总院自立学派。声威赫赫的墨家，竟一时星散为各种墨派。这南墨，是墨子四大弟子之一的邓陵子的墨派。

邓陵子原是楚国江东渔人子弟，少时聪颖灵慧，只是家贫难以求学，只有随父母在渔船上漂泊打鱼为生。有一年，墨子带着几个弟子南下楚国，在云梦泽畔恰遇邓氏渔船，便将这个聪明少年收做了墨家弟子。邓陵子刻苦勤奋，天分又高，不几年便成为墨家弟子中的佼佼者。墨家不求入仕，只奔波天下布学除暴。墨子常常与几个得力弟子分头率领一拨人马行动，久而久之，磨出了四大弟子——禽滑鳌、相里勤、苦获与邓陵子。邓陵子最是年轻，非但学问见识不凡，剑术更是墨家之冠。在老墨子晚年，发生了秦国的商鞅变法，墨家以商鞅变法为暴政，欲暗杀商鞅以拯救庶民苦难，邓陵子便是反对变法暴政最坚定的大弟子。几经曲折，墨家与秦国冰释误会，与法家一起，变成了支持秦国变法的最大学派。

老墨子溘然长逝，天下大势骤变，六国合纵抗秦一时成为潮流。对于历来以天下安危为己任的墨家，曾经有过的歧见又重新发作了。邓陵子几次提出南下，扶持楚国变法，联合六国抗击暴秦。相里勤与苦获却主张遵从老师决断，支持秦国统一，在天下推行秦法。资深望重的大弟子禽滑釐犹疑不决，主张“静观其变，徐徐图之，毋得躁动”。如此一来，墨家的分立成了无可挽回的必然结局。

此时，少年成名的鲁仲连进了墨家总院。

鲁仲连是院外弟子，原本不该对墨家决策发生影响。不想，墨家四大弟子却因争执不下，提出了遵从墨子的“尚同”法度，开设论政台，让全体墨家子弟论战而后决断。墨家本来就有浓厚的开放论战传统，论政台一开，歧见百出，根本无法尚而同之。若是论战学问，鲁仲连自会虚心聆听。然则一论及天下大势，他便大有主张，忍不住跳上高台，慷慨激昂地一口气说了半个时辰，归总一句话：效法苏秦，以合纵为山东六国争取变法时机；秦法失之于苛细，不足效法。

鲁仲连的侃侃大论，在墨家激起了强烈反响。邓陵子当即挺身而起：“院外弟子尚且有如此眼光，我墨家兼爱天下，如何竟要拥戴严刑峻法？竟不能为天下大义另谋大道？”接着振臂一呼，“扶持楚国变法者，左袒！”

呼啦一声，墨家的南国弟子两百余人齐齐站起，人人拉下了左臂衣袖。

至此，墨家的分立任谁也无法阻挡了。

谁知恰恰又是鲁仲连挺身而出，站在邓陵子面前气昂昂道：“反对秦法，不等于扶持楚国！楚国旧族根基太深，不足为变法表率。”邓陵子打量一番这个伟岸青年，揶揄地笑了：“我晓得，你是要说，齐国有两次变法根基，墨家当扶持齐国为抗秦盟主，是么？”

“正是！”鲁仲连昂昂高声。

“后生，再过十年，你要改了主意，还可以来找我。”邓陵子轻蔑地一笑，拂袖去了。

光阴荏苒，齐湣王即位秉政，鲁仲连的拳拳报国之心一天天地冷了下去。

终于，鲁仲连开始回味苏秦对屈原春申君的期望，开始回味邓陵子对楚国的激赏，也开始寻觅真正将变法当做生命的强毅人物。几年下来，鲁仲连终于认定：山东六国之中，此等人物只有一个，那便是屈原。屈原虽然被放逐南楚，但他的威望却在楚国与日俱长，只要扶持屈原当政，楚国便可撑持天下与秦国分庭抗礼。鲁仲连与春申君谋划了一个扶持屈原的周密方略，只是需要一股特殊力量来完成。

鲁仲连想到了墨家，想到了当初力主扶持楚国的墨家大师邓陵子。邓陵子创立了南墨，若有他援手，此事大有成算。然则，鲁仲连一直都不明白：邓陵子南下十余年，为何扶持楚国变法的大事始终是泥牛入海？

“禹陵茶天下独有，鲁仲连品尝得出？”一个苍老舒缓的声音从身后飘来。

鲁仲连蓦然回首，一个清越矍铄的白发老人正站在廊柱之下，顿时恍然，连忙庄敬地深深一躬：“在下鲁仲连，拜见南墨巨子。”老人笑着一伸手：“无须客套，仲连坐了说话。”鲁仲连一拱手：“谢坐。”坐在了石案右手的石礅上。老人走进廊柱下，悠然踱着步子道：“月前，老夫接到禽滑子的飞鸽书，不想你随后便到。如此急迫，有何大事要南墨襄助？”

倏忽之间，鲁仲连一个激灵。这个当年以凌厉激越著称的墨家大师，眼下显是一副出世风骨，鱼龙变化，令人实在难解。心念闪动，鲁仲连肃然拱手道：“启禀巨子：仲连与春申君谋划得一个方略，要扶持屈原重新出山，刷新楚国，领袖天下。”

“难得也。”老人没有丝毫的惊讶，捋着长长的白须悠然笑道，“十余年之后，千里驹还是回来了。不错。老夫没有看错齐国。”

“当年不闻道，原是仲连褊狭。”鲁仲连坦然道，“今日方悟，仲连愿追随大师，共同扶持楚国，为天下一张非秦大道。”

老人默然良久，摇头叹息：“刻舟求剑，晚矣！”

“大师此言，仲连不明。”

老人沉重地叹息了一声：“楚王昏庸颟顸，屈原心志已失。今日楚国，已成流水之舟。老夫纵有当年刻痕，然沉舟侧畔，如之奈何？”

“大师差矣！”鲁仲连心中一沉，不禁有些急迫，“屈原虽久经沧桑，多有悲怆激愤，然却雄心未改，今秋还上书楚王，力主变法。若屈原秉政，春申君辅之，若楚王昏庸，何不能另立新王？还有……”鲁仲连骤然压低了声音，“以屈原当年暗杀张仪、断然与秦国开战之胆略，安知他不会取而代之？”

老人轻轻地摇摇头笑了，似轻蔑又似嘲笑道：“鲁仲连啊，你可曾读过屈原的《怀沙》篇？”见鲁仲连摇头，老人轻声吟哦：“伯乐既殁兮，骥将安程兮？人生禀命兮，各有所错兮。知死不可让兮，愿勿爱兮。明以告君子兮，吾将以为类兮！”吟哦得罢，喟然一叹，“如此灰冷颓丧，谈何雄心未改了？”鲁仲连一阵愣怔，沉吟道：“赋诗作词，原是伤怀者多，大师似乎太当真了。”老人大是摇头：“言为心声。老夫虽与屈原只一次谋面，然自信看得不差，此人诗情有余，韧长不足。总归一句：屈原者，奉王命变法可也，要他抗命变法甚或取而代之，异想天开也。”

鲁仲连默然良久，站起身一拱手：“大师如此说法，后学不敢苟同，告辞。”

“且慢。”老人一招手，“老夫并没说不帮你啊。”

“大师不出山，如何帮法？”

“仲连少安毋躁。”老人笑了，“南墨不同总院，弟子大体都在三楚之地散居。老夫派一名得力弟子随你下山，南墨力量交你调遣，如何？”

鲁仲连大是惊讶，实在不解这老人心思。就实说，如此做法鲁仲连是十分满意的，甚至比邓陵子本人出山更满意。若是老人出山，行动未必亲临，却还要事事商讨，他要不赞同，你便寸步难行。南墨弟子交鲁仲连调遣，没有了诸般掣肘，可放手实施谋划，自然是上上之策。可是，老人何以如此放心自己？要知道，墨家历来是行不越矩的，将大批弟子交到一个院外士子手里，当真是非同寻常。心念及此，鲁仲连不禁沉吟道：“大师究竟何意？不怕鲁仲连失手么？”

“老夫不欲出山，却不想屈了你等心志。”老人一叹，“仲连啊，你但能证明老夫错料屈原，天下大幸也！老夫生平无憾，只是太想犯这个错了。”

“大师……”刹那之间，鲁仲连犹豫了。

老人已经转过身去，啪啪啪拍了三掌。一道白影倏忽飞到了亭外，正是方才的少女。老人正色吩咐道："小越女，你持我令箭随鲁仲连下山，南墨三楚弟子尽听鲁仲连调遣。"少女道："请老师示下，南院事务交付何人？"老人道："你不管，我自安排。记得多报消息。"少女兴奋地挺胸拱手："是，弟子明白。"老人转身又对鲁仲连道，"你便带她去。"鲁仲连大是沉吟："大师，她，太小了。"老人目光一闪："太小？只怕你这千里驹走眼也。去了，诸事毋忧。"说罢飘然去了。

"我叫越燕。"少女咯咯笑了，"笨！还愣怔？走啊！"

鲁仲连无可奈何地笑了笑，大手一挥，径自大步向院外去了。

三　南国雄杰图再起

汨罗水畔的春日是诱人的。

霏霏细雨之后，日头和煦柔软地飘浮出来，碧蓝的天空下，绿澄澄的汨罗水在隐隐青山中回旋而去。水边谷地中茫茫绿草夹着亮色闪烁的野花，无边地铺将开去，直是没有尽头。渐渐的，一轮如血残阳向山顶缓缓吻去，火红的霞光将江水草地青山都染成了奇特的金红，混沌中透着鲜亮。没有农夫耕耘，没有渔人飞舟，没有猎户行猎，更没有商旅的辚辚车轮。除了汨罗水的呜咽，这里永远都是一片静谧。纵是明艳的春日，也弥漫着一片绿色的荒莽，笼罩着一片孤寂的苍凉。

骤然之间，一红一白两骑快马从远山隘口遥遥飞来。一个清亮的声音咯咯笑道："如此好山好水，却做了放逐之地，可惜也！"红马骑士扬鞭一指，粗重的声音道："看，茅屋炊烟。"脚下一磕，红色骏马火焰般向山麓飞来。

草滩尽处的山麓，耸立着一座孤独的茅屋。茅屋顶上插着一面白幡，幡上有两个斗大的黑字——流刑。茅屋前有一堆湿木柴燃起的篝火，浓浓的青烟袅袅直上。见远处快马飞来，篝火旁一个黄色斗篷者霍然起身，大步迎了上来。

“春申君——我来了——”骑士遥遥招手间飞身下马。

“噢呀仲连兄！”春申君高兴得拉住鲁仲连，“我已等你三日啦！”

“明日才是清明，你急个甚来？”

“噢呀，秦国要攻楚国，我能不急了？”

“秦国攻楚？谁的消息？在准备还是开始了？”鲁仲连着急，一连串发问。

春申君摇摇手：“稍等再说了。噢呀，这是何人？邓陵子大师？”

鲁仲连恍然笑道：“这位是大师子门弟子，越燕，人呼小越女。这位是春申君。”

“见过春申君。”小越女一拱手，没有第二句话。

“噢呀，”春申君也是一拱手急迫问，“莫非大师有疾在身？”

鲁仲连摇摇头：“稍待再说。哎，饿了，吃喝要紧。”

春申君一阵大笑：“噢呀糊涂，看，一只烤肥羊！”

三人来到篝火前，铁架上的那只肥大的黄羊正在烟火下吱噜吱噜地冒油，焦黄得肉香弥漫。鲁仲连眼睛一亮，手中马缰一撂，三步并作两步过来便要上手，又猛然回身：“哎？春申君，如何你一个人？屈子何在？”春申君一脸苦笑：“噢呀，这位仁兄也是，日每要在水边转悠得两个时辰。今日等你，我没有陪他去了。”骤然之间，春申君哽咽一声，又勉力笑着望了望衔山的落日，“等等，也该回来了。”

鲁仲连心下一沉，一脸的兴奋倏忽之间连同汗水一起敛去了，只怔怔地望着远处的青山绿水，一声沉重的叹息。

“是他么？”小越女指着漫天霞光里一个小小的黑点。

春申君笑道：“噢呀，一群水鸟飞舞，哪里是人了？”

“水鸟之下，有一人。看，中间那个黑点。”小越女指点着。

渐渐地，黑点变得清晰了——一个须发灰白衣衫褴褛的老人踽踽独行，一群不知名的鸟儿跳跃飞旋在周围，呢喃啁啾，不胜依依。将近青山，老人一挥手长声吟哦：“小精灵，回去也，汨罗水的月亮在等着你们——”话音落点，鸟儿们齐齐地呼啦一声展翅飞去了。

鲁仲连大是惊愕，声音不禁颤抖：“春申君，先生失心疯了？”

小越女咯咯笑道："与鸟兽通灵，原是个心境，如何便心疯？真是……"脸一红，分明是生生咽下了那个已到口边的笨字。

春申君站起身来遥遥高声道："噢呀屈原兄，你看谁来也！"

老人遥遥笑问："千里驹乘着春风来了？"

鲁仲连大步迎上深深一躬："临淄鲁仲连，拜见大司马。"

老人哈哈大笑："大司马？哎呀，老夫听着都耳生了。"说着拉住鲁仲连走到篝火前，将鲁仲连摁到草席上，"春寒泛湿，靠火近点好。"春申君走过来笑道："噢呀，这里还有一个，屈兄老眼昏花么？"老人一番打量，骤然惊叹吟哦："呜呼！美细渺兮宜修，趁西风兮桂舟，令汨罗兮无波，使江水兮安流？"小越女惊讶道："老伯伯，水都不流了，我是个灾星么？"三人不禁一阵大笑，鲁仲连笑道："先生夸赞你，说你细宜装扮，轻柔乘风，连汨罗水都被你迷得没有了波浪。笨！"小越女脸色顿时绯红，高兴得咯咯直笑："原是笨，怕你说么？"又向老人一躬，"老伯伯，越燕见过，老师问你好。"老人困惑道："老师？姑娘的老师老夫识得？"春申君笑道："噢呀屈兄，这越燕姑娘是南墨弟子了。"老人恍然大笑："光阴如白驹过隙兮，故人忘却。姑娘，你师可好？还那般终日愤愤然么？"鲁仲连接道："大师修成高人风骨，恬淡得快成庄子了，若有愤愤然，倒是天下之福了。"老人抚着杂乱的长须点头叹息："岁月悠悠，不变难得，变亦难得，尽皆天意也。"

"噢呀，烤羊好了，边吃边说。"春申君从茅屋中提出两个坛子叫了起来。

老人笑道："来，姑娘坐了。春申君拉来了一车酒，仲连痛饮便是。"

天色已经完全黑了，一轮尚未饱满的月亮挂在青山之角，山水一片朦胧。四人围坐篝火之前，打开酒坛，切下烤羊，吃喝起来。片刻之间，鲁仲连已将半只烤羊撕掳干净，将两只沾满油腻肉屑的大手在衣襟上一抹，打开那坛专门为他准备的老齐烈酒，一碗一碗地痛饮起来。

"噢呀，猛士多饕餮，仲连是个注脚了。"春申君一介贵胄，纵然豪爽，讲究吃相雅致也成了习惯，见鲁仲连风卷残云，不禁大笑。

屈原笑道："唯大英雄真本色。本色者，天授也。人想学，也是难。"

鲁仲连哈哈大笑："我听孟尝君说，当年的张仪也是狼吞虎咽，全无拘谨。苏秦却是礼仪法度中规中矩。大司马，你说这两人秉性，如何也是一纵一横？"

屈原脸色一沉："狼子张仪，如何能与苏秦相提并论。"

春申君笑道："噢呀，屈原兄最烦那个张仪了，仲连说他何来？"

"不是烦，是恨！"屈原脸色阴沉，"国之仇雠，豺狼爪牙，老夫与之不共戴天。"

"好！"鲁仲连啪地一拍掌高声赞叹，"大司马国恨在心，楚国有望。"

屈原长叹一声："楚国啊楚国，只可惜大好河山也！"

"噢呀屈原兄，"春申君适时插上道，"我与仲连谋划日久，要来一番大举动。若时势有变，你得出山，不能退却了。"

屈原目光一闪："鲁仲连为何要为楚国担当？"

"大司马差矣。"鲁仲连面色肃然，"仲连不是为楚国担当，是为天下担当。若是苏秦在世，齐国有望，仲连自然不会舍近求远。"

"你且打住。"屈原急迫道，"苏秦变法之后，齐国如日中天，如何无望了？"

"大司马放逐多年，却不知今日之齐国，再也不是昔日之齐国了。"鲁仲连一声叹息，将齐宣王之后的齐国变化大体说了一遍，更对齐王田地的秉性与诸般怪异作为备细叙说，末了道，"国有此等君王，国之栋梁摧折，贤良出走，民怨沸腾，天下视若公敌，齐国却如何领袖天下？仲连身为纵横策士，决意承袭苏秦之志，为天下谋划一条非秦大道。此事之要，首在一个大国强力推行变法，进而领袖天下，最后诛灭强秦！"

"好志气！"屈原一声赞叹，"后生如斯，诚可畏也。"

"噢呀屈原兄！"春申君大是激动，"仲连以为：山东六国，唯你视变法强国为生命，视楚国强大为终身追求。他说服了我，激励了我，才有这番谋划！"

"快说说，何等谋划？"屈原等不及春申君说完了。

鲁仲连痛饮一碗烈酒，嘴一抹低声说了起来，一口气竟说了小半个时辰。三人都很激奋，又商议了诸多细节，不觉已到了月上中天。屈原兴奋难耐，抱来大堆树枝干柴又点亮了篝火。春申君笑道：“噢呀屈兄，你可有新诗，吟诵一篇了。”

“老伯伯诗念得好哩！”小越女高兴地笑了起来。

“也好，”屈原笑道，“常年在山，做得一篇《山鬼》，我便唱来。”

“老伯伯唱，我来吹埙，楚歌是么？”小越女从随身袋中拿出一只黝黑的陶埙，轻轻一触嘴唇，埙音飞了起来，与寻常埙音的呜咽低沉大是不同。

“好埙！”屈原起身一声赞叹，挥舞着褴褛的大袖，脚下猛然一顿，起舞高歌：

若！有人兮山之阿
余处幽篁兮终不见天
路险难兮独后来
表独立兮山之上
云容容兮而在下
杳冥冥兮羌昼晦
东风飘兮神灵雨
雷填填兮雨冥冥
猿啾啾兮又夜鸣
风飒飒兮木萧萧
思公子兮徒离忧
石磊磊兮葛蔓蔓
君思我兮何超远
若！春兰兮秋菊
长无绝兮终古——

歌声随着埙声，飘飘去了。屈原长长地叹息了一声，方才的激奋荡然无存。鲁仲连与春申君也是良久默然。小越女唏嘘不止，抹着泪笑道：“老伯伯，这山鬼是个女鬼，找不见她钟爱的公子了，对么？”

屈原骤然大笑，摇摇晃晃地跌倒在了篝火旁。

春天的郢都，水门内的小船又泊成了诱人的风华。

连接街市的那道白石桥行人如梭，时有商旅走来呼唤船只出城，码头总有一阵热情温馨的吴侬软语荡漾开来。时近正午，白石桥过来了一队甲士，匆匆封住了街市一边的桥头。紧接着一队挑夫上了石桥，后面一个骑着高头大马的中年人，丝衣华丽腰悬长剑，马后又是两名带剑武士，气势与寻常商旅大是不同。这班人马一出现，码头的船工们顿时骚动起来，相互观望，几乎是永远挂在脸上的笑容倏忽消退，非但没有人上前延揽生意，反而是一片惶惶不安。

“侬看看，官府又要送货出城了。”

“一钱不给，还是远水，谁个去了？”

“有谁欠官府劳役了？趁早上去应酬，免他瞎点我等。”

“弗为[1]弗为，谁欠劳役，还不找死了？”

正在此时，那个华贵的中年官员走下石桥，傲慢地向码头一挥手道：“王宫运货，顶替劳役，谁个愿去了？”连问三声，没有一人回答。官员脸色骤然涨红，向后一招手：“来人！给我点出四条大船，谁敢违抗，立杀无赦！”桥上甲士轰然一声拥来，便要下码头强点船只。

突然之间，船工最后边一人高喊：“我等六船愿去，弗要点了。”

官员一阵大笑：“就说嘛，偌大楚国，没有顺民了？”又骤然拉下脸对着船工们吼道，“尔等本是吴越贱民，日后若再不敬重大楚官府，船只一体烧了。教尔等冻死饿死，葬身鱼腹！听见了么？”

船工们死死一片沉默。官员正要发作，那几只划过来的大船上一个黝黑精瘦的汉子在船头拱手笑道：“上大夫何须与吴越贱民计较？请上船便了，今日正好顺风！”官员立刻阴云消散，变脸笑道：“一个船工，你如何知道本官是上大夫了？”黝黑汉子极是恭顺地笑着：“靳尚大夫是大楚栋梁，天下皆知。我等山野庶民，如雷贯耳。”官员极感受用，大是感

---

[1] 弗为，吴语方言，“不会”之意。

叹：“我靳尚有如此口碑，上天有眼也。来人，赏船家赤金一方！”

靳尚身后一个武士喊一声：“船家看好了。”嗖的一声凌空掷过来一个金饼。黝黑汉子受宠若惊，忙在船头踉跄来接，不防一步滑倒，扑通一声与方金一起落水，引得周围船家一片大笑。待黝黑汉子水淋淋爬上船来，靳尚高声笑道：“不打紧，到了王后别宫再赏你一个。”落汤鸡一般的黝黑汉子连忙拱手惶恐道：“小民原是学过几日功夫，想在大人面前露一手，不想却栽了，见笑见笑。”靳尚大笑道：“好，不用勘验，便是你这几只船了，你要真有功夫，本官还不用你呢。”笑罢转身下令，“来人，货物上船。”

片刻之间，货物装满了四只大船。靳尚指着两只空船矜持地下令：“押船甲士一只船，本官一只船，上。”二十多名甲士拥到了最后的船上，靳尚却与自己的两名护卫一匹骏马上了黝黑汉子精致的乌篷小舟。黝黑汉子惶恐笑道：“大人，船小不吃重，大人宝马能否……”靳尚一挥手道：“你两个下去，上那只大船。”两名护卫稍有犹豫，靳尚脸色一沉：“下去！你俩合起来还没这匹马值钱。它是王后的宝贝，明白么？”护卫诺诺连声，连忙下了小船挤到大船上去了。

“开船了——”黝黑汉子一声唱喝，满载甲士的大船悠然出了码头，之后四只货船，最后是黝黑汉子的乌篷小舟。奇怪的是，码头上所有观望的船家都没有那一声热切的顺风辞，只是冷冷地看着船队出了水门，进了水道，始终没有一个人说话。

船队出了水门，黝黑汉子一声长呼：“官府货船，扯帆快桨——”载货大船的船家与桨手们“嗨”的一声应答，各船大帆倏忽扯起，桨手们也齐齐地甩开了膀子划水，船队满帆快桨，片刻漂进了云梦泽北岸。不想一进云梦泽汪洋水面，吃重货船便悠悠地慢了下来。黝黑汉子喊了一声：“桨手们歇歇乏，上大夫要在前方漫游散心，我在前面等了。”说罢大橹猛然一划，乌篷小船走云一般掠过船队悠然去了。

大船水手们齐声高喊：“老大好身手！彩——”

片刻之后，乌篷小船又飘然飞了回来，船头却赫然站着一个裙裾飘飘的少女。大船甲士们惊愕之际，少女一声长长的呼哨，载满甲士的大船骤然倾斜，樯桅哗啦折断，硬生生地翻了过去。甲士们惊慌呼喊间已经全部落水，虽则说楚人善水，怎奈被大船扣在上面，又是铁甲在身，绝大部分在顷刻之间一命呜呼。两名护卫与几个本领高强的甲士头目勉强逃脱，刚刚浮出水面便被大铁桨迎头拍去，鲜血立刻渗出了一团红云。不消片刻，全部甲士死了个一干二净。

小船少女又是一声呼哨。十多个桨手飞扑水中。将十几具尸体举到了船上。也是片刻之间，又有十几个甲士站在了最前边的大船上。少女一挥手，乌篷小船飞了出去，几艘大船悠悠地跟在了后边。

船队沿着云梦北岸行得小半个时辰，北面山腰一座小小城堡遥遥在望。渐渐靠近，山坳里弯出了一个小港湾，一片青石码头横在了眼前。乌篷小船一靠岸，船头少女倏忽不见，丝衣华贵的靳尚却赫然登岸。只见靳尚矜持地一挥手，接连靠岸的大船上十几个甲士押下一队挑夫，挑着各色货物上了山。

靳尚大摇大摆地走在前边，看看将近城堡，城门外的守护甲士肃然躬身。靳尚也不理睬，只对后面呼喝道："一帮贱民，都给我小心了。这都是王后的心爱之物，但有差错，拿他喂狗！"押货的甲士也是气势汹汹，不断地用长矛敲打着挑夫，跟着靳尚长驱直入进了城堡。又是小半个时辰，靳尚带着甲士押着挑夫们又出了城堡。

片刻之间，船队飞云般漂走了，城堡依旧静悄悄地矗立着。

次日清晨，郢都爆出了惊天奇闻：炙手可热的上大夫靳尚被秦国暗杀，头颅被挂在了王宫车马场的旗杆上！郢都街市立即大哗，人们弹冠相庆，酒肆大跌到一成价供国人聚酒庆贺。谁知偏偏就在国人欢腾的时刻，又有更加惊人的消息传来——王后郑袖被药杀在别宫密室，两日之后才被侍女发现！及至这则消息传开，郢都骤然沉默了。王后郑袖虽然也是与靳尚昭睢沆瀣一气，被楚人气狠狠地呼为"吴女"，然则毕竟是王后，国人若再欢呼庆贺，岂非连楚王也卷了进来？若楚王都是脏污不堪，那楚国还有指望么？自古以来，市井山野之庶民虽远离庙堂，但对朝局国事却最是明白，谁个是蛀虫奸佞，谁个是谋国栋梁，远远看去，分毫无差。楚国历经劫难，国人更是心明如镜，竟在死一般的沉默中酿出了一场令天下瞠目结舌的壮举。

就在王后郑袖被药杀的消息传出的当夜，一支童谣在郢都巷间传唱开来：

皮已不存　袖也不正
三间不出　日口见刀
天心无语　三楚大劫

于是，郢都国人聚相议论，纷纷拆解这支童谣隐寓的天机。不说则已，一说之下，才发现这支童谣直白如画——“皮”为革，“革”为靳尚；“袖”，不说也是王后了；“三间”是屈原，屈原正是在三间大夫爵位上被放逐的；“日口刀”是昭，在楚国，“昭”没有别人，定是昭雎。如此一来，这支童谣便是在明告楚人：奸佞靳尚死了，行迹不正的王后也死了，若是三间大夫还不出山，昭雎还要“见刀”！但是，中间两句连起来，却令人匪夷所思。屈原不出山，为何昭雎就要见刀？莫非上天在冥冥之中已经断定昭雎是阻挠屈原的死敌么？后两句更是蹊跷，天心本就无语，为何“三楚”就要遭逢大劫？“三楚”说的是大楚国，楚国本土连同吞并进来的吴越两国，自是三楚了。那么，“天心”究是何指？

“噢呀！民心即天心！孟子说的了。”一个儒生突然大喊起来。

“侬个透亮，天心便是民心！”一个吴地士子立即呼应。

“彩——”众人大悟，轰然喝彩。

“这便是说，”儒生压低了声音，“民心若是不动，楚国便是大难临头。”

“心在肚子里，动又能如何了？”一个商人大皱眉头。

众人一片大笑，吴地士子矜持地笑了：“侬毋晓得？民心动，是动于外。动于外，便是要教国君知道民心了。”

“晓得晓得！”商人连连点头，“就是上万民书了。”

“彩——”众人一声呼喝，“上万民书——”

次日清晨，王宫车马场前所未有地变成了人山人海。

商人停市，百工停业，船工停运，庶民百姓从四面八方拥向了王宫，挤满了一切可以插足的方寸之地，连车马场周边的大树上也挂满了各色人等。高大的王宫廊柱下，一片白发头颅打着一幅宽大的麻布，赫然八个血淋淋的大字——天心补楚，三闾秉政！守护王宫的军兵甲士不敢妄动，一员领班大将飞也似的跑进宫中禀报去了。

楚怀王正在昏昏大睡。郑袖靳尚骤然死去，对这个年近花甲却依然精力旺盛的老国王不啻当头霹雳。多少年来，这个老国王已经完全习惯了昭雎、靳尚、郑袖给他支撑的全部日月。比他更老却更健旺的昭雎打理着朝局国事，他只点头摇头便了。正在盛年的靳尚沟通着他与外臣的诸般事务，间或还给他一些甜蜜的玩味。娇媚丰腴的郑袖仿佛永远都那么年轻诱人，每次都教他雄风大振。但凡郑袖带着王子去别宫小住，他便惶惶不可终日，纵是将几个绝色侍女百般蹂躏，也是索然无味，非郑袖回来与他反复折腾才能一泄如注，轻松地睡到日上中天。久而久之，他颓然靠在了这个三角人架上，万事都只在这三个人身上解决。楚怀王由衷地感念上天所赐，不能想象，假如有朝一日没了这个三人架，他将如何度日？

便在他尽情咀嚼着一个国王的美味时，三人架的两个致命支撑突然摧折了。楚怀王听到这个消息时，哼都没来得及哼一声便骤然昏了过去。及至醒来，他浮上的第一个念头便是：上天纵要惩罚他，如何不教昭雎去死？却让两个最心爱的人死了？他不吃不喝不睡，只在园林中焦躁地转悠，完全想不起自己该做什么。一个侍女领班甚是精明，派来了四个平日做郑袖替身的柔媚侍女，操着与郑袖全无二致的吴侬软语，莺莺燕燕地拥着他漫游。一夜漫游将尽，他终于颓然软倒在四具柔软劲韧的肉体上昏昏睡去……

“禀报我王，出大事了……”宫门将领匆匆进来，却钉子一般愣怔了。

晨雾之中，绿草地上一顶白纱帐篷，四个侍女与须发灰白的老国王重叠纠缠在一起，粗细鼾声也混杂在一起，周围一个人也没有，寂静得一片森然。

“内侍何在？郎中[1]何在！”宫门将军大喊起来。

“侬毋聒噪了！”一个裙裾飘飘的侍女头目不知从何等地方飞了出来，圆睁杏眼压低声音嚷嚷着，“侬毋晓得大王两日两夜没困觉？侬毋长眼，嚷嚷大王醒来谁个消受了？侬要有事，找令尹去了。现时大王醒来也没个用，晓得无？”

宫门将军哭笑不得，想发作却又不敢。这些吴语侍女都是王后郑袖的从嫁心腹，更是楚王的寝室尤物，寻常时日等闲大臣也得看她们脸色，此时楚王没睡过劲儿，没准儿被吵醒了还真将他一刀问斩，何苦来哉。想到这里，将军诺诺连声地走了，一出宫门立马派出飞骑向令尹昭雎告急。

昭雎这几日正在心惊肉跳。

靳尚死讯传出时，他很是高兴了一阵子——这个弄臣近年来气焰日盛，借着男风女风一齐得宠，时不时对他这个令尹还带点儿颜色，指斥他这事没办好那事没办好，大有取而代之的势头。此子中山狼，得志便猖狂，死得正在其时。谁知还没回过味来，郑袖就被药杀了。这一下，昭雎可是冷汗直流。说到底，郑袖是他的人，是他对楚王设下的绞龙索[2]。二十多年来，要是没有郑袖在王宫撑持，昭雎当真不知死了几回。如今有人一举杀了靳尚郑袖，可见这股势力决然是来头不小。他们能杀这两个精明得每个毛孔都在算计人的人精，可见谋划之周到细致。令昭雎更为不安的是，这股神秘势力为何要杀靳尚郑袖？反复思忖，昭雎认准了只有一个答案：是楚国的新派势力要改变朝局，挟制楚王变法。果真如此，这股势力岂能放过他这个新派死敌？可是，他们为何要放过他呢？没有机会得手？决然不是。只有一个可能：要选另一个时机杀他，以期造成更大的震撼。这个时机，很可能就是他们的变法人物将要出山之前，杀他这个世族魁首为变法祭旗。除此而外，还能做何解释？

昭雎是只千年老狐，既有冷静的评判，又有狡诈的对策。反复思虑，

---

[1] 郎中，楚国军职，国王的贴身护卫。

[2] 郑袖故事，请参阅第二部《国命纵横》。

他选定了以静制动这个应对晦明乱局的古老准则，抱定了在这个强劲的风头上蛰伏隐匿的主意，将府中护卫部署得铁桶也似，却绝不踏出府门一步。只要躲过这险境，新派又能奈我何？谁能保定那个朝三暮四的楚王一定会重新起用新派人物？

正在此时，侄子子兰匆匆来到书房，说禁军司马飞马急报：郢都国人宫前血书请愿，强请楚王重新起用屈原变法；楚王昏睡，朝臣不出，紧急请命令尹处置。

“呵呵，棋在这里了。”须发如雪虬结在头顶盘成了一支白冠，老昭雎两眼闪烁着细亮的光芒，“先杀宫中对手，再以民谣煽动国人上书，而后改变朝局。算器倒是不错。子兰，你也做过一回大将了，想想，该如何处置？”

“无论如何，不能教屈原出山！”子兰咬牙切齿，“否则，昭氏举族当灭。”

“我是问，目下之策该当如何？”昭雎对这位曾经做了一回上将军但却总是憨直骄横的侄子，每每总是大皱眉头。

“目下楚王朝臣俱不理事，叔父当做中流砥柱！驱散乱民，稳定郢都，同时也铲除屈原黄歇之根基！”子兰大是慷慨。

“之后如何？”

“挟制楚王，以乱国罪灭了屈黄两族，叔父镇国摄政。”

“再之后如何？”

“叔父效伊尹之法，废黜放逐老楚王，拥立一个童子楚王。”

“再再之后如何？”

“昭氏代芈氏。若田齐代姜齐，立他一个新楚国！”

“好！”老昭雎第一次赞赏了侄子，“你能看得久远，这件大事便交给你去做。”说罢走进里间，一阵轻微地响动，抱着一个铜匣走出来放到书案上：“打开。”子兰一端详，眼中放光，熟练地打开铜匣，不禁惊叹一声：“兵符！”昭雎冷冷一笑：“这是我秘藏之兵符。你用它即刻调一万精兵，驱散乱民，围住王宫，不许任何人进出。记住，给府邸留一千铁甲武士，防备那股势力得寸进尺。”

“明白！”子兰答应一声，大步出了书房。

郢都之内除了王室禁军八千人，便是城防驻军六千人。作为一国都城，城内驻军只能维持在一定数量，不可能多多益善，最重要的防卫力量历来都驻扎在城外要塞隘口。这是天下通例。其中最根本的原因是实战需要——大军驻扎城外要塞，使敌方根本不能接近都城，这才是真正的防守。大军兵临城下，城内孤军困守，那只是极为特殊的驻兵要塞或偶然的战场情势。作为大国都城布防，历来都不会将大军龟缩在城池之内。

唯其如此，子兰要调足一万人马，只能出城。都城内的王室禁军是只听楚王号令的。就是那六千城防驻军，也是要有特殊兵符才能接受上柱国[1]之外的调遣的。楚国大族分治的历来传统：都城属王族领地，禁军与守军将领均由王族子弟担当，连兵士都是只从王族领地征发。楚怀王虽然颟顸，但对都城内兵马却也是掌控极严，特殊兵符连靳尚也没有见过。昭雎的兵符是十多年前子兰做上将军统帅六国联军时，昭雎以令尹调运粮草的权力得到的。六国联军战败，楚国上下惶惶不安，这只兵符竟鬼使神差地被人忘记了。

楚制：调粮兵符须与调兵兵符同时勘合，大军才能离营。但是，城外大军主将却正好是昭阳，也是昭氏的后进英杰，论辈分还是子兰的宗亲侄子。当此非常之时，这只兵符等同王权，况且昭雎又是主政令尹，调一万兵马入城当是顺理成章。

为防不测，子兰带了十名精锐骑士，一色快马长剑，出得北门向山谷要塞飞驰而去。这要塞军营距离郢都六十里之遥，翻过两道山梁便能望见军营旌旗，放开快马小半个时辰可到。刚刚翻过第一道山梁，下坡进入谷地时，突闻轰隆一声，前边六骑骤然消失。子兰战马突兀人立而起，嘶鸣后退，与后面连环飞驰的四骑结结实实撞在了一起，子兰顿时跌到马下，鼻子唰地喷出一股鲜血。饶是如此，子兰顾不得疼痛，立即拔剑大呼：“有埋伏！你等断后，我去军营。”又飞身上马要绕过陷坑冲上山梁。

---

[1] 上柱国，楚国执掌都城防卫的将领。

恰恰此时，一道白影快如闪电般飞来。一个大回旋，子兰头颅飞去，一股血柱冲天腾起，连一声惨叫也没来得及喊出。白影堪堪掠过，一阵箭雨立即倾泻到谷地，片刻之间，陷坑六骑与地上四骑声息皆无。

“兵符，给你了。”丛林中一个清亮的女声。

“好！回郢都。”一个浑厚的男声在丛林回荡。

马蹄如雨，骤然从山林席卷而去，山谷又恢复了一片宁静。

日色过午，楚怀王终于呻吟着郑袖的名字醒来了。

侍女头目连忙跪坐在地将他拥在怀里，一边抚摩一边呢喃抚慰：“大王别怕了，王后困觉了，一忽儿就来，就来，乖乖别怕，先喝一口白玉汁儿了，王后有，我也有呢，侬尝尝味道好么？哎哟，乖乖咬疼了……”自从郑袖生了王子，楚怀王便有了这个奇特的癖好，每次睡醒来都要郑袖给他喂奶，说那是上天白玉汁儿最好喝了。郑袖几日不在，极少开怀的侍女们又没有这上天白玉汁，只好任他将胸脯咬得出血。懵懂之时，不想这塞进嘴里包住脸膛的竟是肥嘟嘟一对可人物事。恍惚之间，老国王以为抱住的当真是郑袖，哼叫着一头扎进那雪白丰腴的怀中，狠狠咂得小半个时辰，才睁开眼睛抹着嘴坐了起来：“你，便是王后了！”手却只是指点着那对肥白的大奶子。

“谢过大王隆恩——”侍女头目惊喜万状地猛然将老国王包在了胸前。

楚怀王雄心大作，一番胡乱折腾，片刻之后满头大汗气喘咻咻，才觉得郁闷稍减，呵呵笑了：“这对尤物不输郑袖，上天有眼了。”

“侬晓得无？人家跟王后原本就是姊妹了。”

楚怀王哈哈大笑：“好了好了，姊妹便姊妹了。”

正在楚怀王高兴的时刻，一个老内侍匆匆碎步跑来：“禀报我王：出事了！宫门拥满了市井庶人，已经跪了三个时辰，要我王出宫受书！”

楚怀王顿时愣怔了，片刻之间却又恍然笑了：“我说也，哄哄嗡嗡甚个声响？原是市井坐宫，要减税么？去，找令尹了，本王管这等琐碎？”

“宫门司马早报令尹了，令尹派出子兰将军，可子兰将军没有音信了！”

楚怀王眼珠打转，一声高喊：“靳尚！”却又骤然打住，长叹一声，

“乱也，走，本王出去看看啦。”刚要迈步，却回头高声下令，“来人，带新王后去寝宫养息。”又对衣衫零乱的侍女头目笑了笑，这才跟着老内侍走了出去。

一到宫门廊柱下，楚怀王惊愣得站住了。生平之中，他只见过屈氏部族的族老们当年为屈原请命，人数也就是几百个，已经使他手足无措了，何曾见识过这人山人海？片刻之间，楚怀王觉得头轰的一声懵懂了，脸色发青，两眼笔直，不禁哆嗦起来。老内侍连忙靠前扶住低声道：“老朽之意：不管市井庶民如何请命，我王尽管答应住，管保无事了。”楚怀王顿时清醒，甩开老内侍笑道：“本王早就如此想了，用得你说？下去！”抖擞精神走到廊下矜持地一声高喝，“宫门将军何在？”

“宫门将军朱英在！”

“请庶民三老上前，本王召见。”

“嗨！”朱英转身走下高高石阶，来到跪地请命的一片老人前高声宣谕，“请命人等听了：楚王有命，着三老上阶晋见。尔等推举三人，随我见王。”

片刻之间，三个须发雪白的老人颤巍巍地跟着朱英走上了高高的三十六级台阶，场中民众翘首以待，鸦雀无声。大约顿饭时光，三个老人颤巍巍下了台阶，一个苍老嘶哑的声音喊了起来：“楚王英明，答应即刻下诏，召屈原大夫还都秉政！”

“楚王万岁！”“屈原大夫万岁！”车马场顿时一片欢呼。

“昭雎老狐，如何处置？”有人高声呼喊起来。

“且慢了。”一个老人笑了，“楚王说了，即刻下诏，罢黜昭雎令尹之职！”

“彩——”“楚王明断！”“楚国万岁！”一片山呼海啸掠过了广场。

突然，随着一阵骤雨般马蹄声，一骑飞到王宫阶下一声高喊：“夷陵军报，秦军攻楚——”万千人众顿时僵住。不迟不早，秦国恰恰在这个节骨眼上攻来，谁来统兵对阵？大楚国还能保得住么？

四　江峡大战　水陆破楚

经过一冬紧张运筹，冰消雪化的三月，秦国水军终于编成了。

河内战事一结束，白起给魏冄留下一万铁骑，马不停蹄地班师蓝田，自己又星夜赶回了咸阳。晋见宣太后之后，白起匆匆与荆梅成婚了。这是宣太后的命令：白起不成婚，哪儿也不许去。白起与荆梅原本都没有立即成婚的意愿。可宣太后说得明白：“大将三十无家室，君之罪也。白起若无荆梅这个念想，我能教他等到今日了？一个才士孤女，一个国家干城，却都是孤身漂泊，教我如何做这一国太后了？明日便成婚！我看这也是荆老义士生前遗愿，我便做主了。”白起对这个青梅竹马的师妹原是一片深情，但毕竟从来没有挑明过婚事，老师死得突然，也没有明白说过此事该当如何，所以就存了个与荆梅相处慢慢再说的心思。荆梅深爱白起，却因他戎马倥偬，总是没有相处一吐心思的时机，也暗暗打定了主意，要改扮男装入军照拂白起，相机再说。如今教宣太后快人快语说了个透亮，两人红着脸不说话，也算是默许了。于是，宣太后立即亲自操持，半日之间便将白起的大良造府收拾得焕然一新。当晚，宣太后带着陪嫁的十名侍女十名官仆，用一辆结满红绫的篷车将荆梅从王城送到了大良造府，沿途观者如潮，热闹非凡。到得府邸，秦昭王亲自司礼主婚，全部在咸阳的秦国大臣几乎都来庆贺，可谓天下独一无二的成婚盛典。

白起素来对不合自己身份的擢升与赐予都觉得忐忑不安，若是职爵之事，他一定会断然辞谢。可这是婚典，按照古老的习俗，国君太后出席功勋大臣的相关庆典也是常情，虽说自己只想悄悄办理，却实在不好推托。若是魏冄在咸阳，一定能体谅自己苦衷，替自己挡得一阵，可偏偏魏冄在河内忙碌，也只好顺势而下了。荆梅自然知道白起禀性心思，只是不断给他眼色：“忍忍，便过去了。”

一则是战事在心，二则是实在不堪连绵不断的饮宴盛典。大婚次日，白起一马飞出咸阳，直奔蓝田大营去了。及至日上三竿，宣太后亲乘华车来迎新婚夫妇入宫大宴时，竟只有朴实娴静的荆梅一个人了。荆梅只施得一礼，还没有说话，宣太后便又气又笑道："这个白起不像话。扔下一个新娘走了，是么？虽说也是国事，可我这个娘家人如何过得去了？荆梅，你莫上心，我这便派人将他给追回来，任你处罚，晓得无？"叮当一串体己话。荆梅噗地笑了："太后莫生气，他就那根犟牛筋，但有仗打，甚事也不顾。"宣太后呵呵笑道："有这想头便好。你也别生气，左右你一个人我一个人，索性跟我进宫住几日去。"荆梅笑道："白起是个粗土人，府中乱得一团糟，容我收拾得两日，再去拜谢太后如何？"宣太后笑了："新娘子知道当家了，好事也。哪有个不行的理论。哎，进宫可不是拜谢我，是你我一起热闹些许，记住了？除非白起回来，你想来便来。"说罢又叫过侍女仆人的头目叮嘱一番，这才上车走了。

白起进得蓝田大营，立即开始筹划攻楚大战。

按照预先谋划，白起第一件事是派出飞骑特使直下江州[1]，限期在一月之内将打造好的战船接收下水，并征发三千名水手等候成军。第二件事，派出蒙骜暂为水军大将，立即奔赴南郑[2]，征发两万汉水子弟练成水军。两件事部署妥当，白起教中军司马将搜集来的楚国山水图与郡县城相关典籍全部搬到后帐，埋头揣摩伐楚细节。

大约从西周时起，中原便称楚国与江南小邦国为"南国"。《诗·小雅·四月》有"滔滔江汉，南国之纪"的咏唱。后来，南国诸侯们渐渐地被楚国一一蚕食了，及至吴越被灭，淮水之南便是楚国天下了。广袤华夏，除了西南巴蜀被秦国占领，整个江南、东南、岭南的苍茫万里，都是楚国疆域。虽说楚国对岭南的实际控制很松散，但是各个岭南部族都以楚国为宗主，却是任谁都承认的事实。也就是说，整个北部华夏战国的所有土地加起来，也比一个楚国大不了多少。于是，对大河之北的中原各战国来说，攻取楚地成了梦寐以求的远图。自春秋以来，中原诸侯以晋、秦、齐为首，不知多少次地与楚国开战，可是，都从来没有打到

---

[1] 江州，战国秦灭巴蜀后巴郡治所，在今重庆市地区。

[2] 南郑，战国秦汉中郡治所，今陕西南郑县地区。

过云梦泽与长江北岸，激烈的大战从来都只发生在淮水南北区域。到了战国中期，反倒是楚国向北扩张到了淮水以北，直接与魏国韩国在颍水接壤。若从颍水的陈县（楚国北部要塞，也是楚国末期最后一个都城）直达岭南，那可当真是荒莽万里河山。从几百年的战事看，大多数时期，中原战国的军力还都是强大于楚国的，可为何偏是夺不来楚国土地，反而是楚国步步北上？

攻楚之前，白起想得最多的，便是这个难解之谜。

自从与老师临终谈兵，读了老师赠送的兵书，白起打仗的思路大大开阔起来。白起出身行伍，在战场造诣上很早就达到了炉火纯青的地步。举凡步骑战法、军营调度、辎重运筹、行兵布阵、安营扎寨、长途奔袭等，他都能从一个士兵所能够解决的细节上变换创造出种种独特战法。甲胄兵器的重量，军营帐篷的大小，军食制作的种类，他都能找出最利于作战且又最方便军士行动的最好配置。正因为如此，白起在千夫长的位置上就已经屡次能对大军作战提出精到见解了。尤其是河外伊阙之战大破六国联军、河内之战夺魏六十余城这两场以他为统帅的大战之后，白起骤然成熟了。再读兵法经典，他对往昔战事便有了深彻回顾。根本之点在于，他真正悟到了战之胜负根本在疆场之外的道理，也明白了诸如孙武吴起司马穰苴那样的兵家圣者，为何要用大量篇幅去论说战场之外的国政、民生乃至人心向背等的奥秘。也正是在这样的时刻，白起开始谋划对楚大战。为了思虑更为扎实，他专门与魏冄做了一番探究。

“穰侯以为，中原强兵，何以百年来不能夺楚十城以上？”

“白起啊，你又瞄上楚国了？”魏冄哈哈大笑，“老夫之见，却很简单：楚有江水天险，中原无水军，陆路无法逾越，可是了？”

白起道：“即或江水难以逾越，淮水总可以强渡，何以淮北之地也在楚国手中？”

魏冄一怔：“也是，淮北之地打了百余年，反倒教楚国占了大半，你说说是何道理？”

“白起以为，道理有二：其一，中原战国战法单一，百余年来唯知从淮北与楚国接壤处开打。楚国淮南江南之广袤本土从未受过威胁，可源源不断地输送兵力粮草做长期抗衡。纵有一战数战之败，也不伤元气。是故楚国虽弱，却能矗立淮北不退。中原战国虽强，却不能夺取淮北，更不能逼近江水。此为战法谋略之误。”

“有理！”魏冄拍案而起，“其二？”

“其二，大局评判有误。中原战国历来视楚国为南蛮；一如长期视秦国为西蛮；错认唯有淮北淮南才是丰腴之地，汉水、江南、江东、岭南皆是蛮荒莽苍之地，纵拼力夺来，亦于国无助。与此同时，楚国使节、商旅也在中原反复张扬江南荒莽贫瘠远不如中原富庶，楚国要富强，唯有夺取淮北，等等，混淆中原视听，使中原战国误以为果然如此。此一失误，与张仪当年对巴蜀评判之误如出一辙。明锐如张仪者，尚且以为巴蜀蛮荒不毛之地夺之无益，更何况寻常人等？”

魏冄一阵默然，良久喟然一叹：“洞若观火，此之谓也！白起啊，老夫是老楚人了，也没想到这战场之外啊。”说着双目炯炯生光，“你既有此想，定有长策，说说了。”

白起走到魏冄书房的那张《九州山水图》下，指点着道：“天下之大，唯江南为最后争夺之地。天赐地利，秦国西南恰与楚国相连，夺得楚国半壁河山，可成秦国更大根基。若得攻楚战胜，便要另辟蹊径：避开淮北老战场，从巴蜀直下江水云梦泽，夺取楚国江汉根基，一举使楚国衰颓。”

魏冄长长地一吁：“如此打法，秦军之短了。我方水军，弱于楚国水师啊。”

白起指着蜿蜒江水道：“楚国水师虽强，然多在吴越之地。云梦泽舟师只是老楚旧部，且长期无水战，兵力已经大大减少。我方水军虽是初建，用途却主要在于运兵，而不是开入云梦泽与楚国水师对阵。我军之要，在于顺流东下，夺取江汉之地的城池，站定陆上根基。”

“好！”魏冄一拍掌，“你将此谋划立即上书。这一番比不得中原陆战，要大动干戈。还是那句老话：老夫给你抱住后腰，只管放手去做。”

“上书太后秦王，穰侯连署如何？”

魏冄目光一闪，恍然笑道：“好！算老夫一个。老夫楚人，朝野心安。”

宣太后与秦昭王立即批下了这卷将相上书，并给白起加了一个特职“大良造上将军兼领巴蜀两郡”，同时立即派出快马特使知会巴蜀相[1]陈庄“凡涉军事，悉听白起调遣”。接着便是白起的一道火急军令：“悉数调遣原有战船聚江州，并打造新战船一百艘，限来春三月完工。”

幕府揣摩三日，白起已经将攻楚方略详细拟定——以战船运兵，顺流下江登岸，夺取楚国汉中郡残余三城、黔中郡东北二十余城、巫郡江北二十余城。方略一定，白起立即升帐发令：以王龁为前军大将，王陵为中军策应，出动步骑大军八万，从武关南下，直插长江北岸的夷陵山地驻扎，等候水军东下。

大军开拔，白起带着中军大帐一班军吏并一个百人骑士队，星夜从南山子午谷直插南郑，要在腊月之前赶到江州。虽然是一路崎岖难行，但白起一行都是当年随司马错奇袭巴蜀的山地老手，翻过南山又是一片春意，没有了中原之地的刺骨北风，却也走得畅快，不待一个月到了江州，恰恰是十一月底。

快马斥候送来军报：先行到达南郑的蒙骜很是快捷，已经在汉水两岸招募了两万熟悉水性的精壮子弟加紧训练水上战法，专一等候巴郡战船东下。白起立即下令蒙骜：水军训练两个月后，开赴江北巫山秘密驻扎等候。

诸事处置完毕，白起与陈庄一起来到江边船场查看战船。江州正卡在白水[2]与江水的交汇口上，水面深阔，岩石成岸，上佳的天然船场。两人登上南岸船场的云车一望，江边樯桅如林，大小船只连绵不断一望无际，壮观非常。

“共有多少战船？”白起大手向江中一划，仿佛要将所有战船都包揽过来。

“大型战船两百艘，小型战船三百艘，不算吴越，比老楚战船多出百余艘。”

---

[1] 巴蜀相，秦国收巴蜀之后，原巴王蜀王均称“侯”，无治权，秦派遣“相”为执政官。

[2] 白水，战国时对嘉陵江的称谓。

“粮草辎重船能征发多少？”

“官府货船八百余艘，征发商船千余艘，可得两千艘货船输送粮草辎重。”陈庄本是军中将领，做了文职不打仗大感憋闷，此次参与军旅，虽说不上阵，也很是兴奋。

白起大手一挥：“好！下去看看那些大个头。水战靠船，不能大意。”

“嗨！”陈庄将军一般应了一声，“上将军通晓军旅，若连水军也通了，便是天下无敌了。”白起笑道：“如何我便通不得水战？只要与打仗相关，我都要通了它。”说话间两人下得云车进入船场，开始逐一地登上大型战船察看。

先看的是楼船。楼船是最大的战磁，船上起楼两层或三层，各层排列女墙、构筑战格、树立大旗、装置大型战磁与拍杆；顶楼是将帅金鼓号令与强弓硬弩手，船舷甲板可装载战车战马，桨手数十百人，可载兵士近千人。楼船非但可远距离地以战磁、拍杆攻击敌船，并可凭借自身重力“犁沉”敌船，威力极是强大。因了楼船是帅船，是战船之首，所以后来的水军将领便叫做“楼船将军”。这种楼船，春秋时期首先在吴国被打造出来，统率者便是赫赫大名的伍子胥。那时候的楼船，只能容纳两百余士兵桨手。到了战国中期，楼船技术已经普及沿水国家。楚国、齐国、魏国、秦国，都有了打造大型楼船的船场。楼船术更上层楼，打造得更大了。在秦国，打造楼船之地主要是巴郡的江州。

再是艨冲。“外狭而长曰艨冲，以冲突敌船也。”这是古人对艨冲的说法。究其竟，这是一种船体狭长而速度快，用于临阵冲突的战船。

这两种大型战船之外，便是可容数十名军士的攻击战船，主要是斗舰、先登、赤马三种。春秋时期，舰被叫做“槛”或“鉴”，战国之世才出现了“舰”这个名称。《释名》对这种“槛”船的解释是：“上下重板曰槛。四方施板以御矢石，其内如牢槛也。”正因了这种舰船有两层厚板打成的木寨，可以抵御敌船之飞矢流石，所以成为水战冲锋的主力战舰。

先登与赤马，都是更为轻快的战船。“军行在前曰先登，登之向敌阵也。”也就是说，先登是一种抢登敌船或抢登滩头的攻击船。赤马则是轻疾快船。“轻疾者曰赤马舟，其体正赤，疾如战马也。”也就是说，这种快船船体轻速度快，船身涂成大红色，专门做船队的快速攻击力量。

其余是特殊用途的船只。一种是侦察敌情的斥候船。“五百斛以上且有小屋曰斥候，以视敌之进退也。”斛，是春秋战国的量具，以斛计重量，说的是排水量。一斛若以三百斤计，五百斛即是十五万斤，大体相当后来五六吨的船只。作为敌情观测船，往往是统帅需要使用的，而且要相对高大，自然不会是小船。在实战之中，大型斥候船实际是斥候营号令指挥船。实际的侦察船叫做“艇”。艇是排水量二百斛以下的轻便小舟，除了水手，可乘一人或两人。在实战探敌之外，这种小艇也是临时上下大战船的快捷工具。

察看完船场，白起怦然心动了。在此之前，他将这支水军的作用主要定在运兵与输送辎重两方面，但使步骑大军能够避开无休止的翻山越岭艰难攀登，粮草输送能够源源不断，秦军便有八九成胜算。这两点对于长途奔袭式的山地作战，恰恰是要命的关键环节。有一支船队能够以极大的输送力量越过崇山峻岭而直达战场，这对于精锐如秦军者，自然是最难得的。能做到这一点，白起已经是满足了。可如今一看这千余艘打造极为精良的各式战船，白起顿时萌生了一个大胆的谋划。

“陈相，江州水手本领如何？”白起突兀一问。

“没说的！”陈庄一指江面，“江州水手天下第一！楚国水面尽在大江下游，水流宽阔平稳，纵然云梦泽阔远如海，毕竟是险滩急流甚少。江州水手不同，常年出江东下，一道巫山大峡谷便是几百里，险滩无数，航道诡秘多变，直如生死鬼门关。江州水手但能上船出江，个顶个好把式！”

“这三千水手都出过江？”

“但凡操舵老大，都出过江。桨手只有两三成没出过，征召时一一查过。”

“好！但有此等水手，秦国水军立马可待。”白起大是振奋，“立即以上将军代秦王名义，赐给所有造船工匠、操舵水手造士爵位，其余水手人赐十金，以彰显其舍业从军之功，大战之后再论功行赏。”

“上将军明断！”陈庄高兴得一拍掌，“这些水手多以贩运盐、鱼为

楼船

艨冲

《武经总要》中的斗舰

赤马

生，仓促应召原是有些不敢说的话。若人各赏赐，家人水手大是安心，士气便大涨！”

“那好，你去办理。”

“嗨！”陈庄挺胸一应大步去了。

倏忽之间已是大年。白起与陈庄在岁末那一日，运了十车清酒三百头猪羊来到了船场，隆重犒劳打造战船的工匠与驻扎江边军营的三千水手。工匠水手们做梦也想不到，威震天下的赫赫上将军白起能在年关之际来犒赏他们这等贩夫走卒，一时间欢呼声响彻大江两岸，许多老工匠老水手们都是热泪盈眶，反复念叨着：“过往啥子么，眼下啥子么！有爵位，还有上将军赐酒过年，安逸哩安逸哩！”精壮水手们昂昂振奋，人人喝得满脸涨红，嗷嗷叫着要立即打仗。

“父老兄弟们！”白起站在高高的船台上可着嗓子喊了起来，“歇工三日，好好过年。年节之后，出江东下，为国立功——”

“不歇工！”万千人众齐齐地一片吼声，“下水！上船——出江——”

白起眼中含着泪水，在船台上深深地一躬到底。

于是，年关的江边船场变成了灯火喧嚣的大工地，也成了江州百姓倾泻报国热肠的热闹所在。巴蜀两地归秦已有三十余年，然则，寻常百姓对于秦国秦政还是生疏淡漠的。这次伐楚大战，江州第一次成了秦国的中心地带，上将军亲临巴郡，百姓们从实实在在的接触中，知道了秦国的奖励耕战究竟是个啥子法度，也实实在在地品咂到了这秦国法度就是比当年巴王的狠巴巴盘剥要好得多。单说这工匠水手赐爵一件事，便令巴人大是感动。祖祖辈辈千百年，何曾有过官府因了庶民“舍业从国”而立加赏赐的？再说筹集军粮，官府还是只买余粮，卖余粮多者也赐爵赏金。这样的官府，老百姓如何不感恩奋发？

年关时节本是农闲。船场工匠水手不歇工的消息一传开，万千民众便络绎不绝地拥到了两江岸边，一船一船地送来了不计其数的鱼肉、熏肉、饭团与各种山果酒，一队一队的乐手昼夜守在两岸吹打。船场的工匠水手们更是热气腾腾，人人撂开了光膀子大汗淋漓地可着劲儿猛干。不消三五日，年节还没有过完，全部战船便顺利下水。三千水手们立即上船演练，两岸民众呐喊助威，一片如火如荼。

二月初旬，白起登上了最大的一艘楼船，率领着六百余艘战船与两千余艘粮草辎重船浩浩荡荡地顺流直下了。狭窄湍急的江面上樯桅如林，船队连绵百余里，当真是前所未有的壮阔。

船队行得三日，到了赤甲山峡谷江段。赤甲山是巴郡东部要塞关口，山头一关叫做扞关[1]。扞关原是楚国建造的西部要塞，秦国夺得房陵之地后，楚国放弃了江峡段的长江防守，扞关便成了秦国巴郡的东部要塞。虽则如此，却由于没有水军，秦国对长江大峡谷的控制也是形同虚设，除了北岸盆地的城堡，沿江峡谷的城堡实际上仍然在时不时出没江峡的楚国水军控制之下。此次秦国船队大举东下，楚国水军早已退到了夷陵[2]之下，峡谷江段平静无事。蒙骜率领三万水军已经在这里驻守了一月，将关下码头已经拓宽加深整修齐备。这一日，蒙骜在山头遥见江中“白”字大旗迎风招展，立刻命令小艇下水，亲自迎了上去。

及至驶近楼船，被水手领着爬上高高的舷梯，在五六丈高的楼顶俯瞰江水滔滔旌旗连绵不断，蒙骜惊讶得连喊：“了不得！了不得！”白起从号令台走下来笑道：“有甚了不得？旱老虎不能变蛟龙？”蒙骜连连赞叹：“变得好变得好，有如此船队，楚国水军是个鸟！”白起破天荒地大笑起来：“好！这次要看你这水军主将的威风了。”蒙骜摩拳擦掌道：“你只说如何打？我让楚人尝尝大秦水军的厉害！”“你来。”白起拉着蒙骜进了号令舱，舱中钉着一幅可墙大的《沿江关塞图》，一指扞关位置，白起道：“旬日之内，你在扞关须将几万水军编成战船队，并须在江面演练几日。而后第一仗，是与夷陵水师对阵。歼灭夷陵水师，待步军攻克夷陵关城与江峡内两岸城池之后，你留两成水军封锁江峡，而后立即率水军东下，直逼云梦口威慑郢都。这是我军第一次水战，你说说胜算如何？”

蒙骜是一员周密持重的大将，此刻断然点头：“八成胜算。我已探听清楚：夷陵水师只有百余艘中小战船，水军八千，关城守军两万，周遭

[1] 扞关，又称江关，在今重庆市奉节县东长江北岸赤甲山上。

[2] 夷陵，长江三峡出口要塞，今日宜昌地区。

百里没有后续援军。我在南郑征召的这两万水军，清一色的渔家子弟，个个在船上如走平地，只要江州水手本事好，演练成军当是快捷无误。我用三百艘战船包抄上去，哪有不赢之理？”

“江州水手、修船工匠，都是天下第一。”白起一句赞叹，接着将江州故事说了一番，听得蒙骜连连感慨百般感奋。白起稍事停顿，接着指点大图道，“从明日开始，这楼船便是你的幕府舰。我要立即赶赴步骑大营，先期奇袭夷陵关，使夷陵水师失去陆上根基。”

“我军粮草基地是否驻扎夷陵？”

白起点头：“这件事有辎重营做。你所留下的两成水军，要确保粮草基地万无一失。粮草基地扎好后，只留五百艘货船运粮，其余千余艘空船一律运兵东下。”

“嗨！”蒙骜领命，“我立即回扞关调兵下江。”赳赳去了。

片时之间，楼船大旗飞动号角连绵，一排大战船缓缓靠上了扞关码头。白起将一应与蒙骜交接的后续军务都留给了中军司马办理，自己带着一班军吏与一个百人队乘着一艘斗舰靠上了码头，弃舟登岸，马不停蹄地向东北山地飞驰而去。

三日之后的夜晚，正是春风料峭浮云遮月的时光。秦军三万精锐步兵乘着百余艘大货船悄然横渡峡内江，匆匆登岸，连夜绕道南岸夷陵关背后。夷陵城堡是三面靠山一面控江，西锁江峡，东控云梦，扼守在万里长江的咽喉地带，号称“天下第一要塞”。虽则如此，夷陵的防守却很松懈。根本原因，在于夷陵是水上要塞，而能在水战上与楚国水师较量者，似乎还数不上一家。虽然与秦国汉水房陵接壤，但秦国从来没有水军，又在中原刚刚打完河内，如何能横空杀来夷陵？纵然杀来，也是江中鱼鳖，何能与楚国水师抗衡？再加上郢都接连出事，军中大将都在各自探听本部族大臣情势，谁也不曾想到战事。水军大将其实早已经接到斥候飞报：秦军船队出江东来。将军也只说得一句“再探”，一笑了之。

天将拂晓时分，夷陵关的三面高山骤然山火大起，无数渗透猛火油的火箭疾风骤雨般从三面山头倾泻到城中。不到顿饭时光，夷陵成了一片火海。满城惊慌逃窜之时，四面杀声大起，临江一面的关城之下又遇秦步军猛攻。伴着密集箭雨，猛烈的巨石战砥片刻间便将城门砸开，将城墙轰塌了几处大洞，黑压压秦军顿时如潮水般杀入城内。城内两万守军已经多年没有打过仗了，如今正在混乱逃命，部伍荡然无存，将军士兵互不相识，没有一阵像样的抵抗，个把时辰内全部崩溃做了降兵。

白起飞马入城，立即下令灭火，同时将降兵万余人全部集中到城后山地扎营。秦军也立即开出城外，在临江一面扎营防守。次日一早，楚军降卒全部遣散回乡。夷陵本是要塞之地，城中庶民原本只有两万余人，守军一去，秦军又不驻城内，城中庶民大是安静。

夷陵关一丢，江中水师大为惊慌。全部百余艘战船云集江心，准备随时东下。可看得一日，秦军只在岸上扎营大骂，激他们上岸厮杀，江中却连个水军船只的影子也没有。一班水师将军们又骄横起来，觉得这只是秦军突袭的小股人马侥幸得手而已，于是一面飞报郢都令尹府，一面要拖住秦军，等待援军到来一战收复夷陵。可在江中一连等了十日，郢都竟然全无消息。夷陵水师大将昭成本是昭氏子弟，心想定然是郢都昭氏有了危难，否则老令尹不可能撇下此等大事不管，心念及此，立即下令水师东下郢都。可就在船队起锚之际，江峡中竟连绵涌出大队战船，樯桅如林旌旗招展号角震动山谷，斗舰赤马当先，楼船艨冲居中，直压夷陵水师而来。

“升帆快桨——顺流开船——”昭成嘶声大喊起来。

夷陵水师原本结成了水上营寨，全部百余艘战船在江心抛锚，船头向外围成了一个巨大的方形水寨。此时起锚开船，也须按照战船位置一一开动。就在船队开动一大半的时候，顺流急下的秦国轻型战船已经从江面两侧包抄了过来。江州水手惯走险滩急流，秦国的斗舰、先登、赤马在江中又快又稳，片刻之间便在下游全部截住了刚刚扬帆的夷陵水师。

那艘最大的楼船缓缓从江心上游压了过来，楼顶蒙骜高声发令：“全体喊话：楚军投降，秦军不杀。”于是，楼船与艨冲两艘最大战船上的将士们一齐高声呐喊：“楚军投降——秦军不杀——”紧接着其余战船的兵士们也齐声呐喊，声震峡谷。

昭成一看大势，明是走脱不了，骤然哈哈大笑：“楚国纵弱，水师却是战无不胜了。蒙骜，你可敢教我摆开阵势一战？！”楼船顶上的蒙骜冷冷一笑，立即高声下令：“船队后退一箭，待夷陵水师列阵水战。”顷刻之间，秦国的黑色船队包围圈齐齐后撤，空开了江心深水地带。昭成大喊一声：“百船水阵，展开——”但见夷陵水师的百余艘战船徐徐展开，船头一律向外，在江心排成了一个巨大的圆阵，仿佛一座刀枪丛林的大山缓缓地顺流压下，喊杀声一起，箭雨急剧向秦军船队泼来。

蒙骜高声发令：“号角：斗舰截杀下游。先登赤马游击两翼，楼船艨冲全力压下。”

一阵呜呜号角，秦军船队各各竖起盾牌快速靠拢江心圆阵。楼船上渗透猛火油的连弩火箭带着尖锐的呼啸，直钉黄色船阵的帆布桅杆船舱。甲板的战磁将巨大的石头隆隆砸向敌船。与此同时，那艘坚固高大的艨冲也泼着箭雨以泰山压顶之势隆隆撞上黄色水阵。夷陵水师都是中小战船，面对庞然大物撞来，船阵后队不由自主地漂开。此时楼船也隆隆压来，每遇一船，巨大的拍杆便从高处轰隆隆砸下，黄色小船顿时被拍击得樯桅摧折剧烈摇晃。当此之际，两面先登、赤马快船上的水军甲士吼叫着跳上了敌船猛烈地厮杀。夷陵水师的一大半立即陷入混乱之中。

在下游迎头截杀的斗舰战法却是奇特：几十只战船一字在江面横开，全部抛锚固定，只是将强弩猛火油箭迎面射去。按水战之法，上游战船顺流而下具有极大的冲力优势，在都靠风帆与桨手做动力的战船上，下游战船很难抵抗上游战船的冲杀。可秦军战船却匪夷所思地抛锚固船，分明死战架势。

昭成大吼一声：“冲开下江——”前行二十多只快船支起盾牌鼓帆快桨全力冲来，要生生撞开封锁夺路下江。正在此时，秦军斗舰头领一声呼哨，一片赤膊水军飞鱼般跃起入水，倏忽沉入江中。昭成大喊一声：“防备凿船，飞鱼下水！”被称做“飞鱼”的应急水手正待下水，对面箭雨却劲急封住了江面，飞鱼们迟迟不得动弹。

这片时之间，只见江中气泡翻滚，水流打漩，楚军惊慌声四起：“不好了！进水了进水了！”楚军战船本来轻便，一旦凿开进水便是势不可挡。一时之间，前行战船已经纷纷倾斜入水，楚军士兵一片惊慌呼喊。

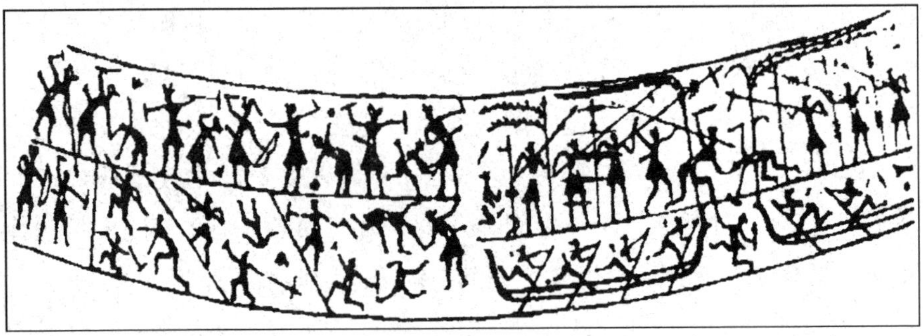

战国铜壶上的水战刻纹（一）

战国铜壶上的水战刻纹（二）

两翼游击的秦军战船趁势杀上楚国残存战船。大约两三个时辰，夷陵水师在一片斯杀中全军覆没了。

夷陵之战一结束，秦军立即封锁峡江出口。而后两万步军乘坐大船溯江入峡，攻占峡江两岸的要塞城池。这峡江两岸，本来是楚国屈氏部族的故乡，也就是屈原的故乡。后来屈氏成为楚国大族，被封在了洞庭郡的丰腴地带，这里只留下了很少的屈氏老族人。因了峡江荒险贫瘠，没有大族愿意受封此地，便做了官府“王地”。因是官地，自当由官府派军防守。但楚国广袤，类似如此荒险城池颇多，只在夷陵驻得一军。除了屈氏老城姊归[1]，峡江内那些地势险峻的城堡大都少有驻军。说是攻占，秦军却几乎没有打仗，旬日之间一一接收了这些城堡，拿下了整个长江上游。

三月底，长江春水浩浩的时节，白起大军两千余艘战船大举东下，直逼郢都。

五　白起激楚烧夷陵

郢都已经成了一团乱麻。

秦军恰恰在这个节骨眼上杀来，完全打乱了鲁仲连与春申君的谋划——屈原将出未出，昭雎将除未除，楚怀王将醒未醒，朝野惶惶不可终日，朝局国事一时没有了主心骨。鲁仲连跌脚大骂："虎狼秦国！坏我好局，鲁仲连与你不共戴天！"春申君铁青着脸色只不做声，沉默良久断然道："噢呀，此时不能再乱，须得举国同心，挽救危局！"鲁仲连目光一闪："如何个举国同心？"春申君道："噢呀，请出昭雎，与楚王共商应急啦。"鲁仲连愤然作色："春申君，你如何不说借此推出屈原！莫非白起明日就能打来了？"春申君急迫道："噢呀仲连，楚国大军三十余万，昭氏封地兵员几占三成。仓促之间，没有昭雎出面，且不说大军是否生乱，单说这粮草辎重便难以为继。屈原变法，那是远图。楚国一旦没有了，谁给谁去变法！"春申君自觉太过激烈，长叹一声，"再说了，自丹阳战败，八万新军覆没，屈氏部族已没有了根基。我等纵然强扶屈原主政，只能激发楚国旧族叛乱，谁去打仗？仲连，这是楚国。没有老世族支撑，甚事都是寸步难行啦。"

鲁仲连默然，良久冷冷一笑："我却忘了，春申君也是老世族。"说罢一拱手，"告辞！"头也不回地拂袖而去。

---

[1]　姊归，后写作"秭归"，屈氏故里，因屈原放逐，其姊归乡而得名，今重庆市秭归县地带。

春申君连连摇头，骤然之间泪如泉涌，却也没有追赶鲁仲连，思忖一阵，一抹泪水跳上轺车直奔王宫。当晚，垂头丧气的楚怀王特召昭雎入宫，与春申君共商应急之策。昭雎一接急报，顿时精神大振——上苍有眼，昭氏又一次转危为安。

此刻进宫，老昭雎板着沟壑纵横的老脸，任楚怀王唉声叹气，春申君焦灼万分，只是一言不发。楚怀王颤抖着一夜之间变白了的头颅，哭声乞求道："老令尹，你说话也。郑袖靳尚都死了，你再不为本王谋划，楚国要没有了。"昭雎冷冷道："启禀我王：非是老臣做大，实是老臣寒心也。若迟得几日，只怕老臣头颅也挂在宫门高杆了，屈原那忠臣也回来了。"楚怀王连连叹息道："老令尹哪里话来，谁说屈原要回来了？楚国柱石，舍令尹其谁也！"昭雎依旧冷冰冰道："我王若能给老臣一道王书：永不起用屈原，若得起用，世族共讨之，如此，老臣便得心安了。"春申君咬牙切齿正要发作，楚怀王却暗地里猛一扯他的衣襟，又拍案高声道："好！本王立即下书啦。老令尹只说，如何抗秦？"

"老臣之意：立即迁都。"昭雎只冷冷一句。

"迁都？噢呀，迁到何处去？"春申君急了。

"寿城。"

"寿——城？"春申君倒吸了一口凉气。寿城，那可是昭氏的封地啊。

楚怀王却并不惊讶，只是追问："迁都举动大，谁来护迁？"

"老臣亲率昭氏六万子弟兵护迁，可保我王万无一失。"

"噢呀不妥！"春申君急道，"那这郢都周遭数十城，拱手送给秦国了！"

昭雎冷笑："莫非春申君有奇策？"

"噢呀国难当头，有何奇策？唯举国一死抗敌！"

"也好。"昭雎微笑着，"老臣请我王两路部署：春申君率军迎敌，老臣率昭氏子弟并王族禁军护驾迁都，正是两全。"

"好！"楚怀王拍案而起，"老令尹高明！既全国，又抗敌，秦国能奈我何？"

春申君长叹一声，牙关紧咬，脸色铁青，终是没有说话。

次日，郢都开始了惊人的混乱折腾。迁都的消息一传出，国人尽皆哗然，原本热血沸腾的抗秦激情，突然变成了近乎疯狂的忙乱。商人要搬迁店铺存货，富人要收拾财货追随着王室迁徙，农人操心着水田里快要成熟的稻谷，私业百工则千方百计地埋藏还没有卖出去的零碎物事；操持水上生涯的渔人水手则忙乱地收拾船只，一则随时准备逃走，二则又忐忑不安地想发一笔国难财，对那些求助于轻舟快船出逃的富户狠狠要个大价钱。只有那些穷得叮当响的郊野隶农与官奴家人，嗷嗷叫着在街头四处转悠，痛骂官府软骨头，自个要去打秦国。街市国人如此，宫廷更是忙得昏天黑地。要在三两日内将偌大王城一切可以搬走的物事装车装船打包袱席卷一空，却是谈何容易？没了郑袖靳尚的楚怀王，像被抽掉了筋骨的一堆老肉，只坐在后宫水边发呆，但有人来请命搬迁事务，便是一通大吼：“饭袋！酒囊！毋晓得自个想想？本王是管这些琐碎之事的啦？”吓得内侍宫女没有一个人再敢来请王命。

闹哄哄折腾了几日，浩浩荡荡的车队船队终于开拔了。楚怀王听说秦国水军大是厉害，不敢乘坐原先自认万无一失的水师战船，改了陆上车队。一辆篷车，八千禁军三千侍女内侍，再加上昭雎家族千余口与六万昭氏子弟兵，在遮天蔽日的滚滚烟尘中惊慌地向东逃窜了。

只有春申君留在郢都，向屈、景、项、黄四大部族发出了紧急书令，请求各部族尽速聚拢封地军兵向郢都进发。眼看五六日过去，聚来的军马还不到十万。春申君长叹一声，只好放弃了西上迎击秦军的谋划，就地固守郢都。毕竟，郢都是老楚国根本，只要郢都在，楚国总归有聚拢民心的希望。

恰在此时，白发苍苍的屈原从放逐地奇迹般地赶了回来。虽经长途跋涉，屈原却毫无疲惫之相，一脸红潮满腔愤激，只对春申君硬邦邦撂下一句话：“国难当头，屈原只有一腔热血可洒！”春申君精神大振，立即在郢都城外聚集十万大军，请屈原激励将士。

老屈原登上了三丈高的将台，苍老嘶哑的声音悲愤地回荡在猎猎旌旗的上空：“三楚将士们：秦军来了，楚王走了！不要怨恨楚王，有楚王在，楚国便不会灭亡！楚国，是生养我等的故土，是三江子民的家园，而今虎狼窥视，三楚男儿岂无热血！屈原虽是刑徒，也是楚国子民。楚国在，屈原在！楚国灭，屈原亡！屈原的热血与三楚子民一样，永远属于楚国山河。楚国山河，永远属于我等楚人！”

大军将士们一片沉默，唯闻旌旗猎猎之声，虽是人山人海，却如幽深的峡谷一般，没有屈原与春申君所熟悉所期盼的激昂回应，只有漫无边际的茫然木然。一阵惊悚蓦然掠过屈原心头，他不相信自己会与军心民心生出如此隔膜，慷慨激昂地高呼一声：“三楚子弟们，屈原说得不对么！”

突然，寂静的峡谷传来一声高喊：“楚王弃国，屈原大夫为何还说楚王？”

“楚王弃国，隶农流血！”寂静的峡谷突然爆发了。

屈原突然明白过来：这支大军都是各部族的隶农子弟。大约军中的贵族与平民子弟都保护着部族上层们逃往江东了，只将这些历来在军中做卑贱苦役的隶农子弟们差来送死了。屈原曾经亲自训练新军，那八万新军几乎八成都是隶农子弟。且不说彻底废黜隶农制，便是只允许他们同等立功同等受赏，他们都是最勇猛的斗士。八万新军全部战死丹阳，那惊天地泣鬼神的壮烈，是楚国贵族永远的耻辱。可是，那是屈原新军制的威力，今日如何？国王逃跑了，贵族们逃跑了，所有攫取国家权力的食肉者们都逃跑了，只留下他们这些饱受摧残的低贱奴隶来血战虎狼秦国，却要为食肉者保住土地财富与王座，天理何在？君道何在？

骤然之间，屈原愤怒了，一头白发在风中根根竖起，愤怒地雄狮般嘶吼起来：“隶农子弟们，打完仗，屈原请命，楚国若不废黜隶制，屈原以死谢罪！”

“屈原大夫万岁！”大军顿时一片山呼。

然则，始终没有屈原所期盼的杀敌报国血战秦国的激昂呼声。

春申君的脸色顿时黯淡下来。他做过几次大军统帅，比谁都更明白楚军的弊端。这些隶农官奴子弟，在军中没有立功受赏与擢升军职的资格，纵然当兵到老，永远都是老卒一个。而大军作战，从伍长、什长、五什长、百夫长、千夫长直到将军，是需要层层统属如臂使指的，如今这支大军除了几个带兵来的二三流将军，作为行伍核心的各“长”统统没有，如何能对训练有素战力骇人的秦军作战？看来，也只有勉力防守了。

次日清晨，探马急报：白起大军已经在纪南[1]要塞登陆，步骑大军正向郢都压来。

春申君原在纪南驻扎了一万守军，在纪南与郢都之间的郊野驻扎了六万步骑混编大军，郢都城内只有三万多步军做最后防守。以兵法眼光看：守大城必战于野，只有在城外野战中战胜敌军，才能真正保住大城。到了城下血战之时，这城池十有八九也就快完了。春申君虽然几乎没有打过胜仗，但兵法才能还是为许多人所称道的，这种最基本的布防谋划还是没有错的。屈原虽然不通晓战阵，但对大势却是清楚，自然也赞同春申君如此部署，只说得一句话：“只要守得一月，楚王援军必到。”春申君拍案慷慨道：“楚军虽弱，但不缺粮草。只要坚守不出，深沟高垒，纪南郢都互为犄角之势，守得一两个月当不是难事。”

谁知战事进展却大是意外。当日黄昏，传来急报：纪南要塞一万守军只守得一个时辰，被秦军战礮砸开城墙，城内守军全部降秦。

“降秦？”屈原大是惊讶，“秦人没杀他们？”

“没有。”斥候骑士绘声绘色，“秦将王陵亲自召见降兵，发给每人一金还乡。凡隶农子弟愿入秦军立功者，立赏造士爵，还立即再发三金安家。”

屈原脸色铁青，猛然顿足道：“我去城外督战！你留城。”风一般去了。

次日暮色时分，秦军潮水般杀来。火把遍野，杀声阵阵，随风不断传来楚军降兵的喊声：“兄弟们，隶农子弟在秦军能做骑士，有爵位，立功受赏，过来了！”“不做楚国官奴！不受官府欺压！做秦人自在舒坦！”“我等已经是造士爵了！耕战有功，过来都一样！”在这连绵喊声中，楚军兵士纷纷倒戈，成片成片地丢下刀矛站着不动了。秦军海洋般的火把也渐渐聚成了一个广阔的圈子，楚军降卒流水般走出了战场，走

---

[1] 纪南，郢都临江要塞，秦统一后改设江陵县，今湖北江陵县北。

出了火把……

"上天亡楚——"屈原大叫一声，从马上硬生生栽了下去。

春申君在城头看得清楚，自知守城无望，率领三千黄氏子弟兵连夜出了郢都。在混乱的战场边缘找寻多时，不见屈原踪迹，正要撤回，却见一化装成秦军士兵的斥候火急来报："屈原大夫被秦军俘获！正在治伤。"春申君知道秦人素来敬重屈原，落入秦军之手绝不会有性命之忧，厉声下令："撤出战场，星夜东进安陆[1]！"

几乎是兵不血刃，秦军在一夜之间拿下了郢都。这在白起，实在是出乎意料。原先还准备着一场云梦泽水上大战，不想楚国最强大的云梦水师早已护卫着王室消失得无影无踪，整个楚国西部，都找不到一支主力大军了。

虽则如此，白起依然没有大意，一面派出快马特使急报咸阳，请求丞相魏冄来郢都设郡安民，一面派出三路大军逐一接收江汉之间的三十多座城池。楚国西部正当长江中游地段，本是楚国最为富庶的中心地带。所谓三楚，有一种说法便是楚国的三大块富庶之地——楚西本土、江东吴越、淮北淮南。三块之中，郢都云梦地带是楚国的本土老根，是楚国王族直领的王畿之地，城池多财货多人口也多。其他老部族之所以无法撼动楚国王室，根本因由便在于楚国这片广阔的王畿之地实力最为雄厚。如今，秦军夺下这块楚国根基看来不难，难的是如何巩固地化入秦国？这便是白起谨慎行事的根本原因。与夺取河内尽掠财货入秦不同，白起严令各军：只要楚人不抵抗，便只接城防，不许扰民丝毫，违令者立斩不赦。秦国法度森严，军令一下，大军秋毫无犯，江汉间三十余城平静如常，没有发生一起遗民抗秦事件。

与此同时，白起做了两件事。第一件，先行以大良造名义通令楚西：隶农、官奴、私奴诸种奴隶，一律先行恢复自由民之身，关押者立即释放；由秦军划定居住地段，发放稻谷、帐篷、衣物等，而后再由丞相到来后一体推行秦国新法，分地立业。此令一下，乱源顿时平息，隶

---

[1] 安陆，云梦泽东北岸要塞，秦统一后置县，今湖北安陆北部地带。

农们欢呼不断，成了秦军最得力的拥戴者。

紧接着，白起立即来到军医营探望屈原。

老屈原被俘，终日一言不发，拒食拒药，只闭着眼睛等死，任那个专门看护的老医官如何劝说也不管用。白起进来，屈原依旧肃然端坐在草席上仿佛练气方士。白起一拱手道：“屈原大夫，白起久仰大名，特来拜访。”屈原猛然睁开眼睛，将白起打量片刻，冷冷一笑：“竖子屠夫也，屈原不屑与闻。”白起微微一笑：“天下大争，先生也曾率军与秦血战，何独白起攻楚便成屠夫？”屈原冷冷道：“要杀便杀！何须聒噪？”白起肃然拱手道：“先生志在变法，当是天下英雄猛士。白起虽是秦人，对先生亦是崇敬有加，何能使先生死不瞑目？”屈原怦然心动，脸上却生铁一般，闭眼沉默着。白起转身下令：“来人，篷车送先生回去。”屈原又霍然睁开眼睛：“白起，你不要后悔。只要屈原回楚，永远都是秦国死敌！”白起哈哈大笑：“先生哪里话来？英雄生无对手，岂不寂寞？白起宁愿与先生新军血战，也不愿一阵风拿下这四十余城。先生若能在楚国变法成功，再练三十万新军，白起第一个为先生庆贺！”

屈原沉重地一声叹息，大袖一甩：“不用将军车马相送。”径自去了。

望着屈原背影，白起一声沉重的叹息。

不消一个月，魏冄带着两百余名精悍文吏来到郢都。接收城池、清点府库、料民户籍、委派官吏等，又是一个多月的忙碌，才使诸事初具头绪。五月底，魏冄颁布秦王书令：设置秦国南郡，以纪南为郡治所，以公子嬴腾为首任郡守，统辖峡江之下江汉四十三城，三年内逐步推行秦法。

白起大军驻扎到七月底，要班师了。

临行前几日的一个晚上，白起独自来见魏冄，席地长坐，良久无话。魏冄笑了：“上将军几曾学得臭儒生做派了？要干坐到天亮么？”白起细亮的三角眼一瞪：“我是不好说也。”魏冄敲着书案：“你我甚事不好说？岂有此理！”白起道：“穰侯可知，夷陵在楚国的重要？”魏冄笑道：“老夫楚人，能毋晓得？一则峡江要塞，二则历代楚王陵墓。你，想要说甚？”猛然睁大了眼睛。白起思忖道：“楚国王陵在此，对南郡化入秦国终是不利。”魏冄极是敏捷机警，思忖间道：“老夫想想……你是说，毁了王陵？断了楚人怀旧念头？”白起点头：“同时激起楚王仇恨，最好倾国与我大战。若能一举灭楚，岂非秦得半壁天下？”又是一叹，“穰侯楚人，故不好启齿，白起一吐为快，穰侯自斟酌了。”魏冄轻轻叩着书案沉吟片刻，突然拍案：“可行！楚国太大，追着他打，当真还未必追得上。只有引蛇出洞，一刀断头！”末了悠然一笑，“受人之托，忠人之事。老夫纵是楚人，却是秦国丞相。楚王陵墓，关老夫个鸟事了。”白起却没有笑：“穰侯莫要忘了，太后与你，都是芈氏王族。”魏冄大笑道：“你个上将军，专一动此等心思，好没来由也。太后与芈氏王族，八竿子都挨不上！真正的王族公主，有几个嫁给他国了？日后再说此等没气力话，老夫给你两拳！”白起哈哈大笑：“与丞相说事，当真快哉！挨得两拳也高兴。”

次日，白起立即下令大将王陵：率领一千铁骑从陆路兼程赶往夷陵。

王陵虑事周密，到了夷陵关先令军马扎营城外，联络留守水军并准备一千桶猛火油，自己却带了几名军吏登上夷山仔细踏勘。

夷陵者，夷山之陵也。早在三皇五帝时期，这里便是楚人祖先的渔猎区域。在楚人传说中，其最早祖先是黄帝的孙子高阳氏。高阳氏的重孙叫重离，做了帝喾的火正。这个重离神通广大，将用火技巧传遍各部落邦国，“光融天下”，帝喾赐号“祝融”——祝，大也；融，明也；祝融，便是大明天下。后世以祝融为火神，楚人也就成了火神的后裔。到了大约近千年之后的殷商末期，祝融的后裔部族做了西部诸侯周文王的臣子，大约被封在了“熊”地，或以猎熊为生，总而言之姓了熊。

事周四代之后，熊氏部族出了个雄心勃勃的首领，叫熊绎。这个熊绎不甘臣服周邦，率领部族向西南的茫茫大山迁徙，一直走到了峡江两岸的山地，才定居下来艰难谋生。这时候，周已经灭了商，周武王也死了。继任的周成王将熊绎“封”做“楚蛮”，等同男爵，算做最低等级的诸侯。实际上，仅仅是赐了一个表示极大蔑视的封号而已。这时，不知何种因由，熊绎的部族却改姓了“芈”，将部族的城邑建在了长江南岸的丹阳。这个丹阳，就是后来的屈氏故乡秭归。

自熊绎开始，熊氏部族有了“楚”这个后来成为国号的封号，楚人开始以诸侯名义自立于天下。于是，楚人追认熊绎为“先王”，将熊绎陵寝称为“先王陵”。熊绎便葬在夷山。夷山连绵横亘在峡江出口与丹阳之间，先后埋葬了熊绎之后的十几代“先王”。于是，“夷陵”成了楚人妇孺皆知的名号。后来修建的峡江要塞，自然而然地叫做了夷陵。

夷陵是夷山陵群，从西向东依着山势展开。既要陵墓壮观，又受人力限制，于是楚人依山为陵，灵柩葬于山腹，将高耸的山头做了接天的陵顶；而后再圈造陵园，石坊、石俑以及石宫殿耸立地面，便成了一座高墙包围的山地松柏园林。如此一来，每个山头一座先王陵，绵延逶迤松柏苍翠，整个夷山都成了茫茫楚王陵。

“鸟！得老子花一阵工夫整治。”王陵狠狠骂了一句。

次日，王陵下令：水陆两军一万兵士先向夷山搬运猛火油，再将铁锤锹耒等诸般工具运上山头。忙得一日，诸事就绪。王陵下令每座陵寝守定八百名士兵，先向陵园宫殿关节处浇满猛火油，而后一声令下：“举火！”顿时号角齐鸣，各个山头同时燃起大火，连绵苍翠的千年古松柏林本来就油脂丰满，一经火头，倏忽之间汪洋火海，峡江天空烟火蒸腾松油香弥漫一时蔚为奇观。

旬日之间，大火方才渐渐熄灭。王陵带着一千骑士上山查看，只见所有的地面物事都被烧成了焦黑的炭团，每个陵园山头都变成了光秃秃的丑陋荒岗，再也没有了往昔林海呼啸宫殿耸立的葱茏景象，根本无须再度捣毁。

“好！变成了乱葬坟。”王陵哈哈大笑，立即飞马急报白起。

白起接报，一面立即派出快马特使飞报咸阳，一面立即下令水陆大军集结云梦泽西岸，推迟班师，准备迎击楚军。

焚毁夷陵的消息传开，非但楚人奔走相告惊慌愤怒，天下各国也无不为之震惊，视为楚国最大耻辱。然则忒煞奇怪，一个多月过去，楚国大军竟毫无动静。各路斥候日日快报，都是一句话：“楚都无异常。”白起又一次焦躁起来，如此奇耻大辱楚国王室竟能无动于衷？他无论如何不能相信，可偏偏又不能不信。便在此时，咸阳王使飞马赶到郢城，宣谕王书：召丞相魏冄速回咸阳，另有对楚秘策施行；白起大军留驻南郡镇抚，来春班师。

“穰侯啊，这秘策是甚？”白起大是困惑。

魏冄哈哈大笑：“太后秦王出了奇，老夫如何得知了？”

六　楚怀王第一次独断国事

迁都寿邑，楚怀王昏昏困觉三个月，不亦乐乎。

寿邑，后世称为寿春[1]，是扼守淮水南岸的一座要塞城堡。城南一片大湖，叫做芍陂，虽不若云梦泽烟波浩渺，却也是方圆百余里一望无际。北临淮水，南拥芍陂，既有农耕灌溉之利，又有商旅舟楫之便，寿邑成了淮南地带的大城，与淮北的陈城遥遥相望，成为支撑整个北楚的两座重镇。淮水两岸多战事，历来是楚国北上中原逐鹿的大战场，当年的楚庄王将寿邑封给了军力最强的昭氏部族。一百多年下来，昭氏精心经营，寿邑成了一座颇具规模的六里千户之城——城方六里，民居千户。

虽则如此，楚王的东迁大军一朝拥到，寿邑顿时显得窄小拥挤起来。随迁百官臣僚连同家族人口足足十五六万，禁军三万，内侍侍女奴仆及尚坊百工三万余，王族嫡系人口及各种奴仆随从也是五六万，运送王室财货的牛车一千辆、大船一千艘、全部车夫水手将近三万，再加上昭雎家族与昭氏子弟兵将近十万，满当当五十万出头，卷着漫天烟尘拥来，将一座宁静的城堡顿时淹没了。城内官署、客栈与富商大贾的所有空房都被紧急征用，饶是如此，却连王室都不够用。于是，城外扎满了连绵帐篷，牛车被改成棚车住人，战船也密密麻麻泊在淮水与芍陂，做了临时仓储府库。站在城头一望，方圆二三十里黄蒙蒙一望无际，活生生与当年越国迁都琅邪一般无二。

---

[1] 寿春，今安徽寿县西南。

长途驰驱颠簸，虽然一路上都抱着那个肥白细嫩的新王后做肉垫，楚怀王仍然是疲惫得连说话的力气都没有了。昏睡三日好容易醒来，老国王想出城走走，谁知刚一出“王宫”，就被满街拥挤的人潮车流与飞扬漫天的尘土吓得坐在了门槛上。

“这这，哪家叛乱了么？没，没了王法了？”楚怀王如在梦中。

“侬毋晓得，城里城外一般样呢！还是回去抱侬困觉了。”新王后也慌得眼珠儿滴溜溜转。

“回去回去，困觉困觉。”楚怀王终于选择了最省心的一件事。

乱归乱，楚国毕竟历经多次迁都，像昭雎这般年纪的老臣子人人都经过两三次，只要不打仗，还都挺得住。老昭雎是执政令尹，这里又是昭氏的根基之地，也不去与老国王做无谓絮叨，只打起精神全力周旋调配，将周遭的三个小城堡也圈进了“都城”，竟也在两个月中将乱纷纷的五十多万人马大体安顿就绪。好在寿邑原本丰饶，王室财货在迁徙中也大体是绝大部分都搬了过来，有吃有喝，没有发生大骚乱，局面便渐渐安定了下来。

秋风来临之际，昭雎第一次进宫，动议楚王举行新都大典。终是可以出城了，楚怀王高兴得连连点头：“好也好也，老令尹居功至伟，依老令尹谋划了。”于是，出城祭天拜地，向天地通报了楚国“中兴大业于新都”的壮志远图，又书告朝野：新都定名为“寿郢”，依楚国祖制对天下仍称郢都。在城外郊野风光徜徉一日，楚怀王郁闷大消，临回宫时对昭雎颇神秘地一笑：“老令尹，‘寿郢’这名号好也，长寿之郢，兴国运了。”老昭雎呵呵笑道：“我王当真圣明，老臣如何没有想到了？”楚怀王大是舒坦，凑近昭雎耳边低声道：“本王有先祖宣王所留之国运秘籍，自能暗合天机了。侬毋晓得，今年内楚国大转机，中兴之兆也！”老昭雎连连点头：“大是大是，我王如此说，老臣心下安了。”

楚怀王喜滋滋等待国运转机的时日，陈城令飞马急报：秦国特使泾阳君嬴显入楚，不日将到寿郢。

一石激水浪千层。当此楚国新败正担心秦国趁势猛攻之际，秦国特使南来究竟何意？楚国君臣顿时哗然，纷纷猜测秦使来意，并提出各种各样的应对之策。此时屈原蜷缩放逐之地，春申君因“丢失郢都，丧师十万”之罪，被昭雎以楚王名义贬黜为“驻守安陆，戴罪立功”的野臣，楚国的新派人物几乎已经销声匿迹了。在新都的大臣不是昭雎一党，便是受昭雎一党挟制，但遇大事，出奇地众口一词。然则这次有了例外，人各有说，对策也是千奇百怪。

“秦军烧我王陵，人神共愤天下汹汹。秦国必是慑于天下公议，来向我王谢罪修好。我王当严词谴责，许秦国赔偿十万金重修夷陵。”大司马昭常第一个做出了评判。

“秦国若不重修夷陵，我便出兵夺回郢都！”做了上将军的子弗为是昭雎又一个族侄，正在气盛之时，出语惊人。

“差矣差矣。”上柱国景翠虽是将军，却有一副文人气度，悠然笑着，“秦军夺我四十余城，设得一郡。然此地皆在水乡，秦人本西陲蛮夷北人，惯于放牧骑乘，不服南国水土湿热，定是无法长驻，成了炭团在手。秦使南来，诸位说他要做甚？”说得口滑，景翠学了秦人一句土语，殿堂中哄然大笑。

“上柱国有理，秦人要还我土地，索我钱财！”一个大臣立即响应。

“不对！秦军要撤，怕我追歼，来求和！”一个将军昂昂高声分外气壮。

“诸位所说，失之偏颇也。”太史令郑詹尹摇摇雪白的头颅，“秦人蛮勇虎狼，岂能吐出果腹之肉也？我王迁寿郢，上应天象，秦国岂能不知？秦使此来，畏惧天道休战求和而已。我王可顺势应之，而后相机夺回失地，再北上伐秦。此乃长策远图，万勿逞一时之快，与秦使纠缠于一城一地之得失也。”

一言落点，举殿肃然，朝臣们都被这个能窥透天机的老人的沉稳折服了。

“太史令老成谋国，赏百金了！”楚怀王大是振奋，敲着王案骤然高声，“至于应对，本王自有成算，相机处置了。”

只有权势最大的老昭雎始终沉默，只是笑着听着，一句话也没说。

三日之后，秦国特使果然到了。楚怀王已经缓过了劲来，也不与昭睢商议，径下王书令朝臣大会王宫正殿以震慑秦使。次日清晨，楚怀王破例在寅时离榻，一番梳洗着装，又饮下了新王后捧来的一盏五石上药羹，在卯时由四名侍女簇拥着到了正殿。这“五石上药”是往昔郑袖以万金巨价请来一个齐国老方士专门炼制的一种丹药。楚怀王还记得那个老方士的解说：“《神农经》曰：上药养命。何谓上药？五石之炼形，六芝之延年也。五石者，丹砂、雄黄、白矾、曾青、慈石也。六芝者，灵芝、石芝、木芝、草芝、肉芝、菌芝也。五石六芝合，命之所以延，性之所以利，病之所以止也。”从那以后，楚怀王每晚一粒五石丹研磨成粉末再煎成药羹服下。只要此药下喉，他便雄风大振，郑袖便要咯咯笑着俯首称臣。今日事大，他破例在早晨用了，一路走来通身燥热额头冒汗劲力偾张，心情特样轻松。

“秦使晋见——”内侍一声高宣，幽暗的大殿中顿时肃然无声。

一个黑衣高冠的中年人大步走进一躬：“秦王特使、泾阳君嬴显参见楚王。”

“泾阳君千里入楚，却是何干？”楚怀王矜持地拉长了声调。

“外臣启禀楚王，”嬴显不卑不亢地一拱手，“秦楚相邻，多有战端。我王欲请楚王会盟，两国议和罢兵，请楚王以天下为重，熄灭战火。”

楚怀王一阵惊喜——天机当真玄妙，刚迁寿郢，便有国运转机。虽则如是想，楚怀王却冷冷一笑：“秦国夺我江汉，毁我夷陵，如何了结？”

“楚王若能议和罢兵，秦国愿退出江汉。”

“且慢！”上将军子弗为从座案霍然站起戟指嬴显，“退出江汉？特使好轻松，烧我先王陵寝，如何处置？”

“上将军以为当如何处置？”嬴显的黑脸沉了下来。

“赔金两万、军粮百万斛，秦王到夷陵祭拜谢罪！”

嬴显嘿嘿一笑：“六十万大军守不住一陵，竟来要战胜国赔金谢罪，当真岂有此理？本特使只一句话：要和便和，不和秦军不退，楚王自己斟酌便了。告辞！”大袖一甩，要下殿而去。

“且慢。”楚怀王笑着招手，“特使先说说，议和，如何议法了？”

“楚王北上，秦王南下，武关外三十里会盟议和。”嬴显回头两句，径自去了。

“竖子猖狂！”子弗为一声吼叫，“待我手刃此贼，再说议和！”

“岂有此理！”楚怀王第一次发怒了，“啪”地拍案而起，“国运在天，岂能孩童置气了？都归本座，给本王好生揣摩，能否北上议和？”

上柱国景翠高声道：“此等大事，该当请老令尹入朝议决。”

“老令尹年高多病，告休几日了。”楚怀王此刻很不高兴有人提起昭雎。毕竟，这个老权臣的权力是太大了，目下王室又在他地盘上，若不趁着上天护佑之机振兴王权，楚国王室当真便要就此沦落了。这个素来优柔寡断的老国王第一次有了主见，“诸位但说，我自会与老令尹商议了。”

“老臣拙见，”太史令郑詹尹抖着雪白的头颅说话了，“秦使所言，坐实了老臣日前评判：天命楚国当兴，秦国畏惧修好。若秦国特使一味示弱，答应退回江汉并谢罪夷陵，倒有设谋诱王之嫌。今秦使前恭后倨，骄横不承夷陵罪责，老臣以为：这恰是秦国诚心媾和之兆。何也？秦乃强国虎狼，楚乃新败之邦，强与弱媾和，退回失地足矣，安得他求？以天命大运度利害，洗雪夷陵之恨，只能远图，不可急功而坏大计……”

“老太史忒是絮叨。你只说，我王去得去不得？”上将军子弗为大是不耐。

“老臣忖度：天命在身，我王去得。”太史令终于说出了结论。

虽则被子弗为打断，太史令这番话却使一班大臣们大大地有了主见，异口同声道：“臣等以为，我王可去。”上柱国景翠更是高声大嗓道：“兵不血刃而收复失地，不去木瓜了。”一言落点，殿中笑声一片，气氛顿时松快。

“好！”楚怀王一拍王案，“待本王与老令尹商议而后定夺，散朝。”此时楚怀王突觉一股热气升腾于丹田，突兀想拥住身边侍女狼吞虎咽一番，可想起一件大事，生生忍住，疾步下殿，将蹒跚最后的老太史令拉到殿角帷幕后低声道：“老太史，你说老令尹会如何说法了？”白发苍苍的太史令悠然一笑：“我王心思，老臣尽知。唯有一言，我王切记：实则虚之，虚则实之也。”楚怀王大是头疼：“此话何意？你倒是明说了。”老太史令凑近楚怀王耳边低声几句，楚怀王哈哈大笑：“侬果然高明，好好好，便是这般了。”

匆匆走到后宫廊下，老国王已经按捺不住周身飓风般的热气，猛然拉过一个侍女便扑在地上折腾起来。另外三个侍女吓得捂着嘴不敢出声也不敢离开，眼睁睁看着那个侍女被老国王三两下剥光婉转凄厉地呻吟起来……一个侍女蓦然醒悟道：“快，挡住，大王受了风我等谁也别想活！”三人连忙围住了已经光光翻滚的两具白肉，相互拉起裙裾做了屏风。好容易过了大半个时辰，老国王翻身跳起：“青果子不过劲，找王后了。”将大袍往裸身子一裹，大步匆匆地走了。慌得三个侍女顾不得还躺在血糊糊石板上的同伴，一口声叫着：“大王有风！”边跑边脱下长裙赶上来往老国王身上包。楚怀王包着一身五颜六色的丝衣，身后跟着三个白光光的侍女，风一般进了后宫，吓得迎面侍女们一片叫嚷纷纷逃避。

终于在午后时分，楚怀王从新王后身上爬了起来，虽是飘浮眩晕，却也是一身轻松，细嚼慢咽地吃完了一鼎鹿龟汤肉，这才打着瞌睡登上辎车来到令尹府。老昭雎躺在病榻，没有来迎楚王。老国王一心轻松，毫不计较，满脸流淌着笑意来到昭雎寝室。

“老令尹啊，秦王邀本王会盟和约，退还江汉，去也不去了？”

“我王之意如何？”老昭雎有气无力，声气细若游丝。

“本王么？尚无定见了。”

老昭雎艰难地喘息着：“老臣看来，秦国无道，不能轻涉险地……不，不能去了。”

“好，本王晓得了。”楚怀王目光连连闪烁，“老令尹好生养息，本王择日再来探望了。”说罢起身径自去了。

昭雎冷笑一声，从病榻上霍然起身：“子弗为出来！”一身甲胄的上将军子弗为从帷幕后冷笑着走了出来：“好个昏君，刀搁在脖颈上了还……”“住口！”昭雎一声呵斥，压低了声，“机心无言。任何时候，不许吐露心声，晓得？”子弗为连忙点头，一声不吭了。昭雎一挥手：“随我到密室。”踩着厚厚的地毡无声地消失在帷幕之后。

三日之后，楚怀王在八千铁骑禁军护卫下，带着新王后与四名侍女，随着秦国特使嬴显北上了。沿着颍水河谷行得两日，堪堪将近陈城，一支马队突然从颍水西岸的丛林中冲出，横在当道不动。楚怀王正在特制的宽大轺车上心不在焉地眺望，遥遥望见当道军马，浑身一激灵道："是秦军当道么？秦使何在？！"正在此时，车前铁骑圈外的护军大将一声长呼："春申君晋见我王！"刹那之间旌旗分开两列，一个身披金色斗篷的熟悉身影大步匆匆地走到了王车前。

"春申君，你不在安陆，来此何干了？"楚怀王对屈原与春申君不同，对屈原是怕是烦，一见头大如斗，生怕他义正词严地教训自己；对豁达诙谐的春申君则颇是喜欢，只要不说国事，很是喜欢与他盘桓。这次春申君丢失郢都丧师十万，举朝问罪，唯独楚怀王不置可否。此刻见春申君风尘仆仆面容憔悴，也不忍去问他罪责，只平平淡淡地说了一句。毕竟，春申君丧师失地，老国王也不能过分娇纵于他。

春申君一拱道："噢呀，臣请我王移步说话，黄歇有秘情陈说。"

老国王皱了一下眉头："秘情？又是屈原回朝，秉政变法了？"见春申君咬着牙不说话，老国王豁达地笑了，"好好好，移步说话。王车进入密林，不许他人跟来。"王车驭手"嗨"的一声，那辆青铜驷马轺车辚辚驶进了旁边的树林。

轺车刚刚停稳，匆匆跟来的春申君扑通跪在了车前。虽说君臣大礼跪亦无妨，但在此时毕竟是极不寻常的。战国礼节简约，君臣大防远不似后世那般森严。君前议事，臣子同样有座，躬身参拜堪称大礼，寻常议事则只是拱手礼节。大臣高爵如春申君者，此举自是非同寻常。

"起来起来！"楚怀王急迫拉住春申君两手，"这般可怜，却是为何？昭雎又为难你了？没事，本王撑着，他又能如何？"

"噢呀我王，此事与昭雎无关了。臣有事相求，王若不应，臣不敢起来。"

"好了好了，本王应，你先起来，跪着我心酸啦。"

"谢过我王！"春申君爬起来一脸急促道，"臣恳请我王，立即还都，不能去武关。臣有秘密斥候报来急讯：武关城内有秦军埋伏，秦王可能有他图！屈原大夫也是此意，这是他托臣呈给我王的血书。"说罢从怀中掏出一方折叠的白绢抖开，十六个暗红的大字触目惊心——秦人奸险，武关虎口，王身系国，毋做楚囚。

楚怀王瞄得一眼，急速打着圈子口中一串嘟哝：“血书血书，老屈原有多少血整日写书了？要不是本王护着，他能活到今日了？不好好等个机会，有事只乱搅和了，真糊涂老糊涂啦。”嘟哝一阵，又猛然站定呵呵一笑，“春申君啊，你猜猜，昭雎对此事如何了？”

“噢呀还用猜了？昭雎与秦国张仪时已有勾连，定然撺掇我王与秦媾和了。”春申君满脸通红毫不犹豫。

“我说呀，你等整日咬来咬去不觉无趣么？”楚怀王豁达地呵呵笑着，“本王今日告你：昭雎力谏本王不去武关。他说，秦国无道，不能轻涉险地了。你说，老令尹不是忠臣么？他与秦国谁个勾连了？”春申君大是惊愕，一时结巴起来：“是，是，是么？他，他如何能说此等话了？臣，臣却是不信了……”

“春申君，放心回去了。这回呀，你与老屈原杞人忧天了。”楚怀王第一次变得自信又从容，“这一回，本王不受任何人撺掇，偏是要君心独断了。本王就是不明白，分明是兵不血刃地收复失地，你等倒是都嘈嘈起来，看本王亲自做一件大事就眼红了？毋晓得甚个道理了？回去回去。”说罢一挥手，两个侍女立即飘过来将他扶上了轺车，“走！莫得误了路程，教秦王笑我了。”

金灿灿王车辚辚去了，春申君愣怔地木然地站着，兀自喃喃半日，突然大笑起来。

七　终以身死问苍天

又是一个春天。汨罗江蓝了，草滩绿了，大山青了。

无边的空旷，无边的荒莽，无边的孤寂。只有一个白发苍苍的老人踽踽独行，漫无目标地徜徉在青山绿水之间。蹚过溪流，爬上高山，老人伫立在高高的峰顶，久久地凝望着北方。渐渐地，太阳吻住了大山，一片金红笼罩了天地，老人依旧钉子般伫立在山头。

突然，一阵长长的战马嘶鸣划破了久远的寂静，连声呼喊在山风中荡漾开来：“屈原兄，你在哪里——”“屈子，鲁仲连来了——”

老人一阵震颤，长长吟哦：“骏马飞车兮，多有悲歌。关山阻隔兮，何得一捷报？”吟哦方罢突然回身，灵猿一般手脚并用，片刻间爬下高高的孤峰，张开双臂迎了上来，与飞身下马的身影紧紧地抱在一起，久久没有分开。

“噢呀屈兄，你头发全白了……”春申君抹着眼泪上下打量着枯竹一般的老人。

“我老，不足惜也！”屈原叹息一声，“你正当不惑，两鬓如霜，如何了得？”

“噢呀，不说这些了。”春申君勉力一笑，“仲连与小越女星夜南来了。走，到茅屋前说话了。”

依旧是那堆篝火，依旧是几块大石几只陶碗。四人坐定，小越女似乎只顾着给篝火添柴给碗中斟酒，时不时瞟得老屈原一眼便飞快地移开目光。鲁仲连与春申君也只拨弄着篝火，一时都没有说话。良久默然，屈原突然目光炯炯道：“仲连，说话了，老夫挺得住。”

“屈原大夫，”鲁仲连骤然抬起头来，“楚王出事了……”

“楚王哪一日不出事？”屈原嘴角抽搐，“说，究竟如何了？”

“楚王，被秦国囚禁了。”鲁仲连说话的同时，小越女便盯住了屈原。

屈原两腿一抖，几乎便要软倒。小越女手疾眼快，几乎在同时扶住了屈原。屈原良久沉默，末了一声粗重的叹息：“枉自大国，却做楚囚，国耻也！”又是一阵沉默，突然激动地喘息着，“总是一国之君，秦国无非以楚王要挟，攫取我大楚山河而已。为今之计，只有设法救出楚王了。楚王但回，必能洗心革面，楚国当有振兴良机也。”

“噢呀屈原兄，仲连小越女率领南墨两百壮士，原是救楚王去了。”

“好！快说，楚王回来了么？”

“屈原大夫，”鲁仲连一声哽咽，从楚怀王进入武关说起，讲出了一番离奇的故事：

楚怀王一到武关城外三十里，秦国丞相魏冄隆重出迎，商定楚王人马在关外扎营，次日两王在关下楚军营前会盟立约。楚怀王见武关只有三两千人马，斥候也接连飞报周遭百里之内没有秦军踪迹，认定秦国是真心会盟，不禁大是振奋，想先将魏冄说得与楚国一心。与魏冄痛饮了两个时辰，楚怀王赏赐给魏冄十名细腰侍女、一车楚国香橘。魏冄醺醺大醉，非要用两车秦王酒犒劳楚军将领。楚王满脸涨红，高兴得手舞足蹈，立即下令二十员楚军将领拜受秦王犒赏，当即在王帐外痛饮。天将暮色时分，楚王醉了，魏冄醉了，大将们也醉了。就在那个晚上，八千禁军神奇地消失了，连营帐旗号也踪迹皆无。

楚怀王一觉醒来，已是日上三竿。刚刚梳洗停当，帐外鼓号齐鸣，秦国特使嬴显已经到了行辕之外。楚怀王正要出帐，嬴显已经大步匆匆地撞了进来，当头一句喝问："敢问楚王：大秦丞相何在？！"楚怀王顿时蒙了："你说魏冄么？他？对了，他在犒赏大将们饮酒了。对，秦王酒呢？"嬴显怒喝一声："哪里有酒？哪里有人？"

楚怀王出帐一看，顿时一个踉跄便要跌倒——旌旗招展的军营已经无踪无影，空荡荡的行辕战车上也没有了一个兵士，只有嬴显带来的一队铁骑黑沉沉横在眼前。老国王大骇，也猛然醒悟，对着嬴显嘶声大喊："嬴显，叫秦王出来说话！"嬴显冷冷一笑："还是楚王自对秦王去说的好。来人！护持楚王入关。"

及至春申君与鲁仲连带着安陆三万兵马赶到丹水谷地时，武关下已经是一片寂然空旷，秦军十万已经扎在了关外山口严阵以待。春申君怒不可遏，要与秦军决死一战，却被鲁仲连死死劝住了。两人带兵退入楚界，鲁仲连提出了一个营救楚王的谋划。春申君要挑选军中猛士三百，亲自前往。鲁仲连正色道："春申君差矣！此等事军兵不如侠士，你纵是上将军，亦不如我。若信得鲁仲连，你便带兵在崤山接应，不日我便有音信。"春申君深知鲁仲连大义高风，毫无异议地赞同了。

鲁仲连与小越女带着随军北上的南墨子弟两百余人，星夜从崤山潜入秦国腹地去了。

这一次鲁仲连决意背水一战，连素来不出面的田单在咸阳的秘密力量也一并拉了出来。旬日之间，查清了楚王被秘密囚禁在南山河谷。

那是一道草木葱茏的峡谷，一角青色屋檐从山腰飞出绿林之外。城堡的大门关闭着，墙外与羊肠山道上游动着隐约可见的黑衣甲士。城堡内一片寂然，天井般的庭院也只是一片青石铺成的空场，没有树木，没有亭台水面，没有任何遮掩人身处。楚怀王孤零零站在院中，仰望蓝天，痴呆悲伤，只是不断地仰天长叹。廊柱下，骤然消瘦的新王后沮丧地坐在石板上，呆呆木木地望着楚怀王。

终于，南山的蓝天上出现了一只不断盘旋的灰色大鹰。渐渐地，灰鹰盘旋于禁宫上空，似乎在追捕一只小雀。楚怀王仰天看着大鹰盘旋，不禁一声凄然长呼："灰鹰！双翅给我，本王要飞回去啦！"新王后轻蔑地撇了撇嘴，依旧木呆呆地仰脸望着空旷无边的蓝天。突然，灰鹰从高高的蓝天俯冲而下，从城堡上空一掠而过，又笔直地冲向蓝天。

一支发光的物事"啪"地掉在了楚怀王头上。楚怀王惊恐地叫了一声，颓然跌坐在院中石板上。那发光物事却"当啷"一声，滚到了老国王身边的石板上。楚怀王回过神来，诧异地捡起发光物事，竟是手指长一支细铜管。端详有顷，他将管头轻轻一拔，里边露出细细一束白绢。老国王顿时惊喜地大叫起来："信！快来看啦。"

那正是鲁仲连给楚王的密信，只有六个字——请游大河桃林。

又是旬日，楚怀王在泾阳君嬴显的一千人马护送下，北上蓝田西出下邽，去游览天下闻名的桃林胜地了。桃林塬是一片广袤嵯峨的山地，相传夸父逐日渴死在这片山塬，夸父的手杖化作了茫茫三百里桃林。在桃林山塬的一道必经峡谷，鲁仲连小越女与田单一起，发动了一场突然夜袭。

楚怀王的篷车刚一夺回，田单断喝一声："仲连快走！我来断后。"鲁仲连小越女人马立即护持着楚王篷车向崤山东南疾走，田单的两百多人堵在山口与剩余秦军搏杀起来。刚刚走得二三十里，迎面一队黑色铁骑展开在当道，两翼直伸展到两边山腰，一个阴沉的声音冷冷道："鲁仲连，本将军乃骑兵主将嬴豹。放下楚车，我饶了你等。否则一个不留！"

"交上天决断。"鲁仲连平静回答，将手中长剑一举。

突然，篷车中响起一声凄厉的呼叫："大王！你醒醒，别怕呵。"

车旁白影一闪，小越女到了篷车，立刻一声惊慌呼喊："仲连快来！"

鲁仲连飞身一跃，直上篷车，撩开车帘，见楚怀王肥大的身躯直挺挺横在车中，隐隐火把之下，眼睛瞪得铜铃一般。惊怔之下，鲁仲连伸手一探鼻息，已是气息皆无。

那个已经变得黑瘦的王后一声哭喊："大王吓死了！大王可怜哪！"

倏忽之间，鲁仲连心头弥漫出无边的冰冷，两手一插车底端起了楚怀王尸体下车："秦国还要他么？"声音冰冷暗哑。

"火把！"嬴豹一声命令，几支火把围了过来。

嬴豹下马端详一阵，向楚怀王尸身一躬，又向鲁仲连一拱手："楚王既死，公等之情亦尽。此去楚国山高水远，运送王尸实在不便。不若各位与我一同将楚王尸身运回咸阳，由秦国护送回楚安葬，如何？"鲁仲连思忖一番，长叹一声，默默地点了头。

"屈原兄！"春申君一声惊叫，扑将过来抱住了屈原。

屈原已经昏倒在篝火旁，苍老而又愤激的脸在火光下惨白青紫。鲁仲连大急，一边来掐屈原的人中穴，一边轻声焦急地呼唤着："屈原大夫！屈原大夫！"小越女轻声道："仲连莫急，且将他平放。对了，就这样，你俩离开一些。"待鲁仲连与春申君放开手退后，小越女跪坐于屈原身侧三尺之外，两手同时向屈原太阳穴与脚底涌泉穴伸出。骤然之间，一红一绿两束细微的光芒直注两穴。

片刻之间，屈原头顶一股黑气冲出，脸色渐渐舒展平和。良久，屈原开目，一声粗重的叹息："上天呵上天，为何将灾难都降了楚国？"两眼泪水夺眶而出。

鲁仲连如释重负含泪道："屈原大夫，为政重臣，当百折不挠，处变不惊。况乎楚王如此经不得风浪，纵然生还，岂能变法强国？楚国远图，原在扫除奸佞，拥立新君啊！"

"噢呀屈原兄！"春申君急得一头汗水，"我与仲连已经商定：先将你接到一个万全之地养息，由我出面联络新派，拥立新王！仲连小越女率南墨子弟铲除奸佞，而后请你还国秉政变法！老王已经死了，你若振作待时，有可能楚国转机也。”

屈原一脸茫然，良久沉默，断断续续地一阵喃喃：“春申君，仲连，我，怕是不行了。孔子眼看鲁衰而无能为力，他，也是气闷而死的。我，只怕要和孔夫子一样了……楚王是想变法的，可惜他死了，死了，上天何其晦暝也！”

小越女淡淡笑道：“屈原大夫，天道玄远，人道至上，何为一昏聩国王耿耿若此？”

屈原摇摇头：“不，楚王不是昏聩之君，他被奸人蒙蔽了。春申君，鲁仲连，还有小越女，屈原谢过你等情意了。我，哪里也不去。汨罗水，是屈原的归宿。你等走……”

鲁仲连愕然。春申君大急道：“噢呀屈原兄！这是哪里话来？我等如何能丢下你走？楚国等着你，变法等着你！昭雎还要杀你，莫非你连我黄歇都信不过了？啊！”

屈原闭上了眼睛，挥了挥手，转身向那座孤独的茅屋走去了。

料峭的寒风掠过，那堆明亮的篝火突然熄灭了。春申君对着茅屋长长地喊了一声：“屈原兄，过得几日我再来，等我——”悲怆的喊声在空旷的山谷回荡着，被风吹得很远很远。

太阳出来了。汨罗江畔晨雾渺渺，青山绿水陷在了无边无际的迷蒙之中。

屈原从茅屋中出来了，扶着一支青绿的竹杖，消失在弥漫的晨雾里，登上了那座高高的孤峰。晨雾消散，那个身影像一座石刻的雕像，久久地伫立着，久久地仰望着湛蓝深邃的天空。渐渐地，苍翠青山吻住了半边红日，晚霞彤云飞金流彩，天空充满一种深不可测的神秘，一种主宰一切却又永恒地保持着沉默的威严。山下，汨罗江水被霞光照得青绿中透着金红，渔船正在江中缓行晚靠，隐隐有问答酬唱的渔歌传来。

那位圣哲般的老渔夫，依然肩扛渔叉渔网，漫不经心地从江畔走来。

偶然，他抬头看了一眼那熟悉的茅屋，眼神闪过一丝惊异。那柱像渔火一样准时点燃的炊烟没有了，茅屋上挑着一幅长长的白幡，门前也没有了那个白发苍苍的老人。

老渔夫的目光缓缓地向山顶移动着，木然地站住了。

白发飘飘的老人伫立在高高的孤峰顶端，山下是湍急的汨罗江。

老人仰起了高傲而执拗的头颅，凝视着流云飞动的天空，长长叹息一声，沉重极了。上天呵上天，你醒着吧？不，你定然睡着了，睡着了。你有双眼么？不，你定然没有生得双眼，没有！没有！那你为何要做天？为何要受人的顶礼膜拜？上天呵上天，都说你是太古自生，不是人造，不受人制，洞察奸邪，惩恶扬善。真是这样么？不！你混混沌沌，无边无际，不识人间是非功过，全然没有公平，没有正义，没有爱心！你，你还是天么？

天空神秘而沉默，七彩流云的漩涡积淀着久远的愚昧，平静、麻木而又诡异。

突然，火山喷发了，老人高声吟哦——

女娲蛇身蛇心，天，你为何要教她造人？给人布下邪恶的种子？
鲧无德无能，天，你为何要派他去治水？
大禹辛劳治水，天，你为何却要让他受尽折磨？
益有大功于世，天，你为何却要教他被启杀害？
羿残暴放荡，天，你为何成全他夺了相的帝位？
舜屡次受害，天，你为何不惩罚邪恶的凶手？
夏桀昏暴无行，天，你为何不用雷电轰击，杀掉这个暴君？
天呵天……你永远都在昏睡！你给人间留下了多少不平？
太甲杀害了伊尹，为何太甲反而做了国王？
殷纣荒淫无道，为何周文王却不能诛灭他？
周公旦忠贞勤政，为何却有四面流言诬陷他？
周幽王戏弄诸侯，为何还教他高居王位？
齐桓公圣明神武，为何被活活饿死在深宫？

周政王道荡荡，为何伯夷、叔齐死不降周？
楚国多雄杰名士，为何偏是教楚国沉沦败亡？
上天呵上天，你的浩渺宽阔，莫非是用来容纳人间邪恶么？
上天呵上天，你的高远广袤，莫非是用来漠视人间冤狱么？
如此之天，何堪为天也——
……

太阳完全沉没于山后了，天际陷入了茫茫昏暗。

老人仰天大笑，笑一阵又大哭一阵，摇着头，拭着泪，释然而又迷惘地喃喃着："上天呵上天，不要责怪屈原骂你问你。你要有灵魂，有双眼，你可能早早都悲伤死了，愤激死了，对么？是了，你听不见屈原的话，你不过一片流云一汪大气而已！真想教你变成威力无边的神座。你？你答应了？答应了？呵，上天答应屈原了！上天开眼了！啊哈哈……"

老人大笑着，从高高的峰顶跃入了一片幽明的汨罗江。

"屈原大夫，回来了——"老渔人悠长的喊声响彻河谷，"渔哥们，救屈原大夫，屈原大夫投江喽——"顷刻间山鸣谷应，江面上点点渔火竞相而来，渔人们在船上喊成了一片："屈原大夫，你在哪里——"

山间火把也从四面八方拥来。

人们边跑边喊："快救屈原大夫，快跳水了——"

茫茫江面上，渔人们的喊声渐渐地变成了无边无际的哭声。

太阳又出来了。渔舟塞满了汨罗江面，渔人们默默地划船寻觅着，再也没有了喊声。岸上挤满了四野赶来的民众，人们沿江而立，向江中抛撒着米粒饭团。一个小女孩跪在地上不断向江中叩头，流泪祈求着："鱼儿鱼儿，我喂你，千万别吃了屈原老爷爷。"

鲁仲连与春申君闻讯赶来时，已经是三日之后了。

汨罗江的春水静静地流淌着，空旷的山谷唯有大片的水鸟在那座孤零零的茅屋上空盘旋飞舞，嘶哑悠长地嘎嘎鸣叫，弥漫出无尽的悲怆。骤然之间，春申君变得枯瘦苍老，软瘫在茅屋前泣不成声了。

“春申君，屈原大夫不足效法。”鲁仲连平静得有些冰冷。

“没有屈原，黄歇何堪！楚国何堪！”春申君猛然跳起，对着鲁仲连大喊起来。

“立国不赖一贤。”鲁仲连依旧平静得冷漠，“屈原之心，已经在放逐岁月中衰朽了。纵是秉政变法，也是刻舟求剑。君自思之。告辞了。”

春申君大急：“噢呀仲连，你如何能在此时离开我了？”

“春申君，时也势也。”鲁仲连笑了，分明是无奈的苦笑，“我接到密报：燕国乐毅正在奔走联络，意在灭齐。本想扶楚带齐，不想楚国衰颓如山倒。仲连总得尽力周旋，保住齐国，给天下抗秦留得一线生路。”

春申君惊愕了，良久沉默，低声道：“仲连，黄歇纵然无能，也要拼力撑持住楚国了。齐国若有急难，也好有一片根基。”

“春申君，仲连先行谢过。”鲁仲连叹息了一声，“春申君，临别一言，如骨鲠在喉不吐不快，君姑妄听之：要得撑持楚国，不能效法屈原。屈原之失，在于愚忠。以楚怀王之颟顸昏聩，正是楚国衰落根源，屈原却始终寄予厚望。最终如何？楚王悲惨地死了，屈原也跟着悲惨地死了。仲连以为：谋国良臣，绝非一个忠字所能囊括，忠而丧志，照样误国害民。撑持危局，更根本者是胆略，是勇气，是见识，是强韧。君若奋力振作，联结各方，挺身朝堂，拥立新君，疾呼国难而声讨国贼，昭雎们纵然阴险奸诈，安知不会铲除！但有此举，楚国岂能瘫倒灭亡！若一味效法屈原伸颈等死，非但君身败名裂，楚国又岂能不亡？”

鲁仲连戛然打住，对春申君深深一躬，飞身上马，风驰电掣般去了。

春申君痴痴地望着鲁仲连的背影，骤然一个激灵，向着茅屋深深一躬，猛然飞身上马，飞出了幽静空旷的汨罗江。

第七章 兴亡纵横

一 燕山气象 赫然大邦

鲁仲连星夜北上，几经辗转，终于在大梁寻着了田单。

自从营救楚怀王之后，田单按照原先谋划撤出了咸阳，将商旅根基暂时扎在了大梁。魏国连年衰退，生意大是清淡。田单已经顾不得思谋商旅振兴，只在埋头筹划另一件大事。正在这时，鲁仲连风风火火地赶到了。一见面坐定，鲁仲连急迫问："田兄，临淄如何？快说说。"田单摇头道："不妙。人心惶惶，流言多得不想听都不行。"鲁仲连心中一沉："孟尝君？如何不见他动静？"田单叹息一声："又被罢黜了，能有甚动静？这次，连唯王是从的田轸也被拉了下来。仲连啊，我看齐国……""别说丧气话。"鲁仲连一口打断，"无论如何，燕国总是还没动兵。一路想来，你我须得分头行事：我去燕国，设法化解燕齐恩怨；田兄回临淄，设法与孟尝君斡旋朝野，逼齐王改弦更张，先平息天下对齐国的戒惧之心。田兄，家国危难，不能知难而退。"每逢危急关头，鲁仲连的坚定果敢总像一抹鲜亮的阳光，使田单感到振奋。虽然是辞色严厉，田单却觉得心中踏实，立即点头道："好，我也正要回临淄。家老说，临淄的外商已经撤空了，连老世族都在悄悄地寻觅避难之地。族人们都等我回去决断去向。"说到末了，又是一声沉重的叹息。

默然良久，鲁仲连霍然起身："田兄，我这便走。"

"事急也不在一时，你连饭还没用！"

"谁说不在一时？"鲁仲连已经拿起了长剑，"你只给我三日干粮、一百金、换一匹好马，我要昼夜兼程。"

"来人！"田单一挥手，"三日干肉干粮袋、两百金、天保，立即来。"

"嗨"一声答应，那个精悍的家老疾步去了。田单恍然笑道："仲连，小越女没同来？"鲁仲连也笑了："回南墨复命去了，总不成老跟着我了。""还回来么？"田单追了一句。鲁仲连脸骤然一红："这我如何知道？你也忒聒噪。"田单大笑："呀！鲁仲连也有急色之时，当真稀罕。我是说，小越女奇女子，莫得弄丢了。"此时一声长长马鸣，鲁仲连一笑："丢不了。走，马来了。"

来到廊下，精悍的家老已经在牵马等候："禀报总事：全部物事已在马背皮囊。"

"仲连，这马如何？可当得天保名号？"田单知道鲁仲连酷爱骏马，胯下那匹铁灰色胡马非同寻常，先问了一句。

"一听嘶鸣，断是好马！"鲁仲连说完瞄了一眼，双眼顿时一亮。这匹骏马通身黑亮，四蹄雪白，肩高足有六尺余，兔头狐耳，鹰眼鱼脊，威风之极。鲁仲连所学甚杂，曾经读过《相马经》[1]，又与赵国著名相马师王良的嫡孙交好，对相马也算略知几分，听田单说出"天保"二字，便知定是好马。天下相马师将好马分为三等：良马、国马、天下马；国马也称"国保"或"国宝"，天下马也称"天下保"或"天下宝"，时人通常也呼为"天保"。及至一端详，才知这匹骏马决然是马中极品，不禁惊叹："何至天保，直是神品也！"又恍然醒悟，将马缰一下塞到田单手

[1] 《相马经》，长沙马王堆三号汉墓出土帛书，史学界考证为战国人著作。其第一篇总说云："得兔与狐，鸟与鱼，毋相其余。"

中，“你比我事急，天保你自留下。”

“哪里话来？”田单又塞回马缰，“你是孤身奔波，讲究个良马利器。我纵事急，毕竟人多，也可换马。不要推辞了，走。”

“好！那我走了。”轻轻一纵，鲁仲连坐上了马背，一声“后会有期”，天保萧萧一鸣，向着大门平稳急走。

“临淄再会——”田单遥遥招手。

出得大梁北门，鲁仲连拍拍马头：“天保，走了。”那天保短促的一声嘶鸣，大展四蹄，一道黑色闪电般飞了起来。鲁仲连本是出色骑手，伏身马背头接马耳，两腿始终不轻不重地夹着，两耳忽忽生风两边的山峦林木一排排向后倒去，直如腾云驾雾，不禁一声高喊：“天保，好本事！”

天保果然惊人，非但快如闪电，而且耐力悠长，一气大飞一个时辰，小步疾走片刻，换过气来又是大奔如飞。如此半日一夜，只在中途休憩了小半个时辰人马各自打尖，又如飞北上。一过易水便是燕国。虽是飞掠而过，鲁仲连也觉察到了一种显然的变化——时当初夏，遍野麦浪翻滚，道边村畴连绵炊烟袅袅，鸡鸣狗吠之声不绝于耳，显然是热气蒸腾的富庶气象，与当年鲁仲连初来燕国时的萧疏荒莽直是两个天地。

次日午后，青青燕山已经遥遥在望了。

“天保，慢了。”鲁仲连轻轻一拍马颈，天保倏忽变为碎步走马。

事实上鲁仲连也不得不慢下来。这条直通蓟城的官道，在十多年前还只是一条坑坑洼洼仅容错车的松土路，两边荒草没膝，与中原的荒野城堡几乎难分伯仲。商旅谚云：“燕山路，颠松骨。铁车散，木车哭。”说的便是这条燕国直通中原的唯一“大道”。最主要的官道尚且如此，燕国穷弱可见一斑。目下却是非同寻常，一入燕国，三丈多宽的夯土路面，除了两边的人道马道，中间可并行三车。到得蓟城之外百里，夯土大道骤然拓宽为六丈，大道两边两层大树，浓荫覆盖路面，夏日凉爽惬意。但最令鲁仲连惊讶的，还是道中车马如流，商旅货车与时常撞到眼前的特使轺车连绵不断。方今天下，除了秦国的关中大道，已经没有第二个国家有如此气象了。燕国素来荒僻，除了马商盐商，中原商旅很少北上。长期以来，燕国的商路实际上只有两条——齐国、北方匈奴与东胡。如今这大道上却是商旅如云辐辏大集，各色货车川流不息，当真令人怀疑走错了地方。鲁仲连不禁大是感慨，人云水暖鸭先知，这邦国盛衰，却是商旅先知。齐国虽是皇皇“东帝”，临淄商旅却已经在悄悄外逃了；燕国虽是老穷贫弱，天下商旅却已经趋之若鹜了。见微知著，这流动的商旅财货，正是国家盛衰之征兆也。如此大势，故国君臣却醺醺然不知危在旦夕，故国庶民也是陶陶然不知大难将至，鲁仲连一身之力，奈何如之？

“商旅停车，骑者下马，勘验照身——”连绵长呼遥遥从城下传来。

蓟城箭楼已在眼前，鲁仲连下马牵着天保，从人流边缘向最边上的小城门洞走来。顺便打量，城门下守军整齐列为四队，中间大城门两队，两边小门各一队，盔明甲亮精神抖擞，勘验照身毫不马虎。自商鞅变法在秦国实行“照身帖”勘验行人身份，这“照身”便在天下迅速流传开来。学不学变法不打紧，这“照身”制可是一定要学的，查罪犯藏匿、查商旅赋税、掌控国人迁徙动向，都是灵便快捷，何乐而不为？学归学，这“照身”制一到他国却变味，成了市吏城吏敲诈路人钱财的独门利器。田单久走商旅，深知个中奥秘，曾经对鲁仲连苦笑着说：“橘生淮南则为橘，生于淮北则为枳，照身之谓也！你要扶持屈原变法，便对他说：变法不深彻如商鞅，万莫行照身之制，否则，商旅绝路矣！”鲁仲连也是奔波天下的人物，如何不知其中之黑，只不过不如田单那般切肤之痛罢了。听田单一说，鲁仲连怃然叹息：“都说商鞅变法好，可要学商鞅变法，谈何容易！”

“你，出照身。”

鲁仲连从披风衬里的小袋里拿出了一件物事，手掌大一寸多厚的一方竹板，上面刻画着他的人头像，写着他的姓名，更要紧的是烙着一方官印。那是官府特制的一种铁印，烧得将红不红，轻轻往刻好头像姓名的竹板上一烙，一方火酱色的阳文官印立刻清晰地凸现出来。发照身帖的都是大国，齐国在苏秦变法时就推行了照身帖制，用的便是这种质地坚实细密光洁发白的竹板，四周还嵌进了一道细亮的铜线，等闲工匠也难以仿制出来。

“齐国人。”城门吏一接过这方极是精致的照身，看都没看先说了一句，然后看一眼照身，再看了一眼面前这个伟岸的汉子，“鲁，仲，连？”鲁仲连淡淡地点头一笑，拿出一只铜刀极其自然地塞到城门吏衣襟的小袋里。这铜刀是百余年前齐国的一种老式刀币，流传至今极是贵重，时人称为“老齐金刀”。对于一个城门吏，纵然小财不断，这老齐金刀也是极为稀罕的金贵物事。

“哎哎！这是何意？”城门吏觉得口袋一沉，立时沉下脸摸出了铜刀，“齐人有钱，便想坏我官身？拿回去，还拿黑眼看今日燕国么？”

“当真不要？”鲁仲连非但没有尴尬，反倒呵呵笑了。

“聒噪！”城门吏很是不耐，“我想要，你倒是借我一颗头了？”

“言重了。”鲁仲连手心掂着铜刀，脸上仍然揶揄地笑着。

城门吏手掌一掠，极是利落地从鲁仲连掌心拿走了铜刀，“当啷”一声撂进了旁边一个陶俑里。这陶俑与人等高，大张着嘴巴，身上却写着大大三个红字——官吞金！城门吏笑道：“满意了吧？还有多少，尽管往里丢，十万八万我都要。”

鲁仲连哈哈大笑，牵着天保回身走了，一路走来感慨百出，说不清究竟是何种滋味，直到齐国商社门前，才收回了飘得很远的思绪。燕齐两国是源远流长的邻邦，齐商素来是燕国的商旅主流。燕昭王即位后的十几年里，齐商更是大举北上，生意做得大是红火。蓟城的齐国商社，本来是齐国在外商社中最不起眼的一个，不到二十年，竟发成了隐隐然与咸阳的齐国商社比肩而立的大社，在王宫西面的一条幽静小街里起了一座六进八开间的大院。来时田单曾着意叮嘱：蓟城齐社的总事曾经是田单的商旅弟子，精明可靠，要鲁仲连还是住在商社。也是鲁仲连素来不喜欢邦交宾客云集的驿馆，那烦琐的礼仪以及与使节们频繁的应酬，实在是机密大事不宜，自是欣然接受了田单的动议。

商社的好处是显然的。那个总事很少说话，便是对雄姿英发的天保，也只说了两个字：“好马！”将鲁仲连安顿在一个僻静小院落，又特意对仆人吩咐了将天保单槽养息，再留下一句话：“在下本是田氏门人，先生有事，随时找我。”便匆匆去了。待鲁仲连沐浴梳洗完毕，一个老仆送餐进来，吃过饭再也没有人来了。大树上啁啾鸟鸣，更显得小庭院幽静异常。正当暮色降临，燕山晚风掠过院落，实在是凉爽惬意。

宽袍大袖，散发披肩，鲁仲连在庭院徜徉漫步。虽然一路驰驱奔波，他却没有丝毫的睡意。他要思谋一番，究竟是先见燕王，还是先见乐毅？按照纵横家游说传统，通常都是直接请见国君，成与不成，立竿见影。可在燕国，这个乐毅太要紧了，纵然说通了燕王，乐毅不通还是有可能前功尽弃。倒不是乐毅专权，而是这燕昭王对乐毅十分地倚重，说是言听计从也不为过。

以燕昭王姬平之能，理乱招贤而大兴燕国，对乐毅如此推重，乐毅岂非奇人也？

还是在入楚之前，鲁仲连曾经对乐毅家世作过一番查勘，虽然始终没见过这个乐毅，实在却是歆慕已久了。春秋之世，乐氏的第一个显赫人物是宋国的大司马乐喜。大司马掌兵，乐喜能征惯战，在宋国争霸中功勋卓著，乐氏由此而名闻天下。后来宋国衰落，乐氏族人迁徙到了晋国，在晋国世家大族魏氏的领地做了“国人”，耕稼谋生。到了战国初年，乐氏又出了一个奇才，便是后来赫赫大名的兵家名将乐羊。这时的乐氏虽是“国人”，却是那种仅能温饱自立的平民农户，远非富庶世族，唯一比隶农优越者，是可以从军做战车骑士。这个乐羊聪颖厚重，少时将家中两车藏书反复揣摩，谈吐见识每每令族人称奇。乐羊加冠之年，恰逢魏赵韩三家分晋。魏氏刚刚立国，魏文侯广招才士，魏国一片蓬勃兴旺。乐羊感奋不已，便要从军立功。族老们大是嘉许，合族之力，为他打造了一辆战车与一副上好甲胄，又购置了两匹汾马[1]，乐羊便做了魏国骑士。那时魏国正在开疆拓土，战事频仍。十年之间，乐羊以赫赫军功做了魏国上将军。

做上将军之后，乐羊的第一场大战是进攻气焰甚盛的中山国。中山国恰恰卡在魏赵燕秦之间的大河东岸山地，夺得中山国，魏国北可直通阴山，南可直抵淮水，无疑便成第一大国了。正因为如此，对中山之战成为当时天下瞩目的焦点。中山国惶恐不安，将在中山经商的乐羊的长

[1] 春秋战国时期，汾水流域为放牧之地，多出良马，为魏、赵、中山等国的战马源地。

子囚禁起来做了人质，派密使胁迫乐羊退兵。乐羊对来使冷冷道：“父子，私情也。邦国，公器也。为将者，岂能以私情之生死，乱公器之进退？”中山国君乖戾暴烈，立即将乐羊之子投进硕大的油锅烹杀；而后立即派特使赶赴魏国军营，声言送给乐羊一份最丰厚的中山礼。中军司马打开木匣，又是一只打造得极为精致的铜箍木桶，桶身赫然四个大字——乐氏肉羹。乐羊一惊，几乎昏倒，却硬是以惊人的定力扶住了帅案，平静地说了一句：“且盛一杯过来。”中山特使原以为国君所料无差，乐羊定会神志昏乱而无法统军。不料乐羊平静冷漠如常，大是惊悚，待乐羊坐在案前将一杯羹啜完，当场惊裂心胆，猝死过去。

消息传到安邑，魏文侯大是感慨：“乐羊为国若此，竟食其子之肉矣！”

站在旁边的丞相睹师赞却笑说一句：“其子之肉，尚且食之，谁人之肉又能不食？”

魏文侯目光一闪，默然无语。

待乐羊一战灭了中山国班师归来，魏文侯大封乐羊于灵寿[1]之地，镇守中山，享万户之民。但是，魏文侯从此却对乐羊有了戒惧之心。乐羊深沉明睿，心知国君对自己有了猜疑，不动声色，接着得了一种需要养息的重病，交出兵符并遣散了族中私兵，请准魏文侯回封地养息去了。族人皆以为乐羊正在功业之时，大是不解，几位族老便来探询激励。乐羊笑道：“凡事成于一，败于二，况天有二心也。”从此深居简出，从来不过问国事。后来，魏文侯谋划要夺秦国河西之地，几次欲请乐羊复出，都终因睹师赞那支冷箭而不能释怀，一直没有成行。再后来，若不是吴起从鲁国来投，魏国可能连一代霸业都难以为继。公忠能三才具备的乐羊，终其一生都未能获得魏文侯的信任，竟在长期郁闷中盛年死去，临终叮嘱子孙：“我葬灵寿，莫回安邑。”

孟尝君曾说给鲁仲连一个故事：孟尝君祖上曾经问过魏武侯后期的丞相白圭：“魏文侯名过齐桓公，而功业却不及五霸，因由何在？”那白圭以商旅奇才做了魏国丞相，见识不凡，悠然答道：“魏文侯以学人子

---

[1] 灵寿，战国中山国内，今河北滹沱河流域之灵寿县地带。

夏为师，以名士田子方为友，敬养宾客段干木，此名之所以过齐桓公也。然则，对此三人仅私情而已，重用于国则疑。以私胜公，敬贤多疑，此文侯之短也。是故，文侯名虽盛，功业不及五霸也。”孟尝君对鲁仲连说，白圭这段话实际上是在说魏文侯与名将乐羊的故事，只不过顾忌耳目而借用子夏等人之名罢了。

因了这块说不出的心病，乐羊之后，乐氏族人从来不在魏国谋求功业了。到得乐毅成了兵家名士，毫不犹豫地投奔了衰弱的燕国，而不愿留在尽管不断衰落但却远比燕国强大富庶的魏国。这个乐毅，目下正在燕国执掌大军，与燕王极是相得，先见他还是先见燕王，还当真是各有利弊。当然，最好是一次能同时见这君臣二人，然则，这样也有一样不利处：一旦碰壁，再也没有了回旋余地。鲁仲连奔走列国，还从来没有为如此一个细节如此细加揣摩过。毕竟，这是关乎齐国命运的大事，一个不慎出错，便是战火连绵，鲁仲连如何能不格外小心？

思忖良久，鲁仲连终是拿定主意：先见乐毅。

二　乐毅算齐见分毫

蓟城东南坊，有一座六进庭院的府邸，是目下燕国炙手可热的亚卿府。

燕国是周武王灭商后首次分封的最老牌诸侯，始受封者是赫赫大名的召公奭，周武王的弟弟。使燕人骄傲了几百年的，正是这最嫡系的王族诸侯名号。也正是这个原因，燕国的一切都原封不动地保留了周人的习俗与传统。都城建筑也是一样，蓟城的格局几乎一个镐京翻版，只不过规模气势略小罢了。与镐京一样，蓟城王宫以外的街区都以“坊”划分，而“坊”的命名则以王宫方位而定。东南坊，便是王宫东南的一片官宅区。这里紧靠王宫远离商市，一色的青石板街，街中大树浓荫，几乎没有寻常行人，但有行走，都是辚辚车马，整个街坊幽静得有些空旷。

令鲁仲连惊讶的是，亚卿府门前车马冷落，与遥遥可见的相邻府邸的访客如梭相比，这里当真是门可罗雀。乐毅的亚卿之位与秦国当年的左庶长极是相似，职爵不是很高，权力却很实在——领军主政文武兼于一身。无论在哪个国家，此等实权大臣都是百僚瞩目，更不说目下朝野皆知乐毅与燕昭王的莫逆情谊，如何府前车马寥落？

“临淄鲁仲连拜见亚卿，敢请家老通禀。”尽管心存疑惑，鲁仲连还是依礼行事，按照天下惯例，将这些门吏一律呼为“家老”。

“先生是鲁仲连么？”一个带剑门吏从又窄又高的石阶上噔噔噔小跑下来，当头一躬，“请随我来。”

“请问家老，亚卿知晓我要来么？”鲁仲连大是惊奇，尽管他与乐毅有可能相互闻名，但却素不相识，也没有通过任何人通连中介，如何这乐毅知道他要来？

“亚卿只吩咐：临淄鲁仲连若来，请在府中等我。余事小吏不知。”

“亚卿不在府中？进宫了么？”

门吏却只一句“余事小吏不知”，匆匆将鲁仲连领进第三进正厅交给一个年轻的书吏，又匆匆回头去了。书吏恭敬地一躬：“亚卿吩咐：事急，片刻不能回府，先生若欲等候，敢请书房消闲。”言下之意，若只稍坐或不想等候，可在正厅上茶，也可以不上茶便走。鲁仲连素来豁达不拘小节，听罢哈哈大笑：“亚卿如此亲和，不等却是如何？”书吏一拱手道：“如此，先生请随我来。”领着鲁仲连出了正厅，过了一道门槛影壁，来到第四进小院。

这是一进极是幽静的小庭院：北面正屋，两侧厢房，南面一道高大的影壁，自然构成了一方天井；天井小院中，一片青竹蓬蓬勃勃；通向后进的走廊都从两边厢房后绕过，进入后园与跨院、厨屋等处的仆役人等，对这里完全没有干扰，幽静中带着隐秘。鲁仲连素来喜欢独居小庭院，对孟尝君那门户繁复的门客院更是熟悉，恍惚之间，觉得这座小庭院直是套在千门万户之中的一个隐士居所，不禁一声赞叹：“简、密、静，好所在也！”及至巡睃再做打量，油然生出敬佩之心来。

如此一座庭院通称为“书房”，原本便是奇特。北面三开间正房的门楣之上，一方长约六尺的白底绿纹玉，赫然镶嵌着“莫府”[1] 两个大铜字。门前一个红衣文吏垂手肃立纹丝不动，一尊石俑一般。这“莫府”是“幕府”的本字。后人解说云：“师出无常处，所在张幕居之，以将帅得称府，古称莫府。莫与幕同。”乐毅执燕国大军，莫府却设在如此不起眼的一间石屋，不能不令人感喟。显然，幕府是处置军务的处所，是“书房”最不能为外人涉足的地方了。

东西两侧厢房也各有字，却都是竹牌红字，东曰“数典”，西曰“操乐”。显然，东厢是真正的书房，以“数典”命名，足见藏有诸多典籍。西厢显然是琴室了，但有闲暇，操琴而歌，岂不快哉！鲁仲连原是多才多艺之名士，良马名器诗酒琴剑棋书歌，几乎无不喜好，如今见乐毅“书房”如此格局，不禁大是赞叹：“如此将军，真雅士也！”

书吏肃然拱手道：“原是亚卿知先生风雅之士，恐先生枯坐无趣，是以请先生进得书房消磨。先生但自坐，我来煮茶。”

听书吏如此一说，鲁仲连大是舒心。久闻乐毅贤名，事常无以谋面，今日一窥，其人尚未露面，便有一股高洁古风悠悠然飘来，如此雅士却是秘密操练二十万大军欲图成一国霸业的大军统帅，书琴伴幕府，虎帐飞长歌，其洒脱倜傥当真令人神往也！恍惚之间，鲁仲连怦然心动了——如此高风雅量之士，直是神交知己。一个朦胧，又一个激灵。乐毅兵锋所指正是齐国，敌意与仇恨正像大山一样横在他们中间，一己之清风能吹散那厚重压城的裹挟着世代仇恨恩怨酝酿着疾风骤雨的沉沉黑云么？

信步走进西厢，鲁仲连一声深重的叹息，坐在琴台前大袖一拂，叮咚琴音清越飞扬，高亢的齐音长歌破喉而出——

天保定尔　以莫不兴
如山如阜　如冈如陵
如川之方至　以莫不增

[1] 莫府，即幕府，战国时对帅帐的称谓，后世日本长期采用。解说见《资治通鉴·秦纪一》。

民之质矣　　日用饮食
群黎百姓　　偏为尔德
如月之恒　　如日之升
如南山之寿　不骞不崩
如松柏之茂　无不尔或承——

“曲高和寡，信哉斯言也！”一声大笑从庭院朗朗传来。

鲁仲连轻轻地叹息了一声，从座中站起来到廊下，赫然便见天井中站着一位气度不凡的中年将军：一领大红斗篷罩着细软的鳞片铁甲，一顶青铜矛盔夹在腋下，一头长发散披在肩，与胸前长须相得益彰，一张黑中泛红棱角分明的脸膛，一看便是白脸书生的底子，身材虽不高大，却自有一种伟岸，一身戎装，分明透着几分潇洒神韵。

“《天保》之意，原是尽人皆知，何堪曲高和寡也？”鲁仲连抱拳一拱。

“曲高和寡，又岂在唱和相随？”

“将军之意，是说太平岁月无从力行？”

“高洁者独行，入俗者合众。大争之世，何能例外？”

“大争争太平。从我做起，合众之力，何愁兵戈不息？”

将军大笑：“千里驹果然志向高远，乐毅佩服。来人，院中设座，我与先生痛饮。”

“绿竹之圃，正当清酒。将军大雅也。”

乐毅笑道：“睹物生情。雅与不雅，自在品尝者心中生出。此情此景，有高士则雅，无高士便俗。雅也俗也，原在变幻之中。”

“将军腹有玄机，将个‘雅’字说得透，鲁仲连佩服。”

片刻之间，那名书吏带着一个仆人已经将宴席安排妥当——两张木案，两片草席，案上一个陶盆一只陶碗，中间立着一只两尺高的红木桶，简洁朴实得没有一样多余物事。那书吏正在斟酒，乐毅拱手笑道：“仲连兄入座。”待鲁仲连坐定，乐毅举起了陶碗：“先生远道而来，一碗燕酒权做洗尘，来，干了。”鲁仲连双手举碗：“得遇将军，幸甚之至也，干了。”汩汩饮了下去，悠然哈出一口酒气，“清寒凛冽，燕酒果然不差。”乐毅笑道：“好说，先生但喜欢，临走时乐毅送一车与先生。”鲁仲连大笑摇手：“燕酒只在燕山喝，方才出神。”乐毅喟然一叹：“也是，穷国无美酒。老燕酒以燕麦酿之，兑燕山泉水而窖藏，清寒有余而厚味不足，天下便有了‘燕酒出燕淡’之说。如今不同了，此乃五谷纯酿，易地而酒质弥坚，先生试试了？”鲁仲连不禁有些歉疚，慨然笑道：“既蒙将军相赠，鲁仲连自当大饮一车。”

“先生此来，何以教我？”倏忽之间，乐毅脸上的笑容消失了。

鲁仲连见乐毅如此郑重的口吻，不禁肃然拱手道：“仲连不才，想为燕齐修好尽绵薄之力，以使两邻庶民有个太平岁月，恳望将军纳我一策，消弭兵戈。”

“先生何出此言？”乐毅慷慨一笑，“三十多年来，齐国咄咄逼人，燕国吞声忍气。齐军入燕三载，掠财无数，杀人无算；燕国割地而不敢求还，大将被杀反而谢罪，齐民入燕争渔而燕国反要赔偿，如此等等，燕国为的便是给庶民求得一个安宁太平，岂有他哉？先生今有太平长策，燕国敢不接纳？先生但说便是。”

“将军谋略，令人敬服。”鲁仲连由衷赞叹一句，微微一笑，“以将军之明，岂不知今日齐国已非昨日齐国，开罪天下，千夫所指，与六国修好尚且不及，何能再对燕国颐指气使？而将军在辽东寒暑十载，练得精兵二十余万，正欲联结天下战国攻齐复仇，眼看兵连祸结，将军却说‘燕国敢不接纳’，岂非言不由衷？”先将话说开说透，而后再来商讨方略方可实在，这便是鲁仲连此刻所想。

乐毅悠然一笑：“鲁仲连果然纵横名家，所见甚透。”忽然口气一转，“然则，燕国练兵，所在若何？先生却是走眼了。”

“此话怎讲？”

“燕国练兵，所为只有一个：自立于天下，不再重蹈覆辙，不再被齐国吞灭。”虽然语气并不激烈，乐毅的神色却是无法撼动的气势，“齐王称东帝，吞并天下之心路人皆知，假若先生做燕人，莫非可以不练兵？”

“罢了，未发之兵，不可测其道。”鲁仲连长长地一声叹息，撂过了这个说不清的话头，“将军，听我目下一策如何？”

“先生但说。”

鲁仲连一口气说了下去：“齐国退还燕国历年所割十五城，并燕南水面；诛杀张魁事件，齐王向燕王谢罪；当年掠燕财货，齐国加三成退还并赔偿；如此做来，燕国可愿罢兵立盟，两国修好？”

“齐王之意？”乐毅悠然一笑，闪亮的目光盯住了鲁仲连。

“齐王禀性虽不同寻常，然邦国安危事大，定能择善而从。”鲁仲连自然知道乐毅疑惑所在，虽则对说服齐王并没有十分把握，但还是坚定明朗。

“好！”乐毅拍案而起，“先生有此大志，乐毅自当鼎力辅助。我这便进宫禀报燕王，先生且在这里消磨一时。”

鲁仲连原本只是想说服乐毅不要反对，然后他便可以全力说服燕王。战场是军人的功勋所在，自古以来，掌兵大臣十有八九都是强硬主战派。乐毅十载练兵苦心备战，而且已经开始了与中原各国的秘密联络，纵是贤明之士，如何能放弃这个长期谋划的目标？唯其如此，鲁仲连实在没有想到乐毅如此快捷明朗，非但一口赞同齐燕修好，且要立即进宫。一时之间鲁仲连困惑起来，意味深长地一笑：“十载工夫，将军不怕付诸东流？”

“先生差矣！”乐毅哈哈大笑，“好战必亡，忘战必危。乐毅固然好兵，然身为国家重臣，岂能以一己之好恶，度国家之利害？燕国但能不动干戈而收复失地，回复尊严，乐毅何乐而不为？”说罢一拱手，大步去了。

鲁仲连怔怔地望着乐毅背影，百感交集地长叹了一声。

燕昭王正在书房密室端详那幅可墙大的齐国山水城池图。

这是乐毅派遣堪舆师数十次潜入齐国，花费十余年心血精心绘制的一幅秘密地图，只有两幅，一幅在这里，一幅在乐毅幕府。寻常但有空闲，燕昭王都要独自站在这里，长久地默默地端详揣摩。他是在燕国内忧外患剧烈交汇的血火中拼杀即位的，加冠于危难之中，崛起于废墟之上，国仇家恨，点点滴滴都渗透了他的每一个脚印。而在所有的仇恨中，齐国刻在他心头的伤痕是永远都无法泯灭的。

说起来，燕齐两国在周武王始封诸侯时都是首封大国，都是带着镇抚边患的重任，在荒莽山原披荆斩棘艰难立国的功臣部族。召公奭、太公望，那是多么辉煌的两个名字啊！西周近三百年，鲁、晋、燕、齐四大轴心诸侯，是支撑整个华夏的四根擎天大柱。鲁晋定中原，燕齐镇边陲，忠心事王，共讨叛逆，四国之间几乎从来没有发生过龃龉。燕齐两国同在边陲，一北一东相毗邻，唇齿相依水乳交融，当真是兄弟之邦。进入春秋动荡之期，齐晋渐渐强大了，鲁燕渐渐式微了。不知不觉，燕国成了追随齐国脚步的附庸式盟邦。纵然如此，毕竟老根还在，终姜齐之世，燕国与齐国还是维系着互相救济辅助的久远传统，边界也从来没有驻军。可是到了春秋后期，田氏取代姜氏公室，齐国成了“田齐”。一切龃龉，一切仇恨，都是从那时开始的。作为王族诸侯的燕国，始终对田氏“篡国”耿耿不能释怀，将新齐国始终看做一个异类叛逆，不与齐国通使，还在边境驻守了兵车八百辆。要不是燕国已经衰弱得自顾不暇，拥有“代王讨逆”征伐大权的燕国也许早早就对这个“田齐”兴师问罪了。兴师不能遂心，燕国只有变着法儿冷落这个新贵，禁止通商、封锁关梁、不通使节、不与会盟、边境驻军等，燕齐邦交倏忽降到了冰点。

田氏新齐国立足未稳，急于与大诸侯们修好会盟，通商互助，自然要首先结好燕国这个毗邻的王族大国。反复试探，齐国都碰了硬邦邦的钉子。有一次，两国渔民因在济水捕鱼而大起械斗，齐桓公田午将齐国渔民全部押往燕国，交燕简公处置。谁也没有想到，燕简公竟下令全部杀了齐国渔民，同时对燕国渔民大加褒奖，还破天荒派出特使责令齐国向燕国请罪。燕国的倨傲，终于激怒了这个正在蓬勃成长的新贵，齐国愤愤然开始了与燕国的冰冷对峙。到了战国初年的齐威王田因齐即位，力行变法，齐国实力大长，倏忽二三十年成了天下第一流大国。这时的燕国，却在恪守祖制的懵懂岁月中沉沦为疲弱之邦，除了皇皇贵胄的血统，几乎是要甚没甚。于是，苍老的燕国只有极不情愿地跟在齐国后面亦步亦趋，俨然宗主与附庸一般。

燕文公任用苏秦，燕国终于有了一个崛起的机会。惜乎天不假年，文公尚未来得及等苏秦合纵成功便骤然病逝了。燕易王倒是雄心勃勃，偏偏又重用了更加野心勃勃的子之。子之凶狠酷烈，毒杀了燕易王，软禁了燕王哙，最后又逼迫燕王哙将王位禅让给他，接着又毒杀了燕王哙。子之做了燕王，燕国的大劫难骤然降临了。

当时好容易保住太子之位的姬平被迫离国，流落于王族封地。为了复国，他联络王族发动了一场兵变，不想却被凶悍的子之一举击溃。姬平再次流落封地藏身，无奈之下，密请齐国发兵靖难。齐宣王本来就一直在等待出兵机会，应姬平之邀，立即大举发兵燕国，剿灭了子之，将燕国财货抢掠一空，还大火焚毁了蓟城，给姬平留下了一个满目废墟遍地疮痍的烂摊子。国人在痛骂齐国的同时，也恶狠狠地诅咒着那个引来齐人的子之。姬平很清楚，要不是将搬来齐兵的恶名转嫁给死无对证的子之，他这个国王很难说不被国人撕碎了祭祖。就这样，做了燕王的姬平深深地掩藏了这个永远流血的伤口，开始了艰难的复国。安抚百姓，恢复生计，求贤变法，周旋列国，练兵备战，终是一步一步地走到了今日。虽然正当不惑之年，他却好似两鬓苍苍的老人了。几十年来，他一日也没有忘记向齐国复仇，虽说没有像越王勾践那样日喊三次，也是经常在梦中霍然坐起，看着漫天星斗愣怔莫名。

“禀报我王：亚卿晋见。”御书[1]的声音从密室门外轻轻传来。

“禀报甚来？老规矩，请亚卿到书房。”燕昭王一声吩咐，已经出了密室。他从来不在书房接见大臣，唯独对乐毅例外。御书虽然知道这个例外，但见国君独在密室，仍然不敢大意。况且，乐毅刚刚从这里离开不到两个时辰，又匆匆进宫，也实在令人意外。见国君并无异常，御书才轻步走了出去。

“君上，鲁仲连来了。”乐毅大步匆匆走进书房，一拱手一句消息。

“鲁仲连？啊，想起来了，临淄千里驹，新一代纵横策士。”燕昭王常思谋天下大势，对邦交人物极是熟悉，提到便知，“说说，他意欲如何？”

---

[1] 御书，战国时期燕国官职，掌国君文书机密事宜。

“鲁仲连要斡旋燕齐修好。”乐毅悠然一笑，将鲁仲连在他府中的事体详细说了一遍，“君上以为如何？”

燕昭王心中一沉，一时愣怔默然。对齐国开战，这是他朝思暮想的兴邦大计，也是与乐毅几位重臣长期谋划的秘密国策，眼看要推出水面了，却突然有人要斡旋燕齐言归于好，而且提出了确实令人怦然心动的修好要件，倒真令燕昭王一时回不过神来。齐国若退了燕国失地、赔补了昔年财货，再加上赔罪，再要开战只怕是天下不容；可要说不打齐国了，心中顿时空落落的，血泪浸泡长久压抑的国恨家仇便这般轻飘飘滑过去了？燕国若有六十万大军，燕昭王绝不会接受这种修好之约，齐国不想打他也要打，打出来的物事终是实在。可燕国只有二十万大军，兵力只有齐国的三分之一，燕国要复仇，只有合纵天下灭齐；而强大的齐国着意修好，燕国再要灭齐，便失却了道义。“得道多助，失道寡助”，无道伐国，他国出兵便大是难题。说到底，接受齐国修好，燕昭王觉得憋气；拒绝齐国修好，燕国复仇失去了合纵支撑，更是憋气。思忖良久，燕昭王难以权衡，长长地一声叹息。

“君上毋忧，鲁仲连之动议，对我有利。”

“有利？”燕昭王急迫道，“说说，如何有利？”

乐毅从容反问：“君上以为，齐王田地会接纳鲁仲连这个修好动议么？”

“你是说，齐王不会接受修好之意？”骤然之间，燕昭王两眼生光。

“决然不会。”乐毅摇头，“此人禀性乖戾，吞灭六国之野心天下皆知，如何能吐出吃进几十年的肥肉，向一个弱燕低头？”

“有理！”燕昭王一句赞同，又突然犹疑，“鲁仲连想不到这一点么？”

乐毅一声叹息：“知其不可而为之，鲁仲连也。保国心切，他只是全力一争而已。”

“好！”燕昭王拍案而起，“鲁仲连天下名士，你我君臣将这文章做大。”

“为我合纵六国铺路。”乐毅会心地一笑，又是一声叹息，“只怕鲁仲连有不测之危了。”

“天意如此，人力奈何？”燕昭王笑了。

三　狂狷齐王断了最后一条生路

快马三日，鲁仲连终于风尘仆仆地赶回了临淄。

燕昭王在王宫正殿朝会，隆重地接见了鲁仲连，将鲁仲连的斡旋之举书告朝野，当殿申明：“本王唯以燕国庶民生计为念，但能收回失地财货，决意息灭兵戈，与齐国永久修好。”几位世族老臣激烈反对，却都被乐毅义正词严地驳了回去。燕昭王当殿下书：派遣特使携国书盟约，与鲁仲连共同赴齐会商。鲁仲连本在秘密试探，未曾想到燕国欣然接受，并郑重其事地将事情公开化，有些突兀之感；转而一想，如此做来可逼怪诞暴戾的齐王认真思虑，也未尝不是好事，所不利者唯有自己处境，邦国但安，个人得失何足道也！如此一想，也欣然接受。次日离开蓟城，燕昭王亲率百官在郊亭为鲁仲连饯行，殷殷叮嘱：“先生身负邦国安危之重任，功成之日，姬平当封百里千户以谢先生。”鲁仲连只哈哈大笑一阵，与燕国特使辚辚去了。行出燕界，鲁仲连得到义报：燕国已经将消息飞马通报了其余五大战国，燕国接受鲁仲连斡旋的修好愿望已经是天下皆知了。虽然隐隐不快，鲁仲连也只有长叹一声，先将燕国特使安顿在临淄驿馆，当即飞驰薛邑[1]，连夜来见孟尝君。

“仲连啊，想死我了！”一身酒气的孟尝君一见鲁仲连便开怀大笑，“来来来，先痛饮三爵再说话！”

“孟尝君，你却好洒脱。”打量着宽袍大袖散发披肩肥腰腆肚两鬓白发的孟尝君，鲁仲连不禁泪光莹然。眼前的这个肥子活脱脱一个田舍翁，哪里还有当年孟尝君的影子？

“别一副惨兮兮的模样，你一来，我便好。来，干起！”

---

[1]　薛邑，孟尝君封地，大约在今山东枣庄西南地带。

鲁仲连二话不说，连干三爵，一抹嘴道：“孟尝君，此时你可清醒？”

“哪里话来？”孟尝君涨红着脸高声道，“三坛酒算得甚来？你说事！”

鲁仲连便将燕齐大势、燕国秘密备战的情由以及自己的思谋举动前后说了一遍。孟尝君听得瞪大了眼睛，惊讶之情掺和着浓浓的酒意僵在了脸上。毕竟是曾经叱咤风云纵横天下，孟尝君如何掂量不出鲁仲连这一番话的分量？默然良久，孟尝君“啪”地一拍酒案霍然起身：“仲连，是否要田文再陪你拼一次老命？”

“田兄，唯有你我携手，冒死强谏，齐国尚有转圜。”

“好！”孟尝君大手一挥，“今夜好生合计一番，也待我这酒气发散过去，明日去临淄。”说罢转身一声令下，“来人，请总管冯驩立即来见。”

孟尝君虽然被第二次罢相，但依照齐国传统，封君爵位却依然保留着。也就是说，这时候的孟尝君只是个高爵贵胄，只能在封地养息，无国君王书不能回到临淄，更不能参与国政。这次要骤然进入临淄，自然要周密部署一番。鲁仲连稍感舒心的是，孟尝君一旦振作，毕竟还是霹雳闪电，尽管门客大大减少，但要顺利见到这个行踪神秘的齐王，还只有孟尝君有实力做到。否则，鲁仲连纵有长策大计，入不得重重宫闱，徒叹奈何？

片刻之间，冯驩匆匆赶到，孟尝君将事由大致说得一遍，末了一挥大手道：“你今夜带人赶回临淄，至迟于明日午时将一切关口打通，我与仲连午后进宫。”

“邦国兴亡，绝不误事。”冯驩一拱手大步去了。

“孟尝君，临淄门客们还在？”鲁仲连有些惊讶了。

“总算还有几百人。”孟尝君喟然一叹，转而笑骂，“鸟！两次罢相，客去客来客再去，老夫原本也是一腔怒火，要对那些去而复返者唾其面大辱之。可是啊，冯驩一番话，却将老夫这火气给浇灭了。”

“噢？”几年不在临淄，鲁仲连也是饶有兴致，“冯驩能将孟尝君恩怨霹雳之人的火气灭了？”

孟尝君说，在他被恢复丞相后，那些烟消云散的门客们竟又纷纷回来了。他正在气恼大骂，下令将这些去而复返者一律赶走之时，冯驩驾着那辆青铜轺车回来了。孟尝君已经知道了恢复相位是冯驩奔走游说于秦齐之间的结果，自然大是感喟，连忙出门迎接。却不想冯驩当头便是一拜，孟尝君大是惊讶，扶住冯驩道："先生是为那些小人请命么？"冯驩一脸肃然道："非为客请，为君之言错失也。冯驩请君收回成命。"孟尝君愕然道："你说我错了？我田文生平好客，遇客从来不敢有失，以致门客三千人满为患，先生难道不知么？谁想这些人见我一日被废，便弃我而去，避之唯恐不及。今日幸赖先生复位，他等有何面目再见田文？谁要见我，田文必唾其面而大辱之！"冯驩不卑不亢道："谚云：富贵多士，贫贱寡友。事之固然也，君岂不知？"孟尝君气咻咻道："田文愚不可及，不知道。"冯驩依旧是不卑不亢的一副神色："君不见赶市之人，清晨上货之期争门而入，日暮市旷便掉头而去么？并非赶市者喜欢清晨，厌恶日暮，实在是清晨逐利而来，日暮利尽而去。此人之本性也，非有意之恶行也。所谓物有必至，事有固然也。今君失位，宾客皆去，不能怨士子势利而徒绝宾客之路。冯驩请君待客如故。"

"于是，田兄又成了侠义好客的孟尝君。"鲁仲连哈哈大笑。

"人心如海也！"孟尝君百感交集，"你看，我这第二次罢相，算跌到底了，却有几百人留了下来，劝都劝不走。怪矣哉！老夫也糊涂了。"

默然良久，鲁仲连一声叹息："孟尝君啊，齐国利市也快到日暮了。"

"鸟！"孟尝君一拳砸在案上，"日暮了开夜市，不信大齐就塌架了。"

鲁仲连大笑："说得好！夜市也是市，只要赶得上也发。"两人大笑一阵，顿时振奋起来，在孟尝君书房直商议到四更天方才歇息。

次日清晨，两人轻车快马出了薛邑城堡，一路飞驰，两个时辰到了临淄郊野。奉冯驩之命，一个得力门客已经在郊亭外守候。与孟尝君耳语一番，门客请鲁仲连先行独自入城在孟尝君府邸等候，而后放下孟尝君车帘，将篷车领入一条小道，绕开车马如流行人如梭的南门，从较为冷清的西门悄无声息地进了临淄。西门是通向燕国的大门，原本也是热闹非凡，自从与燕国龃龉不断，西门便渐渐冷清了。孟尝君虽然车马辚辚，一个熟识者也没有遇上。到得府邸，鲁仲连已在厅中等候，冯驩也堪堪赶到。孟尝君开口一声笑骂："鸟！生平第一次悄悄进临淄，窝囊窝囊。"冯驩道："南门守将识得主君，只有走西门，若还未进宫满城风雨，大事便要黄了。"孟尝君一挥手笑道："晓得晓得，你便说，王宫关节疏通了么？"冯驩道："疏通了。三个老门客都做了宫门将军，他等鼎力襄助。齐王行踪也探听确实：午后在北苑观兵校武。"

"北苑？如何偏找了那个地方？"孟尝君脸色一沉。

鲁仲连目光一闪："北苑不能进么？"

孟尝君没有说话，只咬着嘴唇在厅中踱步。

午后的王宫一片静谧，唯独宫阙深处这片黑黝黝的松林人声鼎沸。

齐威王时期，临淄王宫的北苑原是一片松林环绕的湖泊。齐宣王酷好高车骏马，出城驰骋多有不便，于是堆起几座土山石山，将湖水引出凿成几条山溪，这片两三百亩大的空阔松林便被改成了驰驱车马的"跑山场"。齐湣王即位又是一变，北苑"跑山场"变成了四个校武场——战车场、铁骑场、步兵场、技击场。原因也只有一个：齐湣王好兵好武，经常隔三岔五将各类将士调进王宫观兵校武。齐湣王曾不无得意地对朝臣们说："观兵校武，富国强兵之道，成就霸业之要，激励将士之法，查究奸宄之必须也。"有了如此之多的紧要处，这北苑自然是大大地重要起来。四个校武场修建得大小不等各具气势特色，校武优胜者在这里被赐以"勤勉王事，国之精兵"的名号，立获重赏；失败者则被责以"嬉戏兵政，国之蟊贼"，将军立刻放逐，兵士立刻斩首。久而久之，这王宫北苑成了齐湣王治军立威的重地，也成了齐军将士望而生畏的生死险关。

齐湣王将这观兵校武看做激励朝野的正经大事，寻常时日也常聚来朝臣观看评点。纵然没有下书，某个大臣偶然进宫撞上，也会被召来陪观。然而，令朝臣们大大头疼的是，谁陪观兵，谁就得在最后的赏罚时刻代王拟书。多有大臣对这种因一场比武定生杀的做法不以为然，若恰恰遇上当场斩首出色将领，耿直大臣要力谏赦免，往往便被齐湣王当场贬黜，若遇王颜大怒之际，立时是杀身之祸。十几年下来，在这观兵校武场杀掉的将领大臣已达百余人之众。时日一长，陪王观武成了大臣们最是提心吊胆的差事，等闲大臣谁也不想在北苑晋见齐王。

孟尝君之难正在这里。

北苑观兵，进宫虽是容易了一些，但后边的麻烦却更大。孟尝君本来就是擅自还都，免不得一番费力折辩，若遇斩杀熟悉将军，究竟是说也不说？坚持力谏，有可能连大事都搅得没了；听之任之，一则孟尝君怕自己忍不住，二则军中将领大部都是当年自己兼领上将军时的老部将，因敢作敢当有担待而名满天下的老统帅，如何能在这些老部属被杀之时无动于衷？若是忍得，孟尝君何以立足于天下？何以当得这“战国四大公子”之名？然则鲁仲连兹事体大，实在是兴亡迫在眉睫，又如何能从容等待？思忖良久，孟尝君一咬牙：“走！龙潭虎穴也闯了。”便与鲁仲连按照冯驩的预先谋划，分头从议定路径匆匆进宫了。

齐湣王带着一班侍女内侍与御史、掌书[1]等王室臣工，正午时分已到了北苑的剑器场。齐湣王今日很是高兴，下令在观兵亭下摆了一场午宴，还破例下令王室乐队奏了一曲《齐风》中的《东方之日》。这《东方之日》被孔夫子收进《诗》中时原是渔人情歌，因了曲调昂扬，齐湣王又有“东海青蛟转世”之说，变着法儿取悦国君的太师[2]早在多年前便将这首歌重写了歌词，变成了专门的齐王之颂。当年一经演奏歌唱，齐湣王欣然大悦，拍案定为国颂，成为最高规格的庙堂之乐。每有大事或心情舒畅，齐湣王总要下令奏这首颂歌。而臣子们一听到这首歌，便知道齐王气顺欣喜，有事争着说。

“我王有命：两军剑士进宫——”在昂扬宏大的颂歌中结束了午宴，一波波尖亮的声浪从间隔站立的内侍们口中迭次翻滚了出去。

王城南门隆隆打开，等候在王宫之外的一百名剑士们进宫了。虽然两队剑士总共也只有一百名，走在头前的两队将军却有六十余人，一个个顶盔贯甲面色肃然，脚步沉重得如同石磙子砸在地上。大约顿饭辰光，目不斜视昂首挺胸的两队将士被一名老内侍领到了剑器场外。

---

[1] 御史，战国时齐国国君秘书长；掌书，齐国掌管文书典籍的官员。

[2] 太师，齐国乐工之长（并非西周“三公”之太师），演奏者为“乐人”。

"剑士下场——将佐分列——"

一阵隆隆鼓声，两队剑士分别从两个石门进场，两边的将军则大步走到各自一方的看台上整齐地站成一排。

这剑器场，便是除了车骑步三军外的技击校武场。因了以校量短兵为主，而短兵又以剑器为主，时人呼为"剑器场"。剑器场是四个校武场中最小的一个，却是建造最讲究的一个。别个校武场都是露天大场，且有山塬起伏林木水面等地形变换，唯有这剑器场是一个方圆三十丈的室内场子，俨然一个硕大无比的厅堂。长大空心的一根根毛竹接成了长长的椽子，体轻质坚的特选木板铆接成长长的檩条，屋顶铺上轻软的三层细茅草，成了冬暖夏凉的特大厅场。场中东南西三面看台，正北面是鸟瞰全场的三丈六尺高的王台。今日没有撞进来的大臣，三面看台上都是空荡荡的，唯有齐滑王的王台上满当当一台，近臣内侍侍女护卫，足足二百余人。

看看空荡荡的观兵台，齐滑王突然有些后悔，技击之术为齐军精华，为何没有将朝臣们召来一睹我大齐之军威？

"禀报我王！"正在此时，北苑将军飞马进场高声急报，"临淄名士鲁仲连，背负羽书求见。"

"羽书？"齐滑王大皱眉头，"教他进来。"

羽书者，信管外插满羽毛也。春秋战国之世，羽书是特急军情的标志。列国连绵征战的年代，也常有本国在外游历的名士或在他国经商的商人，以这种羽书方式向本国国君大臣义报紧急秘情。某人若将插满羽毛的书简绑在背上请见国君，那定然是十万火急，不见实在说不过去。

片刻之间，一名护卫甲士将风尘仆仆大汗淋漓的鲁仲连带到了王台之前。鲁仲连一躬，从背上取下那个插满羽毛的竹筒，高声急迫道："临淄鲁仲连带来蓟城齐商羽书义报。"齐滑王皱着眉头，接过内侍匆匆捧来的羽书往案上一丢，只拉长声音问："何事啊？动辄羽书急报。"鲁仲连高声道："燕国二十万新军已经练成，正在秘密联结五国攻齐。"齐滑王冷冷一笑："燕国攻齐？哪一日发兵？攻到何处了？"鲁仲连骤然一愣，又立即高声道："商旅非军中斥候，只能报一国大计动向。""大计动向？”齐湣王哈哈大笑，“燕国恨齐，辽东练兵，天下谁个不知，也值得一惊一乍？”鲁仲连第一次面见这个齐王，觉得此人说话路数实在怪诞得匪夷所思，心一横道：“齐王差矣！灭宋以来，齐国已是天下侧目。燕国一旦联结五国反齐，齐国便是亡国之祸。齐王不思对策，却看做笑谈，莫非要葬送田齐二百年社稷不成？”齐湣王目光一闪，非但没有发作，反而似乎来了兴致：“鲁仲连，今日齐国实力，比秦国如何？”

“不相上下。”

“还是了。六国合纵攻秦多少年，秦国倒了么？”

“……”

“合纵攻齐，齐国如何便是亡国之祸？”

“……”

“秦为西帝，我为东帝。齐国不如秦国么？抗不得一次合纵么？少见多怪。”

鲁仲连愕然，寻思间突然笑了：“齐王是说，六国攻秦，秦国非但没有灭亡，反而成了西帝。齐国便要效法秦国，大破合纵而称霸天下？”

“呵呵，鲁仲连倒还不是笨伯。”

“敢问齐王，可曾听说过东施效颦？”

“大胆！”齐湣王拍案怒喝一声，“来人，乱棍打出去。”

“禀报我王！”正在此时，北苑将军又飞马进场，“孟尝君带领三名门客剑士晋见，要与我王剑士较量。”

“好！”齐湣王大喜过望，“宣孟尝君进来。”又转身一指鲁仲连，“教这个狂士也看看我大齐军威，罢场罚他个心服口服。”

鲁仲连刚刚被“请”到王台右下方的臣案前，孟尝君轺车辚辚进场，车后跟着三骑快马，显然是门客剑士。齐湣王哈哈大笑道：“孟尝君，来得好，你那三个剑士行么？”这便是齐湣王，只要高兴，任何法度恩怨都不管不顾；若是不高兴，既往所有的龃龉都会立即提到口边算总账。孟尝君已经罢相，且明令不许擅自还都，齐湣王此时却将这些都“忘记”得一干二净，一心只盘算着那三个剑士。

“臣之剑士，天下第一！”孟尝君应得一声，轺车已经缓缓停稳，被先行下车的驭手扶了下来。望着高高阶梯之上的王台，孟尝君苍老地喊了一声：“启禀我王：老臣上不来也！”齐滑王哈哈大笑，他实在想不到英雄豪侠的孟尝君倏忽之间变得如此老态龙钟，不禁惊讶好奇又好笑，“来人，将孟尝君抬将上来。”及至四名内侍用一副军榻将孟尝君抬到了面前，齐滑王顿时涌出恻隐之心，大度地笑道：“孟尝君年迈若此，还不忘来陪本王观兵，当真忠臣。你安然坐着便是。”说罢转身对身边两个侍女一挥手，“你二人，用心侍奉孟尝君。”这两个侍女本是齐滑王的贴身侍女，派给孟尝君，自然是极大的恩宠。孟尝君既没推辞也没谢恩，一拱手道：“我王尽管观兵，老臣这把老骨头还经得摔打。”齐滑王笑道：“孟尝君但说，如何观兵？先比军剑，还是先比你的门客？”

“但凭我王决断。”孟尝君呵呵笑着，一副随和老人模样。

“好！”齐滑王一拍大案，“先看孟尝君门客，究竟如何个天下第一？”

“且慢。”孟尝君呵呵笑着，“若我门客先下场，老臣便有一请。”

“噢？孟尝君快说。”齐滑王寻思老人絮叨，有些不耐。

“老臣欲与我王一赌。”孟尝君依旧呵呵笑着，一双老眼晶晶生光。

“赌？”齐滑王生性冷僻怪诞，任何出格的事都做过，愈是出格之事愈发来劲，却偏偏没有与人赌过，顿时好奇心大起，“孟尝君说，如何赌？赌甚物事？”

“呵呵，好说。”孟尝君比划着，“如同宣王赛马，我王与老臣各出三个剑士，谁胜得两阵谁便赢，赌金三千，如何？”

“赌金？乏味。”齐滑王兴致勃勃地笑着，“要赌赌人，如何？”

“赌人？”孟尝君惊讶地张大了嘴巴直摇头，“匪夷所思！如何下注？”

“她们两个，本王赌注。”齐滑王笑着一指两个偎依在孟尝君身上的侍女。

孟尝君皱起了眉头：“垂垂老矣，纵有坐骑，老臣已无驾驭之力了。”

齐滑王哈哈大笑：“那好，随你说得一人一事，本王拿它做了赌注如何？”

“谢过我王！”孟尝君一拱手，“只是，老臣却没有这等‘人注’了。”

“如何没有？”齐滑王一指场中，“无论输赢，本王都要这三个天下剑士了！”

孟尝君不禁大笑：“我王赌得有趣，不论输赢都抢注。如此，老臣也是一般：无论输赢，都得一人一事。”

“这有何难？本王不能白占便宜。”齐湣王大手一挥，“典武官，开始！”

典武官令旗当即劈下：“齐军剑士，出场！”

一阵悠扬号角，两队剑士赳赳出场。齐湣王规矩：寻常校武，各军（车骑步水）分做两方较量；技击校武，却是包括了车骑步水四军在内的混成较量；因了技击之术是所有军士的基础功夫，所以车骑步水四军都得派员参加，车兵与骑兵组成一队，步军与水军组成一队，此所谓“短兵联校”。于是，技击校武成了牵连最广影响最大的综合校武。当然，技击校武之所以朝野关注，最要紧的还是齐人技击之风遍于城乡，齐军技击之术闻名天下。“齐人隆技击”，“齐闵以技击强”，是当时天下的口碑。这个“齐闵”，便是齐湣王。有此口碑，可见当时天下已经公认：齐湣王时齐军的技击之术最强。

所谓技击，是兵器格斗的技巧。寻常分做三大类：长兵、短兵、飞兵。长兵是矛、戈、戟、斧、钺等长大兵器。短兵是剑器、匕首、短刀等。飞兵是轻、重、弩、袖等各种弓箭。寻常技击较量，都是三兵同场进行，场面大，高台观看评点也分外热闹。今日齐湣王别有所思，典武官早已看得明白，便将剑器格斗单提了出来。

齐军剑士三十人列成了一个小方阵，清一色牛皮软甲精铁头盔阔身长剑，大见威风凛凛。孟尝君的三个门客剑士却是布衣大袖长发披散，唯一的武士痕迹，是脚下那一双直达膝盖的高勒牛皮战靴，一副洒脱不羁的剑士气度。

“军剑对士剑，三一较量，第一阵——”

随着典武官令旗劈下，第一排三个齐军剑士“嗨”的一声大吼，铁锤夯地般嗵嗵砸到场子中央。军剑士剑三对一，这也是天下通行的剑器较量习俗。战国时但能以“剑士”名号孤身游历者，即或不是卓然成家的大师，也是剑术造诣非同寻常的高手，与讲究配合杀敌的军中剑技大是不同。只要不是军阵搏杀，人们公认剑士比军士高超许多。于是，有了这“军剑士剑三对一”的俗成约定。

甲胄三剑刚刚站定，眼前红光一闪，一个布衣剑士已经微笑着站在六步之外抱剑拱手：“三位请了。”中间军剑一摆手，三剑大跨步走成一个扇形，一声喊杀，三口阔身长剑带着劲疾的风声从三个方向猛烈砍杀过来。布衣剑士手中一口窄长雪亮的东胡刀，眼看三剑展开已经封住了方圆三丈之地，一声啸叫拔地飞起，雪亮的刀光陡然闪电般扫到了中剑背后。此时左右两剑一齐飞到，一把铁钳般堪堪夹住了胡刀。几乎同时，中剑倏忽滑步转身，长剑灵蛇般从剑士胯下直上。剑士大惊失色，情急间一个空中倒转，方才脱出了剑光。谁知刚刚着地，左右两剑如影随形般指向他的双脚，大回旋掠地扫来，活生生战阵步兵斩马足的路数。剑士连忙再度纵身飞起，中剑却凌空指向胸前。剑士的东胡刀当胸掠出，趁势跃向左右两剑的背后，刀锋顺势划向两剑腰背。按照寻常军剑的身手，远远不能灵动到瞬间转身的地步，一刀划出两人重伤，剑士无疑便是胜了。不想在这间不容发之际，左右两剑竟一齐扑倒在地又连环翻身站起，长剑从躺在地上时一齐刺出，直到跃起刺来当面，一气呵成。剑士挥刀一掠之间，中剑恰恰已经飞步背后兜住，长剑一挥，剑士的长衫拦腰断开，下半截骤然翻卷缠住了战靴，赤裸的肚腹腰身黑黝黝亮了出来。

全场哄然大笑，王台上的齐湣王更是手舞足蹈：“赏！重赏军剑，每人一个细腰楚女。”又转身骤然厉声喝道，“来人，将那个狗熊剑士扒光，乱棍打烂尻骨！”孟尝君大急，正要说话，齐湣王一挥手：“校武法度，谁也别乱说。”

那个剑士面色涨红地愣怔当场，见几名武士手持大棍汹汹而来，向孟尝君遥遥一躬，将那口雪亮的东胡刀倒转过来，猛然刺进了腹中，一股鲜血顿时喷射到迎面扑来的武士身上。

齐湣王哈哈大笑：“好！还算有胆色。御史，也赏他一个细腰楚女。”

“我王是，是说，赏，赏他？”御史紧张得口吃起来。

“还想赏你么？”齐湣王阴冷地拉长了声调。

御史不禁浑身一抖：“臣不敢贪功。臣，立即处置赏物。”说罢走到那个白发苍苍的内侍总管面前低语一句，老内侍向那一排瑟瑟发抖的侍女瞄了一眼："吴女出列了。"一言落点，那名腰身最是窈窕的少女嘤咛一声昏了过去。老内侍一挥手，两名内侍走过去将那名昏厥的侍女抬到了场中。一道白绫搭上侍女雪白的脖颈，两名内侍猛然一绞，只听一声低声呜咽，侍女软软地倒在一身鲜血的剑士身上……

全场死一般沉寂。

"齐王……"孟尝君的声音颤抖而喑哑，"你，赢了。该老臣说话了。"

齐湣王哈哈大笑："说，孟尝君随意讨赏，本王今日高兴。"

"老臣只请大王，听一个人将话说完。"

"听人说话有甚打紧？孟尝君，莫非你担心本王赏不起你？"

"老臣衣食丰足，唯求我王，一定要听此人将话说完。"

"好好好，本王洗耳恭听。"齐湣王虽然还在笑，心中已大是不耐。

孟尝君一招手，鲁仲连大步走了上来，一拱手尚未开口，齐湣王已皱起了眉头："你，不是方才义报过了么？"孟尝君郑重其事地拱手一礼："臣启我王：鲁仲连天下纵横名士，我大齐栋梁之才也，若仅是带来羽书义报，鲁仲连何须涉险犯难面见我王？"齐湣王淡淡地一笑："如此说来，还有大事？说，谁教本王答应了孟尝君？"说罢往身后侍女怀中一靠，一双大脚又塞进身侧一名侍女的大腿中，躺卧着眯起了眼睛。

鲁仲连见过多少国君，可万万没有想到生身祖国的国君如此荒诞不经。士可杀，不可辱。尽管孟尝君事先反复叮嘱，他还是几乎要转身走了。在这刹那之间，他看见了孟尝君那双含泪的老眼陡然向他冰冷地一瞥。鲁仲连一个激灵，粗重地喘息了一声，回复心神道："启禀齐王：鲁仲连经乐毅与燕王会商，议定齐燕两国罢兵修好之草盟，以息灭齐国劫难。"鲁仲连没有立即说明修好条件，只大体一句，是想先看看齐湣王反应再相机而动，不想齐湣王只是鼻子里哼了一声，连眼皮也没有抬起来。心下一横，鲁仲连一口气将约定经过、燕国君臣的愿望及齐国要做的退还燕国城池、赔付财货、王书谢罪等细说了一遍，末了道："燕王为表诚意，派特使随鲁仲连来齐，恳请齐王以国家社稷生民百姓为重，与燕国修好罢兵。"

“哼哼！”齐湣王嘴角一阵抽搐，陡然两个侍女惨叫两声，重重跌在大石台阶的塄坎上满头鲜血。鲁仲连一个愣怔间，齐湣王已经跳起指着鲁仲连吼叫起来：“大胆鲁仲连！说，谁教你卖我齐国了？退地赔财谢罪，谁的主意？说！”鲁仲连慨然拱手道：“我乃齐国子民，保民安邦乃我天职。齐王要问罪，鲁仲连一身承担。”

“好。”齐湣王狺狺一笑，“来人！将这个卖国贼子拉出去喂狗。”

“且慢！”孟尝君霍然起身，“鲁仲连斡旋燕齐，本是老臣授意。齐王要杀鲁仲连，请先杀田文。”声音虽然并不激烈，但那一副视死如归的气势却是从来没有过的。

眼看齐湣王便要发作，御史一步抢前道：“臣下建言，听与不听在我王，万莫让今日喜庆被血腥污了。”说完向孟尝君飞快地递过一个眼神，示意他快走。孟尝君与鲁仲连昂然挺立，根本谁也不看。此时，齐湣王阴冷地盯了孟尝君一眼，诡秘地一笑，大袖一拂径自去了。御史低喝一句“孟尝君快走！”也匆匆跟去了。

“将钟离燕尸身抬回去！”孟尝君大步赳赳走下王台，铁青脸色对门客下令。

“孟尝君，危险。”一个王室禁军头目小心翼翼地上来劝阻。

“抬——”孟尝君雷鸣般大吼了一声。两个门客剑士再不犹豫，立即将一身淤血的尸身抬上孟尝君篷车。孟尝君大手一挥：“回府，当道者死！”飞身上马，当先而去。校武场的几百禁军木桩般挺立着，眼睁睁地看着孟尝君车马辚辚远去了。

回到府中，安放好剑士尸身，孟尝君抱尸放声大哭：“钟离呀钟离，田文害了你啊……”鲁仲连看得唏嘘不止，却是无从劝起。这个剑士钟离燕，原是燕国辽东的剑术名家，当年因追随燕太子姬平起兵失败而被子之一党追杀，逃入齐国投奔了孟尝君门下，做了三千门客的剑术总教习。钟离燕寡言多思深明大义，历来是孟尝君与燕国联络的秘密使者，对燕齐修好更是上心。孟尝君说他是风尘策士，他却淡淡一笑：“一介猎户子弟，唯愿两国百姓和睦渔猎少流血，安敢有他？”此次孟尝君慨然襄助鲁仲连，召集门客商议，这个钟离燕提出了“剑士介入，使齐王乐与孟尝君言事”的对策。本来，孟尝君最大的担心，是眼看“战败”一方的将军被杀而自己不能出面劝阻。一旦将校武变成门客剑士与军剑之间的较量，门客剑士便可“输”给军剑，一则避免了旧部大将当场被杀，二则可使齐湣王在高兴之时容易接受鲁仲连的斡旋大计。谁知变起仓促，钟离燕不堪受辱剖腹自杀，就连孟尝君与鲁仲连也几乎身死当场。

此情此景，英雄一世的孟尝君如何不痛彻心脾？

暮色时分，哭哑了声音的孟尝君才渐渐平静下来。忙着进进出出替孟尝君照应打理的鲁仲连，也疲惫地走进了书房。两人默默对坐，一时无话可说。

“孟尝君，我总觉得哪里似乎不对劲？”鲁仲连分明有些不安。

“咳！由他去了。”孟尝君闭着眼睛长叹了一声。

“不对！”鲁仲连突兀一句，已经霍然起身，“我去驿馆！”说话间人已快步出门。

大约三更时分，昏昏入睡的孟尝君被叫醒，睁开眼睛，一脸汗水面色苍白的鲁仲连站在榻前。孟尝君从来没有见过赫赫千里驹如此失态，不禁跳起来一把拉住鲁仲连：“仲连，出事了？”鲁仲连咬着牙关一字一顿：“燕国特使，被齐王杀了。”

孟尝君一个踉跄几乎跌倒：“你，你，再说一遍？”

“燕国特使，被齐王杀了。”鲁仲连扶着孟尝君坐到榻上，“一幅白布包裹尸身，写了‘张魁第二’四个大字，教侍从将尸体拉回去给燕王看。”

孟尝君久久沉默了。

“田单回来了。”鲁仲连低声道，“他说，齐王已经断了齐国最后一条生路，劝孟尝君尽快离开临淄，回到薛邑去。”

“仲连，跟我一起走。”

“不。”鲁仲连摇摇头，“我还要到蓟城去，给乐毅一个交代。”

“田单如何？”

“他要安顿族人，转移财货。”

孟尝君长叹一声，泪水夺眶而出：“田齐社稷，生生要被葬送了么？田文身为王族子孙，愧对列祖列宗哪！”鲁仲连无言以对，转身对守在门外的冯骓低声道："收拾车马，天亮前出城。"冯骓一点头去了。当临淄城头的刁斗打响五更的时分，一队车马悄悄地出了南门。在旷野大道的分岔处，一骑飞出车队，向东北方向风驰电掣而去。

四　乐毅临机入咸阳

当鲁仲连风尘仆仆进入蓟城时，乐毅已经南下了。

特使的尸身运回蓟城，燕国朝野哗然。连日之间，"讨伐暴齐！雪我国耻！"的请愿民众潮水般涌向王宫，请战血书一幅幅挂满了宫门车马场。燕昭王召来乐毅，指着在秋风中猎猎飞动的血色旌旗，脸上绽开了难得一见的笑容："齐王有大功于我也，亚卿以为如何？"乐毅慨然道："国人感愤，用兵正当其时。"燕昭王一拍掌道："好！一个月后发兵。"乐毅摇头道："臣请南下秦国，来春发兵。"燕昭王思忖良久，长吁一声点头道："还是亚卿思虑周密。齐为大国，燕国吞不下来也。"于是，在朝野请战的愤怒声浪中，乐毅悄悄地离开了蓟城。

合纵攻齐，这是乐毅的长期谋划。燕昭王复仇心切，曾经几次要单独发兵，都被乐毅婉转而坚定地劝阻了。乐毅认为：齐国灭宋后已经成了国土堪与楚国匹敌的广袤大国，论起富庶，更是楚国远远不及，更兼有六十万大军，燕国绝不能鲁莽从事；春秋战国以来，螳螂捕蝉黄雀在后的事比比皆是，以燕国之力，独对齐国尚且艰难，又何堪背后偷袭？要攻齐，就必须联络五强，天下共讨之；否则，宁可不动而等待时机。几经碰撞，燕昭王终是渐渐接受了乐毅的主张，虽然对他国分一杯羹总是耿耿于怀，却也终究不失清醒，一直在耐心等待。于是有了燕国的再三退让，包括灭宋时燕国大将无端被杀而燕昭王反而忍辱请罪。在这近二十年的等待中，齐国终于成了天下侧目的独夫，燕国也通过各种秘密通道完成了与各大战国的秘密盟约。攻齐的所有障碍几乎都扫除了，单等一个最合适的时机。如今，这个时机也送上门来了。

可是，这里缺少一个最要紧的环节——燕国秘密合纵，没有纳入秦国。

这是乐毅精心安排的有意疏忽。

秦为天下最强大战国。按照实力，秦国单独进攻齐国完全可大获全胜。可是，秦国却从来没有进攻齐国的谋划。寻常人难以揣摩其中究竟，乐毅却看得分外清楚。自从苏秦发动了六国合纵抗秦，张仪创出了连横应对，齐国一直都是纵横之争的中心点。秦国连横，首先争取的是齐国。六国合纵，主要争取的也是齐国。所以如此，一则因地，二则因力。因地，齐国地处东海之滨，与秦国相距最远，少有兵戎相见。因力，齐国在摧毁魏国的霸主地位之后，隐隐然便是山东六国之首强，只要齐国稍有游离，不做抗秦阵营之中坚，合纵对秦国的威胁便始终不是根本性的。正是基于这样一个历史渊源，齐国对秦国始终没有中原五国那般滴血之恨。于是，齐国在河外大战中弃联军于不顾而径自灭宋，又在秦军潮水般攻势前丢弃联军而保存实力。有此背弃盟约之举，齐国从此与中原五国反目，成了天下独夫。虽则如此，秦国仍然没有趁势攻齐，而是将兵锋直指魏楚两个老对手。更令人咋舌的是，就在齐国为天下所不齿的时刻，秦国与齐国约定了共同称帝——齐湣王东帝，秦昭王西帝。

乐毅清楚地记得，当这个消息传到蓟城时，燕昭王惊讶得连呼“咄咄怪事！咄咄怪事！”乐毅却淡然一笑：“燕王莫急，此中大有玄机也。”“玄机何在？”燕昭王摊着双手连连摇头，“这分明是东西两强夹击天下嘛！”乐毅笑道：“秦国要在燎炉上烧烤齐国，田地却以为是雪中送炭。”燕昭王默然良久，恍然大笑：“好好好，但愿田地烤个焦黄。”可惜的是，这条老谋深算的妙策却被苏代与鲁仲连破解了。齐湣王田地破天荒地英明了一次，连忙书告天下，取消了“东帝”名号。

值得玩味的是，齐国一取消帝号，秦国也悄悄恢复了王号，“西帝”也消失了。

这起匆匆掠过的两帝风潮，使乐毅真正看准了齐秦两大国的微妙所在。在燕国秘密联结攻齐力量的谋划中，乐毅始终主张不要急于与秦国说破。燕昭王大是不解：“秦为最强，合与不合，皆当早见分晓，事到临头仓促说秦，秦国若责我怠慢，又岂能与我合兵？”当时因有他人在场，乐毅只是笑道："燕王毋忧，此事有臣斡旋，保得万无一失。"也是燕昭王深信乐毅，从此不再过问。

目下，攻齐时机已经到来，秘密联兵也已经就绪，只要将秦国这只最大的"黄雀"拉进合纵，便没有后顾之忧，届时爪牙齐举，自能一举捕获齐国这只大蝉。虽说乐毅满怀信心，但也有几分忐忑。毕竟，邦国大计只有落到实处，才是真的成功。短短几年，秦国陡然扩张了两个大郡，河内郡六十余城，南郡四十余城，就实力而言，比齐国吞灭的宋国大两倍还有余。更不要说秦国消化新国土的能力比齐国强出了几倍。当此之时，秦国会不会突然产生独灭齐国的雄心？若是秦国有此图谋，燕国的复仇大业大抵要付诸东流了。

这是乐毅唯一的担心。

由于河内已经成了秦国新郡，一过洹水[1]北岸的宁城要塞，便进入了秦国地界。这宁城本是春秋晋国宁氏封地的北界要塞，叫做宁邑，现下已经被秦国改名为安阳[2]，成为燕赵两国进入秦国的第一道关口。勘验过使节关文，已是暮色时分。尽管秦国的这座新安阳整肃异常，乐毅也没有在安阳歇息，马不停蹄地直奔函谷关。凭着河内郡守发给特使的特急通行大令，乐毅在五鼓时分进了函谷关。出了长长的函谷又过了华山，进入关中腹地，乐毅下令车马缓辔，一路徐徐观察西进。路过栎阳与蓝田，乐毅特意停车道边，留心遥望了这两处的山川地势，良久方去。秋阳衔山之时，匆匆进了咸阳。

在驿馆驻扎停当，一番梳洗用饭之后，乐毅乘着一辆垂帘辎车向上将军府而来。

在秦国君臣之中，乐毅最熟悉的，应当说还是宣太后与秦昭王母子。可是，乐毅却不愿意直接晋见太后与秦王的任何一位，而宁可先见只有一面之交的白起。虽说只有一面之交，但乐毅对白起大是激赏。燕昭王曾与臣下议论评点天下名将，感慨吴起之后再无赫赫名将，乐毅却道：

---

[1] 洹水，战国时魏赵交界河流，今河南省北部安阳河。

[2] 安阳，在今河南省安阳西南。

"以臣观之，不出二十年，秦国白起将成天下战神也。"那时候，白起还没有打河外大战，军职也还只是个左更，连国尉、上将军还没有做，天下还没有几个人知道白起这号人物。乐毅的突兀评判，使燕国朝堂哄然大笑了好一阵。可乐毅却坚信自己的眼光，白起每打一仗，乐毅都会通过各种途径聚拢密报，精心揣摩白起的打法，从来不放过任何一个细节；然后，乐毅便自己做白起替身，为他谋划下一场大战目标与具体打法。这些年下来，乐毅惊讶地发现：在兵锋所指的大目标上，他与白起竟是惊人的一致。而在具体打法上，则每每不同。更要紧的是，乐毅对白起的秉性操守做了多方秘查，认定白起是个本色英雄，是个响当当的阳谋人物，与白起交往犹如痛饮老秦酒——不黏不缠，清冽醇正，力道灌顶。

上将军府邸坐落在王宫之南的正阳街，林荫夹道，石板铺路，点点灯火中幽静异常。虽然也有车马进入，但决然说不上门庭若市。乐毅目光敏锐，在打开车帘的窗口已经看得分外清楚，进出府邸方向的几乎都是各种军职官员，鲜有高车骏马的重臣权贵。要在他国，只怕恰恰要来个颠倒。到得府前车马场，驭手将车停在一片树影里，下车走到廊下一名带剑军吏前低声说了一阵，那名军吏便匆匆跨进了粗大的门槛。

片刻之后，军吏又匆匆出来，领着垂帘辎车轻盈地进了偏门。

"客来远方，不亦乐乎？"辎车刚刚拐过影壁，道旁树影下一声浑厚的秦音。

"今我来思，行道迟迟。"乐毅听得"不亦乐乎"四字似乎有双关之妙，以为行伍出身的白起也风雅起来，便按照士子唱和之礼，在车上吟哦一句，下车后当头一躬，"燕国亚卿乐毅，参见上将军。"但凡风雅之士，莫不讲求礼节，乐毅官职爵位比白起低了几级，更兼身负秘密使命，自然不敢托大。

白起本是布衣短打兴冲冲而来，突兀见乐毅大礼相见，大是惊讶，连忙快捷一扶不禁失声笑了："白起村夫行伍，将军如此风雅大礼，扫兴了。"

"上将军引经据典，乐毅安敢怠慢？"

“鸟！听人说过，胡诌一句，甚个引经据典？”话音落点，两人同声大笑起来。白起拉起乐毅道：“走！我有老秦酒，醉翻你老哥哥。”乐毅笑道：“我带来几桶燕赵酒，也不差。”说着笑着过了两进庭院，来到第三进正厅。

朦胧月光之下，乐毅见这偌大庭院除了北面正厅与西面一排厢房，只有一片水池，水池岸边一片沉沉松林，池中一座高大的石山嵯峨矗立，逼得一池绿水成了蜿蜒绕山的小溪，与松林边几张硕大的石案与点点石礅相照应，粗犷简约中弥漫出一股阳刚雄浑之风。乐毅不禁高声赞叹：“凛冽清爽，好个上将军莫府。”白起道：“都是村夫，谁也不会雕琢，便成了这副模样。”说罢恍然转身，一嗓子高喊，“荆妹快来！”

话音落点，一个脆亮的声音飘了过来：“来了，没咥饱么？大呼小叫。”随着声音，一道身影从沉沉松林中倏忽掠到面前。

“荆妹，这便是乐毅将军。这是荆梅，我妻。”

“怪道疯喊。”一头细汗的荆梅男子般一拱手，“见过将军，你的名字老挂在白起嘴边呢。”

乐毅一打量这个身着黑色劲装在月光下目光晶亮英风飒飒的荆梅，便知这个女子决然不是寻常人物，拱手之间不禁由衷赞叹：“龙将虎女，当真天作之合也。”荆梅红着脸一笑：“叫我来定是要酒了，我去拿。”说罢转身，倏忽不见人影。乐毅笑道：“好身手，只怕万马军中也难选几个。”白起道：“直人急性子，我也拿她没办法。走，厅中坐了。”乐毅道：“明月当头，松林在侧，入厅做甚？”白起大笑：“对劲！没人时我也好在这里猛咥。”

正在两人大笑之时，一个奇怪的身形袅袅娜娜飘了过来。走到近前，却是荆梅——两手提着四只酒桶，头上顶着一个大盘，两边腋下夹着两只大皮袋，双肩上还立着两摞大陶碗。乐毅惊讶地“呀”了一声，站起来要接手，却听荆梅笑道：“毛手毛脚，谁也别动。”便见酒桶落地皮袋落桶陶碗落袋间，两手已经端下了头顶的大盘，利落出手，石案上片刻之间琳琅满目，令人眼花缭乱。

乐毅一看，石案上是六个大陶盆，两盆油亮黑红的酱牛肉块，两盆干菜饭团，两盆蒜拌苦菜，六只陶碗的酒已经斟得只差溢将出来，两碗小蒜两碗果醋与几双长大的竹筷，分明是满当当一案军食。白起一伸手道：“乐兄请入座。”荆梅笑道：“白起就好这大案军饭，乐兄将就些。来，坐对面。”原来这石案四尺余宽六尺余长，全部盆碗都摆成了一边一份，中间空阔地带是蒜醋与一大盆绿菜羹，两边案头各蹲着两只红木酒桶，两人对坐一案，倒真是比那单案分食别有一番气象。乐毅原是名将世家，虽也豪爽洒脱，但在饮食起居礼仪与约定俗成的诸般讲究方面却从来循规蹈矩，在燕国是有口皆碑的风雅“儒将”。今日乍见身为大良造上将军的白起如此朴实率真，不禁大是感喟：“唯大英雄真本色，上将军之谓也！”白起搓着手红着脸呵呵笑道：“荆妹与我，都不耐烦琐周章，实在咥饱便是，甚个英雄来了？”

“乐兄，来！”荆梅笑着捧起了一只大陶碗，“我与白起敬你一碗，洗尘！”

“好，干了！”乐毅与两碗一碰，汩汩大口饮尽，包揽不住的酒汁竟顺着嘴角流进了脖子，撂下大碗一脸绯红，“快哉快哉，谢过荆梅。”

荆梅一笑：“我走了。你两个放开喝，醉了有我。”说罢风一般去了。

“上将军府中，不用仆役侍女？”乐毅终于忍不住将憋在心中的一句话问了出来。

“咳！”白起边斟酒边说，“太后赐了一大拨仆役侍女，可荆妹只教人打理杂务，我与她的所有活计都是自己做，不教仆役侍女插手，我也拿她没治。亏了她还利落，我也没个讲究，便是这般了。太后笑我是随妻而安。乐兄你说，我能不教她做？”素来不苟言笑的白起，说起荆梅破天荒一大片家常话。

“有妻如此，上将军之福也！”乐毅叹羡一句，实在是怦然心动。

“乐兄，不要老是上将军叫我。来！干了！”两人干了一碗，白起拍着石案道，“我白起，老卒一个，打仗是咱的活计。上将军不上将军，与交友何干？白起与乐兄虽只一面之交，然对乐兄却是歆慕已久，乐兄当不得叫我一声兄弟么？”

乐毅大是感慨：“说得好，罚乐毅一大碗！”咕咚咚干了一碗，“兄弟，乐毅痴长几岁，倒是远不如兄弟这般真人见识，惭愧也。”

“哪里话来？”白起慨然拍案，“乐兄多年作为，白起却也清楚。当今天下，堪称名将者，非乐兄莫属也。”

乐毅哈哈大笑：“一仗未打，能成名将？兄弟骂我了。”

“不不不。”白起连连摇头，“名将之才，首在图国、料敌、治兵。《吴子》云：‘勇之于将，乃数分之一耳。’乐兄入燕，变法强国，使弱燕崛起；算敌分毫，使仇国步步入彀；治兵以明，倏忽练成精锐新军二十万。更不说斡旋之才，纵横之能。此等大将，已是不战而屈人之兵，若提兵于战阵之间，自是游刃有余无敌于天下，岂有他哉！”

“兄弟读兵书了？”乐毅素来听说白起天赋将才不读兵书，今见白起引证兵书见识精当，大是惊讶，不禁一问，却又不待白起回答便是一笑，“若是别个，倒是不在话下。然若与兄弟将才相比，乐毅实在是惭愧了。”

“岂有此理了？”这次却是白起哈哈大笑，“充其量，我只一个战场之才而已。乐兄出将入相，庙堂运筹决胜万里之外。我，战场之外便发懵，如何能与乐兄之明彻相比？”

乐毅摇摇头淡淡一笑：“将便是将，我只佩服兄弟一人。”说罢又大饮一碗，突兀便道，“兄弟，请教一事：燕国是否到了大打一仗的时机？”

白起目光一闪，脸上笑容倏忽间消失净尽，默然片刻，也是一问：“敢问乐兄如何打法？”

“合纵五国，利市均沾。”乐毅没有丝毫犹疑。

“乐兄此来，联秦出兵？”

“正是。”

又是一阵默然，白起点点头：“该当有这个时机。”

“兄弟是说，还要看燕国给秦国多少利市？”

白起笑道：“乐兄纵横大才，与太后、秦王、丞相去说，我是只管打赢。”

“公私分明，好兄弟也。”乐毅大笑一阵，“来，再干一碗！”

两人至此海阔天空，直到天交四鼓。虽然都是酒意浓浓，乐毅还是撑持着回到了驿馆，白起荆梅也没有执意挽留。若是过得一夜睡得一觉，作为身负秘密使命的特使，与各方周旋都会无端增添一些微妙处。身为大良造上将军的白起，与特使酬酢未尝不可，然则若有过夜之名，便会平添一些多余的解释。心照不宣之下，慨然作别。次日清晨，乐毅醒了过来。老秦酒虽凛冽无双，酒性却极是纯正干净，虽大醉而不缠头，梳洗之后神清气爽。用过早膳已是日上三竿，乐毅登车直向王宫而来。

秦昭王嬴稷早早进了书房，这是他自少年即位坚持下来的常习。

不管太后与丞相如何在实际上掌控着权力，嬴稷都从来没有放纵过自己。不贪游乐，不事奢华，除了睡觉生病，日每天蒙蒙亮进入书房，直到三更过后才离开。读书、练剑、吃饭，都在这里外五进门户重重的书房里。对于政事，嬴稷从不主动过问，然则只要太后丞相来书房议政或请他到别处会商，他也绝不推辞；至于那些必须由他出面的朝会礼仪庆典等，他也会尽心尽力地做得出色；若有适当机会，他也会尽可能地以各种身份去历练自己，譬如河内大战时秘密前往河内辅助魏冄建郡安民。二十一岁那年加冠之后，他依然如此，既没有丝毫显露出要亲政的意思，也没有丝毫的懈怠国事，一如既往地维持着这“太后——丞相——秦王”三驾马车的局面。倏忽之间，嬴稷已经过了而立之年，这个“闲王”也做了近二十年，似乎一切都还要平静地继续下去。在大争之世的战国，大权分散政出多门从来都是祸乱根源，偏偏秦国却很平静稳当，一点儿乱象也没有。说到底，这得归功于他那个极为罕见的母亲太后，只要母亲在，嬴稷宁愿这样持续下去，可是，母亲之后……

“禀报我王：燕国密使乐毅求见。”

“说甚？谁人求见？”嬴稷从沉思中醒了过来，惊讶地离开了书案。

“燕国密使乐毅。”老内侍声音很低，却很清晰。

默然片刻，嬴稷吩咐道：“立即知会太后：半个时辰后，我带乐毅晋见。请乐毅进宫，东偏殿。”说罢匆匆出了书房。到得东偏殿廊下，嬴稷站住了。蓦然之间，他想在殿外迎候乐毅，更想看看这位曾经对他母子有恩的燕国重臣究竟衰老了几多？他很想从母亲的眼光给乐毅一个评判，却又想不清为何会突兀浮上如此念头？

这片刻之间，一个熟悉的身影已经跟着宫门将军进入了嬴稷的视线：除了头上的帅盔换成了特使的一顶不足六寸的蓝玉冠，还是那一领暗红色的斗篷，软甲战靴，步态劲健潇洒。噢！胡须留起来了，络腮长须，脸上黝黑，比当年更多了几分威猛。好！更有气度了。在这闪念之间，嬴稷已经从廊柱下快步走下六级阶梯迎了过来。

“燕国亚卿、特使乐毅，参见秦王——”

乐毅尚未躬下之时，嬴稷已经笑着伸手扶住了：“阔别多年，亚卿别来无恙？”一句礼节寒暄，嬴稷恳切一笑，“母后与嬴稷时常念叨将军，惜乎天各一方也。”

“握得公器，身不由己，尚望秦王见谅。”

“走，进殿说话。”嬴稷敏锐地意识到乐毅巧妙谦恭地避过了太后话题，心头一热，情不自禁地拉起了乐毅。多年以来，他国使节入秦，都是先见太后与丞相，乐毅却是先见自己这个闲王，实在是难得也。乐毅目下已是天下名臣，此举无论如何总是推重正道也推重自己了。

进得殿中，秦昭王立即吩咐侍女煮茶。煮茶，意味着至少大半个时辰的叙谈。从国君接见使节的礼仪看，即或在“礼崩乐坏”的战国，这也是极为罕见的。乐毅正需要相机切入正题的时间，便也坦然就座。此时，一个白发老侍女从大木屏后走了出来，对秦昭王低声耳语了几句又去了。

秦昭王转身笑道：“今日幸得有暇，与将军煮茶消闲了。”乐毅笑道：“正好，我带来了些许燕山茶，秦王可愿品尝一番？”“燕山茶？”秦昭王惊喜笑道，“在哪里？”乐毅啪啪拍了两掌，殿外走进了一个燕国红衣文吏，将一个长大的红色木匣放在了乐毅案头。乐毅将木匣打开，拿出一方精致的铜匣笑道：“先品品，若秦王觉得还有当年风味，我教人送一车过来。”秦昭王打开铜匣，耸着鼻子长长地吸了一口气：“好！是这味。”转身放在煮茶侍女的案头，“改煮燕山茶。”乐毅又从长大木匣中拿出了一只晶莹润泽的蓝色玉盒，双手捧起道：“这是一套燕山玉佩。当年，太后很是赞赏燕山玉。燕王知晓，命尚坊玉工特意制作了这套玉佩，请秦王代为敬献太后。”

秦昭王笑道："将军与太后相识相熟，自己去见，岂不更好？"

"秦王差矣。"乐毅倏忽收敛了笑容，"当年太后与秦王在燕国落难，生计维艰，可不拘礼仪处之。此谓'危难不拘礼'。而今，太后为一国母仪，秦王为一国之君，乐毅安敢以坊间交谊亵渎之？"

"将军差矣！"秦昭王照样一句，哈哈大笑，"秦人老话，熟不拘礼。何来忒多讲究？情谊不合，虽寻常百姓也当疏远。情谊但合，虽贵为王侯也可成知己莫逆。否则啊，这太后国君便不是人了。"最后一句声调拉得长长的。

"也是一说也。"乐毅淡淡一笑。

"人言乐毅儒将，今日始信也！"秦昭王喟然一叹。

此时侍女已经将茶煮好，一片浓酽清香弥漫殿中，一入口秦昭王大是感喟："燕山茶克食利水，当真妙物也！"乐毅笑道："秦人成于马背，多食牛羊肉。燕山茶粗厚味重，正是当得。"秦昭王恍然笑道："对也，何不将燕山茶种觅来一袋，秦国南山不能种茶么？"乐毅道："此事何难？明春我便送到秦王手中。只是水土不同，只怕生出茶来也不是燕山风味。"秦昭王笑了："也是。橘生淮南则为橘，生于淮北则为枳。鱼龙变化，又能奈何？"

说得一阵，秦昭王丝毫没有提及乐毅使命的话头。乐毅心念一闪，不知是因为这个秦王没有亲政而不涉国事，还是刻意回避另有安排？否则，他这个特使绝不会在这日常议政的东偏殿一坐一个多时辰。此种情景，在直率的秦国确实少见。思忖一阵，乐毅道："启禀秦王：乐毅意欲拜访丞相呈交国书，不能盘桓了。"

"好！"秦昭王站了起来，"但凡国事，对丞相说便了。"

"外臣告辞。"乐毅一躬，却又被秦昭王扶住。虽然没有挽留，秦昭王却坚持将乐毅送到宫门，眼看着轺车去了方才回身。

一路思忖着回到驿馆，乐毅已经恍然大悟，断定秦国已经决定了加盟合纵攻齐，只剩下丞相魏冄与自己开价了。因了神交情谊，白起不便与自己"磋商"此等利害国事。因了那段罹难渊源中自己对太后与秦王的恩义，他们母子也不愿与自己讨价还价。所有的难题都留给了那个铁面丞相魏冄，那么，魏冄要的是何等利市？

一过午，乐毅单车直奔丞相府。魏冄果然利落，片言寒暄并看完燕王国书之后直截了当道：“亚卿便说，秦国有何利市？只说实在的。”乐毅也是不遮不掩道：“秦军若出兵十万，自带粮草，可占宋国故地三百里。”

“少于十万，不带粮草，又当如何？”

“丞相以为如何？”乐毅不答反问。

“好！不啰唆了。”魏冄大手一挥，“秦无虚言。燕国与将军，对秦国有救君之义，立王之恩。秦国出兵五万，自带粮草，不求齐国一城一地，亚卿以为如何？”

乐毅惊讶了，默然片刻，悠然一笑：“丞相有求但说，无须反话。”

魏冄哈哈大笑，大步走到书案前拿过一张大羊皮纸哗啦一抖：“亚卿自看。”

乐毅接过羊皮纸，大字赫然扑入眼帘：

秦 国 书

秦入攻齐合纵，出兵五万，自带粮草，不分燕齐一城一地。

大秦王嬴稷二十三年十月立

下面一方鲜红的朱文大印。

乐毅将国书放在案上，面色肃然地对着国书深深一躬。

出得丞相府，一阵愧疚之情骤然涌上乐毅心头。看来，自己显然错看秦国君臣了。太后秦王与白起，不是碍于情谊恩义回避讨价还价，而是维护他乐毅的尊严，不想摆出施恩于人的架势而使他难堪。魏冄与自己最是生疏，便由他简捷交代了事。由此看来，秦国君臣对伐齐之事早已经有了决断。从大处说，这是舍利而取义，使山东六国生出的“虎狼暴秦”恶名不攻自破。从小处说，满当当回报了燕国之情，秦国君臣朝野从此便可坦然面对燕国。利害道义，权衡到如此地步，堪称天下大器局也。

当晚，乐毅特意来向白起辞行。白起大是惊讶：“乐兄不见见太后便走？”乐毅便摇了摇头：“大计既定，不须烦扰太后了。”白起却重重地叹了口气：“乐兄啊，你却拘泥太甚了！太后气量胜过男子多矣，白起最是服膺，真不忍看她伤心也。”乐毅默然良久，喃喃念了一句：“南有乔木，不可休思，汉之广矣，不可泳思。”不再说话了。白起一挥手：“好。明日清晨，我为乐兄在郊亭饯行。”

“不须了。”乐毅摇头一笑，“国事入秦，兄弟未奉王命，不宜私动。我只问你，攻齐大军，兄弟可否为帅？”

白起一阵大笑：“放着天下第一名将，白起去添乱么？”

“那，秦军五万，何人为将？”

白起慨然拍案：“不管何人为将，秦军都以乐兄之命是从！”

“步军还是骑兵？”乐毅的笑容耐人寻味。

白起目光一闪：“乐兄想要攻城大器械？”

“燕国新军虽成，只是轻兵铁骑而已。”

白起略一思忖道：“五万人马我还是出全数铁骑，以利长途奔袭。攻城大器械在河内安阳还留得几套，正好就近，借你了。”

“好！战后加倍奉还。”乐毅大是兴奋。

次日拂晓，还是晨雾蒙蒙，乐毅给驿丞留下三封辞行书简，便五骑快马出了咸阳。秋高气爽，一路飞驰，大约午后时分到了桃林高地。乐毅归心似箭，不走函谷关大道，要直插山道走一条捷径回燕。

桃林高地方圆三百余里，横亘在华山（西）、函谷关（东）与崤山（南）、少梁（北）之间的巨大四方地带。桃林高地的南部峡谷直通函谷关，是千百年唯一的出秦险关大道。说它唯一，是说只有这条如函大峡谷可通行车马军旅。也就是说，它是大军出入秦国的唯一通道，而不是说单人独马也唯此一途。在这桃林高地的北部，有一条不大的河流叫潼水，沿着潼水河谷有商旅小道直通大河，过得大河，是河内的蒲坂[1]，比东出函谷关近了数百里。三百多年后，这条河谷小道成了与函谷关并行的大道，于是有了东汉的潼关。沧海桑田，潼关渐渐成了主要通道，

[1] 蒲坂，战国魏地，今山西永济县西部。

函谷关便在岁月中渐渐淡出了。这是后话。

乐毅要走的，便是这潼水河谷。

入得潼水，已是斜阳晚照。秋日将苍莽山塬染得金红灿烂。东南的函谷关已经隐没在群山之中，唯有隐隐约约断断续续的号角在残阳中漫游，给这荒莽的山林河谷飘来了一丝边城气息。乐毅翻过了一道山梁，眼前一道淙淙山溪，遥遥便见对面山头上立着一座茅亭，一缕炊烟在茅亭后袅袅飞散，扬鞭一指道："有高士隐居在此。走，茅亭打尖，歇息片刻。"一马冲下山坡越过山溪，翻上了对面山头。

"亚卿且慢！"随行司马一马超前，"亭下山谷似有军马。"

此时，一个声音悠然飘来："亚卿别来无恙乎？"

乐毅一个激灵，瞬息之间心头大跳。凝神片刻，在马背遥遥拱手道："彼何人哉？不见其身。"

"尔还而入，我心易也。还而不入，否难知也。"随着悠然吟哦，一个修长的身影出现在茅亭之下，黑色长裙散发飘飞，信步出亭，婀娜丰满的身姿那般熟悉。

"太后……"乐毅翻身下马，愣怔不前。

"将军不识芈八子了？"

"太后，"乐毅勉力一笑，"流水已逝，刻舟不能求剑也。"

"然则，亡羊固可补牢。"宣太后平静地笑着，"来吧，芈八子为君饯行了。"说着挽起了乐毅胳膊。乐毅面色涨红地将手背了起来："太后，我跟着便是。"宣太后看看窘迫的乐毅，咯咯笑了："我说你个乐毅当真迂腐。你我纵有情谊恩义，总还是没有藏污纳垢了。你这避嫌却实在笨拙，入秦不知会我，进咸阳不来见我，离咸阳也不别我。"宣太后声音突然颤抖了，"我母子在燕国近十年，将军不避非议，与我有救难情谊，也曾视我为红颜知己。此等事天下谁个不知？如何我做了太后，你便拒人于千里之外？好便好了，有甚打紧？如此拘泥礼仪，避嫌自洁，岂非凭空惹出新是非来？"

"太后大是！"乐毅慨然拱手，"我却没省出这层道理，实在惭愧。"

"你能不叫我太后么？"

"……"

"在燕国，你叫我甚来？"

"芈大姐。"虽然红着脸，乐毅还是低声叫了一句。

"哎，这便好。"宣太后笑着又挽起了乐毅胳膊，"走，茅亭下一醉。"

正是落日衔山之时，桃林高地的荒莽山塬在漫天霞光中伸展向无垠的天际，苍苍茫茫的桃林将山巅的太阳托了起来，潼水蜿蜒东去，似一匹锦缎飘绕在万山丛中。

两人饮得几爵，宣太后向南边大山一指："乐毅，可知那是何山？"

"夸父山。"

"这苍苍林海，又是何名？"

"桃林。亦称邓林。"

"夸父逐日，何等美也！"宣太后站了起来，仿佛在喃喃自语，"夸父山，桃林塬，这片山塬埋葬了一个多么壮烈、多么心酸的灵魂。你说，夸父何以要追逐太阳？"

"……"乐毅默然了。

"他是要圆心中那个大梦。饮干了河渭两川之水，夸父还是没有追上太阳，却活活干渴死了，空留下那座默默的大山，这片绿绿的桃林。乐毅啊，临死时看着远逝的太阳，夸父他后悔么？"宣太后的声音中充满无可挽回的失落与惆怅。

乐毅慨然叹息："他不会后悔。他有来生。"

宣太后笑了，一脸酡红在晚霞下分外绚烂。

乐毅怦然心动："芈大姐，你我也是夸父逐日。你追你的太阳，我追我的太阳。只可惜，没有共同的太阳。"

"会有的。"宣太后静静地看着乐毅，"虽然不是今日就有。"

乐毅低声吟诵一句："与前世而皆然兮，吾何怨乎今生？"

"楚歌？"宣太后眼睛骤然一亮。

"屈原。《涉江》。"

宣太后默然良久，叹息一声："生非其国，遇非其君，屈子悲矣哉！"

乐毅大饮一爵，慨然道："天地造化，情谊原本多面。我助你脱难，你助我功业。生其国，遇其君，夫复何憾也！”

“唯余一缕相思，只待来生聚首了。”宣太后也大饮一爵，当啷丢下铜爵一笑，“今日桃林一别，难有聚首之期，芈八子为将军抚琴一曲，以为心中永诀。”

乐毅粗重地喘息着，想说话，终是没有开口。

宣太后走到廊柱下的石案前，肃然跪坐，十指一拂，古琴叮咚破空。

夸父逐日兮　我做河渭
行影大合兮　今生何期
夸父做山兮　我做桃林
相伴守望兮　何在乎一

“大姐，好！”乐毅爽朗大笑，“行影大合，何在乎一？好啊，乐毅终是透亮也！来，我也为大姐一歌，以作告别。”

“你也能歌？”宣太后惊讶地笑了。

乐毅被她一笑一问，豪气顿发，朗声答道：“岂不闻燕赵多慷慨悲歌之士？今日且听我燕山歌风。”倚柱而立，大袖一甩，高亢粗豪的歌声响彻山塬峡谷——

夸父逐日　飘风发发
长鲸饮川　日月之华
颓然一倒　山林崔嵬
无草不死　无木不萎
山水两望　与天地共长

乐毅一开声，宣太后抓起石案上的短剑敲打着铜爵以为节拍，及至乐毅唱完，宣太后当啷丢掉剑爵，紧紧抱住了乐毅。

“我，该上路了。”乐毅轻轻拍着她的肩背。

“去吧。”宣太后放开了双手，“你终是要追赶自己的太阳了。”

火把点点，马蹄沓沓，桃林高地的山道上渐渐消逝了高大的骑士身影。

茅亭外的那堆篝火久久地燃烧，伴着那个伫立在山头风口的黑色身影。

第八章 幽燕雷霆

一 六百年老诸侯振翼而起

整个冬天，燕国朝野都处在极其亢奋之中。

秦国的无偿加盟使燕国君臣又惊又喜，忐忑不安的郁闷之气一扫而去，陡然之间举朝振作。燕昭王与乐毅、剧辛等几位股肱大臣一会商，立即下书各郡县，将这一大好消息明告朝野。旬日之间，国人一片沸腾，"复我血仇！讨伐暴齐！"的明誓席卷了燕山辽东。

说起来，也是燕人压抑得太久了。几十年来内乱频仍，眼看强邻张扬崛起，燕国却沦落得几乎连韩国也不愿与之比肩了。南边的赵国朝夕巨变雄心勃勃，燕人惴惴不安。东边的齐国杀气腾腾骄横霸道，燕人更是心惊肉跳。然则，国弱民穷又如何能挺起脊梁骨来？苏秦发轫合纵时燕国那一束光芒早就流星般消逝了，无可奈何也，只有在天下低眉顺眼，但凡大国都得卑微以待。齐国带头合纵攻秦，穷弱得连一支铁骑也没有的燕国，还得派出步军追随。纵然如此，狂暴的齐湣王还杀了燕国带兵将军张魁，对燕国极尽羞辱之能事。更有甚者，那支虽然战力很弱但对燕国却极其宝贵的步兵，竟被齐军在逃离战场之时派为后军掩护，硬生生全数惨死在六国乱军败退的铁蹄之下。分明是齐国背弃盟约，单独吞灭宋国而致使联军惨败。战后，齐国反而再度指责燕国“敷衍合纵”，将燕国做了战败替罪羊，强迫燕国割让济水北岸仅存的一百余里水面。燕人心头滴血，燕昭王还得向齐国告罪，忍气吞声地向齐国献地。齐国渔民猎户经常越境到燕国山水渔猎，燕国渔民猎户也只有退避三舍，眼睁睁看着人家呼喝而来扬长而去，连官府也不报……如此数十年，燕人的窝囊委屈已经沉积得快要憋闷死了，对齐国的仇恨更是深深地扎根在朝野山乡。但凡燕人，只要提起齐国，只“呸”的一口，连二话都不屑说。

在燕人将及麻木之时，骤然一声惊雷——合纵六国成功，燕国要复仇了！燕国朝野如何不狂喜大悲？如何不亢奋振作？于是，对秦国的感念，对亚卿乐毅的赞颂，在燕人中不期然弥漫开来。燕人原本慷慨豪迈，春秋三百年与老姜齐共同构成中原北部屏障的岁月，从来都是浓浓的天下情怀，动辄便是“当今天下”如何如何，只可惜倏忽沦落，那慷慨豪迈之气也只做了无穷的叹息。如今云开雾散志气陡长，燕国人的感慨如滔滔易水而一发不可收拾了。

恩怨分明的燕人，最是感念秦国。且不说秦国从来没有欺凌过燕国，便是在燕国穷弱的时候，秦国也曾与燕国两次联姻。当年的合纵抗秦是燕国发动的，老秦国非但没有记仇，反倒是再三再四地与燕国修好结盟，做了燕易王王后的秦国公主，还鼎力扶持太子姬平铲除了子之乱党。在燕国乱政迭出的时候，秦惠王竟将王子王妃派到燕国做了人质，以示对弱燕的修好愿望与强固支撑。幸亏燕国没有落井下石，在秦国最是艰难的时候放走了王子嬴稷，之后又隆重送回了秦国王妃，才使得穷弱的燕国对秦国有了一份难得的恩义。老秦国真是当得！燕国有求，财货土地两不沾，还派出精锐铁骑五万并借给燕国攻城大器械。而今天下，哪一大国有如此气度了？说人家虎狼暴秦，呸！还有没有个天地良心了？老秦人与老燕人一个样，恩怨分明，恩仇必报，盟邦就得这个样！燕国偏与秦国交好！山东六国那班黑心贼，几时却将燕国当自家盟友看了？像齐国那条海蛇，呸！掐死它！

燕国人更是感念乐毅。

好端端一个名将之后，不在肥硕魏国吃香喝辣，却千里迢迢跑到被洗劫一空的燕国，图个甚来？做官吧，只是个中大夫爵的亚卿。居家生计，只有十里封地百来户子民，连个无所事事的闲居老世族都不如，粗茶淡饭布衣牛车燕国谁个不知？可偏偏如此一个人物，先辅助燕王吊死问孤理乱治穷稳定民心，再大刀阔斧地在燕国变法，废除隶农、削减贵族封地、许民买卖土地、开通私市吸引六国商旅入燕、设立军功奖励平民从军参战、设立农商爵鼓励农夫勤耕商旅勤税等，哪件事都是燕人梦中所想。若非这乐毅新政，燕国人能有今天的日子？更有一样，这个乐毅将新政纳入正轨，便交给上大夫剧辛料理，自己一头扎进辽东练兵去了。十载寒暑，乐毅只回过蓟城两次，硬是在那白山黑水之间练出了二十万精锐新军。说到底，这才是燕国真正的底气。若非这二十万大军，老燕人要复仇，歇着吧你！然则，燕人最为感念者，还是乐毅的人品志节。燕人永远不会忘记，当初的亚卿子之，仅仅凭着五万辽东劲旅，便将燕国折腾得数十年鸡犬不宁奄奄一息。从那以后，燕国朝野便对掌兵大臣心怀忌惮，几乎是不由自主地侧目而视。乐毅练兵之初，也是议论蜂起举国惴惴。乐毅却是非同寻常：不领上将军职爵，不持燕王兵符；自请太子与三位王室元老，到辽东坐营“激励”；粮草辎重每次只领一月，每三个月请燕王观兵一次，每半年请燕王遴选二十位德高望重的大族乡老到辽东“劳军”。

如此五六年下来，朝野已经是一片赞颂有口皆碑了。臣民纷纷上书燕王，请授乐毅上卿之位兼掌兵符。可乐毅坚执不受，理由只是一句：“国耻未雪，万户之封于心何安？”便是这硬邦邦一句，燕人谁不怦然心动！自那以后，没有人再为乐毅请命了，各种微妙的非议也一起消失得无影无踪。燕人终于长长地吁了一口气：“乐毅大德，天赐燕国之福也！”

可如今，燕国复仇在即，乐毅竟还是一个亚卿，这却如何使得？伐齐大战，若非乐毅领兵，谁个放心得下？若再出一个子之带兵杀回，还不是庶民遭罪？人同此心，心同此理，众口纷纷，蓟城国人先动了起来——万民上书、族老请见、工商云集王宫之外，说的喊的都是同一句话："请拜乐毅为上将军，讨伐暴齐！"

"亚卿，你说本王如何处置？"燕昭王站在王城箭楼，指着王宫车马场的万千人众笑了。

"当此之时，臣愿领上将军之职！"乐毅慨然一拱。

"好！"燕昭王哈哈大笑，"这便是乐毅了，不当其时，虽予不取。若当其时，不予亦请！"笑容又忽然敛去，"此战实是举国一搏，卿当上将军丞相一身兼之，方利于举国调遣。"

"无须如此。"乐毅摇摇头，"臣唯领军职可也。举国调遣，我王与上大夫剧辛足矣。兼领不专精，反倒误了联军诸般事务。"

燕昭王思忖一阵断然道："也好！上将军主征伐，上大夫理内政，太子督运粮草辎重，本王坐镇协理，便是这般了。"

"我王明断！"

燕昭王雷厉风行，斋戒三日，在燕山南麓举行了祭天大典，向天地诸神通报了讨伐齐国复仇雪耻的意愿，祈祷上天佑护燕国大业一举成功。祭完天地，立即行拜将大典，拜乐毅为上将军，赐兵符王剑并上将军全副仪仗，授生杀大权。拜将完毕燕昭王下书：上大夫剧辛秉持国政，太子姬乐资督运粮草辎重，百官勤政，举国协力，复仇雪耻！

燕国顿时沸腾起来，忙碌了整整一个冬天。

在拜受上将军印信的当晚，乐毅带着一班军吏司马，星夜奔赴辽东去了。

二　冰天雪地的辽东军营

出得蓟城往东，有两条赫赫大水，一名濡水[1]，一名辽水。

这两水都是古老的中原诸侯封地。濡水地带是商代封的一个孤竹国，

---

[1] 濡水，今河北东北部的滦河。

封邑叫做令支[1]。因了言语错讹，又叫做泠支、离支、离枝、不令支。殷商被西周灭亡后，孤竹国出了两个大大的孤忠名士，这便是孤竹国君的两个儿子伯夷、叔齐。这两人都想教对方做国君而先后逃出孤竹。殷商灭亡后，兄弟二人以遗民之身做出了震惊天下的举动——不食周粟，活活饿死！从此，濡水孤竹国名扬天下，周武王竟破例将孤竹国仍然封做了诸侯。到了春秋板荡之期，孤竹国被气势正盛的齐国吞灭了。那时，齐国是姜齐，君主是齐桓公姜小白，丞相是赫赫大名的管仲。可是，春秋末期齐国大衰，整个濡水以东的广袤山水全部被东胡占领了。那时候燕国也是自顾不暇，只好不断派出人质到东胡，求得东胡不来侵犯。燕昭王即位，与乐毅同心中兴，决意仿效当年秦穆公扩地西戎，将整个濡水与辽东夺回，为燕国打下一片广阔的后院。君臣一番密商，便在乐毅练兵的第三年，派出曾经在东胡做过人质的将军秦开为将，向东胡发动了突袭。半年之间，这支尚未完全练成的五万新军，将东胡驱赶回了遥远的漠北草原。燕国在这片广袤的土地上设立了三郡：右北平郡（濡水地带），辽西郡（辽水之西），辽东郡（辽水以东）。

从濡水沿东南海边一直向东北驰骋，越过绵延大山，便是滔滔入海的辽水。辽东郡的治所城堡在辽水之东百余里，叫做襄平[2]。燕国的新军大营，在襄平西南的辽水河谷。这里山塬连绵，谷地开阔而隐秘，林木苍茫，水草丰茂，确是练兵的上佳之地。然则，将新军根基扎在这里，绝不仅仅因为辽东地形之便。要说隐秘便利，燕山腹地的连绵峡谷更是上选。

辽东之可贵，在于山水，更在于人。

那时的辽东，西起辽水，东至浿水[3]，南至大海，方圆广袤千余里，山水苍莽，冰雪苦寒，人烟稀少。在中原人眼里，辽东与岭南是大寒大热的两处荒莽之地。然则，便是这苦寒荒莽之地，中原文明却早早

[1] 令支，今河北省迁安县西部。

[2] 襄平，今辽宁辽阳市地带。

[3] 浿水，今朝鲜清川之清川江。

就结结实实地在这里扎下了根基。还在殷商时期，这里便是殷商王族大臣箕子的封地，当时叫做箕子国。箕子国的封地城邑在浿水西南，叫做乐浪[1]。周灭商，因箕子贤能，大度地保留了箕子国。整个西周数百年，箕子国庶民被中原人唤做“高夷”，也叫做高句丽、高丽、句丽、句骊等。及至春秋板荡，箕子国一班老世族思念故国，自认殷商臣民而与中原疏远。到了战国之世，叫做“满”的箕子国国君自立称王，中原战国便直呼其国为“高句丽”了。秦开平东胡，自然也吞灭了这个“高句丽”，当年的箕子国便成了今日的辽东郡。

辽东苦寒荒莽，生就了剽悍勤韧的渔猎部族。千百年同化归流，高丽人与中原人早已经浑然一体。无论男女，都生得精悍结实，吃得大苦耐得大劳，年年岁岁在山林与猛兽搏斗，在大海出没捕鱼，民风极是辛辣猛烈，尚武之风不教自成。当年子之与东胡作战，靠的便是由辽东渔猎子弟组成的五万劲旅。然则，春秋战国以来，辽东的猎户渔民却大都是隶农身份，从军不得做骑士，立功不得受官爵，几乎永远都是军中最为卑微的军卒，纵是战死或重伤，也不能得到丝毫抚恤，甚至连尸体也被无情地丢弃在战场。唯其如此，辽东渔猎奴隶对从军避之唯恐不及。当年子之征发辽东猎户，借着“将在外君命有所不受”的权力私行新政，以安家、赐荒田、许战胜之后抢掠的浮财归己之三法，凑出了五万誓死效命的辽东渔猎子弟，在六国联军中一举成为骁勇之师。辽东人之慷慨善战，可见一斑。

此等冠绝天下的兵源，是乐毅在辽东成军的最重要原因。

燕国安定之后，乐毅亲自到辽东郡推行新法。他颁布了一道震撼辽东的亚卿令：除了箕子国王族遗民，箕子国的老世族一律迁居辽西，辽东郡可耕田地一律做军功赏赐用！当时的辽西比辽东肥美，箕子国老世族本是老中原之根，虽则也留恋这白山黑水之地的独特风韵，最终还是磨磨蹭蹭地走了。老世族一迁走，乐毅立即大刀阔斧地废除隶农制，将平坦原野的全部荒田，悉数分给愿意改业归农的渔猎新平民；同时颁行

[1] 乐浪，今朝鲜平壤地带。

《大燕新军法》，但凡新平民从军，每人先赐十亩肥田，但有军功，论功立赏！依着辽东人的心性，这其中任何一法只要落到实处，已经是欢呼雀跃了，更何况枷锁顿开，一下子变成了世代梦想的“国人”！骤然之间，辽东渔猎子弟热血沸腾争相从军，短短三个月便有十万精壮入军，后续人群还在络绎不绝地拥来。乐毅原未料到能如此迅猛成军，便下令徐徐征发，边征边练，边练边征，才算刹住了这股从军狂潮。

如此辽东，如何不令大将怦然心动？

酷好兵事的乐毅，终于实实在在看到了一支强兵在自己的大旗下生成，率领如此一支大军与齐国决战，何愁不所向披靡。素有“北弱”之名的燕国，如果能击败拥有六十万大军的强齐，在当今天下不啻一声惊雷。它将宣告燕国的崛起，将又一次大大改变战国的大争格局。如果也能像秦国那样三代坚持新法，燕国必能成为中原逐鹿的强大力量。最后，也许燕国便是统一华夏的主力。那时候，乐毅的名字将永远镌刻在巍巍史石，成为开创燕国大业的第一块基石。诚能如此，孜孜以求的名将之梦何其渺小也！

一路兼程驰驱，乐毅的心绪始终不能平静。

旬日之后，乐毅与幕府班底终于抵达辽水河谷大营。

时当腊月，滴水成冰。雪原的寒风从遥远的北方呼啸而来，任你衣甲三重，也是寒彻入骨。一路奔驰颠簸，骑士们的汗水在贴身布衣与外层铁甲间反反复复地结冰融化，早已经变成了铁铠冰甲。一进大帐，乐毅连声呼喝：“快！整几盆炖肉来，黍米团子，越热乎越好。”留守中军的大将秦开连忙道：“先卸衣甲，看有无冻伤？”乐毅并一班军吏连忙脱衣解甲。一时之间，赤条条二十几条汉子人人一身青紫，脚下战靴却无论如何也扒拉不下。

秦开扫得一眼，一个箭步蹿到帐口大喊：“医士[1]！快！”片刻之间，一队军医提着医箱快步赶来。为首一个须发灰白精瘦矍铄的老医士边打量边高声吩咐：“撤去燎炉，打起皮帘，走风半个时辰。将军们能走

[1] 春秋战国之前，军中医师由巫师、方士担任，唐以后军医方有“检校病儿官”之名。

动便走动，不能走便坐了，只不要出帐，我等一个个操持。”又转身对秦开道，“请来几大盆净雪。”秦开立即大喊发令，少时便有一队军士抬进了七八个大木盆，个个白雪皑皑堆顶。老军医一挥手，跪坐在了赤条条的乐毅脚下，后边的医助们一人守定一个伤者，先用锋利匕首划开战靴，再用大团白雪揉搓双脚，待双脚变热发红便涂上一层清亮的熊油膏。如此这般忙碌了大半个时辰，方才将一班人的冻伤料理妥当。

“上将军，”秦开一拱手，“请到炊营用饭。”

“凉些个不打紧，搬来吃。”一番折腾，乐毅浑身散了架一般，那饥肠辘辘的感觉没有了，只想赶紧吃罢饭理事。

“不行。”秦开固执地一笑，“外凉可治冻伤，内凉可要起病了，还是到炊营好。”

“好，去炊营。”乐毅在细琐事务上从来不固执己见。

这辽东炊营与寻常炊营不同。不在帐下设置，却是一大片石板砌成的大房子。远远看去，这些石板屋还没有一人高，屋顶粗黑的大烟囱伸手可及，匆匆涌出的炊烟在寒风中倏忽飘散，全然没有中原军营那种扶摇直上的韵味。原来这辽东酷寒之地，一年倒有小半年冬令天气，一过十月便是北风呼啸。但遇大雪严寒，兵士出帐撒尿，一不小心两腿间便是一支长长的冰棍。军营起炊，大锅大盆的炖肉，刚刚分到兵士碗中已成了冰坨子。虽说军营冷食本是家常便饭，然若顿顿如此，兵士多病，体魄也势必瘦弱。在第一个冬日还没有过完时，乐毅便下令征发了一百多名辽东工匠，兵士轮流做小工，建起了近百座大半截埋在地下的炊营，只要不逢战事，兵士一律开到石板房用饭。在寒天彻骨的辽东，军士们日每能有三顿热乎乎的战饭，当真是谈何容易！仅此一举，兵士们便对乐毅的爱戴崇敬无以复加，乐毅爱兵的名声也风一般流播天下。

“兵士今冬可有冻伤者？”乐毅一瘸一拐地问。

“来！”秦开索性一下子背起了乐毅，边走边说，“没有。皮靴皮袜加皮甲，能冻个甚来？一冬满营嗷嗷叫，都喊着请战，骑劫叫得最凶。上将军这一来啊，我看直要炸营了。”

“好！”乐毅一拳砸在秦开肩上，“有得仗打，莫担心。”

踏着干雪下了七八级大石台阶，粗大木柱撑起的大厅中暖烘烘热气夹着肉香饭香扑面而来，乐毅又顿时饥肠辘辘，跳下地便道："走，找个旮旯坐了，赶紧整饭。"这地炊大厅一次可容三千军士就食，十排一眼望不到头的白木长案，案下是裁割得极是方正的一块块白木板，每排两面，每面恰是百五十块木板坐百五十人。大厅每面都有六个宽大出口，但闻号角军令，三千军士片刻便可冲上地面。十年练兵，乐毅只要在军营，每餐必得查看军食，与士卒们一起坐在白木板子上饕餮大咥。今日不同，乐毅只想赶快回帐部署军务，不想在这里耽延，在旮旯处坐了下来想赶紧吃完便走。刚刚坐定，秦开带着一个炊兵匆匆搬来了一大盆红黑油亮的炖肉、一大盆红红的黍米饭团子、一大碗菜羹、一大碗黍米酒，热气蒸腾浓郁喷香。

"好军食！"乐毅一声赞叹正要下箸，突然皱起了眉头，"军令不得饮酒，拿走。"秦开笑道："上将军一路风寒，我特意叮嘱拿来的。"乐毅摇摇头："军士日日风寒，都有酒么？"秦开无可奈何地笑笑："好，拿走。哎，这熊掌是军猎之物，你可得吃了。"那个黝黑粗壮的炊兵连忙挺胸赳赳道："昨日猎回，没错！"乐毅肃然道："军法有定：熊掌只犒赏当日军猎有功将士。拿走。换一盆山猪杂碎来。"秦开不笑了："上将军，山猪杂碎不经饿，只给违反军法者吃，至少来一盆山猪肉了。"乐毅喟然一叹："国耻未雪，安然食肉，问心有愧也。"粗壮黝黑的炊兵呼呼大喘道："禀报上将军：今日没有山猪杂碎，只有狍子后白！"秦开哈哈大笑："你看你看！便是狍子后白，快去拿了！""嗨！"粗壮黝黑的炊兵噔噔飞步去了，片刻之间换得另一盆炖肉出来，却是肥中缠瘦的一只狍子后腿，足足有三四斤重。乐毅不禁扑哧笑道："好了好了，去吧。"狼吞虎咽地大嚼起来。

后白者，狍子后臀也。狍子肥臀，天生两片圆形白毛，辽东猎户呼之为"后白"。猎户常年出入山林冒险，便有了许多莫名其妙的习俗讲究。不吃狍子的白色屁股，是诸多讲究之一。辽东大军十之七八都是猎户子弟，自然也有这个禁忌。乐毅中原名士，自然不相信这个禁忌，更兼不想暴殄天物，眼看天天扔掉这难得的肥肉，便立了一个奇特的军法：狍子后臀列为军中“罚肉”，但有那些无意中违法却又不得不处罚的军士，便罚吃狍子后臀。究其实，狍子后臀劲健肥厚，最是热补。辽东猎户子弟原本个个明白，寻常却出于禁忌不能吃，一旦被罚不得不吃，一吃之后便是偷偷地乐。时间一长，此中奥妙人人尽知，这莫名其妙的禁忌也在军营淡漠了。

一只狍子后臀吞下，乐毅顿时精神大振。看看士兵已经赳赳开进大厅，乐毅连忙从身边出口走了。进得中军大帐，支起硕大的图板，乐毅便与秦开秘密计议起来，直到军营刁斗打响三更，大帐中还是灯火通明。

三　轻锐劲健的燕国新军

次日清晨，浓浓的雾气还没有消散，一片牛角号声划破了辽水河谷。紧接着，四面大鼓在两丈高的鼓架上隆隆响起。这是聚将鼓，每隔一刻一鼓。三通鼓罢，大小将领便要从各自军营赶到幕府大帐。中军司马点将完毕，乐毅便站在了长大的帅案前，目光扫过齐刷刷挺身坐在将墩上的二十员大将，大手一挥：“诸位将军，燕王决意讨伐暴齐，燕人复仇之日到了！”

“讨伐暴齐！复仇雪耻！”大将们一齐怒吼。

乐毅拔出令箭：“两个时辰拔营整装，午时战饭，未时开拔。步军居中，铁骑两翼；秦开为步军主将，骑劫为铁骑主将；全军轻锐，兼程疾进；旬日之内，务必开入易城[1]！”大将们人人振奋，一声呼喝领命，大步匆匆地散去准备了。

午后，二十万大军开出了辽水河谷，在皑皑雪原上像一条火红色的巨龙浩浩西去。沿途常有猎户从茫茫林海飞出，向着这支快步疾走的皮甲大军“噢嗬——”长喊，在路边堆下几只猎物，又带着猎犬飞进了无

[1] 易城，战国时燕国南部要塞，在易水下游，今河北省易县地带。

边无际的山林。虽是茫茫雪原寒风呼啸，这支火红色大军却是健步如飞，速度快得惊人，第三日刚过，已越过了辽西郡。

乐毅练成的这支新军，最大特点是“轻锐劲健”四个字。

燕国有燕国情势，若照着中原战国那般铺排，再过十年，燕国也未必能够练成新军。这国情，一是穷，二是寒，三是缺铁。尤其这最后一条，是燕国成军的致命伤。纵是你出得起高价重金吸引商旅，大肆收买铁料，别国官府也不会教如此巨额铁料出境。战国新军之所以新，全在一个“铁”字。全部装备都是铁制：铁兵器、铁甲胄、铁马具、铁器械。总之，无铁不成军。唯其如此，天下才将战国新军呼之为“铁军”。燕国乏铁，却硬是要练成二十万新铁军，自然只能在铁器之外开辟天地了。带着一班军吏，乐毅细致地盘清了燕国府库的全部存铁，充其量也只打造得七八成兵器。一番思虑，乐毅下令：铁料只打造兵器，甲胄马具器械等全部另谋出路。另在何处？在皮革木材之上。这两样物事恰恰是燕国出产最丰，用之于军，竟是奇妙地大获成功！

皮甲胄穿着示意图

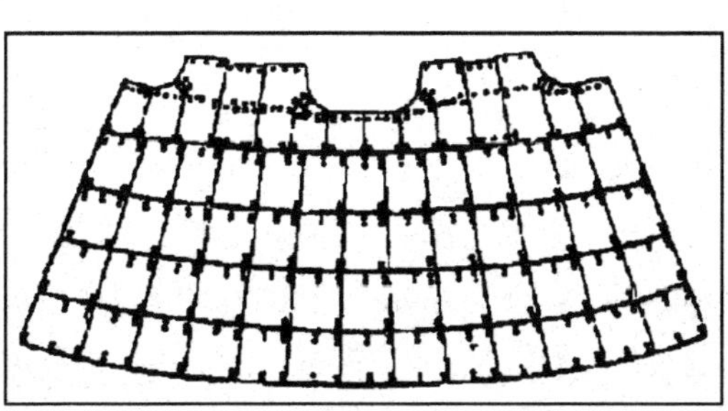

皮甲甲身展开复原图

第一是这铜钉皮甲胄。上古战神蚩尤，用整块兽皮裹身包头，战阵不怕刀斧，部族仿效而流布天下，于是有了甲胄。后来渐渐演变成铜甲、铁甲，作为甲胄鼻祖的皮甲反倒是渐渐少了。目下的中原战国，人人一身铁甲胄乃是步骑新军之标志，否则便不是新军。

乐毅的办法是：大量买入猎户皮革，猎户子弟带大张兽皮从军者，立即给予赏赐；同时在军中设立皮坊，工匠们自己制皮，自己裁缝，皮盔甲再钉上铜钉，一身皮甲胄便制成了。一经上身，轻便坚韧，竟比铁甲铁胄利落了许多。那时候，一身全副铁甲胄的重量大体都在八十斤左右，重甲更在百斤之上，猛则猛矣，却实在太过沉重。以致到了后世的宋代，限制铁甲打造必须在五十斤之内。但燕军这一身皮甲皮胄加战靴，最重也不超过三十斤，对于身高力大的辽东子弟，丝毫不显累赘，弯腰屈背蹲踞起立伸展自如，连"甲胄在身，不能全礼"这句老话也显得多余了。甲胄成功，马具也照例办理。中原铁骑，马身必有铁包皮披甲。燕国新军的战马披甲，则是两重皮革外钉铜钉，既厚实顽韧又轻便异常，战马负重大大减轻。

第二是木制大型器械。军中大型器械，自来以铜材铁材为主料。秦国新军的大型攻城器械，几乎全数铁制。如此气象，燕国自然无法企及。乐毅的弥补之法，是遴选上好坚实木材，制作大批必备的攻城器械，主要是三种：壕桥、撞车与云梯。

壕桥者，越过壕沟之桥也。《六韬·虎韬·必出》篇载："太公曰：大水、广堑、深坑，敌人所不守，或能守之，其卒必寡。若此者，以飞桥、飞江、转关与天潢以济吾师。"这里的飞桥，说的便是壕桥。商周时壕桥已经出现。及至战国，壕桥已经发展成为折叠式，下装两只或四只大轮，宽约一丈五尺，可八具并列，总宽达十二丈，万千军士可冲锋过桥。中原大军的壕桥，都是铁轮铁板，一具壕桥用铁千斤之上！如此耗费铁料，燕国如何消受得起。乐毅与工匠们会商，像打造牛车车厢一般打造壕桥：桥轮与轴柱用硬如精铁的青檀木，桥身用清一色的红松木，板厚一尺六寸。如此木制壕桥更有一样好处，折叠轻便，行军利落，四个军士便可拉走。打造成八具后连排试用，大军连踩一月，一样毫发无损。

两轮折叠壕桥实用展开图

四轮折叠壕桥行军图

攻击城门之撞车图（铁矛撞头）

大型两级云梯行军图

撞车者，撞击城门之重车也。撞车车架粗大坚固，底部安装四只大轮，推进轻便，在车架顶部的横梁上用绳索悬挂一个巨大的撞杆，撞杆前部安装巨大的撞头，后部绳孔可延伸出数十条粗麻绳。冲近城门，车体四角用大木桩固定，数十兵士横开两列，拉动撞头后部麻绳向后荡开，再合力拽绳向前猛进撞击。若是小城门，往往是十余次便被撞裂，威力实在令人瞠目。撞车最难制作的核心部件，是威力巨大的撞头。中原强国如秦魏齐，撞头都是铁制，形如巨大的矛头，重量大体都在五六百斤左右，安装在粗大的圆木撞杆上，猛撞猛刺，寻常木料城门委实不堪一击。燕国缺铁，便用合抱松木做撞杆，用极为坚硬的岩石打磨成巨大的锤头形撞头（岩石太尖容易摧折），重量却比铁矛撞头加大一倍。一经试用，威力惊人。纵然铁皮包裹厚达一尺余的坚固城门，两车并撞，也能在三十撞之内轰然洞开。

云梯者，登高爬城之具也。自从有了城堡，便有了爬上城堡的云梯。《诗·大雅·皇矣》篇最早记载了云梯：

原诗	大意
帝谓文王	天帝垂训文王
询尔仇方	谁是你的盟邦
同尔兄弟	你们要像兄弟一样
以尔钩援	用你们的爬城飞钩
与尔临冲	用你们的临车冲车
以伐崇墉	去猛攻崇国都城

这“钩援”，是梯头带钩的长大木梯——钩住城头，士兵攀缘飞上。西周兵书《六韬》叫做飞梯、云梯。云梯的原始形制很简单，就是寻常木梯加长加宽，再带上能扒稳城砖或城头的铜钩铁钩而已。这种简单云梯一直延续到清朝末期，仍然在军中使用。但是，到了春秋末期，著名工师公输般在楚国发明了一种大型云梯——底部安装四只大轮，梯身分做两节折叠，梯身下有隐藏士兵的暗厢，攻城时梯身伸展可达五到八丈。这种云梯宽大坚固，可供大队军兵连续爬城，威力惊人。战国初期，几个中原强国都有了这种大型云梯。

然则，大型云梯在诸多关键部位都要用铁料。底轮、大轴、立柱、梯框等，非铁不足以坚固其身。如此大量用铁，燕国显然难以打造，纵然造得一两部也不会起多大作用。根本原因，在于爬城攻击的要害是大

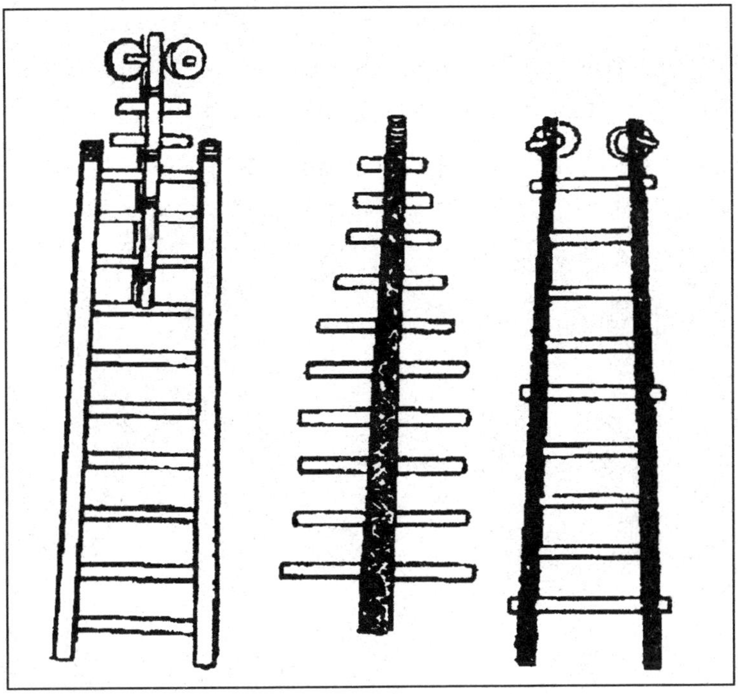

三种简单云梯（飞梯）

量云梯密集靠上城墙，一部两部甚或十几部，都不会产生大军猛攻所必需的密度威力。几经会商揣摩，乐毅断然下令：只大批打造简单的竹制木制飞梯，达到步军每百人一梯；梯头的轮子或钩爪，尽可能地选用坚韧木料或竹料。半年之内，军营竹木坊打造出一千多架各种形制的飞梯，十万步军精神大振。

有了如此三种器械，便具备了攻城的三种必须手段：壕桥过壕沟与护城河，撞车冲撞城门，云梯爬城，新军才成为战法较为完备之大军，否则便不是成型之“全军”。

但是，若与齐国大军的器械相比，燕军这三种大型器械便逊色多了。从此看去，燕国出兵显得有些贸然。然则，大战之胜败历来不仅仅在装备器械。乐毅心中很是清楚，攻齐大战之根本，不在一城一地的攻坚争夺，而在大军野战；只要一举歼灭齐军野战主力，几十座城池大体会成为不设防的财货府库，即或没有大型器械，也是唾手可得。

先野战而后取城，谓之野战夺城。这是秦国大将白起开创的最新战法。此时白起已经出战九次，每战必斩敌首十万以上，必拔城数十座，将野战夺城之法展示得淋漓尽致。若是老战法一城一城打去，断无秋风扫落叶之威。不管别国将军是否注意到了白起新战法之精髓，反正乐毅是早早便盯着白起战法揣摩了。

白起做得到，乐毅做不到么？

四　我车既攻　我马既同

大军抵达易水，正是二月初旬。

虽说还是春寒料峭，但对冰天雪地长大的辽东子弟来说，已经是暖和得不得了的天气了。军营中到处嚷嚷着“好野（热）！好野（热）！”“到了齐国，不得野（热）个蒸鸭子！”乐毅便下令全军休整，半月之后进军南皮[1]与联军会师。这正是乐毅用兵之明澈处：旬日之内兼程进入易水休整，让将士们逐步习惯中原的“野（热）春”，保得大军入齐有充盈战力。

倏忽之间，春暖冰消。

在耕牛遍野的时节，四国大军相继开到了南皮周围百里之地。

赵军最先开到，步骑两军六万，领兵大将赵庄。大军驻定，赵庄带着赵王特使，飞车来见乐毅。特使宣读赵王诏书：赐乐毅兼领赵国丞相，合力诛灭暴齐。

战国以来，赵国与燕国是两个摩擦不断的老对手。其中根本，是老燕国对这个取代老晋国而暴发立国的南邻横竖看不顺眼，但有机会，便在后边抽冷子来一下。加上西面的中山国也经常抽冷子偷袭，赵国分外

[1] 南皮，战国时黄河东岸要塞，燕齐拉锯之地，秦统一后置县，今河北省南皮县北。

头疼。赵国军力强大，历来对燕国中山国不屑一顾，然则要吞灭燕国以绝后患，却也实在力有不逮。更有一点，赵国从来都是志在中原，实在不想与这两个老穷邻纠缠。自苏秦合纵，燕国君臣总算渐渐明白了，赵国是抵抗中原风暴的南长城，与赵国为敌并非上策。与齐国结仇之后，燕国更是不想与赵国长期龃龉了。赵国也深知，燕国对齐国是山海血仇，支持燕国对抗强齐，既能削弱争霸对手，又能消弭燕国这只老黄雀后患。如此一石二鸟，赵国自然是第一个响应燕国合纵攻齐。非但出兵，赵王还要效法苏秦合纵之成例，赐乐毅赵国相印，足见此心之诚也。说起来，乐毅在燕国还不是丞相，却要兼领赵国丞相，这在战国实在也是第一遭。

乐毅拜领相印之时，赵国特使凑近低声道："赵王叮嘱：将军但有不测，赵国便是一窟。"乐毅一怔，旋即接手相印哈哈大笑："多谢赵王信得乐毅也。"帐中将士自然都以为这是乐毅拜谢相印，谁也不会想到，这片刻之间竟埋下了日后燕赵无穷纠缠的种子。

第二路开到的是魏国，大军八万，领兵大将新垣衍。

要从根子上说，魏国对齐国的仇恨比燕国有过之而无不及。魏国霸主地位的衰落，直接起因于对齐国的两次大败——桂陵之战与马陵之战。自魏文侯到魏武侯直至魏惠王前期，魏国积两代半之长期努力积累的强大战力，在这两次大败中轰然崩溃。其后又在合纵抗秦中被秦国袭击了敖仓，巨大的粮食财货储备，被大火洪水一扫而空。再次追随齐国抗秦复仇，又被齐国狠狠地闪了个嘴啃泥。齐国非但背着盟国联军私自吞灭了宋国，而且在秦国大军潮水般杀来时，丢下联军秘密逃出了战场。凡此等等，魏国朝野无不对齐国咬牙切齿。正欲对齐国复仇，偏偏老对头秦国又大举攻占河内，使魏国又一次遭受重创。在一东一西两个老冤家的夹击下，魏国由八面威风的中原霸主，变成了败仗最多、失地最多、衰落最快、目下又最憋气的夕阳大国。单独出战，既不敢对秦，也不敢对齐。窝囊得几年，襄王魏嗣竟是活活给憋闷死了。太子魏遬即位，这便是魏昭王。遬者，蹙蹙之局促不安也。这个魏昭王如同他的名字，即位后整日愁眉苦脸，闷头思虑如何复仇如何再度恢复霸业。此次燕国合纵攻齐，魏昭王大是振作，与丞相魏齐一商议，立即拍案决断，派出八万主力大军参战，统帅则是对齐国恨得咬牙切齿的新垣衍。

乐毅听新垣衍一报军力，心中便是一沉。魏王当初只答应出兵五万，而今却是八万，完全打破了魏国合纵出兵不逾六万的定规，分明是想在此战大得利市，以振朝野萎靡之气。思忖之间乐毅慨然拍案："魏王如此果决，联军定然教魏国遂心了。"新垣衍颇显神秘地凑近了帅案："上将军本是魏人，若对魏国特加照拂，魏王定当厚报。"

乐毅哈哈大笑："魏国是襁褓小儿么？文侯武侯开国创业，靠谁个照拂？"

"也是也是。"新垣衍尴尬地笑笑，"毕竟父母之邦，总归上将军不会吃亏也。"

乐毅眼睛一亮："魏王究竟要甚？说明白。"

"老宋国。"新垣衍压低了声音，"不能教秦国吞了宋国。"

"禀报上将军，"正在此时，中军司马大步进帐，"秦韩两军到！"

乐毅迎出帐外，只见四员大将赳赳而来，头前两将黑色铁甲一齐拱手："秦军主将胡伤、副将斯离，参见上将军！"后行两将红衣红甲，也是拱手一礼："韩军主将韩举、副将暴鸢，参见上将军！"答礼完毕，乐毅请四将进帐汇聚军情。

秦国五万人马全数铁骑，主将胡伤与副将斯离都是秦军的赫赫猛将。乐毅事先心中有底，自是放心不问。韩国虽然大衰，却也派出了五万步骑，这却是乐毅没有料到的。若按照当年合纵抗秦的惯例，韩国每次都只是两三万人马，这次攻齐却是五万，分明也是大有所图。乐毅心下明白，也不多说，只吩咐中军司马传来燕军大将秦开、骑劫，立即与四国将军会商进军方略。便在此时，突闻帐外马蹄声疾，前军斥候急报：楚军十万北上救援齐国，已经抵达巨野泽[1]南岸！

"鸟！定是鲁仲连撺掇捏合！"新垣衍狠狠骂了一句。

"何人为将？"乐毅不动声色。

"上柱国淖齿！"

---

[1] 巨野泽，战国时济水中游大湖，齐魏边界，后与济水一起干涸消失。

“好，随探随报。”乐毅转身道，“楚军北来，我自有处置，目下但会商破齐之策。”诸将第一次会聚，自然要先从各军战力说起。乐毅深知，联军之难，难在“合众”二字。当年六国合纵抗秦，每次都出人意料地惨败，一个重要的原因，便是联军诸将歧见百出而无法统属于一。若得不重蹈覆辙，便要敬重这些“部将”。最要紧处，是耐心听每个将领说出自己的谋略来，从中仔细揣摩其言外之意，甚至是国君的秘密授命。如此做法，自然是耗时费力。然则乐毅宁肯在此时费力，也不愿在战场掣肘费力。及至议出了大体方略，已经是日落西山了。于是，一场接风大宴在中军大帐摆开，直到刁斗打了三更，将军们才在一片笑声中辞别回营去了。

“备马。”乐毅望着将军们远去的背影，转身一声命令。

秦开笑道：“军营如常，我去巡查。”

“不。我要去楚军大营，你在中军等我。”乐毅低声对秦开耳语了一句。

“这如何使得？”秦开大惊，“楚军为敌，上将军不能涉险！”

“明日午时我便回来。”一言落点，乐毅已经飞身上马，带着三骑风驰电掣般去了。

辽东调兵之前，乐毅已接到燕国商人秘密义报：鲁仲连再下寿郢[1]，联合春申君说动楚王，楚国答应与齐国结盟。刚到辽东，乐毅又接到临淄秘密斥候急报：楚国特使淖齿会见齐王田地，提出援助齐国抗衡五国合纵，但却要在战后分得旧宋一半土地并琅邪[2]郡南部；齐王大怒，将淖齿乱棒打出。到此为止，齐楚联盟便该当散伙了，如何楚国突然又发兵北上？更令人不可思议处在于：乐毅当初秘密合纵六国时，答应了旧宋全部归于楚国，新君芈横与老令尹昭雎，也都欣然允诺加盟攻齐。后来鲁仲连说动楚国与齐国结盟，是旧宋之外再加了琅邪郡大半，丢失旧都并南郡三十余城而急于有所作为的楚国君臣，在此时背弃与燕国合纵之盟，尚算有个由头。可是，在齐湣王拒绝楚国条件并粗暴凌辱

---

[1] 寿郢，楚国新都城，因在寿地，又沿用旧都名号而称寿郢，今安徽寿县地带。

[2] 琅邪，本越国后期都城，楚国灭越后设郡，旋被齐国夺取。

淖齿后，楚国仍然发兵救援，就悖逆得令人咋舌了。

非常之事，必有非常之因。

一番思虑揣摩，乐毅终是理清了这团乱麻。

楚齐两大国，又是一对生死纠缠的老对手。整个春秋三百余年，楚吴越三国要北上中原称霸，对手便是两个，一个晋国，一个齐国。战国之世，情势为之一变：楚并吴越而田氏代齐，囊括吴越后的大楚国与新齐国接壤千余里（原先是吴越两国与齐国接壤），两个大国骤然正面相撞了。秦国崛起之前，楚国与齐国大战小战不断，既有边界争夺，又有对薛鲁宋邹等小国的争夺，数十年之间相互视若仇雠。秦国崛起，六国合纵抗秦，楚齐之间相对缓和了下来。后来齐国日益强大，楚国却萎靡不振，既面临魏国在淮北的压力，更面临秦国在江汉地带的压力，于是只有与强大的齐国结盟修好以抗衡秦魏。作为齐国，也需要楚国大力牵制秦国魏国，从而削弱自己西进争霸的阻力。两厢各有需求，自是一拍即合，楚齐两国便结成了稳定同盟，虽然还是小龃龉不断，却也从来没有发生过三晋（魏赵韩）之间的那般大血战。齐国权臣孟尝君与楚国权臣春申君之间的私人情谊，更是天下皆知。秦国白起大军攻破郢都后，楚怀王仓皇北迁，将太子芈横派到齐国做了人质。颟顸昏聩的楚怀王此时却是清醒：楚国动荡不宁，权臣虎视眈眈，太子入齐做人质，一则可保护太子在即位前平安无事，二则可保秦国攻楚时齐国出兵救援。

冥冥之中仿佛有得定数。芈横刚刚做了人质，楚怀王便在秦国做了阶下囚。楚国朝野大为震惊，老令尹昭雎、春申君黄歇皆与太子交好，一致主张立即迎回太子即位。特使到了临淄，齐滑王却拿不定主意，召集朝臣商议。上大夫触子抢先道："此乃大好时机也！我王当扣留芈横，逼迫楚国以淮北沃野三百里交换。"

"此言大谬也！"孟尝君大是不悦，"若楚国不受要挟，另立新王，齐国徒然落得一个无用人质。非但两国反目成仇，齐国也落得背弃盟邦不仁不义之恶名，谈何大好时机？"

触子深得齐滑王信任，素来不将已经失势的孟尝君放在眼里，针锋相对道："孟尝君大谬也！若郢都另立新王，齐国便与新王立约：割淮北之地，我便杀了芈横，消除新王后患。若新王不识大体，我便与秦国结盟，拥戴芈横回楚即位，驱逐这个新王！”

“秦国是你手中玩物了？”孟尝君冷冷一笑，“大邦之盟如此儿戏，齐国有何面目立于天下！”铁青着脸色不再说话。

“孟尝君言之有理。”骄横狂暴的齐湣王破天荒地赞同了孟尝君，接下来的话却教孟尝君啼笑皆非，“送回芈横，不战而控楚，无异得地千万里也，岂是区区三百里可以比拟？”转身下令宣来芈横，要这个楚国储君当场立下血盟：终身以齐国为“父邦”，以齐湣王为“王父”，年年纳贡，自称“臣下”。也是事有蹊跷，刚烈血性的芈横，听完后二话不说，一剑剁下右手食指，在白绢上写下了令齐国大臣们瞠目结舌的血誓，双手恭恭敬敬地呈给了齐湣王。

“孺子可教也！”齐湣王哈哈大笑，“自今日起，芈横是田横，本王的大儿子。”

芈横毫无颜色，反倒深深一躬：“儿臣田横，参见父王。”举殿大笑，齐呼万岁不止。孟尝君却骤然一身鸡皮疙瘩，不由自主地打了个冷战。

这个芈横，便是当今的楚倾襄王。燕国君臣都说，楚人有奴性，不要楚国加盟也罢。上大夫剧辛更是大笑嘲讽：“唯有如此一个楚王，方做得出此等‘忠孝仁义’之举，当真国奴也！”乐毅虽然没有与剧辛当殿争辩，却始终不相信这个芈横会甘当齐湣王国奴。合纵之时，乐毅曾经与楚倾襄王密谈过整整三个时辰，但说到中兴大楚，年轻的芈横那深沉忧郁的目光顿时两团烈火，每每将嘴唇咬得出血。乐毅一眼认定：芈横极有城府，此人可失之于阴鸷，绝不会失之于奴性。然则，这毕竟是一己之评判，邦交行径赫然摆在那里，仅靠昔日评判是不能作为应对根基的，必须真实摸清，楚军之图谋究竟何在？

这便是乐毅星夜来见淖齿的因由所在。

楚国大军驻扎在巨野泽南岸，依山傍水连绵展开方圆三十余里，除了时而飘来的隐隐号角，营地一片整肃寂静。在兵家眼里，这分明一支劲旅。齐军未曾出动，楚国便先有十万精兵驻屯边境准备救援，实在是蹊跷不合常理。然则，正是这种不合常理，乐毅的心倒是轻松起来。

“请禀报淖齿将军：燕山老友求见。”乐毅下马，从容走近幕府大帐。

不消片刻，一阵沉重急促的脚步声在兀自嘟哝中砸出帐门：“荒山野水，哪来的燕山老友？像谁，还非得本将军出来？”突然之间嘟哝声顿住了，接着一声长长地惊呼，“噫呀呀呀！大胡子么？快快快，快进了！”

乐毅哈哈大笑：“大胡子有你大了？吃饭都得用夹子。”

“不消说得，一对胡子兄弟。”淖齿的嘎嘎笑声活像刺耳的老鸹。

进得大帐，淖齿立即从帅案后边的大铁钩子上拿下一个鼓鼓囊囊的皮袋道：“春寒忒个冷，来，先灌他一通了。”乐毅笑道：“你这军帐倒是洒脱，还能饮酒，好，灌一通。”说罢接过酒囊咕咚咚一阵大饮，放下酒囊已满脸涨红。淖齿不禁一阵大笑：“你呀，酒量还是不见长。我这酒将军是出了名的，楚王特许日每三袋，只是太少。”啧啧啧，乐毅一声感叹：“三袋十斤酒还少？当真上蔡酒徒也。”淖齿又是一阵大笑，汩汩饮干了酒囊剩余一半，长满黑毛的大手在嘴边一抹一甩：“行伍老卒没虚话，乐兄夜半赶来何事？只实打实说！”乐毅悠然一笑道：“只要讨你个实打实，不许打圈子。”

淖齿啪地一拍长案：“谁个打圈子，出帐陷马坑！”

“人说淖齿猛火油，没错。”乐毅笑过一句，突然压低了声音，“楚军当真要救援齐国？”淖齿嘎嘎大笑：“怪哉怪哉！大军出动还得有真假，糟蹋粮草么？”乐毅冷冷一笑：“这便是行伍老卒实打实么？我只一句：楚若他图，燕助一臂之力，若真心救齐，乐毅当即告辞。”说罢站起身来要走。“你个乐兄，”淖齿一把扯住乐毅，“酒话莫当真。你只说，真救如何？假救又如何？”乐毅转身一笑：“真救，战场见。假救么，你得先说想吞多大一坨，我得点点府库存货。”

“嘿嘿，痛快！”淖齿晃着酒囊向帐口大喝一声，“帐外千长，不许任何人进帐！”只听帐外嗨的一声，淖齿转身低声道，“老宋加琅邪如何？”乐毅思忖片刻道：“老宋却难，淮北五百里加琅邪，如何？”淖齿兀自嘟哝着：“老宋三百里，淮北五百里，大是大些，却没老宋那般富庶。”乐毅揶揄笑道：“亏了你还是上柱国。老宋是富庶，可与你接壤么？一块飞地，楚国守得住么？”淖齿恍然拍掌：“对！是这个理，楚王想来也能受得。”乐毅笑道：“莫担心，楚王比你我精明。”

“那是！”淖齿一脸钦佩，“若非楚王励精图治，能有这十万精兵？”乐毅目光炯炯地看着言犹未尽的淖齿，一脸肃然道：“你有无秘密使命？大军协同，可不得二心掣肘。”

“哪里话来？”淖齿又是嘎嘎大笑，“我只一句：楚王之命与打仗无关。”

乐毅笑道：“只要打仗不掣肘，余事不消问。来，说说这仗如何打法？你要钉在哪里？”

就着淖齿帅案的一幅羊皮图，两人直说了一个时辰。五更时分，大风刮得一片啸叫。淖齿要乐毅睡两个时辰再走。乐毅笑道：“顾得睡觉么，我得走。”淖齿瞄一眼帐外猎猎翻卷的大纛旗道：“好在顺风，我不留你了。”乐毅一声告辞，大步出帐飞身上马去了。

堪堪午时，乐毅赶回了漳水大营，先吩咐中军司马派出快马军吏，传令四国大将申时来幕府议事，然后就着大案，边吃冷饭边给匆匆赶来的秦开叙说经过。秦开听罢兴奋得连连拍案：“好好好，去了一大块心病！目下我守住幕府，无论如何，上将军得歇息一个时辰。”乐毅道：“夜来再歇不迟。四大将到来之前，要画好五幅进兵图。”秦开惊讶道：“打仗只凭将令行事，画图岂非蛇足？”乐毅摇头道：“联军多将，要立约立信，免得战场自行其是，日后也会少了诸多麻烦，少不得。”秦开道：“你只说路径，我看着军务司马画。”乐毅又是摇摇头：“此事关涉甚多，还是我自动手。你只督察大军备战，那才是头等大事。”

“与上将军打仗，长学问也！”秦开喟然一叹，匆匆去了。

秦开一走，乐毅进了幕府起居间。幕府者，大军主将营帐也。究其实，是临时夯起几道土墙，用大木隔开成一个大厅与几个房间，顶部覆盖牛皮大帐，形同府邸一般。大厅是大将发号施令的聚将场所，周围是军务司马们处置日常军务的房间，视大军规模可多可少。聚将厅后是主将的起居室，即通常说的后帐。[1] 乐毅的幕府起居室小而简朴，没有

[1] 史家考证：秦兵马俑三号坑便是秦军幕府，总面积三百余平方米。

专门侍奉起居的军仆或侍女，只有一张军榻、一只甲胄木箱、一副剑架、一个三尺深的硕大木盆与两只盛满清水的大桶。进了起居室，乐毅卸去了一身皮甲胄，提起木桶向自己赤裸裸的身子猛浇了一通。冷水一冲，疲惫之气顿时消失，擦干身子换上一身干爽布衣，乐毅精神大振，立即到隔间军令室拿出五张大羊皮纸，埋头画起图来。

出身名将世家，乐毅自幼熟读兵书通晓文案。十五岁时，他曾别出心裁地将历代大战绘成了一本图谱，族中老军旅们无不啧啧称奇。这次联军攻齐，是燕国长期筹划的雪耻大战，成败关乎燕国兴亡，实在是国命系于一战，丝毫大意不得。鉴于战国以来合纵联军从无胜战的痛心教训，乐毅给自己定下了十六字规矩——敬将纳言，衡平战利，有分有合，进军立约。

敬将纳言，是基于以往联军统帅的颐指气使而不孚众望说的，是诸将同心的重要一环，看似表面文章，在讲究实力大小的联军中，实在是极难做到。衡平战利，是对本战可能得到的利市要公平分配，更要尽可能地立即兑现，这是联军要害所在。有分有合，则是联军战法准则：各军统为一战（合），但又有各自的进攻路线（分），既可明白显示各军战果，又不至于发生大的混乱与内讧。正是基于这样一个战法，才有了最后的“进军立约”。

进军立约，是乐毅统帅联军的独特方略。事先将各军的进攻路径画成图式，图下具名盖印以为凭信。如此一来，各军从不同路径独立攻齐，既可免争相抢夺肥地富城，又可免失利之时争相夺路。更要紧者，是战后对各国朝野能有个明白交代。毕竟，既往的六国合纵，每次战后都吵得不可开交，使盟邦反目成仇，其中因由之一，便是对战场与战果都有自己的一套说法。

画好五张进军图，四国大将也陆续飞骑赶到了。乐毅没有使用升帐发令的军中仪式，而是请诸将入座案前，自己先将此战方略说了一遍，末了只是一句话：“会战先灭齐军主力，再五路进兵深入齐地。”魏赵韩三将均无异议，唯独秦国主将胡伤问道：“楚国十万大军进驻巨野泽，联军深入之时，楚军若在侧后袭击，上将军如何应对？”乐毅笑道：“楚军之事，诸将毋忧。燕军方位在南，正好为全军掩护，诸位全力赴战便了。”胡伤慨然拱手：“白起上将军有令：但以乐毅上将军军令是从！末将再无异议。”

“好！”乐毅拿出了五张图，“这是会战之后的五国进军路径图，诸位先看。若有异议，再行商讨。若无异议，各自具名盖印，以为凭信。”

“上将军真信人也！”魏国主将新垣衍一瞄图线，看自己大军正指向老宋国，顿时笑着赞叹了一句。

“好！便是这般！”赵庄也慨然拍案。会战之后，赵军是夺取齐国大河西岸的河间地区。此地正与赵国接壤，原本便是赵国长期觊觎的肥美之地，自然没有二话。

韩国兵力最弱，辅助魏国一起夺宋，战后分给韩国两县之地。韩国主将韩举也是拍案赞同。秦国原本说好不分地利财货，会战后自然班师回秦。胡伤看完图哈哈大笑一阵，突然黑着脸道：“上将军公心可鉴，谁个不服，秦军找他说话！”

“利害交关，不敢言公。”乐毅摇摇手笑道，“诸位有话但说。”

“并无异议！”四位主将异口同声。

“好！”乐毅拍案高声道，“上笔墨，具名盖印！”

四员主将各自将腰间大带凸起的一个皮盒打开，抠出一方铜印或玉印，在燕国军吏捧来的朱砂印泥盘里一沾，结结实实摁在了各自的进军图上，再提起铜管大笔郑重地写下自己名字，一一交给了乐毅。乐毅对中军司马一声吩咐，上印。中军司马便将乐毅的“燕国上将军乐”的阳文大印一一盖在进军图上。乐毅提笔在已经上印的图上工整地写下“乐毅”两个大字。如此妥当，中军司马再将进军图一一发到了五位主将手中。正在此时，幕府外马蹄如雨，随着一声“军情急报——”的宣呼，风尘仆仆的斥候已经大步冲了进来，“禀报上将军，齐国四十万大军已经抵达济水西岸，声言灭我联军于济西！”

“主将何人？”

“上大夫触子擢升上将军，统率大军！”

“触子，何许人也？”几位大将几乎是异口同声地问了一句。

乐毅笑道："这个触子，原本是上将军田轸的中军司马，因筹划王宫校武有功，深得齐王田地宠信，先一举擢升上大夫，不想这次竟做了上将军。"

"鸟！如此宵小之辈，酒囊饭袋无疑。"秦将胡伤轻蔑之极地骂了一句。

"不可大意。"乐毅正色道，"此人久在军旅，经历过几次联军合纵，也单独打过几场小仗，颇有谋划，诸位断不可存轻敌之心。"

"嗨！"将军们心下敬服，齐齐一吼。

乐毅走到帅案前拔出一支令箭肃然道："五军一令：今夜整军，明晨向济西开进！两日之后，依照进军图，各军在聊城[1]以东山塬扎营待命！"

次日清晨，五国大军共四十四万，从漳水南岸浩浩荡荡地向济水进发了。一路不疾不徐，井然有序地常行推进。进入齐国境内，却突然兼程疾进，号角动地烟尘弥漫，声势大是惊人。不需齐军斥候，便是齐国百姓庶民，也是连声惊呼着给大军报信去了。

五　整我六师　如雷如霆

齐国西部，有一道滔滔大水做了天险屏障，这是赫赫大名的济水。

春秋以来，天下以独立入海的河、江、淮、济为四大名水。四大名水之中，济水最短，却有两源，一出魏国王屋山，一出赵国恒山[2]，东流至河外山地，两源合为一水，便叫做济水。济者，齐也，两水归一曰"齐"，因而得名济水。春秋之世，济水东西横贯晋燕齐三国，晋国在上

---

[1] 聊城，战国时齐国西部要塞，在古代黄河与济水之间，为济西重地，今山东聊城西北。

[2] 恒山，《水经注》作"常山"，即北岳恒山，西汉避文帝刘恒名讳改，《水经注》在汉之后，故作"常山"。

游中游的西北岸，燕国在下游的西北岸，齐国在中下游的东南岸。到了战国，济水成了魏齐两国之河，而以齐国得济水之利最多。数十年来，济水西岸燕赵两国的土地各有百余里都被齐国夺取，济水几乎成了齐国的内河。济水河道宽阔，水量丰沛湍急，横贯齐国西部，自然成了一道天堑屏障。战国之世，举凡齐国出兵大战，战场十有八九都在济水西岸。最著名者，是大败魏国的桂陵、马陵两次大战。

五国联军大举开来济西，齐湣王哈哈大笑："天意也！本王正欲灭燕，尔竟送上门来！"没有片刻犹疑，立即擢升触子为上将军，出动大军四十万开赴济西。触子请教作战方略，齐湣王只大手一挥："济西，我大齐百战百胜之福地也，放开手脚打！只此一战，大齐便要压倒秦国！"触子熟知齐湣王禀性，虽然心中不踏实，却只慷慨高声道："天佑我王！臣定教五国兵马有来无回！"

大军出了临淄，触子忐忑不安了。

自从孟尝君第二次被罢相，上将军田轸也被视做"孟党"被罢黜，触子成了齐湣王的知兵宠臣。做上将军自是好事，但要临阵打仗，触子却是一百个不愿意。自己做了二十多年中军司马[1]，曾跟随几任上将军经过了大小战场五十余次，除了没有领军上阵搏杀过，对军旅事务熟得不能再熟。谈兵论战，讲说战场轶闻、列国军情、兵家掌故，触子从来都是滔滔不绝如数家珍。正是因了这个寻常人等难以具备的长处，加之机变灵巧善于应对，触子自然被齐湣王大加赞赏。

一次，齐湣王问田轸："河外之战，白起如何打法，竟能以二三十万人马胜我六十万大军？"田轸素来只知猛打猛冲，做上将军也只是唯孟尝君之命是从，从来不揣摩战法，一时竟是张口结舌。"滥竽一支！"齐湣王勃然大怒，立即便要乱棍打杀田轸。已经做了王城校军令的触子情急大喊："末将知晓！末将说给我王！"齐湣王喜怒无常，当即哈哈大笑："好！说好了重赏！要还是滥竽充数，一般打杀！"触子振作心神侃侃道来，一口气说了半个时辰，将白起的用兵路数以及联军应对的诸般

[1] 中军司马，战国时执掌统帅部事务的高级军吏，接近于后世的参军，却比参军多了军务实权。

缺失，条分缕析地说了个透亮，连当时在座的几员大将都钦佩不止。齐湣王极是聪敏，一口气又问了十几处要害，间不容发，触子应对得当无一错讹。齐湣王当即拍案激赏："大将才也！触子擢升上大夫，主理军政要务。"在齐国，这主理军政要务的上大夫，相当于秦国的国尉，一应大军后勤与边防要塞之后援，均在上大夫权力之内，是仅次于上将军的重职。虽则骤然擢升六级，触子却做得很是不差。这种邦国军政事务，无非是扩展了的大军事务而已，有何难哉！

然则，做上将军统率战事，却大大不然。

当初接到燕军开赴漳水的斥候急报，齐湣王召来大将会商，触子还振振有词地当殿陈述了一则谋划，叫做两路进击：第一路，四十万大军济西迎战；第二路，二十万大军扼守济东，截杀逃窜残军。末了触子还慷慨一句："以齐军战力，以我王国运，大齐霸业一战可成！"那时候，触子根本没有想到自己会做上将军。要说军旅善战将军，闭着眼也能在齐国数出十多个。要说堪为大将者，田氏王族便有三五个，如何能轮到触子这个新职上大夫？

可是，事事突兀出奇的齐湣王，偏偏就在当夜三更突然驾临触子府邸，学了一回圣王敬贤，郑重其事地捧着兵符印信长长一躬，拜他做了上将军。也是忒煞怪也，从大汗淋漓地接过兵符印信，触子便发懵了，心头像深秋的临淄，一团冰霜云雾飘飘荡荡，每个眼看便要冒出灵光的心窍都堵得严丝合缝。那天夜里，他在书房木呆呆地看着兵符印信两个黄澄澄的大铜匣，硬是思谋不出一个战法。及至次日走进中军幕府，竟连二十六员大将各自辖兵多少都想不起来了。那一刻，触子惊出了一身冷汗。

也是那一刻，触子猛然悟到自己根本不是主将之才，最好的归宿，便是辞去上将军仍然做上大夫了事。可是能辞么？以齐湣王暴烈无常的禀性，定然是痛骂他怯敌畏阵，然后将他丢进鲨鱼海蛟出没的成山角[1]海井！

---

[1] 成山角，又称成山头，战国时齐国最东端半岛，三面环海，今属山东荣成县。

“但看天意了。”长叹一声，触子还是率领四十万大军上路了。老巫师都说齐王是“天命神蛟，当兴国运”。若真有天意，又岂在谁个本领高下？再说两军相当，四十万对四十四万，一对一，败又能败到哪里去了？最不济也能守住济西僵持半年一年，不使联军渡过济水，到那时再请求换将，至少不会被丢进万丈海井。如此一路思忖，触子渐渐缓过了心神。渡过济水，触子心田清明起来，往昔在中军幕府经历过的军务处置之法也纷纷清晰地涌上了心头，一时将令连发，将大军顺顺当当地驻扎了下来。

扎营方定，几员骑兵大将进帐激昂请战，在幕府聚将厅喊成一片：“上将军当立即出战！”“尽灭五国！成齐霸业！”“齐王天命神蛟！我军一战大胜！”

“诸位少安毋躁。”触子板着脸，“后发制人，敌不动，我不动，此战只能如此打法。”

“如此打法，天命神蛟威风何在！”一个做过王宫护军尉的将军大是不服。

“对也！齐王命我等进入济西立即猛攻，上将军领了王命！”

“济西是齐军福地！只管打，包准大胜！”将军们立即跟着嚷嚷。

“诸位诸位，”触子嘭嘭敲着帅案，“神蛟归神蛟，打仗归打仗，要紧的是仗不能打败。打了败仗，谁个敢说是齐王要这样打的？啊！你敢？你敢？都不敢！又嚷嚷个甚来？诸位想清楚，打了败仗要掉头！不听王命而守胜，还有个‘将在外君命有所不受’挡着，至多受罚。要哪个？掉头还是受罚！”

一番指点，大将们顿时蔫了下来。毕竟，触子是齐王宠信之人，还有谁比他更熟悉齐王禀性？连触子都打定了胜而受罚的主意，大将们立功扬名的心思便在片刻之间烟消云散了。说到底，齐王的喜怒无常是朝野皆知的，有功未必赏，有过未必罚，赏罚全在喜怒随心之间，谁愿拿自己的性命去无端冒险？

“楚军已到巨野之南，既然此战艰难，何不联络楚军两面夹击？”沉默之中，一将提出了另一个主意。

“此言差矣！”触子一席话震慑了局面，不禁陡然振作，“我王业已拒绝楚国援兵，我等岂能擅自结盟？楚军北上，无非畏惧我大军战胜之后趁势南下灭楚而已。两军大战，楚军定作壁上观。战胜之后，那个淖齿便要向大齐称臣了，诸位以为然否？”

“上将军大是！”将军们终于服了触子，齐齐赞同了一声。

于是，齐军大营安定了下来，只等五国联军发动而后出战了。

联军的幕府大帐空空荡荡。乐毅与大将们正在营外山头瞭望齐军营寨。

大河与济水之间横宽百余里，并肩向海奔流。两水之间没有高山峡谷，也没有苍莽林木，数百里地带只是连绵起伏的丘陵草原与疏疏落落的山林。中间多有小河流过，冲积出许多纵横交错的小盆地夹杂其中。粗看之下，似乎一览无余。仔细揣摩，却是平中隐奇，大有可供利用的地利。否则，当年的孙膑也不可能两次将伏击战场选在这里。眼下看去，齐军大营扎在对面十多里外的一片山塬之下，南北展开二十余里，后方是滔滔济水。联军大营在聊城以东的山塬地带展开，背后三十余里则是滚滚大河。

“鸟！齐军竟敢背水而战！”韩军副将暴鸢狠狠骂了一句。

“我军不是背水而战么？”乐毅笑道，“背水之地，亦死亦生，利害却也难说。诸位看了这齐军营地阵势，说说如何打法。”

“齐军这营地蹊跷。”秦军主将胡伤皱着眉头，“两大坨分开，中间隔开两三里，还各有马步军，是个甚讲究？”

“还当真！”赵军主将赵庄睁大了眼睛，“你不说我还真没留意，你等看出了么？”

几位将军摇摇头，暴鸢低声嘟哝了一句：“忒煞怪了！”

“这是齐国老病根了。”乐毅遥指齐军营地，“北营有将旗幕府，这是老军二十万。南营是新军二十万，这是齐王灭宋后新扩充的大军。说新，是成军在后，而不是军制之新。老军将领多是孟尝君旧部。新军将领却全部是齐王田地的亲信。两军素有嫌隙，这是第一次共同出战。触子幕府本该驻在新军，却驻了老军，这便大有文章。”

将军们听得直点头，新垣衍一拱手：“上将军如此熟悉齐军，我等佩服！”

“要打胜仗才算。”乐毅谦逊地一笑，“说，如何打了？”

“但听上将军调遣！”诸将异口同声。

“好！”乐毅手中长剑直指齐军营地，“齐老军战力强，留给燕军。齐新军马快兵器新，由四位联手攻灭，秦赵两军为主力，胡伤将军总调遣，如何？”

“秦军请与上将军啃硬骨头！”胡伤慨然拱手，一则是秦军确实想打硬仗，二则也是胡伤对与三晋携手总觉得别扭。

“不行。”乐毅摇摇手，“此次攻齐乃燕国复仇雪耻之大业，燕军自当血战齐军主力。诸位不能抢我这个功劳。”虽是面带微笑，说得却极为认真。

“嗨！”胡伤赳赳一应，“末将听凭调遣。”

“诸位，”乐毅拔剑在地上画了一个大圈，“我意，你等兵马可如此打法。”一阵低声叮嘱，末了笑道，“若敌情有变，诸位尽可变通行事。”

“上将军谋划得法，我等没有异议。”几员大将异口同声。

乐毅大手一挥：“好！各将回营整师，寅时三刻同时发动。”将军们轰然应命，各自飞马回到营地去了。

三月末，正是齐国的“中卯”节令，也就是中原的谷雨时节。

湿润的海风从东方浩浩吹来，间或一阵绵绵细雨，恰恰洒湿了干燥一冬的地面，染绿了苍黄的草芽林木，正是不热不冷不干不湿没有泥泞的舒坦季节。寻常时日，这正是耕牛遍野的春耕时光。而今大军对垒，两河之间的庶民百姓已经望风出逃，茫茫原野，除了军营的刁斗马鸣与两河的滔滔水声，无边的空旷寂静。入夜时分，无边乌云渐渐聚拢，绵绵雨丝潇潇落下，及至子夜，漫天雨幕遮盖了广袤的山塬。两边军营遥遥对望，除了风中摇曳的点点军灯，天地一片无垠的墨色。

“天意也！”

触子在幕府廊下仰望漆黑的夜空，轻松地长吁了一声。雨天无战事，这是春秋战国的老规矩了。真想教雨下得更大一些，最好是淅沥泥泞的连绵秋雨一般。联军远来，军粮必然有限，但能阴雨旬日，敌军大半便会不战自退，岂不天遂人愿？思忖一阵，触子大步走回幕府出令室，提笔给齐王写了一份军情急报："大军开赴济西与联军对峙，臣本欲立即出战，奈何大雨连绵，唯等放晴之日尽灭五军，擒获乐毅以献阙下！"写罢泥封，交给中军司马，"立即快马呈报临淄。"轻松地伸了个长长的懒腰，"传令两营大将：趁雨善加休整，天放晴后大战。"将令发完，对站在寝室门口的少年军仆一伸手，"来，就寝了。"

俊秀如少女的少年军仆轻盈地飘了过来，抱起触子进了幕府寝室。

久做中军司马，触子熟悉所有齐军大将的享受路数。一做上大夫，触子便从新军中给自己精心遴选了一个俊美的少年军仆侍奉起居。一经试用，大是满意，便成了随身军仆。大将入军，历来不许带眷属侍女，这少年军仆便是他别出心裁的享受。踩着厚厚的地毡，少年将触子轻轻放在特制的宽大军榻上，轻柔利落地剥去了他的衣甲战靴，又端来一盆事先架在燎炉上的热水，仔细地擦拭了他全身每个角落，给他盖上了一方轻软干爽的丝绵大被。收拾完衣物水盆，给燎炉加好了木炭，少年军仆吹熄了军灯，悄然无声地钻进了丝绵大被。

一阵剧烈的喘息躁动，触子抱着光滑鲜嫩的肉体发出了沉重的鼾声。

沉沉大梦之中，突兀山呼海啸。少年军仆一声尖叫，触子一个翻身坐了起来，粗鲁地骂了一句："蝎子钻裆了！叫！"少年瑟瑟发抖，赤裸裸一指帐外，软软地黏在了触子身上。瞬息之间，连天杀声如大海怒潮般卷来，闪烁的红光映红了整个幕府大帐。

懵懂的上将军顿时一身冷汗，情不自禁地尖叫一声，猛然推开黏在胳膊上的肉体，赤裸裸跳下军榻："快！衣服甲胄！鸟！都在哪里！"及至草草裹上一领大袍，衣甲散乱的中军司马脸色铁青地冲了进来："燕军偷袭！上将军快走！"

"走到哪里去？"触子摘下剑架上的长剑一声大吼，"出营杀敌！"

风快地冲出幕府，触子却瘫在原地不能动弹了。但见漫山遍野的火把冲杀而来，几乎每座齐军营帐都燃起了大火，丢盔弃甲的士兵们狼狈蹿突，大将一个也不见露面，却是如何收拾？中军司马一声大喊："护卫骑队在幕府后边！上将军快走！”不由分说夹起触子向幕府后奔来。三千护卫骑队本来驻扎在幕府左右后三边，可左右两营已经卷入乱兵大火，两名千夫长也不见了踪迹。后营一千骑士正在无所适从地乱作一团，恰恰中军司马夹着触子赶到：“上将军在此！上马列队！”不由分说将触子塞上一匹战马，大吼一声，“东渡济水！快！”马队便背着战场大火风卷东去。

堪堪逃到济水岸边，正当清晨时分，蒙蒙细雨之中败兵红压压从身后弥漫卷来。败兵之后，棕色皮甲的辽东骑兵高扬着丛林般的闪亮长剑，正从远处山塬呼啸压来。此刻便是登船，也必是被争相逃命的败兵拖入河底无疑，弃船泅渡，分明要被箭雨钉穿在河面。触子面如死灰，连长叹一声的力气都没有了，只愣怔在马背上打着圈子。在这片刻之间，又见西南山塬无边败兵拥来，黑色的秦军铁骑与红色的魏赵铁骑正潮水般压在身后追杀。

“快！逃回去禀报齐王。”触子对中军司马嘟哝了一句，艰难地滑下战马，“我要殉国了。”突然夺过中军司马的短剑，猛力插进了腹中。“上将军！”中军司马一声嘶喊，抱起触子尸体大吼：“将军遗尸，护军死罪！守住渡口，护尸泅渡！”

然则已经来不及了。辽东铁骑已经率先杀到，在惊天动地的“杀光齐人！复仇雪耻！”的怒吼中，长剑翻飞，箭如疾雨，河岸与水面变成了巨大的屠戮场。随后燕军步兵赶到，三万余弓弩手对着泅渡齐兵射杀，六万余步兵列成方阵堵住河岸，十万铁骑在山塬间尽情追杀。追击齐国新军的四支联军也是如法炮制，四面截杀。到得午后时分，整个济水西岸在潇潇雨幕中沉寂了。

伴着军营的粗大炊烟与弥漫河谷的欢呼，五国将领聚到了仓促扎起的中军幕府前。

望着漫山遍野的尸骨，望着血红的济水，乐毅的声音沉重而又嘶哑：“此次杀尽四十万齐军，为的是震慑齐国。此等杀法，下不为例。”

“岂有此理！”魏国主将新垣衍一脸不悦，“齐军当年背弃盟约临阵脱逃，死了多少三晋将士？只有绝杀之战，方可雪我心头之恨！如何下不为例了？”

“征伐有道，绝杀只可一次。”乐毅络腮胡须的黝黑大脸第一次显出了凛冽肃杀，“将军若不赞同我之战法，便请转道夺取老宋国，地利分毫不少魏国。”

“如何？要我提前转道？”新垣衍冷笑连声。

“是将军不遵将令。”乐毅也是冰冷如铁。

韩将暴鸢红了脸：“这这这，这却如何使得？说好的五国分齐，仗没打完便要我等回去么？”因原先议定韩国与魏国一起分宋，暴鸢生怕魏国提前脱离而单独取宋，情急之下，将韩国与魏国绑在了一起说话。

“将军莫急，韩军也可提前脱开联军，与魏军一起取宋。”乐毅平淡之极。

“上将军何须动怒。”韩军主将韩举心中大石落地，笑着转圜，“大战未了，何能自乱？我等辅助上将军攻下临淄，再走不迟。”

乐毅正色道：“法度立后可成军。要打仗，便须统一将令，违令者军法从事。”

“窝囊！”新垣衍立时黑了脸，“这仗打得乏味，告辞。”说罢转身对着司马一声大喝，“号角拔营，走！”头也不回地大步去了。

“上将军，这这这，你当请回新将军。”韩举急得结巴起来。

乐毅淡淡一笑：“韩将军，你也去。”

“快走！还说个甚来？”暴鸢一拉韩举，两人疾步去了。

“鸟！”胡伤骂了一句，“虽说是绝杀痛快，可也得令行禁止不是。秦军没说的，跟上将军打到临淄。”

“我也是！”赵庄慨然拱手，“上将军领我大赵丞相，燕军赵军一家。”

“多谢两位将军了。”乐毅拱手一礼，“当年燕齐结怨，便是齐军入燕杀戮无度之恶果。恶杀复仇，循环往复，天下兵道何在？乐毅无奈一为之，可使燕国朝野恶气稍伸，以利举国同心，绝非要在齐国大开屠场。此中苦心，尚望两位体察一二。”

赵庄有些困惑：“上将军之言，大道也，方才何不对魏韩两将说明？”

乐毅颇为神秘地一笑：“新垣衍有魏王密令：只助燕一战，便疾取宋地。”

“啊？他要撇开韩国？”赵庄惊讶得目瞪口呆。

“鸟！这便是山东六国嘴脸。”胡伤冲口而出，却顿时面色涨红。

“实话实说，无妨无妨。”乐毅哈哈大笑，“此等恶习，原当诅咒了。”

“上将军闻过则喜，真大贤也。”胡伤这次是真心敬佩了。

“将军如此褒奖，不敢当。”乐毅又是一阵大笑，“走！痛饮一番辽东山酒，再议下战。”拉着两人大步进帐去了。

四十万大军全军覆没的消息传开，齐国朝野震动了。

多少年没打过败仗了，如何生龙活虎的四十万大军一夜之间便被斩尽杀绝了，可能么？联军向来无战力，莫非一夜之间变成了蚩尤神魔？燕国穷得几个人穿一条粗布裤，倏忽几年有如此厉害的大军，可能么？一时之间人心惶惶议论蜂起，大多临淄国人连连摇头，一口声的“俺不信这邪！”，嘴上如此说，心里却直发毛，逃也不好不逃也不好，市井巷闾之间躁动纷乱得一团乱麻。

王城之中，齐湣王勃然大怒，立即下令诛灭触子九族。连传统刑场也没有，一夜之间，三千余人便被王室禁军斩杀在大小府邸，血腥气息弥漫在临淄巷闾，国人无不毛骨悚然。齐湣王余怒未消，清晨立即擢升临淄守将达子为上将军，率领剩余的二十三万大军西进祝柯[1]，要据险击溃联军。

达子原本是齐国新军的步军副将，因了训练士卒技击术分外扎实，在王宫校武中屡次获胜，被齐湣王破格擢升为临淄大将。做大将以来，达子最主要的军务还是操持王城校武，还从来没有带兵出临淄的机会，更没有单独率军打过大仗，此次骤然飙升为上将军，达子顿时热血沸腾，决意死战到底以报王恩。

兼程疾行三日，大军堪堪望见祝柯城堡的箭楼，便见漫天烟尘裹着隆隆沉雷从济水东岸压来，烟尘中旌旗猎猎号角声声，恍惚之间仿佛天

[1] 祝柯，亦名祝阿、督杨，齐国济东要塞，今山东济南之西南地带。

塌地陷。

“大军列阵！”达子拔出长剑嘶声大喊。

为了快速截住联军，达子的二十三万大军不是步骑一体开进，而是骑兵在先步兵随后，辎重更在步兵之后。如此疾行三日，一路拉开了将近二百里。达子的谋划是：祝柯以东一马平川，直到临淄几乎无险可守，只有将乐毅联军堵截在祝柯以西，临淄才能平安；唯其如此，八万铁骑先行进入祝柯要塞凭险堵截，后续步军辎重晚到半日一日，正好在要塞背后的山塬上构筑壁垒，形成第二道防线。大军开拔之前，斥候报来的军情是：联军内讧，魏韩两军已经退出，乐毅下令大军休整旬日再酌情东进。齐湣王哈哈大笑：“乌合之众也，合纵联军几曾成过气候？达子，放手狠狠杀！战胜之日，本王亲自劳军！”达子行伍出身，对齐湣王的一言一行素来奉为神明，加上此等军情，达子信心陡长。然则万万没有料到，内讧的乐毅联军却如此快速，竟在三日之内过了济水压到了眼前。

仓促之间，陆续拥到的八万骑兵，在尖厉的牛角号中隆隆横展开来。本来就是人困马乏，更何况全然没有急战准备，后队茫然不知所云，人喊马嘶中正在乱哄哄列阵，对面蓝边红底的“燕”字大旗，与两翼的秦字黑旗赵字红旗已经山呼海啸地压了过来。天幕般的烟尘扑面疾滚，棕色的皮甲雪亮的刀丛狂野的杀声，辽东铁骑的棕红色怒潮雷霆万钧般瞬息湮没了紫色的孤岛。仅仅一个时辰，怒潮烟尘便平息了。齐军八万铁骑几乎被包抄全歼，只有小股游骑落荒逃走。刚刚佩起上将军大印六日的达子，死战不退，竟被辽东铁骑砍成了三截。

乐毅厉声下令：“步军拖后掩护，铁骑悉数疾进，包抄齐国步军！”

片刻之间，辽东骑师居中，秦赵铁骑两翼，在茫茫旷野展开成一个十多里宽阔的巨大扇面，仿佛苍茫天宇中翼若垂天之云的鲲鹏展翅，向东面逶迤而来的十多万齐国步军压了过来。

齐军步兵正在兼程疾行，突兀便见浑身带血的骑士乱纷纷迎面撞回。一阵纷乱的叫嚷，前行步军大将顿时面色苍白地钉在了当场，军士们哗然骚动，只作势便要回头。步军大将愣怔得片刻，一声吼叫：“快！回防临淄！”话音落点，前军回头便跑。“快回临淄”的惊慌喊声比军令传得快了许多。片刻之间，十五万步军漫无边际地撒开大步向东逃跑。顿饭辰光，与长蛇阵一般的辎重牛车大队相遇，不管步军大将如何呼喝要护卫粮草一起回防，惊恐的乱兵只是像决堤洪水般狂奔而去。

傍晚时分，三国铁骑披着血红的霞光终于追了上来。辽东飞骑居中掩杀，秦赵铁骑却从两翼超前包抄，及至将溃逃的齐军兜头截住，号称"技击强兵"的齐国步军竟纷纷丢下长矛盾牌，高举着双手投降了。

此时，高举乐毅令箭的中军骑士飞向了战场各个角落，一路喊将过去："齐军兄弟们，放下兵器，便可回家，联军绝不追杀！"喊声此起彼伏，四面包抄的联军铁骑也让开了东边旷野，一队队赤手空拳的齐军步卒络绎不绝地缓缓拥出了包围圈，渐渐消失在苍茫的暮霭里。

六　军前谋国君臣心

当晚，乐毅在幕府聚将厅为秦赵两国大将举行了简朴的军宴。

宴席未开，幕府廊下的军吏一声高报："燕王劳军特使到！"乐毅与秦开迎出幕府，上大夫剧辛正从特使轺车前大袖飘飘而来，看见乐毅便张开双臂开怀大笑："快哉快哉！上将军狂飙两战，天下震动，国人弹冠相庆，乐乎哉不亦乐乎！"乐毅也不禁大笑："正要好酒，便有劳军特使，正当其时也！"剧辛转身高喊："快！搬十坛王酒进来！"主人一般拉着乐毅大步进了将厅。

"两位将军，这是燕王犒军特使上大夫剧辛。"乐毅一介绍，胡伤、斯离、赵庄与剧辛相互见礼。剧辛豪放之士，谈笑风生地对两国将士大加褒奖，聚将厅顿时热烈起来。一时开宴，剧辛宣读了燕昭王对两国将士的嘉勉王书，特赐胡伤赵庄锦缎各二十匹、辽东貂裘一领、黄金百镒，并特许将两次大战之战利品全数由秦赵均分，将士人人有份。

自来大将出征，稍有见识者都极是看重战胜之后对军卒的赏赐。更有许多名将，将君王对自己的赏赐与将士均分共享。如今，两次大战俘获之财货全数交由秦赵均分，这可是大大出乎两军将士意料。赵军回兵有河间之地可得，尚不消说。秦军却是事先说定的不分财货不得寸土，虽说军法严明将士不会异议，但用命他国一无所得，对于浴血疆场的秦军士卒毕竟是心有不平。如今王书一读，胡伤第一个拍案赞叹："大哉燕王！真明君也！"须知当时的齐国富甲天下，六十余万大军的财货辎重集中起来，几乎抵得一个小诸侯国的全部财富，盟主燕国舍弃不要而馈赠联军将士，这在战国之世的合纵史上还是头一遭，却是谈何容易！一时之间消息传出，秦赵两军的将士在幕府外欢呼雀跃，"燕王万岁""大哉燕国"的喊声弥漫原野。

中夜时分，军宴散去，大军营地又恢复了井然有序的森严与肃静。

幕府大厅的军灯熄了，只有隐秘的军令室依然亮着灯光。卸去甲胄的乐毅与剧辛正带着酒后的亢奋，面色涨红地啜着浓酽的煮茶，兴致勃勃地谈笑着。当年两人同时入燕，那时的燕国还是一片战火后的废墟。倏忽二十三年，以攻齐大胜为标志，两人都算是功成名就了，如何不感慨万端。虽则如此，两人毕竟是明睿深沉之士，只是兴致勃勃地任意评点着入齐见闻，一句张扬之辞也没有。说得一时，剧辛突兀低声问："燕王散齐军财货于秦赵，是否太迂阔了？"

乐毅大笑一阵连连摇头："原是剧兄把得忒细，却非燕王迂阔也。战场之利，与偌大齐国却是几何？一座临淄城，抵得整个燕国，况乎七十余城之富庶财货？燕王之志，岂在区区战场之利市也。"

"乐兄是说，燕王要夺整个齐国？"剧辛骤然一个激灵。

"剧兄以为不是？"

"你也如此谋划么？"

"剧兄以为？"

"不可，万万不可！"剧辛嘭嘭敲着座案，"齐国广袤富庶，民风好武强悍，成军潜力极是深厚。若孤军深入，一旦受阻，悔之晚矣！上上之策，是趁战胜余威，夺取与燕国接壤的城堡关隘并渔猎水面，将齐国疆域压缩到济水之东，使燕国变成实实在在之天下大国。"

"剧兄之策，却非审时度势了。"乐毅淡淡一笑，"寻常作战，夺取接壤城池土地自是正途。然则，今日齐国情势却大为异常，非寻常可比。其一，齐国自绝于天下，没有他国救援。其二，齐王暴虐乖戾，人心尽失。其三，齐国六十余万大军一朝覆灭，举国震恐人心弥散。有此者三，若不能见机立进，便是拘泥太甚。若沿边地逐一夺城，齐国反有喘息之机。若齐人再拥立一个新王，对齐湣王暴政改弦更张，燕国便会永远失去一个天赐良机。”

剧辛默然一阵，突然压低声音：“楚国十万大军，可是在我背后？”

“剧兄，若楚国真心救齐，又何待今日？”乐毅目光炯炯，“战国之世，一个丧失了抵抗力的大国，能等来的只会是落井下石。所谓唇亡齿寒雪中送炭，必是利害关联之时，绝非奄奄待毙之际。淖齿引而不发，只能是在等待另一个时机。”

“另一时机？”剧辛惊讶了，“乐兄进军齐国，淖齿会有阴谋？”

“说不清楚。”乐毅一笑，“只要不与我为敌，任他如何盘算了。”

剧辛默然良久，喟然一叹：“邦交相争，原只有赤裸裸利害也！”

“尽是赤裸裸也好，只怕未必总是赤裸裸也。”乐毅笑了。

“乐兄！好自为之。”

直说到五更刁斗打响，方见朦胧曙光，两人顿时一起软在草席上大放鼾声。待军务司马赶来，两人已抵足倒地沉沉酣睡了。

三日之后，二十万燕国大军从祝柯出发了。十万辽东飞骑左右两翼，十万步军居中，大型攻城器械全部揭掉了苫盖篷布，威势赫赫地排在队列之中，不疾不徐地向临淄浩浩推进。济水之东原是齐国最丰腴富庶之地，官道宽阔村畴密布，短短二百余里之间矗立着三十余座城堡，占了齐国七十余城的将近一半。

时当五月初旬，正是芒种节气。芒种者，既是有芒的黍谷稷下种之时节，又是有芒的大麦小麦收割的时节。农夫们大忙之时，偏偏也是酷暑炎夏即将来临的大热天气，这便是芒种火烧天。按照齐国的独特节令，这时节叫做“中郢”。但不管如何叫法，农家忙种忙收却都是铁定的。寻常年月，这片辽阔富庶的丘陵平原上，此时正是农人遍野牛车与商旅争道的繁忙日子，一切扰民的徭役征发与官府政事都会自行终止，更没有哪个国家会在这与天争食的要命关头打仗。

然则，今年却是不同。

开春以来联军攻齐，百姓们还真是没有太在意。不管齐王如何暴虐失政，齐国的六十多万大军却是实在的，六十多万打不过四十多万，这是任何人都不会相信的。及至连续两次大败，六十余万大军竟在一个月中灰飞烟灭，庶民百姓顿时懵了。懵懂之中弥漫出一种深深的恐惧——往昔的齐国已经不在，强大富庶早已经被这个齐王葬送了！于是，“宽缓阔达，多智好议论”的齐国人骤然紧张了，一边大骂昏君误国，一边惶惶不安地蜂拥出逃了。历来两国交兵，寻常百姓等闲是不逃的，逃跑的只是富庶大族而已。可这是燕军杀来，谁敢不逃？当年齐军入燕，将蓟城几乎屠戮一空，除了辽东，燕国的精壮男子大多被当做俘虏押到齐国做了苦役。更有甚者，燕国本来就穷得叮当，那点儿可怜的财货粮食皮张，也都被齐军用几千辆牛车咣当咣当地运到了临淄大市，卖了充做军赏。三十年河东，三十年河西，如今燕国翻了过来，能对齐国人留情么？穷人虽没有多少财货可抢，可被抓做苦役埋骨他乡，也是谁都害怕的。四十三万大军被全部斩杀的消息一传开，齐国老百姓便认定：燕国辽东大军要杀光齐人了！恐慌像瘟疫般弥漫了朝野山乡，在达子率二十三万大军第二次迎战的时候，居住在田野村畴的农人们已经纷纷逃往大小城堡，稍微富庶者一律逃往临淄。毕竟，邦国都城是一国命脉，国府定要全力防守，燕军再厉害，还能攻下临淄？

于是，燕国大军东进之时，原野一片萧瑟，无垠的麦浪翻滚着金色的长波，空旷的村畴一片沉寂。没有袅袅炊烟，没有鸡鸣狗吠，六丈多宽的林荫大道上没有一人一车。只有成群的鸟雀遮天蔽日地掠过原野，扑入麦田唧唧喳喳地肆意蹂躏着。无边无际的丰沃原野，在空旷冷清中弥漫出一种紧张恐惧与仇恨交织的怪诞，这支隆隆推进的大军也不由自主地放慢了脚步。

斥候总领飞马禀报：“上将军，齐人几乎逃光，村畴皆空！”

“下令全军，”一直凝视原野的乐毅断然道，“军马不得入田入村，不得捡拾道边遗弃财货，违令者立斩不赦！”

"嗨！"总领一声答应，率几名军吏飞马出了大队。

秦开马鞭遥遥一指："沿途城池颇多，若不拿下，我军背后隐患也。"

"毋得理睬。"乐毅长剑一指前方，"改常行为兼程疾进，直压临淄！"

"嗨！"秦开大是振奋，打马一鞭向前军飞去。

次日黄昏，燕军隆隆开到临淄城下，二十万大军分做三大营围住了西北南三面，唯留东门做了缺口。临淄是天下大都，也是齐国财富聚集之地，只要齐军弃城突围，乐毅决意任其而去，不在城下截杀。这是乐毅用了"围师必阙"这个老战法，只三面包围临淄。大军扎定，乐毅与秦开骑劫一起登上了西营的云车，遥遥望去，但见临淄城头遍布旌旗弓弩，甲士密密麻麻站满了女墙垛口。秦开道："看来有一场恶战。"骑劫本是辽东猛士，狠狠骂道："鸟！恶战才痛快！不杀光齐人，能叫复仇么？"

乐毅向四面郊野凝望良久方才回头："齐军虚张声势，临淄一战可下。"

"虚张声势？"秦开大是困惑，"都城被困，能不全力抵抗？"

"临淄情势大非寻常，二位觉察不出么？"乐毅笑着问了一句。

骑劫瞪圆了一双大眼："上将军但说便是，我只管猛冲猛打！"

"守城必守野，此乃战法之要。"乐毅一指西方，"临淄西部第一道屏障，是济水天险。第二道屏障，是祝柯要塞与周围山隘。最后一道屏障，是来时路过的那座于陵要塞。齐国历来战事都在济水之西，为的是使临淄远离战火。若齐国决意死守临淄，于陵要塞外必有拦截大军，至少壕沟城河之外的山丘当有外围营垒。而今四野不守，要塞无防，只这孤城一座，能有几多兵马？"

秦开一叹："齐人如此怯懦，枉称尚武大国也！"

"目下齐国情势，与庶民百姓无关。"乐毅凝望着临淄城头，"百姓纵想守城，也须得有个主心骨才是。官府溃散，商旅逃亡，士子隐居，谁来收拾这一盘散沙？我军只要无犯庶民，齐国将化入大燕无疑。"

"慢工文火忒是憋气！"骑劫黑着脸嘟哝了一句。

"为大将者，不能意气用事。"乐毅沉着脸道，"传令全军：临淄城破之时，大军驻扎城外，只许清点府库之军吏与辎重营牛车大队进入。违令者，杀无赦！"

"嗨！"两员大将齐齐应了一声。

次日清晨，燕国大军在城下三面列阵。朝阳霞光之下万千弓弩整齐排开，云梯撞车壕桥等大型器械列在一个个攻城方阵之前，阵势分外壮阔，一旦战鼓雷鸣，便要山呼海啸般猛攻。此时，一辆与城墙等高的云车隆隆推进到城下一箭之外，乐毅身披大红斗篷，站在云车顶端的望楼上一拱手高声道："临淄将士们：我是燕国上将军乐毅。你等但能下城降燕，一律赠金还乡。若执意一战，玉石俱焚身败名裂！"

唯闻旌旗猎猎，城头一排排紫色甲士石俑一般了无声息。

乐毅略一愣怔，手中令旗终是劈下："擂鼓攻城！"

骤然之间，三十六面牛皮战鼓隆隆大起，直是沉雷动地。几乎同时，城下万箭齐发杀声震天，一个个千人方阵推着大型器械隆隆向前。撞车惊雷般猛撞城门，片刻间万千军士洪水般卷上了雄峻城墙。几乎不到半个时辰，临淄城便被红色浪潮淹没了，三门大开，燕军呼啸而入！

"禀报上将军，"中军司马气喘吁吁，"临淄无兵防守，一座空城！"

乐毅一惊："快马传令：骑劫部撤出城外，秦开部入城。"中军司马刚刚离开，乐毅将城外大军交给副将掌控，飞身上马向临淄西门而来。

谁也没有料到，大都临淄竟是一座空城。王城空空如也，军兵没有了，商人与富户也没有了，没有逃走的老弱病残也都是关门闭户，清风过巷无人迹，满城一片萧疏悲凉。乐毅带着两个百人队进了王宫，清理查勘了所有宫殿，询问了几个躲藏在假山中的老病内侍，才知道齐湣王君臣已经在三日之前就逃走了。乐毅立即下令大军撤出临淄在城外驻扎，只留一万步军留城，守护王宫与几处府库。

暮色时分，乐毅出城回到幕府，立即急书捷报，飞骑直送蓟城。次日清晨，乐毅在幕府大厅聚集众将，发下五道将令，将全部燕军分做五路，向齐国腹地全面追击残军夺取城池：

第一路秦开所部四万，渡胶水直取胶东诸城。

第二路骑劫所部四万，循泰山东进，直取沂水诸城与琅邪郡。

第三路右军三万，直进齐国西北，夺济水两岸城池。

第四路左军三万，沿北海东进，夺取北部沿海城池。

第五路中军六万，乐毅亲自率领，从临淄居中东进，直抵东海。

就在各路大军陆续出发之时，蓟城王使飞车赶到传下王令：燕王要亲入齐地犒赏大军！乐毅思忖一阵，命其余四路大军立即进发，自领中军在临淄等候燕王。等候期间，乐毅亲自督导，将临淄的九座王室府库打开，除了部分粮食布匹分发救济城中齐人，其余财货全数运回燕国。临淄城内的遗留车辆与燕军原有牛车共数千辆，浩浩荡荡地穿梭运送财货粮食并各种珍宝，尤其是盐铁两项，点滴也没有留下。

大体就绪之日，燕昭王车驾堪堪到来。乐毅迎出三十里，在拱卫临淄的于陵要塞外终于看见了飞驰而来的王车仪仗。打马一鞭，乐毅在林荫大道间迎了上去。

“上将军——”王车上遥遥传来燕昭王熟悉的声音。

“臣，乐毅参见我王！”

车队仪仗辚辚停住，燕昭王利落下车，大笑着快步过来扶住了躬身参拜的乐毅：“半年不见，上将军想煞我也！看，黑了瘦了，大胡子更长了。”

“臣亦思念我王。”乐毅笑着，“黑瘦不打紧，铁打一般。”打量一眼燕昭王，心中不禁一沉，“我王太得疲累，两鬓白发了。”

“不打紧不打紧。”燕昭王连连摆手，“燕国有此等气象，一头白发又有何妨？走，同车说话。”说罢拉着乐毅登上了宽大的王车。

到得临淄外大营，燕昭王立即颁赐王酒大宴将士，当场下书：封乐毅为昌国君，赐蓟城封地百里，兼领昌国[1]城万户！其余有功将士，尽皆层层封赏，并飞马传书已经东进的四路大军知晓。一时间全军振奋遍野欢呼，“燕王万岁”的声浪淹没了临淄郊野。

大宴之后，乐毅亲驾王车载着燕昭王进入临淄巡视。看着雄伟壮阔的临淄王城萧疏冷落了无人迹，燕昭王不禁感慨中来：“暴殄天物也！这般皇皇基业，竟能付诸东流，非桀纣莫属了。”乐毅心中一动道：“我王当让太子来镇守临淄，也好省察这前车之鉴。”燕昭王却皱起了眉头：

[1] 昌国，战国时齐城，在当时临淄之南，乐毅灭齐六年中归燕地，在今山东淄博市东南。

“太子执意要去辽东，我本不赞同。可想想教他历练一番也好，便没有再拦阻。”乐毅不禁一怔，却又立即笑了：“辽东正需巩固新政，有太子督导，自是事半功倍。”燕昭王连连摇手：“新政？他只想练兵，要给你做灭齐援手。”乐毅笑道：“大争之世，太子好兵也不为过。”燕昭王却叹息一声道：“田地好兵，却是甚个结果？一国之君不以庶民生计为大道，何来强兵？”

乐毅默然了。他熟悉太子，更熟悉燕昭王。太子的刚愎勇烈举朝皆知，燕昭王只要想到了这一层，就一定会多方督导太子的。身为大臣，乐毅不想在太子话题上多说。太子本来就对他这个“儒将”颇有微词，多次与一班老臣议论，指他对齐人太宽。若燕昭王以他的话去教训太子，岂不平添嫌隙？对于太子的指责，乐毅也从来没有对燕昭王提起过，他愿意用真正征服齐国的事实来改变太子，而不愿在成败未定之时做无谓的论争。

“上将军，”燕昭王突兀问道，“这田地能逃到何处去？谁敢收留他？”

乐毅笑道：“田地可不做如此想也。”突然压低了声音，“我王稍待，乐毅料定：不出旬日当有田地消息。”

“好！”燕昭王笑了，“我倒要看看，这东海青蛟做何下场。”

七　酷刑万刃　瓦釜雷鸣

第二次全军覆没的急报传来，齐湣王顿时慌乱了。

殿中鸦雀无声的大臣们，目光齐齐地聚向了王座。齐湣王却一句话不说，猛然起身跌跌撞撞跑了出去。原本已经六神无主的大臣们惊愕万分，有人便不由自主跟着齐湣王开跑。听得身后脚步杂沓，齐湣王回身一声大喝：“尔等何用，滚回去！”几个大臣一个愣怔止住了脚步，眼看着齐湣王向王宫园林惶惶去了。

“噢——我王找国师去也！”一个大臣惊喜地喊了一声。

“禳灾避祸有望矣！”

“快回去！大殿等候天音！”

几位臣子匆忙回到正殿一说消息，大臣们立时精神一振，肃然两列，一边默默祈祷上天佑护，一边静候国师的禳灾大法。

齐湣王匆匆来到王宫园林，跳上一只小舟漂进了大湖，到得湖心岛飞舟登岸，崎岖险峻移步换景的仙山竟杳无人迹，虽是夏日燠热，却萧疏寂静得渗出一片冰凉。齐湣王心下一紧，不禁一声大喊：“国师可在？”

“小仙恭候我王。”风中遥遥飘来一个苍老的声音。

齐湣王长出一口气，连忙疾步向山后竹林走来。这座山被齐国君臣视为仙山，取名之罘[1]，国师的洞府便在这里。寻常时日，齐湣王总要隔三间五地悄悄来到国师仙山，一则让国师为自己固本还阳，二则请国师望气问天以断国运走向。十六年来，齐国几乎每件大事，都是齐湣王在这里与闻了天意国运而后决断的。一如合纵攻秦，一如独吞宋国，一如大肆扩军。这与闻国运吉凶，本来是太庙大巫师的职责所在。但齐湣王却最烦一脸古板的巫师史官，动辄“上天示警，王失君道”的一番训诫，如何教人消受？不若这位童颜鹤发的方士国师，总是在望气察运之后，妥帖地给你一个趋吉避凶的法子。国师更有一样妙处，便是禳灾镇邪，使鸿运康宁永远托着你成就大业。两厢比较，那死板阴沉的龟甲纹路，如何比得这通天彻地祥和无边的国师大法？如今兵败如山倒，上天究竟有何幽微，齐湣王自然要立即定个出路了。

将到竹林，风中苍老的声音又悠然飘来：“我王止步。王乃东海神蛟，天霸之气丰沛逼人。老夫卑微小仙，只可与神蛟竹林传音。”清风徐来，齐湣王精神陡然一振，站定身子高声道：“敢问国师，天霸既盈，何以丧师失地？”

“天地之气，无缩不盈，盈之在缩，缩之在盈，乃得大缩，方可大盈。”

“若得大盈，本王当向何处？”

“巨野之西，宋卫之间，王气勃然。但入此地，兵灾消弭。”

[1] 之罘，今烟台芝罘岛，战国方士传为海外仙山。

"本王遵从上天。"齐湣王遥遥拱手，"险地不居。国师当随本王离开临淄，随时赞襄天霸大业。"

"惜乎！"苍老的声音轻轻一叹，"小仙正为我王炼制一炉神寿丹，旬日之后方可开炉。届时小仙自会携神丹来见，以保我王神寿无疆。"

"好！本王在行营等候国师。"齐湣王一拱手下山去了。

回到大殿，齐湣王又变回了那个威风凛凛的东海神蛟，当即宣布：秉承天命，临淄王气尽失，宋卫之间王气沛然，王驾移居，再造天霸大业！臣子们一片欢呼，立即开始了忙碌紧张的移驾准备，偌大王城乱成了一片。

公元前284年七月二十三的四更时分，大队车马悄悄开出了临淄大都。

这支人马绕开了西路燕军的进击方向，从东南绕道，沿淄水河谷向西南的巨野泽而来。因国师指点了天意，齐国君臣谁也没有认做这是逃亡，浩浩荡荡五万多人马，几乎是整个王城都搬了出来。内侍、侍女、仆役、官奴并尚坊各式工匠一万多人，嫔妃并长住王宫的王族子弟三千余人，随行大臣、各种文吏并眷属家人近两万人，王室护卫铁骑一万六千。人多马多车更多，乱哄哄铺排开来，阵势足足三十里长。时当夏日，午间要找树林消暑歇息，暮色要靠水边起炊造饭，日每只能行得三十余里。

无论齐湣王一班君臣如何将逃亡认做移驾，职司护卫的领军大将却是最明白不过的。如此行军，燕军若赶上来追杀，岂不活活一个屠场？然则车马队中冠盖如云，无论领军大将如何紧张督促，也抵不得齐湣王时不时便要歇息的王命。领军大将急得一身冷汗，径直到王车前请令轻装疾行。齐湣王立时沉下脸道："天佑本王，燕军何敢追杀？逍遥走去便是！"

三日之后，一班没有车辆的王族子弟与嫔妃女眷侍女等，累得无论如何走不动了。齐湣王见状，立即下了一道王令："三千骑士改作步军，马匹让于王族骑乘！"护军大将惊讶莫名，飞马从前军赶来力争："臣启我王：紧急之时，骑士如何能没有战马？疲弱不堪者，就近驻扎一座小城堡可也。”

“一派胡言！”齐湣王顿时大怒，“天霸大业，岂能没有王室血脉？区区几千兵卒，死何足惜！”大将铁青着脸色默默走了。战马让出来了，可护卫将士们却像霜打一般蔫了下去，再也没有了生龙活虎的王师气象。

又走得三日，燕军一直没有追来，长长的队伍又轻松起来。于是，王族子弟与大臣们开始纷纷赞颂了。“齐王禀承天命，果然天霸之相！”“我王天威犹在，当真旷古第一王！”诸如此类的种种颂词随着亢奋的口舌弥漫开来。齐湣王听得哈哈大笑：“乃得大缩，方可大盈。天意奥秘，岂是姬平乐毅所能窥视也！”

正在遍野颂扬之时，斥候飞马车前：“禀报我王：已到卫国地界！”

齐湣王霍然站起四面观望，见茫茫巨野泽已在身后，濮阳[1]城箭楼已经遥遥在望，不禁长吁一口气，精神顿时抖擞：“传命卫君：迎接王驾，让出宫殿。本王要在卫国整顿兵马，杀回齐国！”王车旁的御书一脸惶恐道：“我大军战败，大王应折节屈身，方可在卫国立足反攻。如此恐坏大事，愿我王三思。”

“岂有此理！”齐湣王顿时不悦，傲慢矜持地一挥手道，“小小卫国五等君爵，岂可与本王同日而语？毋得多言，作速传令！”

此时护军大将飞马赶到：“禀报我王：卫君率领臣下出城迎来。”

齐湣王大笑：“卫嗣君尚知臣道，备好千镒黄金赏赐！”

片刻之间，齐卫人马在濮阳郊野相遇了。两鬓白发的卫君骑着一匹老马，带着一个百人骑队、几辆牛车与十多名臣子逶迤前来，老远便驻马守候在道边。见齐国人马浩荡拥来，卫君只是盯着齐湣王上下打量，丝毫没有上前参拜之意。齐湣王脸色顿时沉了下来，王车辚辚前出冷冷道：“卫嗣！不晓得附庸臣礼么？”

卫嗣遥遥拱手道：“齐王过境，卫嗣以邦交古礼犒劳可也。穷弱小邦，唯能请齐王略解饥渴之苦，尚请见谅。”不卑不亢，更没有下马。

---

[1] 濮阳，春秋战国时卫国都城，在今河南省濮阳地带。

“卫嗣大胆！”齐湣王暴怒大喝，“两车水酒搪塞，本王乞丐么？”

卫嗣淡淡一笑：“失国逃亡尚妄自尊大，齐国不亡，岂有天理？”

“好个卫嗣。”齐湣王狞厉地一笑，“来人！拿下卫嗣，濮阳做我西都！”

护军大将正在愣怔，便闻卫嗣连声冷笑：“卫国纵小，也有三五万人马，对付你这区区万余败兵，也还是举手之劳。起号！”话音方落，身后百人骑队号角呜呜吹动，濮阳城外的山丘中拥出了队队战车，虽然老旧，却也是旌旗飘摇声威赫赫。

御书低声急道：“我王不可意气用事，天霸大业，尚须从长计议才是。”

齐湣王脸色铁青，咬牙切齿骂道：“卫嗣！且留你狗头几日！”转身大喝一声，“回军东南，去楚国！”

卫嗣扬鞭大笑：“快哉快哉！老夫也战胜一回！田地，走好——”

齐湣王又羞又恼，气急败坏间一口热血“哇”地喷了出来。护军将领大惊，连忙高声下令：“太医救治，全军疾进，脱开卫军！”已经是惊慌失措的纷乱大军，轰轰隆隆地卷着烟尘向东南去了。

行得半日，暮色时分又回到了巨野泽畔。此去楚国郢都尚有千里之遥，散架一般的人马早已经没有了张扬谈笑，个个脸色灰白神色疲惫。习惯了钟鸣鼎食富贵豪阔的公子嫔妃们，原本是满怀喜悦地要进濮阳一扫逃亡晦气，人人都盘算着如何在濮阳沐浴一番痛饮一番，再大睡三日，何曾想到自己是逃亡之旅？濮阳城外的突然变故不啻一声惊雷，这些惯常颐指气使的食肉者们才如梦方醒——齐国王族的显赫光环已经没有了，已经变成了连卫国这等小邦都可以蔑视嘲弄的丧家之犬！齐湣王的突然吐血，更是给这支逃亡乱军雪上加霜，惶惶不安的目光对王车开始侧目而视了，狂热的赞颂也渐渐变成了夹杂着沮丧的怨恨，曾经令人迷醉的天霸神话，顷刻间便被腹诽怒声淹没了。及至在湖畔乱纷纷扎下营盘，各色人等像泄了气的皮囊，一片片地瘫软在茅草丛中，无一人前去做朝王礼拜。

好容易升起了几缕炊烟，大军却轰然骚动起来：“楚军来了！楚军来了！”

齐湣王本来在车中昏昏欲睡，闻言霍然起身，遥遥望去，但见残阳暮色中大队军马鼓尘而来，黄色大旗上的“楚”字已经清晰可见。“天意也！”齐湣王长吁一声，这才猛然想起楚国救援而被自己拒绝的一番事来。

护军大将飞马而来：“禀报我王：楚将淖齿率大队兵马救援！”

“传命淖齿拜见。”齐湣王转身下令，“王车前出，仪仗成列，臣工两班！”片刻之间，这支奄奄沮丧的乱军又神奇地活了起来，旌旗仪仗猎猎飞舞，大臣嫔妃诸王子肃然成列，俨然王帐辕门气象。这时楚军已经在一箭之地扎住阵脚，一员大将来在王车前下马躬身：“楚将淖齿，拜见齐王。”

齐湣王矜持地笑了：“淖齿勤王，实堪嘉勉。今本王欲以莒城为天霸大业根基，将军可率本部兵马助我，本王封你为齐国丞相。”

“谢过齐王。”淖齿一拱手，“何时兵发莒城？”

“大军休整一晚，明晨进入莒城。”

“臣留两万兵马护卫。臣请先入莒城，为我王安顿宫室。”

“淖齿果然忠心！”齐湣王一挥手，“你便先去，本王明日即到。”

淖齿转身飞马去了。御书凑近王车低声道：“臣闻莒城郊野多有逃亡庶民，鱼龙混杂，我王还是转往他城为上。”“杞人忧天。”齐湣王冷笑一声，“本王神蛟，怕甚鱼龙混杂！传令齐楚大军：饱餐战饭，养精蓄锐，明朝进入莒城！”王车四周轰然一应，号角四起，炊烟遍野，王族们又欢呼雀跃起来了。

次日天刚亮，这支奇特的大军熙熙攘攘上路了。楚军铁骑两翼行进，将这支混杂纷乱的车马人流夹持在中间一里多宽的草地上，仿佛押着战俘一般。王车旁的两百仪仗铁骑，总算还保持着旌旗如林的王室威仪，簇拥着齐湣王的大型王车，辚辚隆隆地碾轧着一两尺深的茫茫苇草向东北开路。整整走得一日，暮色时分方才渡过了沂水，距离莒城尚有三十余里。御书请命齐湣王是否扎营歇息一夜，明晨整肃威仪再进莒城？齐湣王却亢奋异常：“本王竟日颠簸，尚且不累，谁个累了？立即进发！一鼓作气入莒城！”

进入莒城的诸般美梦毕竟是诱人的，疲惫不堪的逃亡大军黏着湿淋淋的过河衣衫，又打起精神赶路了。一个多时辰之后，翻过了一座小山包，骤然便见河谷里火把遍野人声鼎沸，仿佛临淄夜市一般。有王子高喊："快看也，莒城箭楼！"纷乱人群当即一片叫嚷："莒城到了！快走啊！"齐湣王却一声大喝："站下！莒城乃大齐地面，当有王者威仪。列队，等候淖齿丞相迎接本王！"

"启禀齐王，"一员楚军大将走马车前，"将军有令：齐王自行入城。"

"如何？"齐湣王一声冷笑，"淖齿反了不成？"

楚将骤然变脸："铁骑列阵！护持王车下山！"

齐湣王傲慢地一笑："莒城有大齐万千子民，本王与淖齿见个真章。下山！"

在楚军两万铁骑威逼下，齐湣王怒气冲冲地带着乱纷纷的逃亡人马拥下了山头。一进河谷，两岸全是密密麻麻的各色帐篷，片片火把的暗影中到处躺卧着呻吟呼唤的老弱病残与衣衫褴褛的人群。王车乱军开过河谷，一声声嘶哑的呐喊此起彼伏："逃国齐王来了！快来看啊——"倏忽之间，遍野人群如乱云聚合，漫无边际的火把向莒城下卷来。御书胆战心惊地提醒齐湣王忍耐一时，齐湣王却勃然大怒道："本王禀承天命，何惧之有！"

方到城下，大片火把下整肃排列着一个巨大的楚军方阵，中央大纛旗下一方土台，拄着一口长剑的淖齿正硬挺挺伫立在土台上，顶盔贯甲金色斗篷，连鬓大胡须虬结的黝黑脸膛上一副狞厉的微笑。

"淖齿，你敢逆天行事么？"齐湣王长剑一指抢先发难。

淖齿一阵粗粝嘶哑的大笑："上天也姓田么？当真蠢猪也！"

齐湣王怒不可遏："本王乃楚国王父！淖齿叛逆，灭你九族！"

"鸟！"淖齿狠狠骂了一句，"天下独夫，丧家之犬，竟还记得欺凌楚国。来人！拿下这条海蛇！"话音落点，轰雷般嗨的一声，两队甲士手持长矛从淖齿身后开出，轰轰地向齐湣王座车逼了过来，一片长矛刷地直指车身。齐国骑士呆若木鸡般愣怔着，王车驭手被逼到喉下的长矛吓得惨叫一声，瘫在了宽大的车辕上。四名楚军甲士一跃上车，夹起齐湣王凌空抛了下来。车下一片长矛铿锵交织，齐湣王恰恰落到一片冰冷的矛杆之上。长矛架一个忽悠，齐湣王又被丢上了土台。

"田地，"淖齿轻蔑地冷笑着，"你不是禀承天命么？今日本将军教你领略一番，天命究竟何物？莒城外有齐国十万逃民，你自对他们说，配不配做一国之君？过得这天命关，本将军便放了你。"

"此话当真？"骤然之间，齐湣王两眼放光。

淖齿哈哈大笑："齐国庶民若认你田地，淖齿却是奈何？"转身高声道，"父老兄弟们，寻常时日，等闲庶民谁能见到国君？今日齐王便在当场，父老兄弟姐妹们尽可一吐为快，与这个鸟王算一番老账！"

燕军入齐，万千民众恐慌逃亡，主要是两个方向：向东聚向即墨，寻找海岛藏匿珍宝再图谋生；向南聚向莒城，在楚齐边界的沼泽地带刀耕火种狩猎捕鱼谋生。东去者以富户商旅居多，南来者却是穷人居多。逃得数日，见燕军并没有尾随追杀，人群渐渐汇聚在了莒城郊野。莒城令貂勃爱民，将府库中的帐篷粮食悉数分发给逃亡难民应急。难民们大为感激，聚在了莒城郊野，要拥立貂勃抗燕。正在乱纷纷没有决断的时日，淖齿带着楚国大军到了。一听说齐王要来，貂勃顿时默然，只对淖齿一句话："百姓离乱汹汹，只怕在下做不得主。"淖齿只一笑："莒城令毋忧，我只听民心便了。"

消息传开，莒城外的逃亡难民纷纷聚拢，人人都要看看这个将齐国推入血火灾难的东海神蛟何等模样。此时见齐湣王非但没有丝毫自责惭愧，反是一副愚顽气焰，火把下的万千民众顿时人潮汹汹了。

一个苍老的声音喊道："老夫要问齐王，六十万大军何能一朝覆亡？"

"说！"火把摇动，一片呐喊。

齐湣王冷笑："大将无能，与本王何干？"

轰然一声，人山人海炸了开来，乱纷纷的声音吼成了一片。

"横征暴敛！谁之无能？"

"残害忠正，谁之无能！"

一个精壮赤裸的后生手持火把猛然冲到了土台前："齐东数百里雨血沾衣，庄稼枯死！你是国王，知道么？"

战国中期燕国灭齐之战示意图

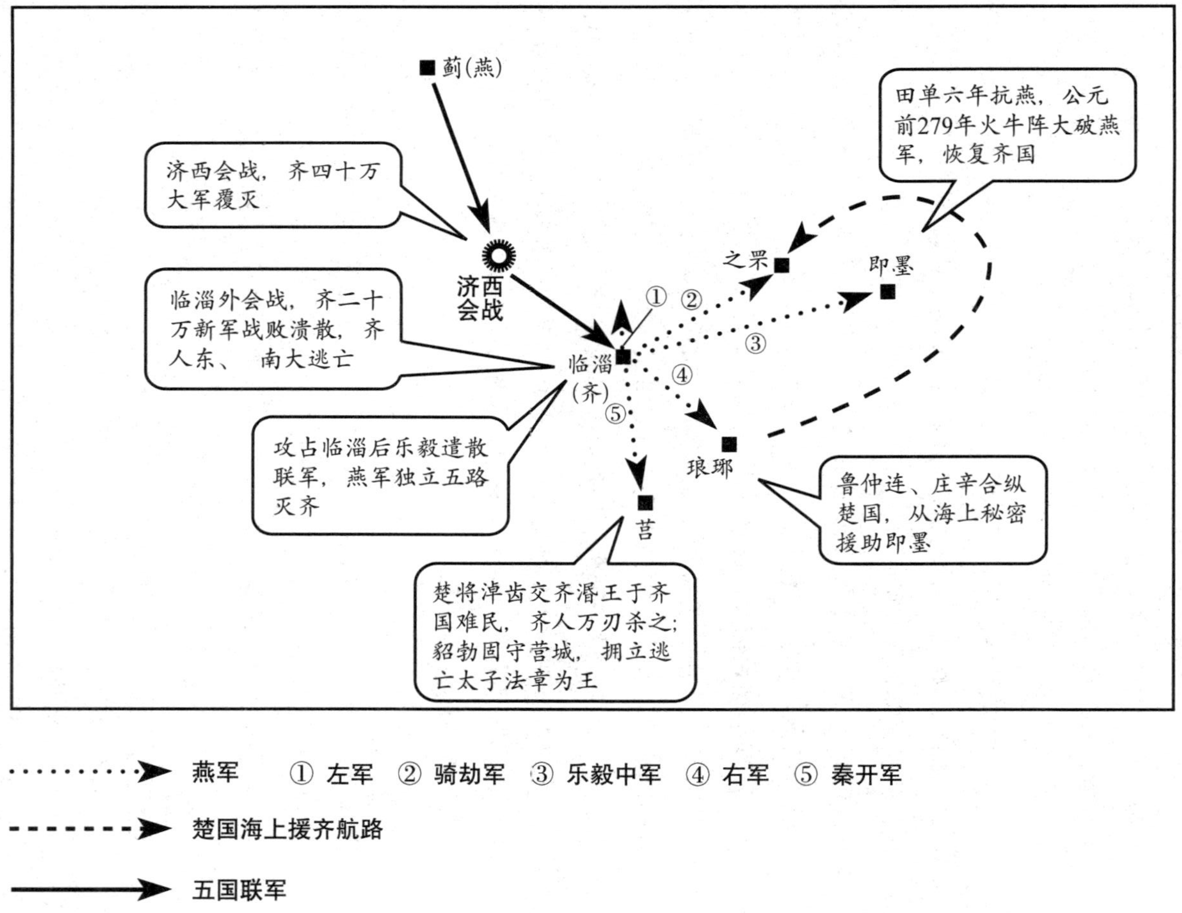

“不知道。”

“齐南两郡地裂涌泉，死伤万千，你这个国王知道么？”

“不知道。”

一个白发苍苍的老妪手牵一个总角小童，拄着拐杖颤巍巍指着土台：“我三个儿子都战死了，我等庶民请命于宫外以求善政，哭求三天三夜，你这国王知道么？”

“不知道。”

“你你你，该千刀万剐！”老妪拐杖怒指，一头披散的白发骤然立了起来，倏忽之间，却又软软地瘫倒在了地上。

“老奶死了！”小童尖厉的哭声覆盖了人群，“还俺老奶也！还俺老奶——”

人山人海骤然沉寂了。一片粗重的唏嘘喘息像呼啸的寒风掠过山野，人山人海顿时爆发！“杀！”“为老奶报仇！”“活剐昏君！”随着怒潮般的呐喊，一把把雪亮的短剑匕首纷纷从难民们的皮靴中腰带中拔了出来。

齐滑王跳脚大喊：“淖齿！本王天命东帝，你……”

淖齿哈哈大笑：“瓦釜雷鸣也，我却奈何！”

在这顷刻之间，难民已经汹涌围了上来。有人大吼一声：“一人一刀！千刀万剐！”随着愤怒的喊声，难民们手中的长剑短剑匕首菜刀一齐亮出，火把下杂乱不一地翻飞闪烁着寒光，齐滑王长长地惨号着，片刻之后没有了动静。

次日清晨，一具森森白骨白亮亮飘摇在河谷山头的树梢，干净得没有一丝附肉。成群的鹰鹫飞旋着盘桓着，没有一只飞来啄食。正在这白骨飘摇之时，天空乌云四合电光烁烁，暴雨如注间一声炸雷，山头火光骤然冲起，一团白雾飘过，森森白骨在顷刻间化作了齑粉。

第九章 孤城血卜

一 古老铁笼保全了田氏部族

齐王被杀的消息迅速传开，三千里齐国崩溃了。

临淄陷落，国人已经深为震撼。然则，国王带着一班大臣与嫡系王族毕竟已经安然出逃，活着的邦国权力依然完整，庶民精壮也还只在国内逃亡，尚没有大量流散他邦，国王只要惕厉奋发立定抗燕大旗，万千齐人便会潮水般汇聚而来，安知不会一反危局？尽管齐人对这个国王积怨甚深，但在国破家亡的危难时刻，对燕军的恐惧与仇恨已经迅速冲淡了往昔的怨恨。毕竟，举国离乱之时，国王的存在就是邦国的希望。可如今，国王竟然被杀了，无人可以取代的大纛旗轰然倒地了，齐人如何不震惊万分。更有甚者，齐王还是被齐国人在齐国的土地上千刀万剐的。别说春秋战国没有过，就是三皇五帝到如今，这也是头一遭。纵然暴虐无道如桀纣，也只是个亡国身死而已。但为君王，哪个被自己的子民一刀一刀碎割了？这亘古未闻的消息，震动了天下君王，更震坍了齐人的心神。人们茫然无措了。齐王不该杀么？该杀！齐王该杀么？不该杀！

该杀不该杀都杀了，都城没有了，家园没有了，国王没有了，大臣与王族星散了，所有的城池都不设防了，这还有齐国么？轰然如鸟兽散，已经麻木的国人们开始了大迁徙一般的举国逃亡，逃往边境，逃往他国，逃往一切没有被燕军占领的城堡山乡。无论逃向何方，总是不能落在为复仇而来的燕军手里。

田单听到这个消息时，已经在东去的路途了。

燕军一进济西还没开战，田单已经与鲁仲连分手回到了临淄。一进府，家老便来禀报：已经督促执事、仆人将全部财货装载妥当，族人们也已经聚在了府中园林等候，单等他一回来立即星夜离开临淄前往大梁。可田单却一句话也没说，匆匆进了书房，良久不见动静。看看暮色将至，族人们不禁着急了。田氏举族久为商旅，除了合族公产的外国店铺，家家都是殷实富户，走遍天下不愁生计，只要离开这即将灭顶的战乱之地，兴旺将依然伴随着田氏。唯其如此，田氏离齐是举族公决的既定之策，承袭族长的田单从大梁回齐，为的也是带领族人安然转移。

“总事，”家老轻步走了进来，“族人们都等着。”

“家老，你是老齐人了。”田单回过身来，“当此之时，田氏该走么？”

“……”白发苍苍的家老愕然无语。

“击鼓聚族！”田单断然挥手，“我有话说。”

齐人尚武，大族聚集有军旅法度。石亭下的大鼓一响，散乱在府中的族人迅速赶来，只在片刻之间，合族近千人在后园池边的竹林草地间聚齐了。田单踏上池边那座假山时，族人们惊讶地睁大了眼睛。素来一身大袖长衣的田单，此刻一身棕色皮制软甲，手中一口长剑，脚下一双战靴，只差一领斗篷一顶铜盔，活生生一个威严将军。

“凡我族人，听我一言，而后举族公决。”族人们惊讶疑惑之时，田单一拄长剑开口了，“田氏虽商旅之家，却是王族支脉，齐国望族。当此邦国危难之际，田氏若离开临淄，纵然商旅兴旺举族平顺，于心何安？”

“族领之意，究竟如何？”一个族老嘶哑着声音问。

“田单之意，”田单慷慨激昂道，“我族兴亡，当等待国运而定。若齐军战胜，邦国无忧，田氏便可离齐。若齐军战败，田氏当与邦国共存亡，与国人共患难！”

暮色苍茫之中，族人们沉默了。对于早早已经做好迁徙准备的族人们来说，这实在是一个出乎意料的决断。百年以来，自从这一支田氏从官场朝局游离出来走上商旅之路，田氏一族就对国事保持着久远的淡漠，六代相传，没有过一个人做齐国官吏。时日长了，“在商言商，国事与我无涉”成了田氏族人的传统规矩。心无旁骛且不乏根基，精明的田氏商旅蓬蓬勃勃地发达了起来。齐威王以来，齐国总是巧妙地躲闪着中原战国之间的恩怨纠葛，没有在本土打过一次惨烈的大仗，国势蒸蒸日上。及至这个齐王即位吞并宋国，齐国一时极盛，齐王还做了与秦王对等的东帝。如此一个强势大邦，自然无须奔波商旅的田氏去关照。田氏的商旅大业，也恰恰在这时达到了极盛之期。也许当真应了那句老话，盈缩之期不可测。倏忽之间，齐国莫名其妙地乱了，事情也多了。田氏这个年轻的族长，也似乎在悄悄改变着田氏传统，变成了一个秘密与闻天下兴亡的人物。然则，尽管田单与鲁仲连及孟尝君的过从在族中人人皆知，但族人们却只将这些事看做年轻族长的名士做派，谁也没有仔细想过会对族人族业如何如何。今日这一突兀决断，顿时使族人们对眼前这个扑朔迷离的族长清晰起来——田单不是正宗的恪守祖制的田氏商人，他要将田氏的商旅命运绑缚在邦国兴亡之上，这是商旅家族的正道么？

可田单的一番话正气凛然无可辩驳。虽然是久在商旅，可田氏家族在商人中总保持着一种骄傲的王族老国人的气度格局，与异国同行但说齐国，离不开一句开场白“自田氏代齐以来如何如何”。如今国难当头，族长的话当真不合我心？

突然，一个年轻的声音从人群中飞了出来：“族领说得对，田氏与邦国共存亡！”立即有一片后生应和：“好！留下打仗，见见战场！”人群便哄哄嗡嗡地议论起来。

此时天色已经黑了下来，府中风灯早已经收拾了起来，族人们点起了原本准备走夜路的火把，将池边照得一片通明。坐在最前面石礅上的几个族老连忙聚到一起低声会商，说得一阵，几个老人一齐站起，一齐将手中竹杖抱在了胸前。

“肃静，听族老说话。”田单高声一句对着老人一拱手，“族大父[1]请。”

老人壮硕健旺，竹杖笃地一点跨上了池边一方大石：“老夫等几人商议了一番，以为田单所言极是。田氏久为商旅，毕竟王族国人。大军压境，国难当头，岂能在此时一走了之？国胜则走，国败则留，方显田氏本色也！”

“族老议决，族人以为如何？”田单高声问了一句。

族人们火把齐举，一片高喊：“国胜则走！国败则留！”

“好！”田单一举长剑，“自今日起，田氏举族以军法定行止。这座府邸便是合族营地，各家自成军帐驻扎，做好起行准备，随时听从号令行事。”

“嗨——”池边近千人一声整齐呐喊。

一时之间，田单府邸变成了一座奇特的军营，池边草地林木假山厅堂院落，到处都扎满了帐篷。商旅生涯原本是四海游走的生计，旅途结帐野居更是家常便饭。各家分头动手，各色帐篷在火把下迅速立了起来。

田单下令，原本装好的兵器车辆全数打开，长剑分发精壮，短剑分发少年与女眷，一百副机发硬弩分发给曾经修习过强弩术的技击之士。兵器分派完毕，田单将寻常护送商旅的三百名骑士与族人中持有长剑弓弩者混合，编成了一支六百人的“族兵”，分做六个百人队，每队五十名骑士、四十名长剑步卒、十名机弩手，组成一个精悍完整的战场小单元。另外四十名机弩手配备了战马，与商社百骑编成一支“飞骑策应队”，由田单亲自率领。

这商社百骑与护商三百骑，都是从咸阳与大梁的齐国商社专程赶回临淄护送迁徙的。骑士没有一人是田氏族人，而全部是田单在既往商旅中收留的难民精壮训练而成，骑术精湛武技高超，曾被鲁仲连多次“借用”，实则一支职业骑兵。从燕军大举攻齐的消息传开，田单估量情势，要以重金遣散这些骑士。可骑士们慷慨激昂，立誓“与总事共安危”。田单反复思忖，纵是遣散，骑士们也是无家可归，仓促间却到何处立身？

---

[1] 大父，战国时对祖父的正式称谓，族大父，即族中祖父辈人物。

便与骑士们商议，将他们暂时编成田氏家兵，但有机会，将其送入齐军建功立业。骑士们大是兴奋，异口同声一句：“刀兵来临，我等只跟定总事！”正是有了这四百名劲健骑士，田单才举一反三，将族人精壮与骑士混编成军，一支家兵立时成就。

成军事定，田单立刻聚集族老并各家家长，一番细密商讨，将全族分成了六支“车行部伍”：财货粮食与老幼女眷全部上车，五十岁以下男子全部充当驭手，每部一个百人队两翼夹持护卫。方略商定，族老与家长们立即行动，一个时辰方过，各队人口编排就绪。

三更之后，田单一声令下：“所有车辆，全部安装铁笼！”

田氏商旅大族，合族各色载货车辆两千余。此刻集中到货仓车马场的，却只是六百多辆异常坚固、宽大车身车轮全被铁皮包裹的牛车，其余轻巧车辆全数被裁汰。寻常时日，这种车辆专一运送铁料盐包，由两头肥壮的黄牛驾拉，最是吃重且耐得颠簸驰驱。饶是如此，田单还是早早便给这种牛车打造了一件奇特物事——铁笼。

铁笼者，笼住车轴之铁具也。外有一尺铁矛状笼头，根部是一个厚有三寸带有十个钉孔的圆形铁壳，卡在车轴顶端，用十个大铁钉牢固地钉在车轴上，与整个车轴结为一个整体。寻常商旅车队互不相撞，铁笼自然无用。然则若是千军万马的战车战场，这铁笼便可大显功效。敌方战车无论如何也不敢并行抢先，或撞上来翻车。究其竟，铁笼本是春秋车战时期的特殊“兵器”，随着战车的淡出，也早已经成为罕见物事。田单经管商事日久，有了一种凡事不忽视细节的习惯，在仔细谋划有可能遇到的险境时，不期然想到了“临淄商旅渊薮，万商争迁，车流抢道”的危险，于是早早打造了几百副这种早已经被人遗忘的铁笼。

风灯火把之下，数十名工匠一个时辰将铁笼叮叮当当装好，黑黝黝大铁矛成排列开，衬着铁皮包裹的车身车辕，一片铁色青光触目惊心。

田单一挥手：“二百辆车载人，立即分派各部伍。四百辆车装货：一百辆盐铁，两百辆粮食干肉，十辆药材，其余九十辆装载财货。”

“总事，”家老低声道，“财货原本装了三百辆，九十辆，只怕少。”

“财货精简！”田单毫不犹豫，“珠玉丝绸珍宝类全部坚壁，只带生计必需之物。”

“明白。”家老一声答应，匆匆去了。

整整一夜，田氏部族终于收拾妥当。次日午后时分，惊人的消息传来：触子的四十三万大军在济西全军覆没。当夜，临淄城商人开始了秘密大逃亡。唯有田氏部族岿然守定府邸，捺性等待着齐军最后一战。三日之后，达子战死，二十万大军作鸟兽散了。然则，更令都城国人震惊的是：田氏王族并一班大臣，竟连夜悄悄逃出了临淄。就在那天夜里，临淄终于爆发了逃亡大潮，到天亮时分，临淄城已经是十室九空了。也就在这天夜里，田单痛心疾首地断然下令：全族起程，东去即墨[1]！

即墨，与这支田氏部族有着久远的渊源。

作为王族支脉，田氏代齐之初，田单族祖先被分封在即墨。那时，即墨是齐国东部最大的城堡，也是齐国的东部屏障。说是屏障，主要是预防东夷侵扰。到了春秋末期，东夷经过齐桓公发端的百余年“尊王攘夷”，大体上已经被齐国化成了农耕渔猎的齐国民户。作为举族为兵掠夺袭扰平原农耕的东夷，事实上已经星散解体了。正因如此，齐国东部也没有了经常性威胁，即墨的要塞屏障地位也渐渐淡化了。领即墨封地之初，田氏部族也是举族为兵，全力追剿残余的东夷部落。及至大局平息，田氏利用即墨近海之便，渐渐拓出了一种独门生计——利用海路做海盐商旅。即墨出海，北面可达辽东与高丽[2]，南面可达越国琅邪，东面则可达更远的东瀛诸岛。齐国的海盐有两处产地，一处是临淄北部的近海区域，另一处是齐东近海区域。而齐东海盐，以即墨为集散地。时当田齐立国之初，对各个田氏部族的控制很是松散。正所谓天时地利人和无一不利，即墨田氏的海盐生意便蓬蓬勃勃地发了起来。先是田氏商船从海路冒险向外输送海盐，换回辽东兽皮越国剑器等各种稀缺物事；后来则是辽东、高丽、越国、东瀛的渔船捎带从即墨贩运；再后来，诸多海船冒险前来，载着大量珍奇之物换取海盐。趁着商旅生计的旺势，田氏

---

[1] 即墨，战国齐邑，今山东平度县西南地带。

[2] 战国初期，辽东与高丽曾经被齐国夺取数十年，后归燕国。

铸造了一种自己的刀币，上刻“節墨”两个大字，专一用于海盐交易结算，被商旅称为“即墨刀”。有了即墨刀，盐铁生意如虎添翼，倏忽二十年之间，即墨田氏发成了最殷实的王族封地。

然则好景不长，精于经营的即墨田氏没有料到，即墨刀给举族带来了厄运。

即墨刀一出，“即墨田氏囤积盐铁，私铸刀币，图谋不轨”的风声渐渐吹到了临淄。不久，即墨田氏的在国族长被齐桓公田午[1]召了去。桓公皱着眉头只说了一句话：“即墨田氏擅长商旅，便去做商。土地官爵么，让给别个。”于是，田氏族长立即被削爵罢官，即墨封地自然也没有了。从那时起，即墨田氏永远离开了即墨，带着失意的寥落踏上了商旅之路。后来，田氏王室对王族支脉的控制越来越严，即墨田氏离王室王族与齐国官场越来越远了。但是，老根总是老根，无论朝野，人们只要提起田单一族，总是呼为“即墨田氏”，连田单部族的族老们数落起旧事，也是一口一个“俺即墨田氏如何如何”。

小城即墨，是这支田氏的族徽，也是这支田氏的圣土。回到久远的故乡，也许还会为这支田氏杀出一条新路来。

出得临淄，一片车马汪洋。临淄向东去海的官道素称“天下大道”，六丈余宽，路面夯土修筑，道边三层参天绿树，道边排水的壕沟抵得小诸侯国的灌溉小渠。任是何国商旅，只要走得一趟临淄大道，莫不由衷赞叹：“齐国通海大道，冠绝天下也！”寻常时日，纵是盐铁生意最旺的时节，这条通海大道也从来没有过车马拥挤。如今迥然不同，遍野火把，遍野车马，暗夜之中远远望去，根本不晓得大道在哪里？东逃者大多是商旅大族与国人富户，动辄大车数百马匹上千，骤然间从临淄及齐国西部的所有城堡拥来，直是车马如潮人流如海，密匝匝遍布原野，却去何处找路？纵然找到那条通海大道，又如何挤得上路面？

“总事，这却如何是好？”久有商旅阅历的家老束手无策了。

田单长剑一挥：“族人听了：百骑开道，我自断后。避开大道，直向

[1] 齐国有两个桓公，一为春秋齐桓公姜小白，一为战国齐桓公田午。

旷野！”

发令方毕，田单身边的六支螺号呜呜长吹，六队车马甲兵顷刻间排好了次序，又一阵螺号，田氏车马队辚辚启动，两侧甲兵护卫，硬是在车马汪洋中缓缓移向旷野。堪堪将出车马海洋，西北方向却突然大片车马拥来夺道。

外围家兵连声呼喝："这里不是官道，闪开。"

"燕军来了，快跑啊！"遍野车马呼喊狂奔，不顾一切地压了过来。

喀喇喇轰隆隆，两片车马无可避免地山一般相撞了。骤然之间，一片人喊马嘶，横冲直撞压过来的车马大片翻倒，田氏车队队形大乱，却没有一辆翻车，只惊得牛车队的黄牛们"哞哞哞"一片长吼。田单已经从后队飞马赶来，摇动火把大声呼喊："燕军尚远，莫得惊慌。各自分路，拥挤只能自伤！"左右家兵族人也跟着齐声呼喊，潮水般的混乱车马才渐渐平息下来。对方一个首领模样的老者举着火把查看了一番双方车辆，连连惊叹："噫呀！铁笼现世了。匪夷所思！娘的，老夫俺如何没想到这一层？"说着一拱手，"敢问贵方族领高名上姓？"一个族人不无骄傲地高声道："即墨田氏。不要问了，快收拾车马。"老人喟然一声长叹："望族也！能出此奇策，即墨田氏气运也。"说罢转身高声呼喝，"族人听了：整顿车马，跟定即墨田氏走！"

田单远远听得明白，低声吩咐家老："都是逃战，要跟者莫得阻拦。"

"车马太多，目标大，燕军追来如何是好？"家老立即急了起来。

"田氏与国人共患难，顾不了许多，走！"田单一挥手，螺号又呜呜响了起来。

如此三日，田氏车队后跟上了浩浩荡荡的几千辆牛车马车，虽则走得慢，却也不再遍野抢道乱闯。这一日横渡潍水，正逢夏日大水之季，其余部族装载财货的牛车马车大部分轴断轮折沉陷河水，财货也大部被大水冲走，小部分过河车辆也大都是车身损坏难以行走，一时间两岸哭喊连天。

田单镇静，下令给全部车轴铁笼各绑缚二十条粗大麻绳，青壮族人与家兵全部下水，在牛车两边拽住绳索，借着大水浮力将车辆半托在水面缓缓行进。虽是慢了一些，却是一人一车未折，全数到达潍水东岸。引得两岸狼狈不堪的人群歆羡不已，一片赞叹敬佩。再过胶水，其余部族的车辆几乎损毁净尽，唯独田氏车队如法炮制，过水完好无损。两道大河一过，田单的名字已是人人皆知了。

过得胶水又走得两日，距离即墨还有三五十里，越来越密实的帐篷营地一望无边。田单登上一个山头瞭望，各色帐篷营地竟一直延伸到即墨东南的沽水河谷。粗略估算，少说也有二三十万人。狼狈的难民们一边忙着野炊，一边高声嚷嚷着各自话题，人声鼎沸哄哄嗡嗡，甚也听不清楚。虽然东逃者大多是富户商旅，可眼下却都是衣衫褴褛灰头土脸，全然没有了任何礼仪讲究。显然，这是最早出逃的国人，除了些许粮食，大约所有的财货都被几道大水留下了。

田单看得直皱眉头，这即墨令如何不放难民入城？如此遍地炊烟，简直是在指引燕军的追杀方向。思忖片刻，田单唤过家老低声叮嘱几句，带着两名剑术精熟的骑士从帐篷营地间寻路直奔即墨。

即墨城正在一片惊慌混乱之中。

此时的即墨令轸子，原本是齐军的一个车战大将，年逾六旬，刚猛健壮不减当年。由于即墨为东方屏障，这里始终有三五万守军，即或在齐湣王聚集大军的时日，即墨的兵马也没有被西调。正因如此，闻得齐国西部城池守将纷纷弃城逃亡，轸子气得咬牙切齿，发誓要在即墨与燕军决一死战。正在厉兵秣马之时，难民潮铺天盖地涌来，轸子顿时慌了手脚。放难民入城么，五六万人口的即墨小城如何容纳得这源源不断的汹汹人潮？纵然是富户逃亡自带粮草，可这饮水、柴薪、房屋、食盐等又如何解决？全城只有几十口水井，只这一个难题不解决，几十万人便得干渴而死。不放难民进城么，作为齐国最后时刻的唯一一座军备完整的要塞城池，又如何向国人说话？若城外变成了燕军屠场，身为齐国大将，有何颜面立于人世？思忖无计，轸子日每派出四个千人队，护送牛车给远离河谷的难民营地送水，给断粮的难民发放粮食药材等应急之物。如此不到旬日，城内军民又是大起恐慌。大战未至，军粮如此大量流失，若燕军杀来如何守得住城池？牛车药材等本是征发城内庶民的，百姓们也慌乱起来，不是心疼物事，只是成群结队拥到官府门前，一口声追问即墨究竟能否守住。守不住，赶紧放百姓逃生，耗在这里还不是等死？天天向城外运粮，那有个头么？到头来还不是内外一起饿死？乱纷纷终日叫嚷，轸子急得团团乱转，却拿不出个妥善谋划，一急之下突然中暑昏厥，醒来后连日高烧昏迷不省人事了。

“禀报将军：即墨田氏的族领来了！”中军司马几乎是趴在轸子耳边喊着。

头上捂着湿淋淋布巾，榻边还摆着一个大冰盆，轸子依旧满面红潮喘息艰难。突闻“即墨田氏”，雪白的双眉猛然一动，烧得赤红的双眼也豁然睁开。

“临淄田单，拜见即墨令。”田单不能自称即墨田氏，只以居所地自称。

“田单……”老将军喑哑地叫了一声，突然神奇地霍然坐了起来，“老夫听鲁仲连说起过……快！先生为即墨一谋……”堪堪拉住田单的手，又软在了榻边。

“即墨令，生死存亡之际，我直言了。”田单见军医已经扶着老将军躺好，一拱手高声道，“解困之策：教老弱妇幼进城，十六岁以上五十岁以下男子全部编为民军，驻扎城外，做即墨郊野防守。先解人潮之困，否则便是乱局。”

“好！”老将军眼睛一亮，又霍然起身，“老夫如何想不到这两全之策？”喘息一阵，却又踌躇，“城外难民，多为商旅富户，愿意风餐露宿做兵么？”

“田单愿助即墨令一臂之力，说服逃难人众。”

“好！”轸子精神大振，“中军司马，授先生副将之职，编成民军。”

“不必。”田单一摆手，“同在危难，同为商旅，正好说话，官身反倒不便。”

轸子略一思忖道：“既然如此，便听先生。老夫准备城内，先生出城。”

片刻之后，田单飞马出城，回到沽水河谷，立即派出十多名原在商社做执事的精干幕僚飞骑到各个难民营地邀集族领聚会。午后时分，各个帐篷营地的族领族老们或骑马或徒步络绎不绝而来，竟有二百人之多。

田单先吩咐家老，给每个族领一陶碗清酒。族长族老们纷纷大坐在草地上，品尝这此刻已经成为稀罕之物的凉甜美酒，唏嘘感慨之中，有几名执事逐一询问记录了各家族部族的逃难人数。及至报来一归总，田单大是惊讶——即墨城外竟聚集了三十二万难民！思忖一阵，田单向众人一拱手开了口："诸位族领同人，我乃临淄田单。我等避战东逃，后有燕军追杀，前有大海拦路，财货粮食大多失落路途，已经陷入危困之境。若不自救，则玉石俱焚也！当此之时，田单斗胆直言，为我等三十万之众试谋生路，不知诸位意下如何？"

"先生只管说，俺听着了！"

"先生做齐国商社总事，大有韬略，俺们晓得！"

"田单铁笼，即墨田氏得全，我等愿听先生谋划！"

"谢过诸位嘉许。"田单又是一圈拱手，"方才田单入城，与即墨令共商，拟将老弱病妇幼进城养息，全部精壮男子编成民军，驻守城外，助轸子老将军与燕军决一死战！目下齐国已破，国君弃国逃亡被杀，齐西四十余城已经陷落。然则，齐国并没有灭亡。莒城令貂勃，业已与南下逃亡庶民结成民军，坚守齐南。邦国兴亡，匹夫尚且不惜血战，我等尽皆昔日国人，曾经独享骑士荣耀，难道没有背海一战护国谋生之心么？"

"说得好！"一个老族长霍然站起，"为国为家都得拼，打！"

"对！俺老齐人谁没个血性？就是没人出头谋划。"

"逃也死，战也死，莫如痛快打了！"

"学个莒城，打！"

"没说的，打——"众人一口声大喊起来。

"好！"田单一摆手，"敢请各族领将成军人数、兵器数目并各种有用物事，报给我这执事，我拿给即墨令。成军务必要精壮男子，病弱者一律不算。"

一片叫好声中，族领们与随带前来的族老、族中书办纷纷合计数目。大约半个时辰，各种数字报了上来，执事一归总拿给田单，羊皮大纸上赫然列着一排数字：

成军精壮　六万八千三百余
兵器合计　剑器五万口　弓弩三万张　箭十万余支　长矛五千余
帐篷合计　三万六千余顶
车辆合计　八百三十余辆
甲胄合计　三万余套

田单看得一眼，心中顿时踏实，举着羊皮纸高声道："诸位请先回去整顿族人，向即墨靠拢，我即刻去见老将军。"说罢又匆忙入城。

轸子正在带病督促吏员清点城中庶民空屋与一切可以住人的地方，听田单将城外情势一说，再将羊皮纸一看，双掌一拍道："好！这兵器居然还多了。成军无须装备，只少些甲胄。"田单道："兵器原本人人都有，老弱妇幼的也都登上了。甲胄不是大事，杀敌夺来便是。"轸子大是赞叹："先生之言，壮人胆气也！"立即回身下令，"中军司马，一个时辰后开城迎接老弱妇幼。老夫自带五千步卒出城，助先生整肃民军。"田单连忙摇手道："老将军还是城内坐镇好，只须派一员副将。"轸子道："也好，老夫将城内先安置妥当。"

日落时分，即墨城西两门大开，老弱妇幼二十余万人从原野河谷匆匆拥来，虽则脚步匆匆，却井然有序一片沉默。留在城外的精壮男子们举着大片火把夹道相送，与亲人挥别，场面分外悲壮。直到三更，二十余万人口才陆续进城。田单与出城副将立即着手整编民军，一直忙碌到天亮，左中右三军方才编好：左军一万五千驻守即墨西南，右军一万五千驻守即墨西北，中军三万正面扎营防守通海大道。

太阳刚刚升起，轸子正要出城查看抚慰民军，方到西门箭楼下马道，城头瞭望斥候一声高喊："燕军来了！三路——"接着便是低沉凄厉的螺号。轸子扯过马缰冲上了城头，举目遥望，但见中央通海大道与西南西北三路烟尘遮天蔽日而来，天边陡然竖起了一道灰黑色影壁。作为车战将领，轸子二十多年没有打仗，此刻雄心陡起，举剑大喝："步军守城，铁骑两万全数出城，与民军联手迎敌！"中军司马急传将令，调兵号角大起，片刻间西门隆隆打开，白发老将轸子率领两万骑兵冲了出来。

田单正是民军中路大将，也已经在整顿步兵方阵，见轸子铁骑到来，连忙大步迎上高声道："老将军，我步军方阵居中，铁骑两翼冲杀如何？"轸子哈哈大笑道："倏忽之间，先生竟成大将也。好，便是这般！"手中那支车战长矛一举，"铁骑两翼展开——"

两万铁骑与田单民军堪堪列好了阵势，燕军已经雷霆般压了过来。当先一面"骑"字大旗猎猎飞舞，正是辽东铁骑主将骑劫大军到了。大约一箭之地，遍野辽东铁骑收队成阵，骑劫马鞭一指一阵大笑："轸子老匹夫！你这车战老卒也想与我辽东飞骑较量么？早早献城受缚，昌国君不定会免你一死也。"轸子须发戟张长矛直指："骑劫，老夫齐国大臣，便是战死，也不会做降燕贼子！"骑劫大笑："好！有骨气。一路杀来，齐人都是烂泥软蛋，本将军真正憋气。今日放马一搏，放开整！"笑罢长剑高举，"辽东骑士！杀——"

战鼓隆隆动地，两军铁骑如两团红云，骤然裹缠在了一起。燕军三路而来，骑劫铁骑发动时，西南路大军也堪堪赶到，迎住西南民军厮杀起来。恰在此时，秦开大军也从中央杀到，与田单中路民军轰然相撞，整个即墨原野响彻了震天动地的杀声。

二　尘封的兵器库隆隆打开

午后时分，战场终于沉寂了。

六万民军原本没有任何结阵而战的训练，虽说人人都有些许技击之术，并有长短不一的各色剑器，但在历经长期严酷训练的辽东大军面前，却显得毫无章法。更有一个致命缺陷，手中没有盾牌。对于结阵大战的步卒，盾牌非但是个人搏杀的必备防护，更是结阵对抗铁骑的坚实屏障。步卒无盾，只能有攻无守。饶是这些商旅子弟们拼命搏杀，也没有过得一个时辰便几乎全军覆没。田单部族的近八百名族兵尚算训练有素，也战死了大半，唯余三百骑士结阵不散，死死保着三处剑伤的田单且战且退杀回了即墨西门。

顾不上包扎伤口，田单跌跌撞撞地冲上箭楼瞭望战场。此刻他只有一个心愿：亲眼看着老将军全身回城。可放眼望去，遍野都是燕军的蓝边红色战旗，即墨铁骑踪迹皆无。正在田单愣怔之时，大队燕军铁骑飓风般卷到城下骤然勒马，激扬的尘柱直冲城上女墙，呛得田单与士卒一阵猛烈地咳嗽。

“城上军民听了！”威猛剽悍的骑劫在马上高喊着，“即墨骑士全军覆没，轸子老匹夫也被我杀了。看，这是何物？”

一个骑士用长矛挑着一颗白发苍苍的头颅，燕军骑士一片高喊：“轸子首级在此，齐人开城降燕——”骑劫哈哈大笑，带血的长剑直指城头道：“齐人狗熊一窝，若不拱手降燕，尔等头颅一齐挂上高杆！”燕军一片呐喊：“抗我大燕者，立杀不赦！”

素来沉静的田单怒火中烧，戟指城下嘶声大吼：“燕人休得猖狂，即墨要为老将军复仇。要即墨降燕，休想——”城头原本已经拥满惊恐无措的守军，此刻却万众一心，齐声呐喊：“为老将军复仇！”“即墨不降！死战到底！”

“竖子猖獗！”城下骑劫一声怒喝，“步军列阵，壕桥云梯攻城！”

正在此时，燕军阵前一马飞来，遥遥高喊：“昌国君将令——毋得攻城！后退十里扎营，违令者斩——”骑劫脸色顿时铁青，狠狠骂了一声：“鸟令！”又向城头吼叫一声，“尔等狗头，多长两日。”再转身又是一声大吼，“愣着钉桩？退后十里扎营！”

暮色斜阳之中，燕军缓缓后退了。晚霞将即墨城楼染得血红，与城外郊野无边无际的红衣尸体融成了一片血的海洋。天边飞来大群大群的乌鸦秃鹫，嘎嘎啾啾地起落飞旋，浓浓的血腥味儿弥漫了即墨原野。

“田氏骑士何在！”田单嘶哑着声音大喊了一声。

城楼上“嗨”的一吼，挤在田单两边的骑士肃然成列。

“随我出城，找回老将军遗体！”

茫茫暮色之中，一队轻骑飞马出城，消散在骑兵厮杀过的广阔战场。天色渐渐黑了下来，星星点点的火把依然在旷野摇曳闪烁，直到三更，火把马队才渐渐聚拢，飞进了即墨。

马队将轸子老将军的无头遗体抬到即墨令府邸时，眼前的景象使田单愕然了——万千火把层层围在了府邸车马场前，正门廊下一片白发苍苍的老人，层层叠叠的人山人海，毫无声息地肃立着。见田单马队到来，人们无声地闪开了一条甬道，眼看着那具浑身浴血的无头尸体停在了廊下一张窄小的军榻上，人们木然地瞪着双眼，只有粗重的喘息飘荡着，如同冬夜的寒风掠过茫茫林海。

“父老兄弟姐妹们，”田单一身血污疲惫地一拱手，“老将军尸体回来了。”

话音未落，一个老人深深一躬：“合城军民，拥立先生主事。”

“田单主事！田单主事！”人山人海猛然爆发出震天撼地的吼声。

又一个老人颤巍巍顿着竹杖：“先生以铁笼保全部族，定能出奇策守住即墨。”

“先生韬略，正当报国，万勿推辞！”族老们异口同声。

几位将军与士卒们也是一片呼喊：“先生谋勇兼备，我等愿听将令！”

望着殷殷人海，田单骤然感受到了巨大的压力，心下不禁猛然一沉，四面拱手高声道：“父老兄弟姐妹们，燕军暴虐，我等须得死守即墨方有生路。然则，田单虽有些许商旅应变之才，却从来没有战阵阅历。恳请哪位将军主事，田单定然鼎力襄助！”

“田单主事！死守即墨！”巨大的声浪立即淹没了田单的声音。声浪方息，一位将军慷慨激昂道：“先生虽非战将，然却韬略过人。铁笼得全部族，分流得全难民与即墨。大兵压境，先生身先士卒。大战方过，先生夤夜带伤于燕军营外寻回老将军尸身。此等奇谋勇略，大义节操，俺等即墨老民人人传颂。先生主事，俺等军民方有战心！否则，俺等弃城出逃各奔东西。父老兄弟们说，是也不是？！”咬字极重的胶东口音声震屋宇。

“是——”“田单不主事，俺等便跑！”顿时一阵雷鸣般声浪滚过。

略一思忖，田单慨然拱手：“方今之时，我大齐国脉唯存胶东。国人如此推重于我，田单当为则为。纵有千难万险，田单九死无悔！”

“田单万岁！”“即墨万岁！”“新令万岁！”人群顿时狂热地欢呼起来。

“诸位父老兄弟姐妹们。”待声浪平息田单高声道，“大军围城，即墨时时都有城破之危。要坚守即墨，自目下开始。军民人等立即回归营地整顿兵器，青壮男丁即刻到这位将军处登录整编，老民族领、闾长与难民族领、族老及千长以上将军，请留下商讨大事。”

轰然一声，人山人海像淙淙小溪般向街巷分流而去。田单一边下令即墨令府邸的几名书吏确切登录各族人口数目，一边与族领族老将军们一一商讨要立即办理的几件大事。

第一件，城内老民连同难民的所有房屋、财货、粮食并诸般衣食起居器用，一律归公统一调配；自今日始，即墨全城都是军营，百物无一私。

田单沉重地说：“即墨无后援，已是兵家绝地。若不一体大公，只恐怕当不得数月，便会不战自溃。田单苦心，上天可鉴。”说罢转身，立即下令家老报出田氏目下财货。田单部族的六百车物资本来没有什么损失，家老一宗宗报来，粮食、衣物、甲胄、盐铁、药材、干肉等，非但数量大，且都是应急实用之物，若一族逃难，足以支撑田氏族人远走他乡。众人本来对这亘古未闻的“举城大公”尚有踌躇，如今见田单兜底交出举族财货，诸般疑虑顿消，异口同声赞同。

“我还得补上一条，”田单一脸肃然，“理乱用重典。所有财货器用分之于兵民，凭诸位公推十名族老秉公立法，依法度配物。用之于军，则由后军司马奉我将令配给。无论军民，俱可举发不公，但有徇私舞弊者，一律剐刑处死！”

“彩——”众人本是四海聚来，对此严刑峻法却同声喝彩。

这个最大的难关一过，余下的军民混编、推举将军、加固城堡、清点府库、建立兵器作坊等诸般事宜，人人献策异常顺当。雄鸡报晓的时分，诸般大计已经商定就绪，立即分头行事去了。

在此期间，一班吏员已经在即墨令府邸为田单安排好了中军幕府，交由田单的家老与几名心腹执事照料。族领将军们散去，家老用大盘捧上来一整只临淄烤鸡，敦促田单趁热快用，一边忙着去请族医来为田单疗伤。田单却摆摆手叫住了家老，喟然一叹："族叔呵，田单有负于你老了。"说罢深深一躬。白发如雪的家老愣怔了："总事……你，你要老朽离开么？"田单不禁一眶热泪道："族叔呵，举城大公，人人皆兵。田单既受万千生民之托，如何能在身边再任私人？你老与执事们……"老人默然片刻长吁了一声："大公者无私，老朽晓得。总事疗完伤，老朽去老丁营……"一抹眼泪，老人转身去了。片刻之间，那名随田单奔波列国的族医提着药褡跟在家老身后匆匆来了。眼看着田单清洗包扎完三处刀剑伤，族医说了不打紧，老人深深一躬默默转身走了。

听着那熟悉的脚步声渐渐远去，田单久久不敢抬头。老人跟了田氏三代总事，在田单父亲时已是掌事总管了，数十年忠心耿耿为田氏部族立下了无数汗马功劳，而今垂暮之年，却要去老丁营住通榻大铺做杂役粗活，却教人如何忍心。

长叹一声抹去泪水，田单一把推开烤鸡匆匆出府了。太阳已经到了城头，巡查防务之外，若无大战，今日一定要清点完兵器库。这是目下头等大事。

即墨是齐国东部的一座大城，名副其实的兵家重镇，其根基正是即墨田氏奠定的。田单作为继任族领，对族藏典籍十分熟悉，清楚地记得《田氏营国制》中的记载："即墨为要塞之城……城下阔于高倍，上阔于下倍；城高五丈，底阔二丈六尺，上阔一丈三尺六寸，高下阔狭以此为准……城外壕沟阔二丈，深一丈，底阔一丈。城墙夯土为体，岩石为表，东西长三里，南北阔二里。"按照如此规模，即墨几乎是战国兵家所谓的"千丈之城，万户之邑"。事实上，在田氏镇守即墨的年月里，即墨也确曾是除了临淄之外的齐国第二大城。

巡视一周，田单发现即墨城雄峻依旧。只是多年太平，打仗也都在西部，居安不思危，女墙箭楼已经多有破损，城外壕沟已经变成了一道浅浅的干沟渠，城墙外层石条也脱落了许多，裸露出的夯土已经疏松得刷刷掉落了。

田单思忖一阵立即下令："着后将军即刻带领三千兵卒，并发七千男丁，一日之内立即加深西门外壕沟。旬日之内，四面壕沟一律加深至建

古代城制示意图

城本制。作坊土木工匠，一律上城日夜修葺。旬日之内，务使城防完好如初！”中军司马一声领命，立即飞步去了。

查勘完城防，田单带着几名军吏来到兵器库。即墨兵器库占地十亩余，六十余间三丈多高的巨型石板屋分东西中三列层叠矗立，三列之间是两条六丈宽的夯土大道，可并行四列大车运送兵器，规模堪称齐国要塞第一。而今却是满目萧疏，库房尘封铁门锈蚀，大道中荒草摇摇。田单不禁皱眉道：“即墨守军不换修兵器么？”旁边军器司马红着脸惶恐道：“此间兵器库尽皆防守器械，即墨数十年无战，也只换修剑矛弓箭甲胄马具盾牌等，这里……”吭哧着说不下去了。

“全部打开，全数清点。”

“嗨！”军器司马一挥手，看守府库的军吏领着一队老卒连忙快步跑来，一座一座地隆隆打开了库房。

“右列是飞兵械库。”军器司马指着右边大铁门顶端的“飞兵”两个大字。

田单点点头："是铁蒺藜檑具等一般兵器了？"

"正是。"

"立即调来一千健旺老者，清扫库房，清点兵器，修葺道路，务必使兵器搬运畅通。"田单说罢大步进了飞兵库，逐一查看了大量囤积的锈蚀器械，不禁长长一叹。

这二十间石板库房，囤积最多的是铁蒺藜、铁菱角。这是抛撒在进军要道专门扎伤马脚截杀骑兵的小兵器。蒺藜者，带刺之野生灌木也，遍生大江南北，是再寻常不过的野生草木。远古时期，人们常常将山野之间的蒺藜大量采下抛撒在路面，以迟滞敌方人马。然则临时采摘毕竟不便，于是春秋时期便有了碎木块制作的木蒺藜。《六韬·虎韬·军用》载："木蒺藜，去地二尺五寸，(布) 百二十具……狭路微径，张铁蒺藜，其高四寸、广八寸、长六尺以上，(路段布) 千二百具。败步骑。"铁蒺

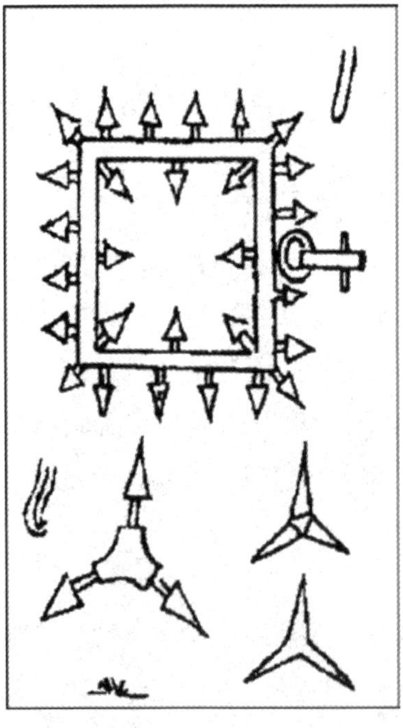

铁菱角

铁蒺藜

藜，却是战国之世有了铁器后的兵家发明——用铁片打造得蒺藜状的尖刺物。墨家长于守城，《墨子·备穴》便有了在地道进出口与城门外、河道大量设置铁蒺藜的战法记载。

其次便是各种檑具。檑者，抛掷杀敌之器具也。檑起源于周代，本音乃是一个“抡”字，即挥开胳膊扔出去，久而转音成了“檑”。因其抛掷之后隆隆若雷声滚动，渐渐正式写成了“檑”或“雷”。《周礼·秋官·职金》疏云：“雷，守城捍御之具。”作为兵器，檑具是居高临下投掷杀伤之兵器的种类名称。依据用途，实际上分为多种名目，最常用者为五种：

其一，木檑。也称滚木，以整段粗大圆木打造，长四至六尺，直径至少四寸，粗则不限；木上镶嵌铁钉铁刺，从城墙连续推下，摧毁攻城云梯并杀伤士兵。

其二，泥檑。以黏土调泥，每千斤泥加入猪鬃毛与马尾毛三十斤，捣熟擀成，每檑长二三尺，直径至少五寸。泥檑干透之后坚硬如铜铁，沉重如巨石，柔韧如皮质，从高空砸下纵经城墙碰撞仍然完好无损。

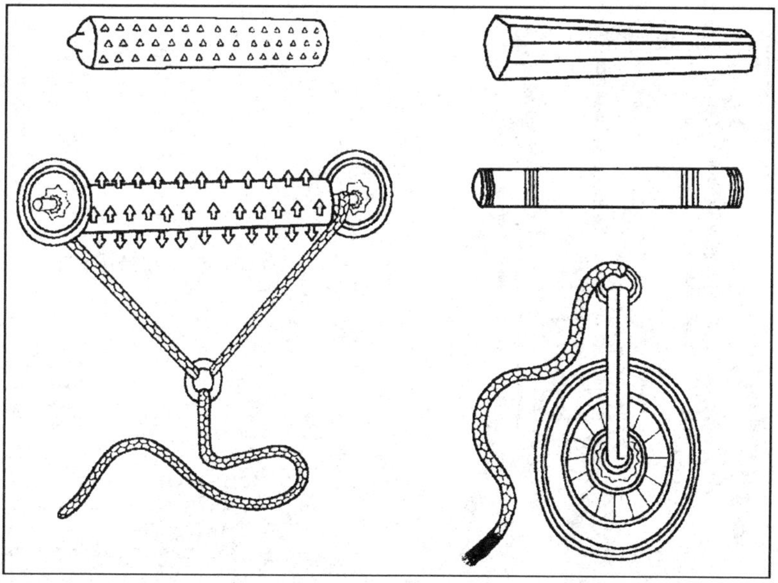

五种檑具示意图

其三，砖檑。砖窑烧制，整段实心，长三四尺，直径六寸余，用于城头抛掷。

其四，车脚檑。实际是一个巨大的独轮，以质地坚实的硬木打造，轮中心立一带绳孔的木柱，以粗大绳索系之，用城头固定的绞车放下于城墙横滚，专门杀伤蚁附在云梯上的攻城士兵。可用绞车收回反复使用。

其五，夜叉檑。还有一个很是雅致的名称，叫做“留客住”。此檑用一丈多长直径一尺余的顽韧湿榆木为体，榆木周身装五寸长的铁制倒刺或尖刀，两端各装直径二尺的脚轮。两轮带粗大绳索，用绞车沿城墙滚下，可将云梯之敌碾轧钩割尽留尸身。也可绞车收回反复使用。因了威力惊人，所以在士卒中有“厉鬼”之名。

田氏据守即墨之时，东夷之患尚未根除，打造囤积了大量檑具。虽多年无用，然除了木轮朽蚀，却也大体完好。田单稍感心安，立即调来工匠日夜修复。

看完右列，军器司马道：“中列二十间是大器械，清理之后将军再看如何？”

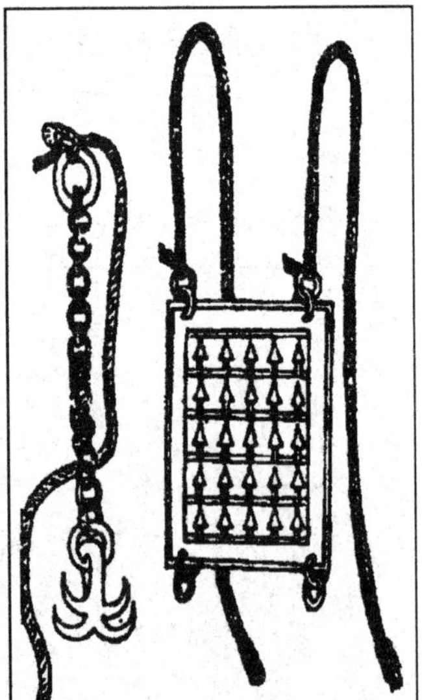

狼牙拍与飞钩

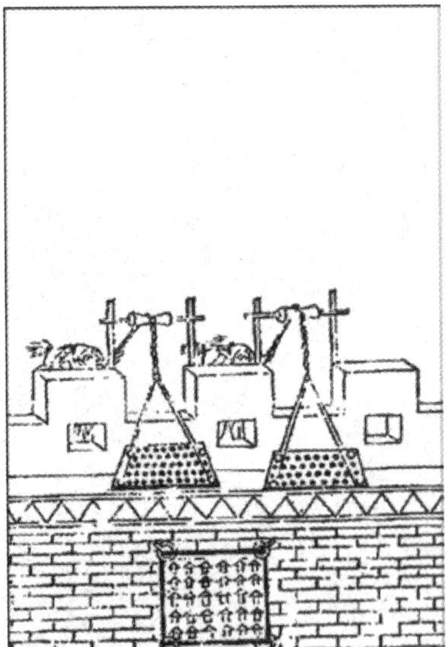

狼牙拍使用示意图

“不，目下看。”田单一抬脚走进了灰尘铁腥扑面而来的石板库。

第一座库房，是城头击打器械狼牙拍。这狼牙拍也是顽韧榆木板为体，长五尺，宽四尺五寸，厚三四寸；板上密匝匝嵌满狼牙钉数百个，每钉长五寸重六两，钉头出木三寸；四面各嵌一道利刀，刀身入木寸半；前后各有两个铁环，贯以粗大绳索，用绞车吊于城上，但有大型云梯登城，高高绞起猛然从外猛拍云梯。

与狼牙拍配合使用的器械是飞钩，用铁链连接四个粗大的钩爪，狼牙拍拍下时，飞钩同时掷向云梯，将其钩翻或拉起悬空。

第二座库房是拒马。拒马者，阻拦战马之障碍物也。夏商周三代便有了早期拒马，即将木柱交叉固定成架子，架子上镶嵌带刃带刺之尖锐物事（铜刀或石刀）。战国墨家将拒马叫做“锐镵”，《墨子》中专门有一篇《备蛾傅》论“锐镵”战法：蛾傅者，敌军士兵飞蛾蚂蚁般拥来也。当此时，沿途布锐镵五行，行间距三尺，根部埋三尺，尖锥长尺五，可阻敌前进。战国中期，拒马发展为铁矛为头（后世称为拒马枪），以坚实木料为固定支架，架上再固定六到十支铁矛，遍布敌来路，使其骑兵不

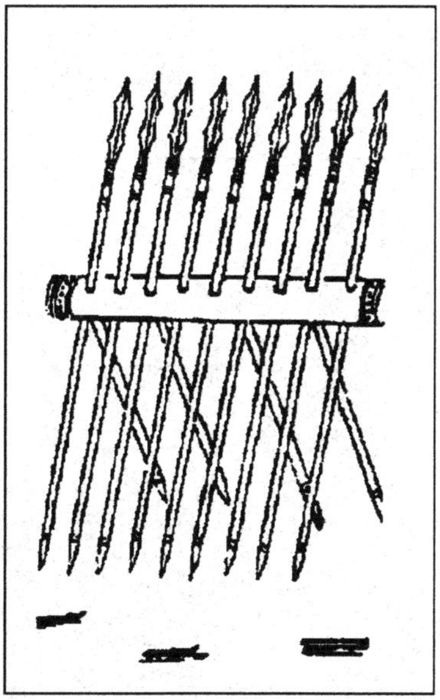

铁矛拒马

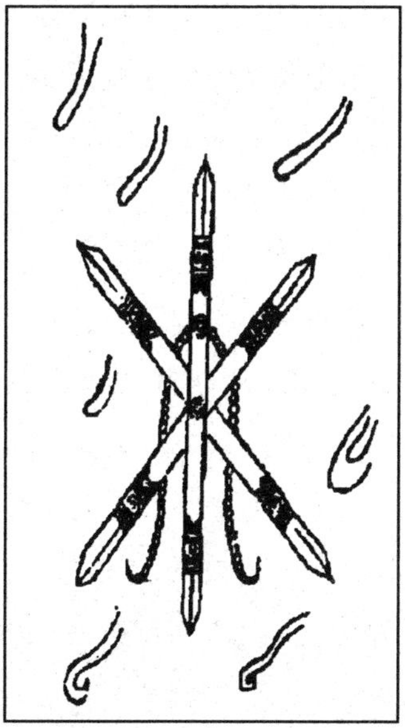

竹木矛拒马

能驰骋。旷野大战，这种拒马数量毕竟有限，很少使用。倒是城池设防，地域相对狭小，拒马大有用处。

第三座库房，是真正的大型器械——塞门刀车。“塞门”为用途，“刀车”为器械。究其实，是打造得一种极为坚固的两轮车，车体与城门几乎等宽，寻常总在三四丈之间；车前有木架三四层，各层固定尖刀若干口，车体有长辕；敌但攻破城门，数十成百兵士猛推刀车塞住城门。《墨子·备穴》篇记载了这种塞门刀车的用途。对于坚守城池的长期恶战，城门难保一次不失，这塞门刀车便是最为有用的救急兵器。

“塞门刀车有多少辆？”田单问。

“三座大库，大约二百余辆。”

“好，看左列。”田单觉得心中踏实了一些。

左列是各种灭火器具与火攻器具。军器司马说，这列库房除了三千多桶猛火油是当年从秦国买来之外，其余都是即墨田氏当年打造的，可惜一直都闲置着。田单心中一阵感慨，他晓得，这个军器司马不会知道他是当今之即墨田氏，淡淡道：“不管何人打造，只要有用便好。”军器司马道：“灭火器具也许用得，火攻器具难说了。”田单道：“看了再说。”又一头扎进了灰尘铁腥弥漫的大石库房。

战国攻防，火攻已经成为主要战法之一，防备火攻自然也成为兵家常法。《六韬·文韬》云：“荧荧不救，炎炎奈何？”说的便是扑灭攻方大火的急迫。《孙子兵法》有《火攻》篇，专门论述五种火攻战法，并总而论之：“以火佐攻者明（威势显赫），以水佐攻者强。”《墨子·备城门》也特别记载了城门防守中的以火御敌之法，以及扑灭敌方纵火的多种方法。在城池攻防战中，火攻与反火攻更是基本战法。

塞门刀车

大库中的灭火器具主要有四种：

其一，水袋。以不去毛的马皮牛皮缝制成“人”形大袋，注水三四担，袋口连接一丈多长的竹管，多置城门及要害处，若有大火，三五士卒抬起水袋猛力挤压，竹管急喷水柱灭火。

其二，水囊。以猪牛尿脬盛水，扎紧囊口置于城头备用，若敌军在城下堆积柴薪放火，将大量水囊从城头急抛砸下，囊破水出，便可灭火。

其三，唧筒。截长竹管为体，竹管顶端开孔，而后用木杆缠满棉絮塞入竹管做可拉动的活塞；旁置大水瓮，若遇大火，拉动活塞汲水然后挤压活塞，水柱可远射疾喷灭火。此物流播民间，成为后世孩童玩耍的“水枪”，却是后话。

其四，麻搭。以八尺或一丈长杆，杆头绑缚散麻丝两斤，旁置水瓮，辄遇附近大火，用麻搭蘸水扑打。

第二座石库，是守城用的火攻器具。守城既要灭火，也要以火助守，实际是一种特殊的火攻，借火攻以杀伤来犯之敌。这种火攻器具也是四种：

其一，燕尾炬。以半干苇草扎束成燕尾形，饱渗脂油以备。城下敌军但以冲车等大型器械攻来，将点燃的燕尾炬大量抛下，烧毁攻城器械。

其二，飞炬。城头设桔槔，将巨大的燕尾炬吊在桔槔杆头。但有敌军云梯爬城蚂蚁般攻上，立即点燃燕尾炬猛力拉动桔槔，燃烧的燕尾炬砸向搭在城墙的云梯，可烧坏云梯及蚁附士兵。

其三，铁火床。用韧熟铁打造长五六尺、阔四尺的铁格“床架”，下装四只铁页包裹的木轮，后端引出两根铁索，后以长铁链系牢，“床架”绑缚草火牛（用茅草扎束，灌注脂油的牛形胖大引火物）二十四束。但遇敌方攻城，点燃草火牛从城头用桔槔或绞车放下，熊熊大火非但可大面积杀敌，且可照亮城下战场。

其四，游火铁箱。以熟铁打造成吊篮形物事，长铁索系之，内盛硬木柴火与捆扎成束的艾蒿火。但遇敌军在城下挖掘地道或从地道攻来，将铁箱缒下至地道口，可烧灼烟熏穴中敌军。

“有行炉么？”田单一路看来，猛然想起了田氏典籍上的一则记载。

“行炉？”军器司马愣怔了，“末将不知，且容我查问。”说罢红着脸

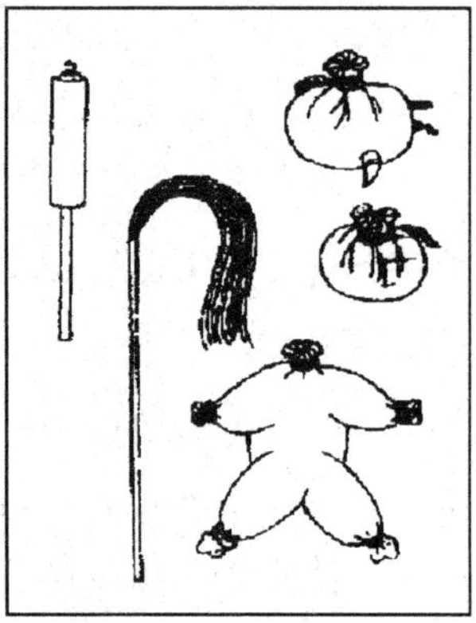

灭火器具

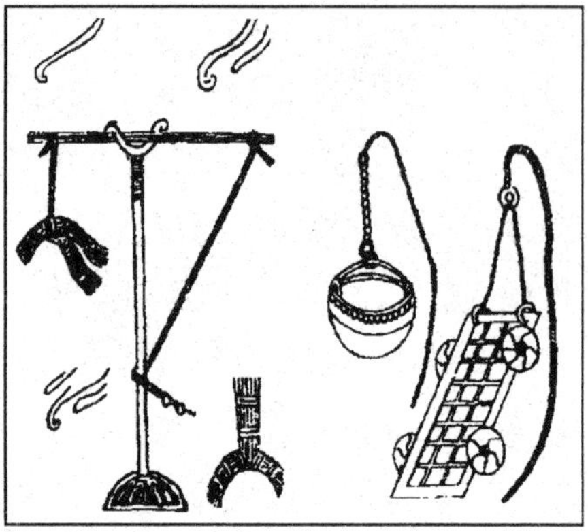

城上火攻器具

快步走到几名正在清点库房的老军吏面前，说得几句，领过来一个老军吏。

“行炉有三具，不知能否修复。”老军吏很是惶恐。

“看看再说。”田单没有任何指责。

随着老军吏来到最后一座石库，锈蚀的铁门被隆隆推开，便见墙角处大布苫盖了一片物事。老军吏揭去足足有三寸灰尘的大布，连连咳嗽着：“这，这便是，三具，行炉。”

“炼铁炉？”田单惊讶了，“这便是行炉么？”

“行炉者，能推动行走之熔炉也。”老军吏指点着，“但在城头熔铁，若敌军势猛，以大杠抬起行炉，将铁汁沿城墙浇下，可保敌军立退。”

田单端详敲打一阵，断然下令：“命铁工立即修复，有此等神兵利器助力，方可与乐毅殊死一搏。”

“嗨！”军器司马摆脱了方才的尴尬，精神抖擞地大步去了。

“这是听瓮了？”田单指着靠墙摆开的一溜巨大的陶瓮。

“正是，七石陶瓮。”老军吏连忙点头，“将军如此谙熟诸般器具，即墨之福也。”

“不。”田单摇摇头，“我只是从《墨子》中读到过‘地听’一法，其余一抹黑了。”

老军吏说，这七石陶瓮是专门听城外敌军动静方向的，百姓叫做

“埋缸听声”。在内城墙根每间隔两丈左右挖井一口，地势高处井深一丈五六尺，低处至水下三尺，井底埋七石大瓮，派耳灵之人伏在瓮中谛听，根据相邻大瓮的声音强弱差别，断定城外挖掘地道者的方向；也可在一个深坑内同时埋两个间距一丈余的大瓮，让两人同时谛听，根据音差定方向，军士叫做“双耳听”，用之于战，百试不爽。

“瓮在水下，能听得确实？”田单疑惑了。

“将军有所不知。”老军吏笑了，“土地出水，传声更佳，比没水清晰多了。”

“好！”田单笑道，“我看老人家便领住地听这一摊。”

“遵命！”老军吏分外兴奋，“多年不打仗，也忒憋闷。”

午后离开时，兵器库已经是一片紧张忙碌了。军器司马被田单当场任命为兼领库令，坐镇兵器库，与原先的老库令并几名老军吏督促修葺。所有的铁工木工陶工皮工等诸般工匠，都被调遣到了兵器库。已经清除完荒草的库间大道，搭起了一棚棚临时作坊，炉火熊熊锤声叮当，分外

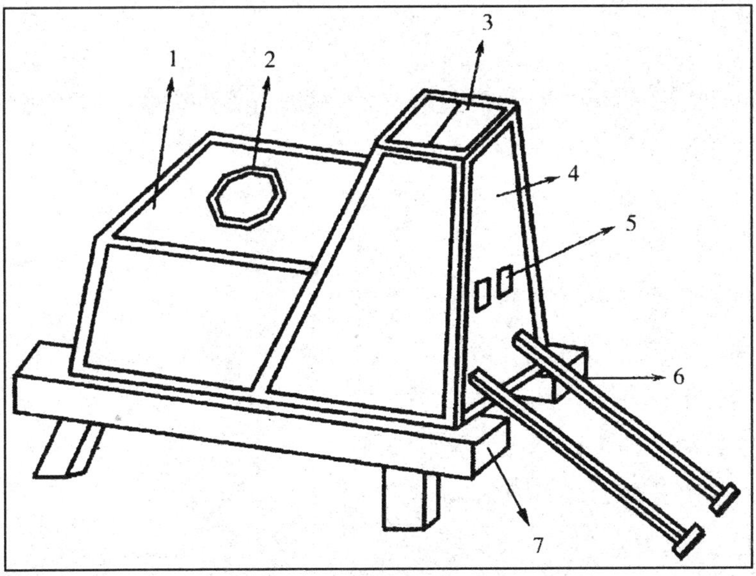

据《武经总要》复原之行炉示意图

①炉身　②炉口　③木风扇　④盖板　⑤活门　⑥拉杆　⑦木架

令人感奋。

回到住处，田单立即下令中军幕府搬出即墨令官邸，在靠近西门处选一片空地搭建幕府。中军司马不禁有些踌躇："老官邸正在城中位，利于四面策应，将军何以要搬？"田单道："目下非常之时，死战多在西门，此地太远。"中军司马道："这老官邸空闲下来，却是可惜。"田单道："即墨已是人满为患，如何能空闲房屋？立即将老官邸辟为疗伤之地，城中医家全数集中此地，再选几百名精干女子运送伤兵襄助疗伤。即墨只能死战，这里疗伤只怕还小。"中军司马不禁肃然起敬："幕府靠近战场，将上好官邸留给伤兵，将军此等胸襟，末将敬佩之至！"说完立即大步走去忙碌部署了。

经过一番踏勘，田单的中军幕府搭建在西门内，距城墙只有十余丈，几乎只是一条大道之隔。这里原本是民间鱼市，如今四门封闭，渔民不能出海下河，自然也就成了空地。只是那被养鱼水长期浸泡过的地皮，始终弥漫着风吹不散的浓浓的鱼腥味，令人常常喷嚏不止。田单一阵大笑："好好好！大战无鱼，上天给我鱼味，得其所哉也！"一班军吏原本正大皱眉头，生怕田单不能忍受，如今见田单如此豁达，也跟着笑了起来。

旬日之后，幕府已经用土坯碎砖木料加三顶牛皮大帐搭建完毕。虽然急就章且简陋潮湿，却也是里外三进，聚将厅、军务厅、出令厅并起居寝室一应俱全。幕府落成，中军司马与一般军吏立即进入军务厅各就各位，开始处置军务。田单则进了出令厅。这出令厅实则主将书房。田单进入书房的第一件事，便是站在那张几乎可墙大的《即墨城制图》前仔细揣摩。方看得片刻，帐外马蹄声疾，随着军吏一声禀报："城外斥候到——"

地听大瓮

田单一回身，一个风尘仆仆满脸汗水的"难民"已经站在面前："禀报将军：燕军按兵不动，各军营都在厉兵秣马！”

“乐毅有何动静？”

“乐毅去了画邑！”

“画邑？”田单心中一动，“好，继续探听，随时回报。”

斥候一走，田单大步走到对面的《齐邦山川图》前，盯住了临淄西北的济水入海处。画邑只是一座小小的城堡，几乎没有任何兵家价值，唯一教齐国人知道画邑的，是大名士王蠋住在那里。乐毅素称儒将，去画邑莫非找王蠋请教学问？不，不会！烽烟连天，灭国在即，目下正是燕军为山九仞的要紧时刻，睿智如乐毅者，岂有此等闲情逸致？如此说来，乐毅究竟有何图谋，为何停止了对即墨的猛攻？

三　化齐方略陡起波澜

济水东岸近海处，一座城堡矗立在绿色的山头，一片庄园醉卧在绿色的山谷。

时当夏日，从临淄直到大海，田野绿茅草绿层层叠叠树林绿，直是一片无垠的绿海。宽阔的官道出没在绿海之中，宛如一条纤细的白线，纵是车马辚辚旌旗连绵，也在这苍茫绿海之中渺小成蠕动的黑点。官道通向茫茫苍苍的绿浪尽头，是碧波无垠的蓝色大海，天地之壮阔便浓墨重彩地挥洒开来。

在这绿海蓝海相接处的山头，一座城堡拔地而起，有几分险峻，又有几分突兀。这座城堡，是齐国都城临淄的西北门户。西周灭商，齐国初立，始封国君太公望为了防守辽东胡人海路偷袭骚扰，修建了这座开始并没有名称的城堡。建城之初，这里驻守战车二百辆（每战车一百卒，合步军两万），隶农三千户。进入战国，海路威胁已经不在，齐国也日见强盛，这座城堡的驻军越来越少，到齐宣王时期终究是全部撤除了。只有当年为守军做粮草后援的三千户隶农，在这里繁衍生息下来，世代以渔猎为生。齐威王在齐国第一次变法时，将这些世代守护临淄有功的隶农后裔，全部除去了隶籍。从此，这些渔猎户变成了有自己土地，还可以读书做骑士做官的国人，这片城堡土地也有了一个美丽的名字——画邑。

画邑者，景色如画之地也。也有人说，这里有一条澅水，以水之音叫了画邑。感恩于国王大德，画邑的新国人们全部以“王”为姓氏，宣示自己忠于王室的赤心。从此，齐国有了“画邑王氏”这个新部族。倏忽几代，画邑王氏以渔猎之民特有的苦做奋发，蓬蓬勃勃地兴旺了起来。在齐宣王后期，画邑王氏有十多个才俊子弟进入稷下学宫，被齐人誉为“北海名士”。这茬名士之中，出了一个在齐国大大有名的贤才，叫做王蠋。王蠋天赋过人，博闻强记，年轻时周游列国博览百家之书，论战学问不拘一法，一时有了“稷下杂家王”之称。若仅仅是才名出众，王蠋尚不足以在朝野被推崇为大贤。大贤之誉，起于王蠋做太史时的铮铮硬骨与惊人之举。

太史爵位不高，最实际的职权是掌修国史，同时也是掌管国中文事的清要中枢。举凡太庙、占卜、巫师、博士及典籍府库，都以太史为统管。但为一国太史，便是“究天人之际，通古今之道”的饱学大师，国君很难动辄任免，几乎是铁定的世袭官爵。然则，齐湣王即位，厌烦老太史嫩的耿直孤傲，硬生生将太史嫩罢黜，力主王蠋做了新太史。齐湣王的本意，看中了王蠋的机变博学，要教他为“东海神蛟”、“天霸帝业”揣摩出一套正名之论。

王蠋到任的第三日，一个老方士来到太史府，说奉了齐王之命来与他商讨诸般密事。王蠋大是恼怒，直斥方士：“尔等以妖邪之说蛊惑人心，竟敢厚颜侈谈国事。来人，给我打出去！”赶走方士，王蠋立即上书齐湣王，说“齐国方士之害流布天下，是为国耻”。请求颁布王书，尽数强制隐匿于齐国海岛的方士桑麻自耕，不入世自力者，一律罚做官府苦役，以绝其害。

齐湣王大是羞恼，立即下诏：罢黜王蠋，齐国永不设太史一职。

消息传出，朝野大哗。稷下学宫千余名士愤然上书，为“三日太史”王蠋请命。画邑王氏更是全族出动，联结临淄国人聚集王宫血书请命，横幅大布直书“请复王蠋！请诛方士！”更令国人意外的是，原先被罢黜的老太史嫩也捧着血书到宫门请命，大呼：“方士无术，戕害少童，毁我文华根基。王蠋大节昭昭，当为太史也！”

齐湣王暴怒了，立即派三千甲士遣散稷下学宫，三千甲士驱赶王宫国人，画邑王氏一律罚苦役三月；老太史嫩贬黜莒城闲居，王蠋罚苦役三年。一场风暴过去，令齐国人骄傲的稷下学宫封闭了，素有“宽缓阔达，多智好议论”之名的齐国人缄口了，齐国风华尽失，民心冷冰冰一片荒芜。

王蠋苦役完毕，已经成了骨瘦如柴的老人。回归故里，画邑人却以迎接圣贤般的隆重乡礼，接纳了这位既给族人带来荣耀也给族人带来灾难的才士。从此，王蠋隐居画邑，教习族中弟子修学读书。消息传开，诸多国人都将弟子送来画邑求学，王蠋感念国人对自己的崇敬护持，便也一律收留。久而久之，幽静的画邑有了书声琅琅的山庄学堂。临淄国人悄悄地将画邑叫做了“小稷下”，将王蠋叫做了“大贤王”。口碑流布，王蠋成了齐国庶民的文华寄托，画邑成了国人心目中的一片圣土。

乐毅千里奔波，从即墨大营星夜西来画邑，是要请这个赫赫大名的王蠋出山。

五路进军势如破竹，燕军在一月之内全数拿下齐国七十余城，唯余南部莒城与东部即墨两城未下。按照战国之世的军争传统，齐国至此算是灭亡了。如此秋风扫落叶般的赫赫威势，却使燕国朝野与燕国大军内部生出了微妙的变化。太子姬乐资与一班强硬老世族陡然振作，轻蔑地嘲笑齐人是“大言呱呱之海蛙，一击破囊，肚腹朝天”，接连向燕昭王上书，主张“当严令乐毅一鼓再下两城，并齐全境入燕，大燕立称北帝，再南下一鼓灭赵，与强秦中原逐鹿”！燕昭王不置可否，只是将全部上书原封不动地发往乐毅军前。大将骑劫闻讯，也带着一班辽东将军嗷嗷请战，力主强攻即墨莒城，屠城震慑齐人，为大燕立威。

朝野军营声浪汹汹，乐毅丝毫不为所动。

多年留心齐国情势，他已经敏锐地觉察到，即墨莒城绝非两座寻常的要塞城堡。即墨聚集了齐国商旅与士族的精华，莒城则汇聚了临淄南逃国人的精华。即墨能在仓促之中结成六万余民军应战，其中若无非常人物，则绝不可能。莒城难民能万众怒杀齐湣王，又聚在莒城令貂勃旗下死守孤城，硬是不接纳楚军淖齿驻扎“援助”，堪称是众志成城。貂勃无能，岂能如此深得人心？如此两城，岂能是简单地一鼓拿下？依辽东大军之战力，乘战胜之威，乐毅相信能攻克两城。然则以齐人之剽悍，绝地必然死战，纵然拿下，也必是一场浴血大战。燕军本为复仇而来，城破之日，他如何能禁止杀得眼红的燕军大肆屠城？而惨烈屠城一旦发生，燕军“仁义之师”的美名必将荡然无存。那时节，安知三千里齐人六百万之众不会遍地揭竿而起？中原各国则必然会趁火打劫，发兵讨伐燕国暴行，燕军又必然陷于天下汹汹之汪洋，一切功业都将化为乌有，乐毅与燕昭王也必将成为天下笑柄。

战国之世，列强纷争，夺地灭国如同踩在跷板之上，衡平不得法，则会重重地跌个仰面朝天。齐湣王背弃盟约强灭宋国，结果弄得天下侧目。若非齐国自绝于天下，燕国又岂能合纵攻齐？如今燕国大功将成，又岂能逞一时之快而重蹈覆辙哉！

乐毅恳切地向燕昭王三次上书，备细论说了自己的思虑。然蓟城却保持着长长的沉默，两个月没有只字回书。反复思忖，乐毅下令骑劫对即墨进行了一次猛烈进攻，六万大军并加上了全部大型器械，猛攻两日两夜，燕军死伤近万，竟硬是没有拿下即墨。经此一战，军营大将虽则咬牙切齿，却也实实在在地赞同了乐毅的攻心谋略，嗷嗷吼叫的请战声浪总算平息了下去。大约过得半月，燕昭王的回复王书终于到了即墨大营。乐毅记得很清楚，王书只有寥寥数语：

> 昌国君我卿：化齐入燕，但凭昌国君谋划调遣，国中但有异议，本王一力当之。军中但有躁动，听凭昌国君处置。

显然，朝臣们依旧有异议，燕昭王也显然有早日拿下齐国全境的弦外之音。然则，只要国君大体首肯，乐毅还是决意按照自己的既定谋划行事。他相信，只要在一两年内妥善平定齐国，所有的异议都会销声匿迹。

乐毅的第一步棋，是说动王蠋出山做官安民，借重王蠋贤名，吸引诸多齐国名士出来做官，推行燕国新法，一步步将齐人齐地化入燕国。王蠋深受齐湣王暴虐之害，对安定齐国断然没有回绝之理。况且，乐毅早已经在占领临淄时发布了严厉军令：燕国兵马不得进入画邑三十里之内。王蠋身为名士，当能领悟燕国安定齐人的一片苦心。

“昌国君，前面便是王蠋庄园。”看护画邑的年轻将军扬鞭遥遥一指。

脚下一条淙淙清流，眼前两座巍巍青山。山势低缓，遍山松柏林林蔚蔚，弥漫出一片淡淡的松香。两山之中的谷地里，横卧着一道蜿蜒的竹篱，散落着几片低矮的木屋，耸立着一座高高的茅亭，袅袅炊烟，琅琅书声，恍惚间世外仙山一般。

“清雅高洁，好个所在！”乐毅由衷地赞叹一句，下马吩咐道，“车马停留在此，只两位将军与抬礼士卒随我徒步进庄。”

“昌国君，王蠋一介寒士，何须恭谨如此？还是过了这道山溪，直抵庄前了。”看护将军显然觉得赫赫上将军做得过分了。

乐毅没有说话，只板着脸看了年轻将军一眼，径自大步上了溪边小石桥。看护将军连忙一挥手：“快！跟上了！”带着士卒们抬起三只木箱赶了上来。过得石桥便是庄园，却见那道扎在森森松柏间的竹篱并没有门，只一条小径通向了松林深处。看护将军摇头嘟哝道：“竹篱没门，整个甚来？真道怪也。”乐毅却肃然一躬高声报号：“燕国乐毅拜访先生，烦请通禀。”如此三声，林间小道跑出一个捧着一卷竹简的布衣少年道：“是你说话么？我方才打盹了，将军见谅。”乐毅笑道：“无妨。烦请小哥通禀先生，说燕国乐毅拜访。”少年晶亮的目光一闪，却又立即笑道：“呵，你便是乐毅了？随我来便是，无论谁见先生，都无须通禀，未名庄人人可入。”乐毅笑道：“未名庄？好！可见先生襟怀也！”布衣少年道：“实在是没有名字，与襟怀何干？”乐毅一阵哈哈大笑。

说话间穿过了一片松林，又穿过了一片草地，一座小山包下几座木屋散落在眼前。依然是一圈没有门的竹篱“圈”出了一片庭院，三三两两的少年弟子们在庭院中漫步徜徉着高声吟哦着，时而相互高声论争一阵，一片生机勃勃。乐毅不禁涌起一种由衷的欣慰，作为占领军的统帅，他自然最高兴看到被征服的齐国庶民平静安乐如常了。然则，在乐毅想走上去与这些读书少年们说话时，偌大的庭院骤然沉寂了。少年们木然地看着突兀而来的将军兵士，一种奇特的光芒在眼中闪烁着，默默地四散走开了。

乐毅轻轻叹息了一声，向正中一座大木屋肃然一躬："燕国乐毅，特来拜望先生。"

"不敢当也。"木屋中传来一声苍老的回音。

"乐毅可否入内拜谒？"

"上将军入得关山国门，遑论老夫这无门之庄？"

"大争之世，情非得已。纵入国门，乐毅亦当遵循大道。"

"上将军明睿也。恕老夫不能尽迎门之礼。"

"谢过先生。"乐毅一拱手进了木屋，见正中书案前肃然端坐着一个须发雪白形容枯槁的老人，肃然躬下道："乐毅拜见先生。"

"亡国之民，不酬敌国之宾。上将军有事便说。"老人依旧肃然端坐着。

乐毅拱手作礼道："齐王田地，暴政失国。燕国行讨伐之道，愿以新法仁政安定齐民。乐毅奉燕王之命，恭请先生出山，任大燕安国君之职，治理齐国旧地，以使庶民安居乐业。尚望先生幸勿推辞。"

"上将军何其大谬也？"老人粗重地长吁了一声，"国既破亡，老夫纵无伯夷叔齐之节，又何能认敌为友，做燕国臣子而面对齐国父老？"

"先生差矣。"乐毅坦然道，"天下兴亡，唯有道者居之。诛灭暴政，吊民伐罪，更是汤文周武之大道。伯夷叔齐死守遗民之节，全然无视庶民生计，何堪当今名士之楷模？先生身遭昏聩暴政之惨虐，如何为一王室印记而拘泥若此？燕国体恤生民艰难，欲在齐国为生民造福，先生领燕国爵职，何愧之有？"

"上将军真名士也！"老人喟然一叹，"然却失之又一偏颇。岂不闻天下为公？王室失政，并非齐人失国也。齐国者，万千庶民之邦国也，非田氏王室一己之齐国也。老夫忠于齐国，却与田氏王室无关。"

"大道非辩辞而立。乐毅尚望先生三思。"

老人摇摇头："道不同不相为谋。言尽于此，上将军请回。"

乐毅正要说话，却听门外一阵大喊："王蠋老儿休得聒噪！若不从上将军之命，尽杀画邑王氏！"

老人哈哈大笑道："竖子凶蛮，倒算得燕人本色，强如乐毅多矣！"

乐毅默然片刻，向老人慨然拱手道："先生莫以此等狂躁之言为忤，乐毅自有军法处置。先生既不愿为官，便请安然教习弟子，燕军断然不会无端搅扰。告辞。"说罢大步去了。

看护将军见乐毅沉着脸出来，抢步上前愤愤请命："上将军，请准末将杀了这个迂阔老士。"乐毅厉声一喝："大胆！回营军法论处。"径自大步出庄。过得草地将及松林，却闻身后骤然哭声大起，少年们一片哭喊随风传来："老师！你不能走啊——"

乐毅猛然一阵愣怔，转身飞步跑向木屋。

老人悬在正中的屋梁上，枯瘦的身子纠结着雪白的须发，裹在大布衣衫中飘荡着。少年弟子们惊慌失措地跳脚哭着喊着，乱成了一片。乐毅大急，飞身一纵左臂圈住老人双腿托起，右手长剑已经挥断了梁上麻绳。及至将老人在竹榻上放平，一探鼻息，已经气息皆无了。

乐毅对着苍老的尸身深深一躬，木然得找不出一句妥当的词句来。良久，他沉重地叹息了一声，看着一圈少年弟子道："请许乐毅厚葬先生。"

"不许燕人动我师！"少年弟子们齐齐地一声怒喝。

在少年们冰冷的目光中，乐毅沉重地离开了画邑。思忖一番，他下令解除了画邑外围的驻军。一路想来，乐毅决意加紧"仁政化齐"方略的推行，冲淡王蠋之死有可能引发的对抗民变。

回到临淄，乐毅立即以昌国君名义颁下五道法令：

第一道，废除齐湣王时期的一切暴政，宽减齐人赋税徭役。非但将齐湣王时期增加的五成重税废除，而且还在原有赋税上再减三成，一举使齐人成为天下赋税最轻的庶民。

第二道，敬贤求才。招募齐国在野的贤才名士，授予官爵；不愿为官者赐虚爵，奉为乡贤，年俸千斛。

第三道，为老齐国正名。隆重祭祀春秋姜齐之霸主齐桓公。

第四道，以安国君大礼厚葬王蠋，赐画邑为王蠋封地。

第五道，已经出山做官的一百余名齐国士人，分别赐封三十里至一百里采邑，其中二十余位名士，请准燕王在燕国赐封采邑。

五道法令连下，局面果然很快发生了变化。先是庶民百姓惊慌之情大减，原先逃战者纷纷回到家园开始耕种。紧接着便有士子陆续前来投效，一口声认可燕国的义兵仁政，表示愿意为庶民谋一方安定。乐毅大是振奋，立即将这些士子们护送到各城分别就任郡守县令。诸事安排妥当，齐国中西部大体安定，已经是秋风萧瑟了。

此时，即墨大营传来惊人消息：骑劫领一班辽东大将猛攻即墨三次未克，与奉乐毅将令主张坚兵围城的秦开一班将军大起摩擦，几于火并。

乐毅心中顿时一沉，立即飞骑星夜东来。

四　孤城一片有纵横

田单第一次尝到了打仗的艰难。

一次城外大战，四次守城大战，经过前后五次惨烈大战，即墨人口锐减一半，从二十余万骤然变成了十万出头。原先人满为患，巷闾间到处都是密匝匝的帐篷。几次大战下来，这些露天帐篷营地全部没有了，随着萧瑟寒凉的秋风，所有人丁都搬进了弥漫着血腥味的房屋，即墨城又恢复了当年的宽阔空旷。原先的几万步军本是守城主力，可在四次大战中生生折去了大半，只留下了六千多伤兵。城中六十岁以下的男丁全部成军，也只有五万左右。即墨城中的庶民，实际上只剩下几千老人与几万女人孩童。田单本族人口，也从刚入城的三千余人锐减到七八百人了。

大战一起，全城沸腾，虽则是惨烈无比，却也是简单痛快甚也不想。战事一结束，万千事端沉甸甸一齐压来，比打仗还棘手。仅堆满城头散落街巷的累累尸体如何处置，便成了目下即墨的第一大难题。虽然海风渐冷，但这几万具尸体日每散发出弥漫全城的腥臭，若不及早掩埋而使瘟疫流布，当真是大难在即。

在城头望着夕阳，田单一筹莫展。小小即墨，纵是掘地三丈，又如何埋得这如山尸骨？火烧么，哪里来如此多的柴薪？用猛火油么，一处不慎引发全城大火便是玉石俱焚。更何况猛火油只剩下千余桶，一旦告罄，城防威力大大削减，岂不事与愿违？

“禀报将军！”身后响起急促沉重的脚步声，斥候营总领已经气喘吁吁地上了城头，“乐毅回营，燕军后撤二十里！”

“后撤二十里？”田单不禁惊讶了，“因由何在？”

“秦开与骑劫两员大将自相冲突，详情尚且不知。”

田单正在思忖之间，见暮色之中飞来一骑快马，瞬间冲到西门之外高声喊道：“田单将军听了，我上将军有书一封——”话音落点，来骑张弓搭箭，斥候总领方喊一声“将军闪开”，一支粗大的白色物事已经带着凌厉的风声飞到眼前。田单手疾眼快，一把在空中抄住。注目一看，一方白布裹着箭杆，箭杆上绑缚着一支竹管。

“将军小心，白布有字！”斥候总领一声惊叫。

“少安毋躁，乐毅岂能用此等手段？”田单淡淡一笑，展开了白布，赫然两排大字顿时涌入眼帘——血尸累积，瘟病之危，我军后撤三日，将军可掩埋尸体。

田单一阵惊喜，高声喊道：“谢过上将军！三日后再战——”

城下铁骑“嗨”的一声闪电般消失了。

田单立即下令：全城军民人等全部出动，分四路处置尸体——三千军士城头安置绞车绳梯，将城头尸体直缒下城外；两千军士搜寻城中散落尸体搬运出城；两万军士出城，于三里之外挖掘深坑，两万军士搬运掩埋。

沉沉暮霭之中，即墨城头与原野亮起了万千火把，亘古未见的群葬开始了。齐人素来重丧礼，然在这国破家亡之时却要将亲人们囫囵成堆地塞进一个个大坑，无论是平民穷汉还是名门富人，无不是痛彻心脾。

绞车一

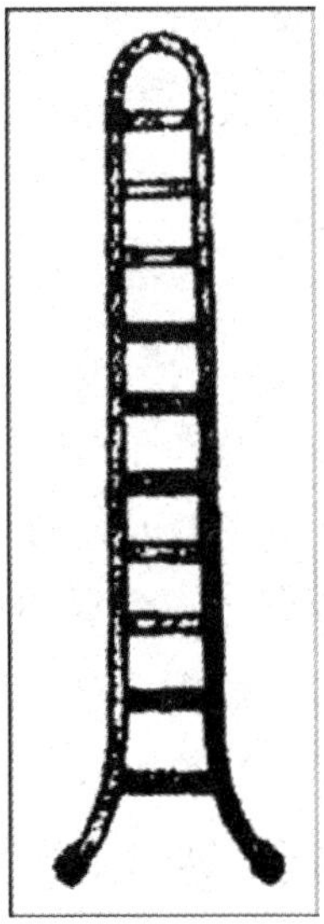

绳梯

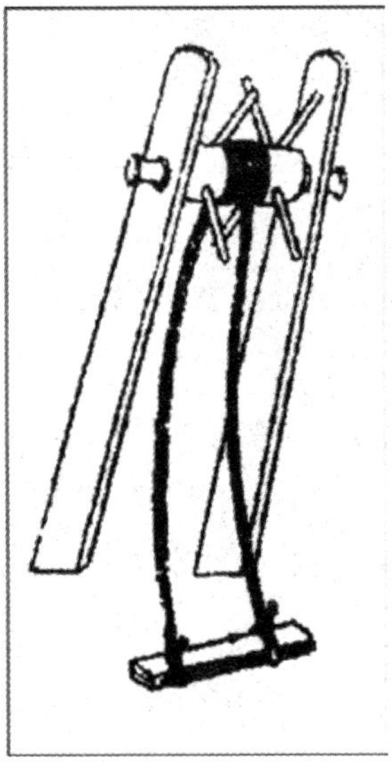

绞车二

城门一打开，惨痛的哭声立时弥漫了秋风萧瑟的原野。城头的几十架绞车一支起，军士们抱起一具具尸体，一声声哭喊着熟悉的名字，随着一具具尸体缒城，城头士兵们的嗓子全都哭哑了。

绞车绳梯，原本是被敌包围时，斥候们出城或接应城下信使用的。不意在这非常之时，竟被用来缒放尸体，连工匠们也是倍感伤怀大放悲声。

昼夜两轮，全部尸体掩埋妥当。田单立即下令军医配置杀毒药方，然后用杀毒草药煮成沸水，反复冲刷尸体留下的斑痕。如此两三日，在一片浓郁的草药气息中，这座孤城才恢复了疲惫的平静。

田单恍然想起，那封绑缚在箭杆上的书信还没有开启。匆忙回到西门内幕府，走进出令室打开竹管抽出一卷羊皮纸，一片劲健字迹赫然扑来：

乐毅顿首：田单将军困守孤城，五战而不下，足见将军之禀赋过人也。虽与将军素昧平生，然却敬佩有加。邦国危亡，将士用命，乐毅无可非议也。然则，齐王失政，庶民倒悬，将军独率一旅，岂能挽狂澜于既倒？岂能还善政于庶民？旷日持久，徒然浮尸城头，流血于野，岂有他哉？况将军原本商旅之才，终非战阵之将，守得片时可也，若孤城久困，粮草不济，我纵不攻，将军奈何？《阴符》云：贤者守时，不肖者守命。如今齐地民众已乐从燕国新政，为将军计，为即墨子民计，将军若得率众归燕，百姓可免涂炭之难，将军则可封君共主齐地，亦可得十万金做天下第一大商。平生功业，只在朝夕之间，愿将军三思决之。

还有一页羊皮纸，是乐毅在临淄颁发的五道法令。田单素来仔细沉静，将这五道法令细细地揣摩了一番，良久默然。他相信乐毅的诚意，也佩服乐毅在齐西推行的仁政化齐方略。无论如何，乐毅总是没有以齐军当年入燕的方式杀戮齐人，复仇而来的一支大军能这般节制，虽圣贤亦不过如此，夫复何求？

然则，对于乐毅的劝降，田单实在是难以决断。

久为商旅，走遍天下，田单对齐国的忠诚，绝不至于陷入迂腐的愚忠。在齐国没有灭亡的时日，他全力支撑鲁仲连多方斡旋挽救齐国，所付出的代价远非一个远离朝局的寻常商人所能够承受。认真理论起来，齐王田地确实是亡国之君。当国十七年，齐国朝野糜烂，其恣意横行也实在是引火烧身。如此邦国，如此王室，如此朝局，不灭才没有天理了。事实上，逃出临淄的那一日，他已经在内心为齐国送葬了。那时唯一的想法，是从即墨逃向海岛，相机聚民谋生，或再转逃吴越做个云游商旅。没奈何诸般危难凑巧，他竟成了即墨民军将领，且孤城奋战了半年之久。想起来，田单自己都觉得有些不可思议。

正是这孤城血战半载，使他对齐国命运有了新的感悟。一个最大的变化，是仗愈打愈踏实，自己的兵家才能竟神奇地挥洒出来，只要有粮草辎重后援支撑，即墨完全可以支撑下去，再相机联络莒城，恢复齐国并不是没有可能。然则，恰恰是后援的虚幻，构成了实实在在的威胁。降不降燕，不在于即墨人对齐国忠不忠，而在于目下的粮草辎重所能支撑的时日。

基于商旅传统，田单对城中的存粮存货早已经进行了彻底的盘查，私粮私财全部充公统一调度。纵然如此，全部存粮也只有两万余斛[1]，最多再支撑到明年春天；打造维修兵器的铁料铜料也耗去大半，兵器库中的檑具已经用去十之七八。更急迫的是，眼看天气转寒，所有丝绵苎棉存货全部搜寻出来，连同甲胄库贮存之棉甲，也凑不够五万套棉甲。挺过冬日便是春荒，无粮军自乱，这是千古铁则，到那时还不得降燕才有生路？

“上天亡齐也！即墨奈何？”

久久伫立在寒凉的夜风之中，望着满天星斗，田单不禁长长地叹息了一声。

突然，城头一阵急促的呼喝骚动，又立即平息下来。幕府大帐本来在城墙之下三五丈处，城上但有动静，幕府便能立即觉察。此刻田单正在帐外，猛然一怔——莫非有士兵缒城投敌？正欲派中军司马前去查问，几个衣衫褴褛的兵士押着两个头套布袋的人走了过来。

“禀报将军：此两人从城下密道冒出，被我拿获，只说要见将军才开口。”

“能进出密道，是何方神圣？”田单冷冷一笑，“拿开头套。”

那偌大的布袋刚一扯去，田单突然一个激灵。大步上前一打量，虽是月色朦胧，那高大的身形熟悉的脸庞却分外清晰，不禁一声惊呼：“仲连？！”

“田兄！”高大的身影一步抢前，两人紧紧地抱在了一起，良久无语。

“快！进去说话。”田单拉起鲁仲连进了破烂不堪的幕府大帐。

一进大帐，鲁仲连拉过跟在身后的英武青年道：“田兄，先来认识一番，这位是庄辛，目下已是楚国左尹[2]了！”

“啊，庄辛兄！”田单恍然拱手笑道，“稷下名士，久仰也！”

庄辛肃然拱手：“田单兄中流砥柱，实堪天下救亡楷模，庄辛敬佩之至！”

---

[1] 斛，古代容积计量单位。春秋战国一斛十斗，一斗十到三十斤不等。南宋以后一斛五斗。

[2] 左尹，楚国大臣职位，掌管财政，为令尹（丞相）之副。

“来来来，”田单顾不得再答谢应酬，“快坐下说说，你两人如何到得即墨？上茶，对了，再找个燎炉来，还有干衣裳。”田单突然发现了两人一身泥水污渍，分明是涉险而来。

“庄兄先换衣衫，我来给田兄说事。”鲁仲连扒下脚上咕唧咕唧的泥水长靴，光脚大坐在草席上咕咚咚猛灌了一大碗凉茶，长吁一声，侃侃说了起来。

与田单分手，鲁仲连在薛邑滞留了将近一月。

原来，突闻五国发兵攻齐，孟尝君惊怒交加骤然病倒，瘫在榻上热昏不醒，只是连连呼喊：“田地昏暴！亡我田齐也！”及至联军两战大胜，齐国的六十万大军一朝覆亡，孟尝君病势更加沉重了。当时，乐毅已经派军使送来文书：只要孟尝君作壁上观，不鼓动齐人反燕，燕军便不入薛邑。然则孟尝君若突然一死，薛邑三百里肯定将落入燕军之手；薛邑一失，齐人复国的王族根基将不复存在。情急之下，鲁仲连孤身出海，在蓬莱岛请出了一位老方士。匆匆回到薛邑，孟尝君已经是奄奄一息了。老方士却也神奇，硬是以“驭气之术”加自己炼制的丹药，使孟尝君脱离了险境。鲁仲连立即与冯驩在孟尝君榻前议定了保全薛邑的方略：薛邑宣示自立，不助齐，不归附于任何大国。实际上，为齐国抗燕军民提供一个秘密后援基地。方略商定，鲁仲连带着孟尝君的两封亲笔书简，星夜南下楚国。

楚国正在一片慌乱之中。

虽说楚王芈横对当年遭受齐湣王凌辱深为痛恨，密令淖齿鼓动齐国难民剐杀了齐湣王，但眼看着燕国五路进军步步得手，齐国眼看当真要灭亡了，楚国君臣反而大为恐慌起来。被中原呼为“南蛮”的楚国，历来最蔑视的，便是这个老牌贵族燕国；燕国也是天子贵胄最老诸侯的做派，历来不与楚国南蛮来往。战国以来，即便是苏秦合纵时期，楚燕之间也没有诸如相互联姻、互派人质、互相救援等实质性邦交往来，形同陌路。两国朝野都以为，除非横亘在他们之间的齐魏赵三大战国灭亡，否则远隔万里的楚燕两国几乎永远都是风马牛不相及。孰料世事多变，燕国一个合纵攻齐，强大得与秦国并称“东帝”的齐国，竟匪夷所思地一朝瓦解。楚国君臣顿时惊讶得瞪起了眼睛。当初，楚国不愿加入合纵攻齐，并非真正效忠齐国，而是认为合纵攻齐根本就是儿戏。当年，楚国魏国齐国分别出头合纵攻秦，哪一次不是大败而归？如今一个弱燕出头，堪堪四十万兵马，能灭得了拥有六十万精兵的皇皇齐国？

楚人认为绝不可能发生的事，却偏偏雷霆万钧逼近到眼前了。

若燕国迅速灭齐，最危险的当然是没有加入合纵攻齐的楚国。燕国辽东飞骑的威力已经令天下刮目相看，楚国的半老大军如何抵得这些生猛的辽东虎狼？吞并了齐国的燕国南下攻楚，简直便捷极了。楚国的新都寿郢已经在淮水南岸了，燕军若从琅邪、薛邑两路南进，不消三五日便可进逼楚都，如之奈何？

在这惶惶之时，鲁仲连到了寿郢。

鲁仲连第一个说服了春申君黄歇，与春申君共同晋见楚顷襄王。这位深沉寡言的楚王只一句话：“但能安楚，吾必举国从之！”

鲁仲连也只几句话：“楚做后援，支撑齐国抗燕军民，拖住燕军不能南下，天下必当再变，楚国自安。”

“齐国抗燕？”楚王大是惊讶，“七十余城尽失，齐人何从抗燕？”

“楚王所知，但其一也。”鲁仲连悠然一笑，“虽失七十余城，然有三地，足可撑持。东有即墨，聚集齐国商旅精华二十余万；南有莒城，聚集齐国庶民三十余万；西有孟尝君薛邑，财富根基尚在。若楚国施以援手，齐人必能复国！”

楚王哈哈大笑：“如此说来，齐国命运握在我大楚之手了？”

“唇齿相依也。”鲁仲连淡淡漠漠，“楚国命运，亦在齐人之手。若无齐人浴血抗燕，今日之齐，明日之楚也。”

“鲁仲连所言大是！”年轻的左尹庄辛霍然站起道，“楚国未入燕国合纵，已在五国孤立。若不救援齐国民军，燕国吞灭齐国之日，楚国只有形影相吊坐以待毙了。”

楚王一阵思忖，终于拍案而起：“好！本王从鲁仲连之策，后援齐国。”

那日，楚王当殿命左尹庄辛为援齐特使，与春申君、鲁仲连共同筹划援齐事宜。事关楚国存亡，昭氏等一班老世族破天荒地没有出面作对。

田单眼睛一亮："如此说来，你是海路来了？"

"田兄果然商旅孙吴。"庄辛笑道，"大海船三艘，便在之罘[1]岛，所需物事尽有，只是要一个运货谋划。"

"好！"田单拍案而起，"天不灭齐，乐毅却能奈何？"大手一挥道，"中军司马，立即集中三万精壮军士并城中全部车辆，一律做商旅便装待命。"

"嗨！"中军司马立即疾步出帐。

鲁仲连沉吟道："田兄，几万人上路，城中岂不空虚？"

"也是天意。"田单拿过那卷羊皮纸，"乐毅正在劝降，至少三几日不会攻城。"

鲁仲连将书信浏览一遍，哈哈大笑道："乐毅小视齐人也！我代田兄回了他。"

"好！"田单霍然起身，"你在这里写，我与庄辛兄去之罘。"

"这却不行。"鲁仲连站了起来，"头等大事，头一遭都得去。明日你回来坐镇。"

一时三人换了全副甲胄，上马疾驰东门。城内兵士车辆已经集结完毕，田单传下将令：牛戴笼嘴马衔枚，车轴涂油，熄灭火把，黑夜疾行。片刻间收拾妥当，东门缓缓打开，三万人马悄无声息地拥出了城门。

之罘，在即墨东北方向百余里的大海边。海边有座小小的要塞城堡——腄城[2]，腄北三十余里是茫茫大海。大地在海边突然昂起了头颅，有了一座陡峭的小山，之罘岛与峻峭的山岩遥遥相望，仿佛一对喁喁私语的姊妹。于是，这海边小山也叫了之罘山。之罘山与之罘岛之间，是一道深深的海湾。历来海盗商贾的私盐大船，都在这道隐秘的海湾停泊。鲁仲连虽非商旅，却早听田单备细叙说过即墨田氏当年做盐铁生意

[1] 之罘，战国齐地，今称芝罘，烟台海区岛屿。

[2] 腄城，战国齐城，秦统一后置县，今山东福山县。

的这个隐秘出海口。此次海船从楚国琅邪北上，本来距崂山[1]海湾最近，可因了崂山湾是人人皆知的商船登岸处，鲁仲连坚持绕道北上停泊之罘，虽然路途远了许多，可只要隐秘安全也只好如此。为此庄辛大费了一番周折，寻觅到楚国大商猗顿家族，才找到了熟悉这条贩私海路的一拨水手。半月海上颠簸，终是将三艘大海船稳稳地停泊在了之罘海湾。

田单久为商旅，与海船私货也免不了常有来往，对此地自然是轻车熟路，根本不用向导。三万人马一夜疾行，太阳跃出海面时到了海边。看着海湾中的船桅白帆，田单顿时精神抖擞，立即下令：军士歇息两个时辰，饱餐战饭，而后一鼓作气将海船物资全部搬运到已经是空城的腄城囤积。

天将暮色时分，三只大海船的粮食与诸般物事，终于全部搬运完毕。海船留下了一只小快船接应鲁仲连与庄辛，趁着夜色悄然南下了。田单立即下令：三千精锐步兵秘密驻扎在腄城内留守；两千骑兵前行肃清道路，遇有可疑人等立即捕获；其余人马休整两个时辰，夜半运送粮货上路。

次日夜半，这支粮草辎重大军终于安全秘密地抵达即墨，卸下的粮食物资，堆满了即墨的三座大库。即墨军民顿时士气大涨，寒衣在身，甲胄鲜明，欢呼声响彻全城。

太阳升起的时分，一骑飞出即墨西门，直向燕军大营而去。

五　战地风雪　大将之心

乐毅没有想到，王蠋之死在齐国引发的暗潮如此之大。

五道安齐法令颁布的初期，大势确实很是缓和了一段。留在临淄的中小官员与散落各地的士子们，已经有百余人出山做燕官了。纵然不出

[1] 崂山，地名得于始皇帝之后，此前名不可考，为叙述方便，用崂山之名。

山者，也对“乐毅五法”颇为赞同。庶民百姓更是一片赞颂，相遇议论，皆说“田地当杀！田齐当灭！”依照传统，兴亡剧变的非常之时，总会有神秘的童谣或谶语在民间流布。可这次，竟然没有一则童谣谶语流传。对于素来有议论之风的齐人而言，这无疑表明了他们对乐毅的安齐法令是服膺的，至少是没有怨言的。

可是，随着“王蠋死节”消息的秘密流传，情势发生了莫名其妙的变化。

燕官们说，那些没有出山的旧齐臣子与遗老遗少们最是骚动，纷纷聚相议论：“王蠋一介布衣，尚有如此大义，不北面[1]于燕，况我等在位食禄者乎！”紧接着，对出山燕官的诅咒，在坊间巷闾流布开来。燕官们在书房，在寝室，甚或在轺车上，动辄有箭书或匕首书飞来，突然钉在书案上榻帐上轺车伞盖上，大体只一句话：“若不回首，共诛齐奸！”这些士子官吏原本便是试着做做燕官再说，许多人连燕国封地都没有领受，如今陡遭国人侧目，便如芒刺在背，纷纷递来辞官书，有的索性暗自不告而辞了。乐毅反复思忖，若强留这些人做燕官，仁政化齐的方略便会流于无形。于是，但有辞官书一律允准，且以燕王名义赠金百镒以为生计。如此一来，燕国宽仁厚德的美誉倒是流传开来了，但骚动鼓噪者们却也更加有了声势，齐西一时暗潮汹涌。

不久，惊人的消息从莒城传来：貂勃率齐人拥立王子田法章为新齐王。

原来，莒城令貂勃颇有谋略，寻思要长期支撑下去，便要打出王室旗号感召齐人。没有王便没有国，这是天下公理。一旦立王，意味着齐国没有灭亡，国人便会多方来投。他国不愿燕国强大，不定也会设法后援，局面与孤城困守大不一般。围困莒城的燕军是秦开部将，忠实奉行乐毅的化齐方略，长困缓攻，莒城之战事远非即墨那般惨烈。貂勃利用燕军允许些许商旅出入莒城之机，派出精干斥候扮做商旅出城，开始四处寻觅王子下落。

---

[1] 北面，面北俯首称臣之意，相对于“南面称王”。古礼：王座居北面南。

齐湣王被杀，活下来的田氏王族早已经星散逃亡了。眼见国人汹汹，谁还敢说自己是王族子孙？貂勃自然清楚王子难觅，可他只有一个要求：只要是个王子，嫡系或旁支均可；非常之时，但立王族子孙足矣，何须定要嫡系？可即便如此，秘密斥候寻访半年，还是一无所获。情急之下，貂勃派出心腹干员秘密潜入薛邑，请求孟尝君遴选出一个儿子进入莒城立为齐王。病体支离的孟尝君摇头叹息道："天意也！吾虽有子十三，尽皆庸碌，若窃为救亡之君，实则误国，田文有何面目立于天下？"竟断然拒绝了。

貂勃心灰意冷的时节，斥候总领却报来一个意外消息：太史嬓府中有个不明来路的灌园少年，相貌与齐湣王有几分相像。貂勃精神大振，立即派了一个心腹干员以抄录国史天象记载为由，进入太史府探察少年底细。

这个太史嬓，便是被齐湣王用王蠋换了的那个老太史。无端被罢黜，白发苍苍的太史嬓回归莒城故里，做了个田舍翁。四进庭院之中，只有那间堆满竹简典籍的书房，与那片两三亩大的园林是老人最留恋的所在，整日轮换徜徉，乐此不疲。当莒城陷入难民大海时，貂勃前来问计，太史嬓只有一句话："民为国本。丢了莒城，也不能丢弃国人。"老太史为莒城老名士，人望极高。貂勃素来敬佩，便劝老人迁到孟尝君的薛邑去避开战乱。太史嬓却点着竹杖大是慷慨道："邦国危亡，名士死节。老夫纵不能战，亦决不能做望风逃窜之鼠辈！"貂勃有感于老太史垂暮志节，通令军吏：不得对太史府做任何征发，不许任何人骚扰太史府，违令者立斩！如此太史府，在非常之时一片宁静。在齐湣王被杀之后的一个夜里，老太史的小女儿史缇却突然跑进书房，说后园狗吠，有个飘来飘去的长发身影。

太史嬓笃信天道，却从来不信鬼神，立即拿起竹杖与举着火把的小女儿进了后园。将到竹林，果见一个长发身影在山石茅亭间飘忽游动。那只因怕伤了难民而被铁链锁在石屋中的猛犬，正不断发出低沉的怒吼。

"你是何人？不用躲藏，过来说话。"

太史嬓平静苍老的声音，仿佛有着一种磁铁吸力，那个飘忽的身影站住了，慢慢地走了过来。火把之下，却是一个蓬头垢面长发披肩的少年，虽然是一身褴褛布衣，双眼闪烁着惊慌恐惧，依然透出一股不寻常的气息。

“禀报老伯，”少年开口了，“我随家人逃战，父母都死了……”

“上天，齐人何其多难也！”太史嫩长长地叹息一声，“你便留下，仗打完了，老夫再设法送你还乡顶门立户。”

“哇”的一声，少年号啕大哭，扑倒在地连连叩头。

老太史顿了顿竹杖：“后生莫哭，覆巢之下，岂有完卵？缇儿，带他去换身衣裳，吃顿饱饭了。”

从此，这个少年在太史府做了灌园仆人，经管后园这片林木。既得温饱安定，猥琐的布衣流浪儿神奇地变成了一个英挺俊秀的少年公子。秘密斥候无意中听得传闻，以军中借用太史府猛犬为名，专门到园中察看了这个少年。

三日之后，貂勃的心腹干员从太史府归来，禀报了探察结果——少年的相貌步态确实与死去的齐王一般无二。貂勃惊喜非常，立即夤夜秘密拜见太史嫩，备细叙说了事情的前后经过，请求太史嫩支持立王。一听之下，太史嫩恍然醒悟，连连点杖感叹：“天意天意！若得立王，齐国有望也！”

貂勃一走，太史嫩立即唤来少仆询问。谁知这少年一口咬定自己只是一家商旅之后，不知王室为何物。太史嫩思忖一番，将小女儿找来，说了齐国大势与目下立王之急迫，吩咐小女儿设法盘问清楚少年的底细。小女儿聪慧美丽，没过多久便将少年带到了老父亲面前。少年终于承认了自己是齐湣王田地的儿子，叫田法章，末了却只一句话：“王族多难。法章愿永为太史园仆，不愿为王。”一旦证实王子之身，太史嫩也不着急，只日每给少年法章讲述田氏齐国的历史，反复申明：王者只要恪守君道，勤谨治国，民众自然拥戴，自不会落到父王田地那般下场。太史嫩又将貂勃秘密请进府中，对少年法章讲述目下齐国民意与抗燕大势。田法章少年聪颖，终于默默点头了，却期期艾艾地说了一句：“法章但……得为君……须……须立史缇姐姐，为后。否则，法章不王！”

太史嬓顿时惊讶了，一双老眼对小女儿射出凌厉的光芒。

“禀报父亲，女儿已经与法章做了夫妻。”十六岁的女儿一脸坦然。

“罢了罢了！”太史嬓点着竹杖满脸涨红，“女无媒妁而自嫁，非我之女也！徒然令人汗颜！你去，老夫终身不再见你。”

少女史缇没有说话，只对老父深深一躬，拉着田法章去了。貂勃哈哈大笑道：“老太史何其迂阔也！王得一贤后，国得一贤丈，岂非大幸也？岂有汗颜之理？立王之日，末将再专程来恭贺！”车马辚辚地拥着一对少年去了。

一月之后，貂勃率莒城军民简朴而隆重地拥立田法章为齐王。这便是后来的齐襄王。消息传开，齐人精神大振，临淄的旧臣子与一班遗老遗少，悄悄地以各种名目出城逃往莒城，投奔新齐王去了。

……

然则，乐毅并没有惊慌失措。

战国之世，王权号召力已经远远不如春秋之世那般神圣。说到底，已经能在各国自由迁徙的庶民百姓，还是注重实实在在的生计。哪一国稳定康宁，便往哪一国迁徙。秦国变法之后，将三晋穷苦百姓吸引过去了三百余万，便是明证。秦国大军夺取魏国河内郡，夺取楚国南郡，魏人楚人都没有反抗，因由何在，还不是秦国新法的威力？还不是与民土地、彻底废除隶农制的威力？燕国法令虽不如秦国那般彻底，可比齐湣王的苛虐暴政却是宽厚得人多了，若持久行之，如何不能化齐入燕？莒城虽王，然貂勃却并非力挽狂澜之大才，并没有一套收复齐国人心的法令颁布，而只是忙着备战守城。以此观之，莒城不足虑也，新齐王不足虑也。

莒城貂勃一班人预料，立王之后，燕军必然猛攻。乐毅却恰恰反其道而行之，对立王视而不见，对莒城依旧围而不攻。他坚信，齐国这班糜烂老贵族一到莒城，莒城便会陷入争权夺利的龌龊之中；原本职爵低微的貂勃未必能稳定局面，若混乱加剧，貂勃被陷害亦未可知；若燕军攻城，反倒是给了貂勃一个收拾局面的机会，何如宽缓围困，且待他自乱阵脚。

即墨，只有这个即墨，才是真正的威胁。

这是乐毅的直觉，也是血战的警觉。

一支仓促拼凑的民军，能与辽东精锐铁骑血战五次仍然矗立不倒，田单之才可见一斑。更重要的是，一个个接踵而来的战时危局，竟都被田单莫名其妙地一一化解。从初期的潮涌难民，到难民成军，到兵器甲胄，到守城之法，到城中管制，到堆积如山的尸骨与可能引发的瘟疫，等等。乐毅善兵，深知这其中任何一个难题，都不是寻常将军所能妥善解决的，解决这些难题，非但需要兵家才能，更需要理民才干与非凡的冷静、胆识与谋略。所有这些，看来在这个田单身上都神奇地汇聚到了一起。

即墨之可畏，正在于有如此一个突兀涌现的柱石人物。

目下冬天到了，这对战时大军又是一个严酷考验。即墨孤城，仅仅是寒衣不足已经够难了，再加上粮草不济，田单还能有何神奇？那封劝降书简能否打动这个非同寻常的无名人物？但为名士能才，总是要审时度势而为之，以田单之能，莫非当真做那种明知不可而为之的愚忠烈士？不，不会……

“禀报上将军，即墨特使到。”中军司马大步跨进幕府。

乐毅恍然转身：“快！请进来。”

一个身材伟岸而又干瘦黝黑的军吏随着中军司马大步走了进来，从怀中皮袋内抽出一支粗大的铜管双手捧起：“末将连仲，奉田单将军之命送来回书。”

乐毅接过铜管，启去泥封，打开管盖，抽出一卷羊皮纸展开，一篇劲健字迹赫然入目：

田单顿首：上将军之书洞察时势，令人感佩。齐王昏聩暴虐，上将军合纵攻齐，以复当年齐军入燕之大恨，田单亦无可非议也。然则，燕军已下齐国七十余城，灭大军六十余万，掳掠财货如山海之巨，致使齐国府库皆空，齐人死伤无算。当此之时，上将军已是功业彪炳，却不思进退，意欲彻底化齐入燕，单窃以为失之错谋也。

田齐乃百余年大国，历经桓公威王宣王三次变法，国本业已稳固。虽有田地昏暴失政，然终究只十七年，国人念齐之心尚存。王蠋死节、莒城立王、燕官辞爵，上将军宁不思之所以然乎？即墨虽孤城困守，终是国人救亡图存之心。纵然艰危备至，田单何敢弃国人之志，而图一己之私荣？诚如上将军言，田单原本商旅之才，不期而做救亡之将，非有兵家之能。然自忖上合天道，下承民心，受命危难之中，若上将军能应时退兵归燕，全齐国而成大义，田单自当解甲归商，永不言兵。然则，若上将军坚执灭齐化齐，田单纵无兵家之能，亦当与上将军一力周旋，义无反顾也！耿耿此心，尚望将军体察。

乐毅良久默然，突兀笑道："鲁仲连别来无恙？"

自称"连仲"的信使目光一闪，随即抱拳一拱："在下正是鲁仲连。"

"千里驹志节高洁，深为敬佩。"乐毅拱手还礼，谦和的笑容却迅速敛去，"足下通晓天下大势，果真以为，齐国民心还有根基么？"

"民心若流水，动势也。"鲁仲连一脸肃然，"上将军目光所及，自是齐人怨声载道，歆慕燕国宽厚新法。然则，如田单鲁仲连者目光所及，却是民心根基尚在，齐国固不当灭。其间根本，人群之差异也。上将军注目者，不堪赋税劳役之山乡庶民百姓也。田单鲁仲连之注目者，官吏士子商旅百工国人也。以时势论，士商百工乃当今邦国之本，若此等人群奋起救亡，拥立新王，推出新法大政，宽减庶民重负，安知庶民之心不会回流入齐？"

"孤城一片，如何推行新法大政？"

"假以时日，孤城自会通连。"

"你是说，以即墨莒城之力，可以战胜燕国大军？"

"强弱互变，强可弱，弱可强。"鲁仲连一句撂过了对于精通兵法的乐毅而言根本无须多说的这个道理，转而恳切道，"上将军内心自明，燕国朝野对仁政化齐之方略，早已多有非议。纵是燕军大将之中，对宽围缓攻之法亦多有愤懑。上将军纵然远见卓识，身陷平庸昏聩之泥沼，徒叹奈何？若一朝老燕王病故，燕国朝局逆转，上将军何以处之？仲连为上将军计：不若迫使新齐王割济西十三城而退军，既全齐国，又成君之大业。两全其美，何乐而不为也？”

“千里驹果然不凡，居然反客为主。”乐毅哈哈大笑道，“由此看来，田单回书当是鲁仲连手笔了。你我曾有一面之交，今敢请仲连兄转告田单：公既不降，胜负便看天意了。即墨城破之日，公毋悔也。”

“谨遵台命！”鲁仲连一拱手，“告辞。”方得转身却又突然回身，“田单复国之日，上将军毋悔也。”说罢大步去了。

望着鲁仲连上马驰去，乐毅不禁陷入了深深沉思。鲁仲连的一番说辞，使乐毅内心深为震惊。鲁仲连对燕国太熟悉了，仅是熟悉还则罢了，更能洞察幽微剖陈利害。有此等人物，齐人抗燕便有了远见，加上田单貂勃之善于处置兵事政务，以这两座孤城为根基的抗燕力量，便会成为真正的劲敌。然则，真正令乐毅担心的，倒还真不是对手的实力陡增，毋宁说，有了真正势均力敌的对手，他倒有几分欣慰。长驱齐国三千里如入无人之境，对于一个酷好兵家战阵的统帅来说，也真是索然无味。真正令乐毅担心的，恰恰是鲁仲连点破的燕国朝野走势。鲁仲连身在齐国，都看破了燕国朝局潜藏的忧患，各大战国岂能懵懂无知？

攻齐以来，燕国已经成为天下注目的焦点，各国特使云集之地。各大国无不关注蓟城与齐国战场的一举一动，对燕国的未来图谋，更是备细揣摩。根本原因只有一个，燕国若能安然吞下齐国，陡然成为天下最大最强的战国，便将一举与秦国分庭抗礼，一举改变战国格局。如此大势，哪个大国能无动于衷？对列国威胁最大的野心勃勃的齐湣王田地已经死了，齐国的府库财货也被瓜分了，齐国纵然复国，也再不会是那个殷实富强的“东帝”了……

“上将军，下雪了！”幕府外传来中军司马兴奋的喊声。

乐毅恍然抬头。幕府大帐的气窗正纷纷飘过硕大的雪花，噢，冬天到了。漫步走出出令房，走过聚将厅，走出了暖烘烘的幕府辕门，乐毅看见中军司马正与几个军吏兴奋地指着漫天飞扬的大雪谈笑议论着。

“没见过大雪？如此高兴？”乐毅木然地板着脸低声嘟哝了一句。

“上将军！”中军司马笑道，“冬雪来得早，即墨莒城就要撑持不住了。又冷又饿，如何打仗？他们一降，这大战便完胜了。”

“想辽东家园了？”

中军司马嘿嘿笑了：“打仗么，都盼个早日凯旋。”

正在这时，突闻雪幕中马蹄急骤，一骑如火焰般飞来。显然，这是唯一能在军营驰马的斥候飞骑到了。瞬息之间飞骑已到面前，斥候翻身下马急促拱手：“禀报上将军：即墨民军全部换装皮棉甲胄，城中肉香弥漫，粮草充足！来路尚不清楚。”

乐毅没有惊讶，思忖片刻双眼一亮：“派出一队飞骑探察海岸，若有秘密后援立即来报。”

“嗨！”斥候一跃上马箭一般去了。

冰凉的雪花打着面颊，极目望去，雪雾茫茫。看来，这场入冬大雪绝非三两日停得下来了。齐国的冬天很讨厌，又湿又冷，任你是皮棉在身，只要到得旷野，便会被海风吹成凉冰冰湿漉漉的水棒子。辽东的雪天是可人的，飘飘飞雪苫盖山川，虽然寒冷却自有一种干爽。这齐国的雪却是怪异，鼓着海风肆意张扬，沉甸甸湿漉漉海盐一般扑黏在身上，挨身便化，分明是大雪纷飞，落在身上却是一片片水渍。大雪已经下了一个时辰，漫天雪花飞扬着交织着重叠着延续着飘落大地，辕门外的马道却只是湿漉漉的没有积雪。这个齐国啊，天气也像人一般难以捉摸也。都说齐人“贪粗好勇，宽缓阔达”，可当你越过那宽缓的平原而真实抵近齐人时，却会发现一座座突兀奇绝的山峰横亘眼前。不是么？突然之间，即墨粮草充足了，寒衣上身了。这只有一个可能，即墨有了秘密后援。哪一国？不好说。然则，无论是何方秘密出手，都意味着各国作壁上观的局面已经开始了微妙变化，开始有动静了。因由呢？莫非他们都看到了燕国朝局之微妙，齐国抗燕之根基，而揣测乐毅未必能安然化齐入燕？更有甚者，抑或他们根本就以为燕国消受不下齐国这个大邦？果然如此，为何秦国不动声色？按照天下格局，秦国是最应该有动静的，而秦国但动，绝非仅仅是秘密后援。

战国以来之传统：但凡实力大国，在列国冲突中总要多方斡旋折冲，使战事结局最终能为既定各大国所接受；没有各方实力大国的协商密谋分割利市，一国要吞灭另一国几乎是不可能的。私灭小国尚且不能，何况吞灭齐国这样的庞然大物？齐湣王背弃五国而私吞宋国，结局便是千夫所指五国共讨。燕国正是秘密合纵利市分割，才促成了合纵攻齐。灭齐大战，唯独最强大的秦国没有分得任何利市，眼看齐国就要没有了，秦国却依然不动声色，确实令人费解。

尽管蓟城有传闻，说当初燕国对秦王母子有恩，尤其是宣太后对乐毅“有情”，才使秦国不争利市而援助燕国攻齐。乐毅却嗤之以鼻。作为谋国之重臣，他从来蔑视这种以秘闻轶事解说邦国利害的荒唐说法。以秦国法令之严明，君臣之雄心，如何能在如此重大的邦交利市分割中，以王者一己恩怨定方略？即便当初出兵决断有一抹回报燕国的痕迹，目下这不动声色，也绝不意味着秦国依然“痴守旧恩”而放手教燕国灭齐。倘若果真如此，秦国还是秦国么？这里只有一个可能：秦国很清楚燕国朝局，很清楚齐地的抗燕大势，更清楚他乐毅的方略与军中大将的摩擦，从而断定燕军不能最终征服齐国。

若秦国断定齐人抗燕不成气候，则必然有两个方略：其一，派遣战无不胜的白起亲率精锐大军“襄助”，攻灭齐人最后根基，那时即便秦国不言，燕国能够不分地与秦么？其二，联结五国，强迫燕国撤军，保存弱齐，那时燕军不撤行么？如今不动声色作壁上观，只能是吃准了两点：燕国朝局动荡，乐毅未必能撑持到底；齐国抗燕有望，燕军未必能力克两城。唯其如此，才会有这种不动声色的方略——既维护与燕国的盟友之情，又给将来与已经丧失了争霸实力的弱齐修好留下了余地。

想是想得清楚了，乐毅的心却如那灰色的天空布满了厚厚的乌云。

他将如何应对？撇开朝局不说，单就对齐方略而言，似乎也只能沿着“长围久困，仁政化齐”的方略坚持下去。如果放弃这一方略转而猛攻，以辽东大军目下的战力及他的精当运筹，他自信能够完全攻克两座孤城。可后果如何？五国眼看齐国将灭，必然联军干预，要么平分齐国，要么保存弱齐，二者必居其一。对于已经为山九仞的燕国而言，无论哪种结果都意味着屈辱与失败。唯一能走的一条路，便是长围久困，先化已占齐地入燕，两座孤城则只有徐徐图之。如此方略，可使大局始终模糊不清，各大战国对一场结局不清的战事，便没有了迅速达成盟约干预的因由。纵有一两个战国图谋干预，燕国也能慷慨回绝："我军仁政安齐，解民倒悬，横加干预便是与大燕为敌！"

辽阔的军营白茫茫一片，大雪依然鼓着海风无休止地从天际涌来。

六　兵不血刃　战在人心

倏忽之间，五年过去了。

过了"地气发"[1]的正月，进入了第六个年头。田单已经被这不伦不类的战争拖得精疲力竭了。五年前，燕军只在离城五里之遥围而不攻。日每太阳出山之时，总有燕军一个千人队开到城下散开反复大喊："即墨父老兄弟们，出城耕田了——""田地荒芜，农人痛心！""河鱼肥美，正是张网之时！""燕军绝不追杀田猎庶民——"如此等等喊得两个时辰，城下埋锅造饭，吃完了再喊，直到日薄西山方才撤去。

日复一日，即墨的农夫们先吵吵着要出城一试，城头防守的兵士也渐渐松懈了。田单明知这是乐毅的化坚之计，却又无可奈何。谁能对一个年年月月日每向你表示宽厚友善的强大敌人，始终如一地视若仇雠？庶民百姓心旌摇动，田单若反其道而行之，以严酷军法禁止出城，岂非正中乐毅下怀？无奈之下，第三年的清明，田单允许了百姓们祭奠祖先坟墓。齐国的清明在二月中旬，比中原各国的清明早了近一个月，尚是春寒料峭的时节。田单分外谨慎，下令一万精锐军士夜里进入城外壕沟埋伏，城门内更是伏兵器械齐备。从心底里说，田单倒是希望燕军乘机截杀庶民，甚或希望燕军乘机猛攻。果真如此，再也不用担心乐毅的化坚之计了。毕竟，打仗最怕的是人心涣散。

---

[1] 地气发，齐国历法的第一个节气，正月初旬。

然而，当即墨人三三两两小心翼翼地出城后，却发现本应早早就掩埋在荒草之中的祖先坟茔，整肃干净地矗立在各个陵园，四野细雨飞雪，非但没有燕军兵士马队，连燕军大营都后退了二十里。齐人最是崇敬祖先神灵，骤然松弛之下，即墨百姓成群结队拥出城来，在祖先陵前放声大哭。

那时，田单突然心中一动，带着一万精锐兵士出城，隆重修建了死难于即墨之战的二十余万烈士的大陵；陵前竖立了一座三丈六尺高的大青石，石上大刻八个大字——与尔同仇，烈士大成！此时的即墨人，实际上已经是逃亡难民居多了，他们的族人大部死在了即墨城下，如今得以祭奠，如何不痛彻心脾？在大陵公祭之时，万众痛哭失声，“血仇血战，报我祖先”的复仇誓言如大海怒涛一般滚过原野。

从此，本来是要守城打仗的田单，只好与乐毅展开了无休无止的心战攻防。

春耕之时，燕军远远守望，时不时还会有农家出身的士兵跑过来帮即墨农人拉犁撒种，田野里竟洋溢出一片难得的和气。每每在这时，即墨城会拥出一个个白发苍苍的老人，嘶哑着声音长长地呼唤：“三儿，春耕于野，你却到哪里去了？”“我儿归来兮！魂魄依依——”耕田的农人们骤然之间面如寒霜，冷冷推开帮忙的燕军士兵，赳赳硬气地走了。

五月收割，燕军在田边“丢弃”了许多牛车。一班农人高兴地喊起来：“燕人真好！帮我牛车也！”遂用牛车拉运割下的麦子，忙碌得不亦乐乎。当此之时，恰恰有族中巫师祭拜谷神而来，一路仰天大呼：“燕人掠齐，千车万车，回我空车，天道不容！”农人们恍然羞惭，纷纷大骂着燕人贼子无耻强盗，愤愤将燕军牛车掀翻在水沟里。

幸亏有了奔波后援的鲁仲连襄助谋划，五年之中，田单总算一步一险地走了过来，维持得即墨人心没有被乐毅颠散颠乱。然则，田单已经深感智穷力竭了，本当三十余岁盛年之期，不知不觉间两鬓如霜了。每遇鲁仲连秘密归来，田单总是喟然长叹：“匪夷所思，即墨之战也！若再得三年，田单纵然不降，庶民百姓也要出逃了。”已经是黝黑干瘦的鲁仲连总是生气勃勃地笑着：“田兄与当世名将相持五年，交兵则恶战，斗法则穷智，以孤城对十余万大军而屹立不倒，正在建不世之功业，何其英雄气短也？”田单总是疲惫地一笑：“仲连兄，我本商旅，奔波后援正当其才。你本名士，治军理民原是正道。你我还是换换，教我透透气如何？”鲁仲连不禁哈哈大笑：“田兄差矣！挽狂澜于既倒，远非一个才字所能囊括。顽也韧也，心也志也，时也势也，天意也！”田单只好无可奈何地摇摇头。

正在春寒艰危之时，秘密斥候报来了一个惊人的消息：燕昭王封了乐毅做齐王。

惊愕之余，田单顿时心灰意冷了。用间之计再奇，遇上如燕昭王这般君主，则是弄巧成拙，搬起石头竟砸了自己的脚。乐毅若果真称王治齐，即墨莒城如何能撑持得下去？看来，上天当真是要田齐灭亡了。

原来，田单与鲁仲连在一年前谋划了一个反间计：通过庄辛，重金收买了一个燕国中大夫，教这个中大夫秘密上书燕王，说乐毅按兵不动，是借燕国军威笼络齐人，图谋齐人拥戴乐毅自己为齐王；目下之所以尚未动手，唯顾忌家室仍在蓟城也。身在病榻的燕昭王看罢上书，一时良久沉默。守在病榻旁的太子一脸紧张：“父王，乐毅既有谋逆之心，便当立即罢黜，事不宜迟！”

“竖子无谋，妄断大事也。”燕昭王冷冷地盯了太子一眼，“立即下书，明日朝会。”

此日，举朝臣子齐聚王宫正殿。一脸病容满头白发的燕昭王，拄着一口长剑做了手杖，艰难地走到了王座前，一脸肃杀地挺身站着，一挥手，御书捧着一摞羊皮纸走到了王座下，请每个大臣拿了一张。

“奇文共赏。”燕昭王冷冷地开了口，“中大夫将丌上报秘事，诸位且看。”

大臣们飞快浏览一遍，举座惊愕默然，谁也不敢开口。

“将丌，你可有话说？”燕昭王嘴角抽搐出一丝难得的笑容。

一个敦厚肥矮的黝黑中年人从后排座中站起，拱手高声道：“臣之上书，字字真实，天日可鉴，我王明察。”

“天日可鉴？”燕昭王冷笑一声，“诸位皆是大臣，以为如何？”

“我王明鉴！”所有大臣不约而同地喊出了这句不置可否的万能说辞。

“王心不明，臣心惴惴？”燕昭王沉重地叹息了一声，陡然提高了声音，“此为邦国大计，本王也不用你等费力揣测，今日便明察一番：我大燕自子之乱国以来，齐国乘虚而入，大掠大杀，毁我宗庙，烧我国都，致使数百年燕国空虚凋敝，举目皆成废墟。此情此景，至今犹历历在目也。”

听得燕昭王苍老嘶哑的唏嘘之声，臣子们不禁惊愕了。老国王伤痛如此实在罕见，是恨乐毅不为燕国复仇么？正在忐忑不安之时，又听燕昭王肃然开口：“当此之时，乐毅十年辽东练兵，十年坚韧变法，冒险犯难成合纵，一举大破齐国，复我大仇，雪我国耻。乐毅之功，何人能及？纵然本王让位于乐毅，亦不为过，况乎一个本来就不是燕国疆土的齐国也！昌国君乐毅但为齐王，正是燕国永久屏障，亦是燕国之福，本王之愿。如此安邦定国之举，区区一个将丌，竟敢恶意挑拨，实为不赦之罪也。来人，立斩将丌，悬首国门昭示国人！”

殿口甲士轰然一声进殿，将面如土色的将丌架了出去。

“臣等请我王重赏上将军，以安国人之心！”殿中又是不约而同的主张。

“立即下书，”燕昭王高声道，“封乐毅为齐王！以王后王子全副仪仗并一百辆战车，护送乐毅家室到齐国军前，乐毅立即在临淄即位称王。”

护送仪仗尚在半途，飞车特使已经抵达临淄。乐毅接到王命王书，一时惊诧万分。反复思忖，乐毅上书燕昭王，派飞骑专使星夜送往蓟城。燕昭王在病榻上打开飞骑羽书，只有寥寥两行大字：“臣明我王之心，然却万难从命。若有奸徒陷乐毅于不忠不义而王不能明察，乐毅唯一死报国耳！”燕昭王长吁一声，立即下令撤销前番王书，只坚持将乐毅家室送往齐国，同时明令朝野：再有中伤昌国君乐毅者，杀无赦！

一场神秘难测震惊燕齐两国的风浪，便这样平息了。燕国朝臣与老世族们终于长长出了一口气，再也没有人议论乐毅了，连太子姬乐资都沉默了。齐国百姓则还没来得及品咂其中滋味，乐毅称王的风声便烟消云散了。说到底，对这个突然变故感触最深的，还是田单与鲁仲连。鲁仲连邦交斡旋，素来被人称为算无遗策。田单在与乐毅的长期“心战”

中，也堪称老谋深算了。这次两人合谋反间计，却碰得灰头土脸，如何不感慨百出？鲁仲连哭笑不得只是摇头：“忒煞怪了！这老姬平将死之人了，竟还这般清醒，倒是教人无话可说也。”田单一声叹息：“天意也！你我奈何？只是如此一来，乐毅稳如泰山，即墨却危如累卵了。”

“田兄，即墨还能撑持多久？”

“多则三年，少则年余了。”

鲁仲连咬牙切齿地挥着黝黑枯瘦的大拳头：“撑！一定要撑持到最后。”

“我不想撑么？”田单不禁笑了，“一得有办法，二得有前景。少此两条，谁却信你？”

“前景是有！”鲁仲连一拳砸在破旧的木案上，“姬平病入膏肓，我就不信姬乐资也如他老父一般神明。”

“办法？”

鲁仲连目光闪烁，突然神秘地一笑，压低声音在田单耳边咕哝了一阵：“如何？”

田单疲惫地笑了：“病绝乱求医也。只怕我不善此道，露了马脚。”

鲁仲连一脸肃然：“有尿没尿，都得撑住尿！”

“噗”的一声，田单一口茶喷在了对面鲁仲连身上，哈哈大笑道，“好个千里驹也！这也叫谋略？有尿没尿，撑住尿。”

次日清晨，即墨聚来大片飞鸟，成群盘旋飞舞在城门箭楼，时而又箭一般俯冲到城内巷间，久久不散。一连三日如此，即墨城中传开了一个神秘见闻：日出之时，每见田单将军站上将台，天上飞鸟便大群飞来。将军走下将台，飞鸟也就散了。于是，惊奇的人们纷纷向西门箭楼的士兵打问，将军日每清晨上将台做甚？一个士兵悄悄说了自己的亲身所见：日出之前，将军上台求教上天指点即墨；此时，天上便有一个模糊的声音与将军说话；说话之时，便有大群飞鸟盘旋飞来，完全掩盖了说话声；说话完毕，鸟群倏忽消失。

在举城惊讶的时日，田单在校场聚集军民郑重宣示：“尔等军民听了：天音告知田单，再有三年，即墨苦战便将告结，齐人大胜复国！上天会给即墨降下一个仙师，指点我等如何行事。自今日始，即墨要遵天意行事，违拗天意，城毁人亡！”

“将军万岁！”“遵从天意！”举城军民的声浪直冲云霄。

田单带着几名军吏走回幕府的路上，一个稚嫩的嗓音突然响彻街巷：“田单，吾乃仙师也——”随着喊声，一个总角小童赤脚从对面屋顶飘了下来，正正地落在了街心。田单念诵了一声“天意也”，肃然拜倒在地：“仙师在上，弟子田单叩见。”总角小儿道：“田单听了，吾只日每一句，毋得搅扰也。”说罢又是木呆呆一副小儿憨顽之相，与方才神采判若两人。田单以隆重大礼将小儿接到了幕府，派了两名使女侍奉起居，又请来一名老巫师护持神道。日每鸡鸣之时，田单便只身进入仙师后帐请教天意，除此之外，任何人不得靠近仙师。

即墨军民精神大振，原本准备悄悄逃亡的百姓们顿时稳住了。毕竟，即墨已经守了五年，既然天意还有三年，再守三年何妨？此时出逃，三年后岂不祸及子孙？

清明一过，是春水化冰农田启耕的三月。三月初九这日，即墨人正在陆续出城下田，燕军大营却突然开进五里进逼城下，杀气腾腾地将出城农夫赶回城内，封锁了即墨。按照乐毅惯例，此等重大变故必先有安民告示，至少也当阵前通令。这次突然变脸不宣而围，年年三月被燕军大为鼓励的战时春耕，自是莫名其妙地终止了。田单心知异常，立即派出斥候缒城而出秘密探察，得到的回报是：乐毅被紧急召回蓟城，大将骑劫代行将令。不到一日，又接到密报：燕军在大将秦开率领下，重新围困莒城。田单心中一动，立即下令全城戒备，迎战燕军猛攻。

这天夜里，鲁仲连又一次秘密潜进了即墨。将两只后援海船的事匆匆交代给中军司马，鲁仲连将田单拉到隐秘处压低了声音：“田兄，老燕王寿终正寝了！”

田单双目陡然生光，长长地吁了一口气，软软地靠在了土墙上。

鲁仲连将田单扶到木案前，顺势坐在了那片破烂的草席上：“田兄，时机也！”

“你说，我先听听。”田单疲惫地喘息着。

"我意，还是反间计。"

"千里驹也？黔之驴也？"田单不禁揶揄一笑，"故伎重演，还想碰壁么？"

"兵不厌诈！"鲁仲连认真非常，"此一时也，彼一时也。姬乐资可不比老姬平。从做太子时，这安乐王子便对乐毅多有不满，每次泼脏水，背后都少不了这小子。"

"照此说，我等要再给乐毅泼一次脏水？"

"嘿嘿，两次。"鲁仲连也笑了。

"天意也！"田单一声叹息，"皎皎者易污。乐毅兄，田单对不住你了。"

三日之后，十名精干文吏随鲁仲连秘密出海了。在新王即位朝局微妙的时节，蓟城巷闾酒肆之间传开了一股风声："临淄燕官说了，即墨田单最怕的是猛将骑劫，根本不惧乐毅。""齐人还说了，乐毅卖燕，做齐王之心没死！""那还有假，齐军当年杀了多少燕人？乐毅如何，不报仇反倒笼络齐人，分明不对味嘛！"随着种种口舌流言，更有一首童谣迅速传唱开来：

四口不灭　白木弃绳
六载逢马　黑土自平

不消说得，一班想在新朝大展宏图者，立即将童谣与纷纭传闻秘密报进了王宫。

二十六岁的姬乐资，在老父王病势沉重的两年里，早已经与一班新锐密谋好了新君功业对策：一旦即位，半年之内，力下全齐；三年之内，吞灭赵国称北帝；十年之内，南下灭秦统一华夏；最多十五年，姬乐资便是天下混一的华夏大帝。长策谋定，年轻太子的心日每都在熊熊燃烧，孜孜以求地等待着昏聩无断的老父王早日归天。在姬乐资看来，当年拥有六十三万大军的齐国是天下第一强，而燕国二十万之旅能在一月之间飓风般扫掠齐国七十余城，燕军自然更是天下第一雄师。若不是乐毅莫名其妙地停止进攻，最后两城岂能数年不下？自三皇五帝春秋战国以来，何曾有围城五六年而不下城的打法？分明是乐毅在糊弄父王，宽厚的老父王却信以为真，当真不可思议。

一日，上大夫剧辛正在元英殿[1]给几个前往齐国劳军的臣子讲述战场之艰难，恰恰被气宇轩昂的姬乐资撞上了，揶揄笑道："敢问上大夫，齐国战场，难在何处也？"

"难在民心归燕。"剧辛一口回了过来。

"皮之不存，毛将焉附？地若归燕，民心安得不归？"

"坚实化齐，水到渠成，此乃上将军苦心也。"剧辛神色肃然。

姬乐资一阵哈哈大笑："如此说来，汤文周武之先灭国而后收民心，却是大错了？当今天下，竟有超迈圣王之道乎！"

剧辛面色涨红，急切间无言以对。

姬乐资又是一阵哈哈大笑，扬长而去了。

在姬乐资与一班昔日太子党密议如何迈出功业第一步时，童谣巷议的密报恰恰送了进来。姬乐资抖着那方羊皮纸微微一笑："天意也，诸位请看了。"

"四口不灭，白木弃绳。这不是说田不能灭，乃是'白木'无缚贼之法么？"有燕山名士之称的亚卿粟腹第一个点了出来。

"白木为何物？"有人尚在懵懂之中。

"白木弃绳，不是一个'乐'字么？有谁？"立即有聪明者拆解。

"六载逢马，是六年之后当马人为将。"

"黑土是'墨'，何须说得，即墨下，齐国平。"

粟腹霍然站起："臣请我王顺应天意，用骑劫为将，力下全齐！"

"臣等赞同！"新锐大臣们异口同声。

"上下同欲者胜。"新王姬乐资信口吟诵了一句《孙子兵法》，"君臣朝野同心，何事不成？立即下书：罢黜乐毅上将军之职，留昌国君虚爵。改任骑劫为灭齐上将军，限期一月，平定齐国。"

---

[1] 元英殿，燕国灭齐后新修宫殿，陈列齐国礼器之所。见《史记·乐毅列传》。

“我王万岁！”举殿一声欢呼。

粟腹走近王座低声道：“此番特使，上大夫剧辛最是相宜。”

姬乐资矜持地笑了：“也好。一石二鸟，免了诸多聒噪。”

一切不可思议的事，都轻而易举地发生了。当秉持国事的老剧辛接到这不可思议的王书与不可思议的特使差遣时，惊愕得当场昏厥了过去。悠悠醒转，反复思忖，没有进宫力陈，却当即唤来家老秘密计议半个时辰，次日清晨轻车直下东南去了。

七　齐燕皆黯淡　名将两茫茫

乐毅刚刚回到军中未及半月，老剧辛到了。

开春之时，燕昭王春来病发，自感时日无多，一道王书急召乐毅返国主政。可没有等到乐毅回到蓟城，燕昭王便撒手去了。葬礼之后是新王即位大典，姬乐资王冠加顶，当殿擢升了二十多名新锐大臣。乐毅剧辛两位鼎足权臣事先毫不知情，当殿大是尴尬。思忖一番，乐毅留下一封《辞国书》，嘱吏员送往宫中，自己星夜奔赴军前了。乐毅明澈冷静，眼见新王刚愎浅薄，纵然进言力陈，也只能自取其辱，抱定一个谋划：迅速安齐，而后解甲辞官。按照他在燕国的根基，至少一两年内新王尚不至于无端将他罢黜，而以目下大势看来，至多只要一年，齐国便会全境安然划入燕国。那时，平生心愿已了，纵然新王挽留，乐毅也是要去了。

老剧辛黑着脸一句话：“大军在手，乐兄但说回戈安燕，老夫做马前先锋！”

“天下事，几曾尽如人愿也。”乐毅长长地叹息了一声，“剧兄，子之之乱，已使燕国生民涂炭。齐军入侵，燕国更是一片废墟。你我怀策入燕，襄助先王振兴燕国于奄奄一息，历经艰难燕人始安。耿耿此心，安得再加兵灾于燕国？”

“姬乐资乖戾悖逆，岂非是燕国更大灾难？”

“邦国兴亡，原非一二人所能扭转。”乐毅淡淡地笑着，“此时回戈，只能使姬乐资一班新贵结成死党对抗，国必大乱。齐国若再乘机卷土重来，联手五国分燕，你我奈何？”

剧辛默然良久，唏嘘长叹一声：“天意若此，夫复何言！”站起来一拱手，“乐兄珍重，剧辛去了。”

“剧兄且慢。”乐毅一把拉住，“非常之时，我派马队送你出齐归赵。”

剧辛一声哽咽：“乐兄，同去赵国如何？赵雍之英明，不下老燕王也。”

“也好。”乐毅笑了，“剧兄将我妻儿家室带走，乐毅随后便到。”

“终究还是不愚。”剧辛终于笑了，拉住乐毅使劲一摇，“我等你。走，接嫂夫人世侄去。”拉起乐毅大步出了幕府。一时忙碌，三更时分一支偃旗息鼓的马队悄悄出了大营，直向西方官道去了。

此日清晨卯时，幕府聚将鼓隆隆擂起。驻扎在即墨的二十三位将军脚步匆匆地聚来，脸上显然带着一种莫名其妙的紧张。围困即墨的是骑劫所部，以辽东飞骑为主力，向来是燕军中的复仇派。几乎在剧辛抵达的同时，蓟城另一路密使也到了骑劫大营，对骑劫并一班大将秘密下了一道王书：三日之内，若乐毅不交出兵符印信，着即拿下解往蓟城。骑劫原本勇猛率直，此刻却沉吟了一阵才开口：“秦开所部唯乐毅是从。移交兵权，必是大将齐聚。秦开从莒城赶来，也得一两日。三日拿人，有些说不过去。特使能否宽限到旬日之期？”

“不行，至多五日，此乃王命！”密使毫无退让余地。

骑劫一咬牙：“好，五日。诸将各自戒备，不得妄动。”

骤闻聚将鼓，一夜忐忑不安的密使立即惊得跳下军榻，钻进商旅篷车带着几名便装骑士逃出了军营。骑劫正赶着密使车马的背影前来问计，不禁愤愤然骂道：“鸟！燕王用得此等鼠辈，成个鸟事！”

及至众将急促聚来，聚将厅的帅案前兵符印信赫然在目，却只肃然站着一个中军司马，竟不见素来整肃守时的上将军。军法：大将不就座发令，诸将不得将墩就座。这案前无帅，却该怎处？正在一班将军茫然无所适从的时节，聚将厅的大帷幕后悠然走出了一个两鬓斑白的布衣老人，宽袍散发，面带微笑，不是乐毅却是何人？

“诸位将军，”乐毅站在帅案一侧淡淡笑着，“乐毅疏于战事，六载不能下齐，奉命归国颐养。王命：骑劫为灭齐上将军。王书在帅案。中军司马，即刻向上将军交接兵符印信。”

“昌国君，”骑劫一时难堪，“莒城诸将未到，半军交接……”

“骑劫将军，你想他们来么？”乐毅依旧淡淡地笑着，“但有兵符印信，自是大将职权。将军以为如何？”

“谢过昌国君。”骑劫深深一躬，“末将行伍老卒，原本不敢为帅。”

“将军何须多说。”乐毅摆了摆手，“我只一句叮嘱：猛攻即墨可也，毋得滥杀庶民，否则后患无穷。”

“嗨！”骑劫不禁习惯性地肃然领命。

“诸位，军中无闲人，乐毅去了。”布衣老人环拱一礼，悠然从旁边甬道出了幕府。

“恭送昌国君！”二十多员大将愣怔片刻，一声齐喊。密使本来当众发布了命令的，乐毅交出兵权之后，必须由两千骑士“护送”回燕。此时此刻，眼看着统率他们十三年带领他们打了无数胜仗的上将军一身布衣两鬓白发踽踽独行而去，这些一腔热血的辽东壮士们酸楚难耐，谁还记得逃跑密使的命令？

幕府外轺车辚辚，待骑劫赶出幕府，布衣老人的轺车已经悠然上路了。从即墨出发去赵国，几乎要贯穿齐国东西全境千余里。偏是乐毅不带一兵一卒，只轺车上一驭手，轺车后一个同样两鬓如霜的乘马老仆人，一车三马上路了。

“昌国君，”老仆走马车侧轻声道，“还是走海路入楚再北上，来得稳妥。”

“舍近求远，却是为何？”乐毅笑了。

“元戎解兵，单车横贯敌国千余里，老朽实在不安。齐人粗猛……”老仆硬生生打住，将“连自家国王都杀了”一句吞了回去。

乐毅一阵大笑：“生死由命，人岂能料之也？若齐人聚众杀我，化齐方略根本就是大谬，乐毅自当以身殉之，何须怨天尤人？若齐人不杀我，化齐便是天下大道。大将立政，却不敢以身试之，岂不贻笑天下也！”

“昌国君有此襟怀，老朽汗颜。”老仆在马上肃然一拱，“能与主君共死生，老朽之大幸也。”乐毅淡淡一笑，对驭手吩咐道：“从容常行之速，一日五六十里，无须急赶。”驭手“嗨”地答应一声，轺车在宽阔的官道上辚辚走马西去。

日暮时分，将到胶水东岸。车马歇息，乐毅吩咐在官道旁边的一片树林中扎起了帐篷。此地已经离开即墨六十余里，熟悉的即墨城楼已经隐没在暮春初夏的霞光之中了。正在帐篷前篝火燃起老仆埋锅造饭驭手刷马喂马之时，突闻东边旷野里马蹄声急骤而来。乐毅久经战阵，凝神一听，是不到十骑的一支精悍马队。驭手一声大喊：“昌国君上马先走！末将断后。”乐毅微微一笑，安然坐在了篝火旁的一块大石上：“慌个甚来？没听见上路时说的话么？”驭手一阵脸红，兀自嘟哝道：“便是死，也不能教齐人欺凌。”将长剑往篝火旁一插，挽起一副强弩躲在了轺车后面。

此时，马队飓风般卷到。为首骑士骤然勒马，盯着大石上被篝火映照得通红的布衣老人，良久没有说话。乐毅打量着丈许之遥的马上骑士，一身破旧不堪的红衣软甲，一领褪色发白且摞着补丁的“红”斗篷，束发丝带显然已经颠簸抖去，灰白的长发披散在肩头，衬得一张黝黑的脸膛分外粗糙。

“敢问，来者可是田单将军？”乐毅淡淡地笑了。

“足下，可是乐毅上将军？”骑士也是淡淡一笑。

“老夫正是乐毅。”布衣老人站了起来，一声沉重的叹息，“将军殚精竭虑，孤城六载而岿然屹立，乐毅佩服也。为敌六载，将军欲取乐毅之头，原是正理。然，却与齐人无干了。”

“昌国君差矣！”骑士一拱手，“田单闻讯赶来，是为一代名将送别。”说罢一跃下马，向后一摆手，“拿酒来！”

乐毅爽朗大笑：“好个田单，果然英雄襟怀！老夫错料了。乐老爹，摆大碗。”

老仆利落，眨眼在大青石上摆好了六只大陶碗。田单接过身后骑士手中酒囊，一拉绳结，依次将六只大碗斟满，双手捧起一碗递给乐毅，自己又端起一碗，慨然道："昌国君，此乃齐酒。田单代即墨父老敬将军第一碗：战场明大义，灭国全庶民！田单先干。"汩汩豪饮而尽。

"庶民为天下根基。将军若得再度入燕，亦望以此为念。"乐毅举碗饮尽。

"田单敬将军第二碗：用兵攻心为上，几将三千里齐国安然化燕！"

乐毅微微一笑："为山九仞，愧对此酒也。"

田单肃然道："将军开灭国之大道，虽万世而不移，何愧之有？"

"好！饮了这碗，愿灭国者皆为义兵也。"

"最后一碗，向将军赔罪。"田单喟然一叹，"天意不期，田单一介商旅做了将军对手，才力不逮，多有小伎损及昌国君声望，田单惭愧也。"说罢深深一躬。

乐毅哈哈大笑，眼中闪烁着晶莹的泪光："兵者，诡道也。将军用反间之计，何愧之有？同是一计，先王一举破之，新王却懵懂中之。惭愧者，当燕国君臣也。"唏嘘哽咽间，乐毅举起大碗一饮而尽，良久无话。

"昌国君，"田单骤然热泪盈眶，"齐人闻将军解职，百感俱生，大约都聚在前方，箪食壶浆聚相恭送将军。田单不能远送了，愿昌国君珍重。"

乐毅长叹一声："但得人心，化齐便是大道，乐毅此生足矣！"

"田单告辞。"

"将军且慢。"乐毅淡淡地笑着，"老夫一言，将军姑妄听之：齐若复国，燕齐便成两弱，国仇亦算了结。将军若得主政，幸勿重蹈复仇之辙。如此齐燕皆安，方可立于战国之世。"

田单默然良久，深深一躬："田单谨受教，告辞。"说罢飞身上马，在夜色中向东去了。乐毅凝望着渐渐远去的马队，不禁怅然一叹："燕有乐毅，齐有田单，当真天意也。"思忖片刻，回身吩咐道，"乐老爹，明日改走海路，由楚入赵。"老仆摇着头一声感慨："咳！君主偏是找难，出齐无险了，倒是不走了。"

乐毅笑道："逢道口便饮酒，岂非醉死人了？"谈笑间主仆三人围着篝火吃饭，歇息到天交五更，上路直下琅邪海湾了。

田单从城外秘道回到即墨，立即开始了紧张筹划。

燕军换将，定然要对即墨大肆猛攻。田单的第一件事，是严厉督促全城军民连夜出动，将大批防守器械安置就位，又反复重申了军士轮换上城的次序，直到天亮时分方才大体就绪。多年来，由于乐毅的“宽围”，始终处于战时的即墨事实上极少打仗，军民多多少少地松弛了下来。尽管在乐毅被罢黜的消息传开之后，即墨军民已经觉察到了不妙，但还是很难骤然进入第一年那种血脉偾张的死战状态。田单清楚地记得，在最艰难的第一年，只要军令一下达，全城就会雷厉风行，从来没有过需要他亲自督导反复申明的事。然则，今日却出现了。以战国军旅的目光看，六年之兵无论如何都是老兵了，将军下令士兵们便能立即做到，表面上似乎都很顺当。然则看在田单眼里，他却总觉得不放心，总觉得少了什么最要紧的物事。

天亮回到幕府，田单立即派出秘密斥候从秘道出城，紧急追回将要出海的鲁仲连。

“田兄，何事如此紧急？”匆匆归来的鲁仲连很觉意外。

“人心懈怠。”田单沉着脸，“不设法解决，根本经不起燕军连续猛攻。”

“也是。”鲁仲连毕竟多有阅历，立即明白了此中危机，“我方才出得秘道，鹗叫三阵，城上才放下绳筐。头年，可是只一声。”

“今日备兵，民人都不出来了，只有军士。”田单声音沙哑，显是喊了一夜。

鲁仲连皱着眉头思忖一阵道：“久屯不战，燕军也必有松懈。又兼乐毅骤然离军，燕军要猛攻，也得恢复几日，还来得及。”

“有办法？”田单目光骤然一亮。

“或许可行。”鲁仲连诡秘地一笑，凑近田单咕哝了一阵。

田单一阵沉吟：“只是，太损了些。”

“非常之时，无所不用其极也。”鲁仲连慨然拍案，“此事我来做，你只谋划破敌之法。”“好！”田单顿时振作，“破敌之法已有成算，我立即着手。”

此时的燕军大帐，一片紧张忙碌。

乐毅骤然离去，所有的全局部署与诸般军务，都留给了中军司马向骑劫交代。粗豪的骑劫几曾想过做全军统帅，看着乐毅平日里洒脱消闲，便也以为上将军无非就是升帐发令而已，所有军务都有一班司马，主将只管打仗，有何难哉！不想一接手，中军司马便抱来一摞需要立即处置的紧急文书，当先一封急报是莒城大将秦开的“请命处置莒城降燕者书”。下来是各营急务：粮草将军请命军粮如何征发，辎重将军请命军器打造数量，斥候营请命如何安置秘密降燕者家室，各军大将请命病残伤兵统一归燕的日期，莒城官员示好燕军的秘密军情羽书等，足足二十多件。

骑劫顿时恼火：“我要猛攻即墨，忒多聒噪！”

“上将军，”中军司马低声道，“昌国君对这些急务，历来是当即处置。”

“那就先依成法处置，打完仗报我。”

“上将军，”中军司马为难了，“昌国君是宽化，如今王命力克。若依成法，是背道而驰。上将军须得有个决断才是。”

“鸟！”骑劫骂得一声，急得在出令厅乱转起来，“一窝乱猪鬃，处处都得变，这可咋整！”又猛然转身，“你说个法子，咋整？”一口辽东话又响又急。

“兴亡大计，末将但奉命行事。”中军司马低头一句话。

“酒囊！饭袋！”骑劫大为恼怒，“传我将令：琐事一概不理，只管猛攻即墨莒城。旬日之内不破城，提头来见！”

“嗨！”中军司马如释重负，连忙疾步出厅传令去了。

于是，燕军丢下各种亟待处置的军务不顾，立即在此日猛攻即墨。田单鲁仲连大出意料，连忙亲自上城，守定西门要害，生怕稍有闪失。及至攻防两个回合，燕军战力竟大不如前，各种攻城大型器械的威力也是大减。壕桥纷纷踩翻，云梯也经不住几块礌石便咔嚓折断。攻得一阵，便在城下抛下了千余具尸体。鲁仲连哈哈大笑：“田兄，骑劫这小子没睡醒，高估他也！”田单拭着额头汗水长吁一声：“如此敌手，天意也。”

骑劫猛攻不下，当即升帐聚将，要立斩三员大将。二十多个将军无不大急，众口一声：“枉杀无辜，我等不服！”这些将军原本都是骑劫旧部，今日众口一词，骑劫不禁怒火上冲，高声喝道："攻城不力，大灭燕军威风，不杀咋整！"飞骑大将道："上将军明察，昌国君主军之日，可曾如此打仗？末将之见，歇兵旬日，整顿军马器械并诸般军务，而后再战。"话音落点，众将轰然赞同。骑劫无可奈何，只好气咻咻下令歇兵休战。

这日晚上，斥候营总领来报：一个商人出城来降。骑劫立即下令，将齐商带进幕府大帐。

"如何此时降燕？"骑劫黑脸粗声，目光凌厉地盯住了布衣商人。

商人从容道："在下有一策献上，可使燕军破城。然则，也有一事相求。"

"说，何事？"

"危邦不居。在下唯求千金一车，远走他乡经商。"

"准你。说破城之策。"

"齐人最是尊崇祖先，敬重鬼神。乐毅当年以清明许祭，买得齐人敌意大减。将军若反其道而行之，全数开掘郊野坟茔，暴尸扬骨，齐人必心志溃乱，即墨一鼓可下也。"

"见利忘义，商人本色也！"骑劫哈哈大笑，转身下令，"赐千金，双马快车一辆，立即护送先生出齐。"

次日清晨，燕军出动三万步兵，全部掘开了即墨城外的陵园坟茔，将全部惨白的尸骨堆成了一座小山。即墨庶民军士早已经闻讯聚满城头，一片哭声震动四野。正午时分，燕军给白骨小山浇上了五百多桶猛火油，一支火把丢进，顿时浓烟滚滚火光熊熊，浓烈的腥臭气息在冲天烟火中弥漫了整个即墨城头。

"老根没了！即墨降燕！"城下燕军一片嬉笑高喊。

大火一起，即墨城头炸开了锅。人们捶胸顿足号啕大哭，老人们当场昏死过去三十余人，军民人等无不血脉偾张须发直竖，乱纷纷吼成一片："开城出战！杀光燕人！""血洗燕国！""剐杀骑劫！复我血仇！"幸亏田单亲自守住了城门，鲁仲连在城头哭喊劝阻，即墨军民才没有冲出城厮杀。即墨人的仇恨怒火终于最彻底地燃烧起来了。连日之间，城头成了祭奠祖先的神台，万千白布血书挂满了城头女墙，络绎不绝的请战庶民日夜围在幕府外哭喊请战，连女子孩童都自发编成了死战千人队，尖厉地呼喊着要杀光燕人。

田单立即快速行动，第一道命令是征发全城耕牛。一声令下，一个时辰间在校军场齐刷刷聚集了两千多头耕牛。经过遴选，留下了一千二百多头壮猛健牛，其余弱牛全部宰杀炖肉。田单下令：三日之内，每个军士务必吞下二十斤牛肉，不许哭喊，养足精神出战。

即墨工匠全部出动，给每头健牛用皮带扎束两支长大的铁矛，牛身绑缚一大片怪诞的黑红大布，牛角绑缚两把锋利的尖刀，牛尾扎一束细密的破衣剪成的布条。届时布条渗满猛火油点燃，健牛便成了凶猛无匹的踹营大军。与此同时，两万精壮军士编成了长矛军与厚背大刀长剑军，五千骑兵编成了掩杀军；其余五万多庶民无分男女老幼，全部按照家族编成了三支复仇军，届时分别从地道杀出。

三日之后，正是月黑风高的四月二十八。即墨军民在万千火把下云集校军场，田单一身铁甲手持长剑走上了将台："即墨军民父老们听了：燕人灭我邦国，掠我财富，掘我祖陵，大火焚烧我祖先尸骨，此仇不共戴天！今日复仇雪耻之战，我要以火牛阵大破燕军！教燕人葬身火海，报我祖先——"

"杀光燕人！报我祖先！"震天动地的吼声响彻全城。

田单下令："火牛阵与两万步军我自统领，出西门。五千铁骑由鲁仲连统率，出北门。其余民军由公推之族领统率，出地道。战鼓之前，全军肃静噤声。依次就位，秘密开城！"

月黑风高的子夜，即墨的城门与地道口悄悄地打开了，黑压压的大军悄无声息地弥漫出来，从壕沟外逼近到燕军大营里许之外，列成了丛林般的阵势。辽阔的燕军大营依旧是军灯闪烁，一片安然。

突然之间，战鼓隆隆而起，即墨大军惊雷般炸开。千余只健牛猛甩着燃烧的尾巴，哞哞吼叫着排山倒海般冲进了燕军大营，冲垮了鹿砦扯翻了军帐踩过了酣睡的军兵，牛头长矛尖刀肆意挑穿奔突逃窜的所有物事，连绵大火立即在辽阔的军营蔓延成一片火海。火牛身后是潮水般怒吼呼啸的即墨壮士，大营两侧的原野上则是奔突截杀的即墨铁骑，再后便是即墨民军无边无际的火把海洋。

大骇之下，骑劫的十万大军骤然之间土崩瓦解了。

天亮时分，燕军余部已经仓皇西逃。清理战场，燕军尸体竟有六万余具。骑劫也在乱军中被杀，尸体在燕军幕府外三丈之遥，肚腹大开膛晾着，双眼圆睁大嘴张开，一副无比惊惧的狰狞面容。分明是刚刚出帐尚未厮杀，便被火牛尖刀开膛破腹了。

鲁仲连哈哈大笑："田兄，一鼓作气，收复齐国！"

"便是这般！"田单一挥手，"传令三军城外造饭，饭后立即追杀！"

乐毅离军，齐人之心大伤，正在担心燕军反复，即墨大捷的消息骤然传开，一时欢声雷动，纷纷卷入田单的追击大军。月余之间，齐国七十余城全部收复。围困莒城的秦开大军明知大势已去，早在田单开始追杀的时候便撤军归燕了。

两个月后，田单率大军隆重迎接齐王田法章进入临淄复国。田法章感慨唏嘘，大朝当日便封田单为安平君开府丞相，貂勃为上卿，共同主持齐国复兴大政。历经六载亡国战乱，齐国终于神奇地复活了。

消息传开，列国却是一片冷漠。月余之间，只有后援齐国的楚国派出了上大夫庄辛来贺；没有占齐国一寸土地没有掠齐国一车财货的秦国，派来了华阳君为特使祝贺。貂勃倍感屈辱，愤愤来找田单："五国攻齐，魏韩分了宋国，也便忍了。只这赵国夺取的河间却是我大齐本土，却装聋作哑不出声。以我之见，立即派出特使，向赵国索回河间！"

"此一时彼一时。六年已过，赵国今非昔比。以新齐之弱，上门也是自

火牛示意图

取其辱也。”田单淡淡笑了。

“岂有此理！那便忍了？”

“六载抗燕，貂勃兄还是如此火暴？”田单笑道，“目下赵国雄心勃勃，一如当年燕国。齐国只能等待，等他自己生变。”

“你是说，赵国也会像燕国那般变化？”

“假若不能，便是天意了。一如秦国，内部不生变，谁却奈何？”

貂勃长吁一声：“齐燕两弱，只有秦赵争雄了？”

田单一笑：“貂勃兄纵不甘心，也得作壁上观。”

正在此时，书吏匆匆急报：赵国发兵十万进攻中山，秦国起兵攻赵。

“如何？秦国救中山？匪夷所思也！”貂勃哈哈大笑。

“天下强国，总归是不甘寂寞。”田单依旧一笑，“等。也许，齐国还有机会。”

第十章 胡服风暴

一 白起方略第一次被放弃

当中山国特使星夜赶到咸阳时，秦国君臣正在章台秘密会商。

中山国[1]是大河东岸太行山东麓的一个山国，都邑灵寿，疆域盈缩无定，强盛时方圆曾达千里之广，战国中期却只是个五六百里地的小邦了。地虽不大，却恰恰卡在秦赵魏韩四强之间：西面是秦国的河东根基离石、晋阳两大要塞，南面是韩国飞地上党山地，东南是赵国巨鹿与邯郸地带，西南面是魏国的河内地带。仿佛四方生铁之间的一方绵垫儿，一旦抽掉，四方生铁便会硬碰硬轰然相撞。在秦国崛起之前，中山国主要是魏赵韩三国争夺的焦点。战国中期形势大变，秦国先收复了河西高原，再夺取河东离石与晋阳，成了直面中山的最强大势力。及至秦军夺取魏国河内地带并设置河内郡后，魏国萎缩于大河之南，等于在争夺中

[1] 中山国，史家考证地域大体在今日保定、石家庄以西的山区丘陵地带。战国中期，中山国中心在今河北省平山县一带。都邑灵寿，今平山县境内。中山立国经过见第二部《国命纵横》。

山国的格局中退出了。也由于河内归秦，韩国原在魏国河内的狭窄通道也被秦国一体化入，韩之上党遂成了一块飞地。虽然也是直面中山，但由于国势大衰，韩国也早已经没有了争夺中山国的雄心。恰在这二十多年间，赵国骤然强大，于是，中山国事实上主要成为秦赵两大强国之间的缓冲地带。

若依地缘大势，中山国对于赵国，有着比秦国更为根本的利害关联。秦国崛起之后，扩张之势一步大过一步：收河西进河东，吞并巴蜀，夺取魏国河内，再夺楚国南郡，无可阻挡地强大起来。而赵国却在进入战国的百年期间，除了对三胡（东胡、林胡、楼烦）作战略有收获，始终没有大的扩张。唯其如此，夺取中山国对强大之后的赵国，有着非同寻常的意义。吞灭中山国，非但根除了一个肘腋大患，且对夺取韩国上党立即形成了压顶之势；中山国与上党一旦归赵，既可使河东的广阔山地成为对抗秦国的坚实屏障，也可使通向中原的大道畅通无阻。正因了如此大势，赵武灵王后期第一次灭了中山国。然则后来赵国内乱，中山国又死灰复燃重新立国。如今赵国重新强大，决意根除中山国，这次出动十万大军，显然是要一举吞灭中山国。

一接到紧急密报，魏冄觉察事非寻常，立即渡过渭水到了章台。

入得夏日，年事已高的宣太后常常多嫌咸阳宫燠热难耐。秦昭王遂命长史将章台收拾清理得洁净整肃，自已与太后一起搬到了章台消暑，一应重大国事自也赶到了章台会商。魏冄来到时，恰是正午时分，宣太后正在午间小憩，独秦昭王在书房盯着墙上那幅新绘制的大秦地图凝神沉思。已经四十多岁的秦昭王，虽然依旧没有多少国事，但一如既往地毫不懈怠，但有国事撞到面前，或太后丞相请与会商，总是立即前往，而且有话便说绝不瞻前顾后。时日一长，不期然地隐隐形成了太后、丞相、秦王三足鼎立主持国政决策的格局。魏冄依旧是军政大权在握，却也不再像原先那样径直与太后商议了事，只要秦昭王在，也便与秦昭王先说，而后再与太后共同议决。

“出大事了！”魏冄熟悉章台，一步跨进书房急促说了一句。

秦昭王一转身道：“赵何发兵中山国？”

“我王如何晓得？”魏冄心中一沉，若是秦王先得密报，朝局就大为蹊跷了。

“我是私下忖度，赵国该当有此举动。”秦昭王悠然一笑，“赵国君臣雄心勃勃，不灭中山，于心何安？”

“也是一理。”虽然心下稍安，但魏冄还是被秦昭王的“先知”触动了。这个消息对他这个身在中枢的秉政权臣是如此突兀，整日闲暇的秦昭王却在“忖度”中料到了先机，魏冄，你当真老了么？心下虽则闪念，面上却是淡淡一句撂过，“等太后醒来，立即商定个对策。”

“太后的午眠是越来越长了。”秦昭王思忖间道，“以我之见，先行宣召白起、华阳君、泾阳君、高陵君来章台[1]，未时之后正好合议。王舅以为如何？”不知从何时开始，秦昭王不再呼魏冄为丞相或穰侯，而唤做了王舅。

“白起正在南郡巡视军务，扩充夷陵水道，一时赶不回来。”魏冄皱着花白的眉头，“宣召华阳君三人前来可也。”

“大战没有白起，可是不好说。”

“十万兵马也算大仗？”魏冄轻蔑地笑了，“国策但定，任一大将足以应对。”

“好，先宣来三君商议。”秦昭王转身高声道，“知会长史：急召华阳君、泾阳君、高陵君立即赶赴章台议事。”

“是。”书房廊下的老内侍答应一声匆匆去了。

“我到前署等着。”魏冄说罢，来到章台第二进庭院。这第二进有九间冬暖夏凉的石屋，是宣太后特意下令设置的相署。每年冬夏，只要宣太后或秦昭王来章台，魏冄也会时不时赶来会商国事。为了方便就近处置紧急国务，丞相府的六名精干属员长驻在这里上承下达，确实是快捷了许多。突然之间，魏冄觉得他需要冷一冷心境，便来到相署自己的书房。

“启禀穰侯：武安君有羽书方到。”魏冄刚踏进书房，书吏匆匆来到。

---

[1] 关于章台的地形与格局，见第二部《国命纵横》。

“快打开。”

书吏利落地抽出腰间皮袋里的一支专门开启信件的细长匕首，娴熟地挑开铜管泥封，拧开管盖抽出一卷羊皮纸捧了过来。魏冄哗啦展开，白起那粗大的字迹赫然入目：

> 穰侯台鉴：白起已接军报，赵国发兵中山。起以为赵国目下气势正盛，吞灭中山难以阻挡，过早与之争锋，反给魏楚等可乘之机。对赵之策，当以先取上党为根基，成压迫之势，而后相机决战。赵国业已成强，与我大战必在早晚，宜聚举国之力，不战则已，战则雷霆一击，纵不能灭赵，亦使其根本衰弱。白起多方忖度，夜不能寐。穰侯掌军国大政，定能明察善断。

魏冄看罢不禁大皱眉头。他与白起的将相合璧，几乎是有口皆碑。从与白起相识共事开始，他从来都毫无保留地支持白起。白起也对他极为敬重，虽说白起目下之爵位职权都与他这个丞相不相上下，但白起从来都视穰侯为军政第一重臣，凡遇大事必先与他会商，从不单独向太后或秦王进言。目下这封如此紧要的羽书，白起完全可以直呈宣太后，然而白起还是径直送入丞相府，从抬头语气看，显然只是给他一个人的。这是白起与他多年的惯例，魏冄倒是丝毫没觉得有何不妥，时日一长也就习以为常，觉得该当如此。毕竟，当初是他一力将白起托出水面的，况且，他与白起从来都是坦荡谋国做事为先，只要做事快捷，些小方式谁却去细加揣摩了？目下魏冄的皱眉，是觉得白起的想法有些不对味，对，是谨慎过分。以白起之沉毅冷静果敢与用兵之精到，面对十万兵马竟如此谨慎小心，魏冄觉得有些不可思议。

细想起来，白起在第一次河外大破合纵联军后，似乎就渐渐深沉了。宣太后几次笑着说：“白起大有长进呢，多读兵书，说事有学问了。”魏冄当时倒是没在意，目下想起来，白起的变化似乎还就是从那时开始的。以魏冄的粗犷秉性，他倒是更喜欢原先的白起，只就战场说话，其余一概不想；打仗雷霆万钧，国事悉听上命决断。可如今，白起想得多了，已经想到了战场之外的天下大势，于是，也变得谨慎了。这是好事么？目下这封羽书，分明在说秦国对赵国的长策大谋。然面对十万兵马，却说赵国“吞灭中山难以阻挡”，那种面对六十余万大军而勇往直前的气概哪里去了？白起啊白起，莫非你也想做乐毅那般儒将，为求一仁而六载不下一城，最终功亏一篑？

“禀报丞相：太后宣召。”书吏轻轻到了廊下。

魏冄顺手将羊皮纸揣进胸前衬里的衣袋，匆匆向最后一进的竹园走来。

章台后园只是山麓下一片略加修葺的天然草场，一道青石条砌起的高墙，一方茂密的竹林，一池天然的山潭碧水。潭边草地上有一座茅屋庭院，那是当年秦孝公在章台的居所，号曰玄思苑，是孝公为怀念墨家女弟子玄奇而命名。孝公四十五岁积劳死去，玄思苑成了一处颇具神圣气息的旧居。秦惠王、秦武王每有大事入章台，必要到玄思苑对着孝公灵位禀报祈祷。秦昭王加冠之后，在玄思苑立了一座孝公石像，又令宫中老内侍画了孝公像交蜀中丝工精心刺绣成一幅与真人等高的绣像，张挂在玄思苑正厅灵位后。从此，这章台玄思苑便成了追念孝公的肃穆所在，被一班大臣称为“小太庙”。魏冄每次进入章台，都要到玄思苑小祭孝公。此时虽有急务，他还是停下脚步对着玄思苑肃然地深深三躬，才匆匆向竹林中走去。

竹林深处是云凤楼。这云凤楼是秦昭王专门为宣太后修建的，名号是宣太后自己取的。究其实，云凤楼只是一座架在粗大木桩上的两层竹楼。这种竹楼是云梦泽楚人的山居习俗，楚人呼之为“干栏”。暮年的宣太后颇有乡情，常常对秦昭王念叨：“要说舒坦，还是云梦泽好啊。干栏多豁亮，四面来风，比这高房大屋自在多了。”秦昭王说给了白起，其时正逢夺取南郡大军班师归来。白起感念宣太后平日对自己的关切，从南郡紧急征发了十多名建造“干栏”的能工巧匠，一个月便在章台竹林建成了这座“干栏”竹楼。一切就绪，秦昭王在盛夏之时请母亲到章台消暑。宣太后一见茂密竹林中的干栏楼，呵呵直笑：“好啊好啊，芈氏老在这干栏[1]里了！”

“母后，干栏当有个名号。”秦昭王高兴地指点着。

“我想想。”宣太后略一沉吟，“楚人云梦，秦人喜风，云凤干栏了！”

秦昭王笑了：“母后，还是‘云凤楼’雅些个。”

“如何？干栏土了？”宣太后顿着竹杖笑了，“毕竟在章台，就依你，云凤楼！”

于是，云凤楼成了宣太后的常住寝宫，一年倒有大半时日消磨在此。

魏冄对这云凤楼颇不以为然，总觉得这位老姐大可不必如此张致，让老秦人觉得碍眼。粗豪的魏冄少年离楚，入乡随俗，衣食住行已经完全变成了一个秦人，更兼身材高大黝黑威猛步态赳赳，若非偶然流露的楚音，直是一个地道的老秦人。然则，魏冄也是精细的，绝不会在这种无关大局的小事上对老太后聒噪，况且，即或说了也是无济于事。这位老姐姐的无所顾忌与她不让须眉的英风一样，是天下闻名的。当年坚持要陪同儿子入燕做人质，曾令秦惠王大是头疼，最终不得不教她去了。做了人质照样我行我素，公然与亚卿乐毅生出了情愫，回到咸阳尚念念不忘。记得在乐毅行将入秦之前，魏冄很是认真地劝阻了一回姐姐，请她断了与乐毅的念头，万勿引来天下嘲笑。谁知老姐姐撇着嘴轻蔑地一笑：“乐毅鳏夫，芈八子寡妇，男女人伦天经地义，怕谁个嘲笑了？”

更令天下咋舌者，还是这位老姐姐在外邦特使面前的惊人之言。

楚国猛攻韩国雍氏[2]时，韩使尚靳入秦求救，魏冄与老姐姐并秦王共同接见韩使。说了半日，尚靳言不尽意，总是唇亡齿寒之类的道义之词而不涉实际。宣太后突兀开口，打断了尚靳道：“我侍奉先王之时，先王将大腿搭在我身上，我便觉沉重难支；可先王完全压在我身上，反倒不觉其重了。因由何在？全身压我，给我欢喜，于我有利，自不沉重了。秦国救韩，原不在出兵多少，而在我能否得利，尚子明白了？”一席话

[1] 史家考证，干栏为远古直到汉代长江流域与江南地区的主要民居形式之一，浙江河姆渡遗址曾发现密集的干栏式建筑遗迹，古文献亦多有记载。

[2] 雍氏，战国韩地，在今河南禹州东北。

毕，师从儒家的尚靳大为难堪，涨红着脸瞠目结舌。宣太后一阵咯咯长笑：“言不及义，虚妄之士也！你等说，我去了。”甩着大袖径自去了。魏冄记得很清楚，那次只有秦昭王坦然自若，连他也觉得难堪了，只有约定尚靳夜来再议。自从那次之后，这位老姐姐的无所顾忌令天下侧目，一时毁誉纷纷。各国特使入秦，但逢宣太后便如芒刺在背。连每次必在场的魏冄都总是提着心气，生怕她口无遮拦。

如此一个老姐姐，你能管得她住何等样的房子？

上得四尺宽的结实木梯，沿着宽宽的外廊拐过两个转角，到了云凤楼临水的一面，谷风习习扑面，魏冄顿觉清爽起来。听屋内声音，华阳君三人已经到了。

“都坐了。”已经是两鬓白发的宣太后午眠初起，显得分外精神，“秦王已经将事由说了，丞相也来了。都说，甚个计较？”寻常重臣议事，也就是这几个人再加白起。所不同的是，但凡没有白起在场，宣太后都分外庄重，几乎从来没有笑脸。

在座五人，秦王是儿子，丞相是同母异父弟，华阳君是同父异母弟，高陵君与泾阳君是自己未嫁秦惠王时的两个儿子，全是至亲家族大臣。虽说秦人从老祖宗开始就已与西部邦国杂处共生，只要是能才，历来不计较异族异邦之士执掌大权。然则，除了一个武安君白起，举朝重臣皆出外邦，毕竟是秦国第一遭。朝野之间，已经将魏冄与三君呼为“四贵”了，显见老秦人是颇有微词的。若不按规矩来，误得几件大事，便会生出诸多事端，甚或导致入秦芈氏家族一举倾覆。宣太后明锐异常，自是掂得轻重，对每个人说话都是官称，实则时时在提醒着这几个非同寻常的显贵——都得明白自己的权力身份，不要以私情误国。

“我看，不能教赵国灭了中山。”华阳君芈戎原本是蓝田将军，性情宽厚，先慷慨一句，接着歉然低声道，“只是，如何阻挡赵国，我尚无成算。”

“家事无定见，国事无成算，夫人当家没了自个么？”宣太后冷冷一句，华阳君满脸通红。华阳君虽是大将出身，偏偏却对那个不生儿子的华阳夫人宠爱有加，寻常时节几乎事事都是华阳夫人做主，在秦国大臣中成为一奇。这是在座谁都晓得的事，宣太后已经直面斥责，他人也不好再说。

“赵国若灭中山，我河东根基离石、晋阳便成孤岛。”高陵君打破了沉默。他对各国情势了如指掌，显得极为自信，“当年赵雍非同寻常，其勃勃雄心堪与齐湣王比肩，其过人才干与英雄气度，却又远非齐湣王所能及。赵雍给赵国留下了一支精锐大军，且平定了东胡、林胡、楼烦，三次蚕食中山国。目下赵何，分明是要从吞灭中山开始，踏出南下争霸第一步。若不能在这第一步还以颜色，赵国会立即夺取上党，直接压迫河内，成为心腹大患。”

“高陵君言之有理！”兼领咸阳城防的泾阳君立即跟上，“赵攻中山国，我攻赵邯郸。此乃孙膑围魏救赵之计。若得定策，我率十万大军攻赵！”

“你？”宣太后嘴角淡淡一撇，看着魏冄，“白起如何？没个话来？”

“有。白起的快马羽书。”魏冄本不想将白起的羽书拿出来，然在闪念之间却又立即拿了出来。这位老姐姐知人之明杀伐决断之利落，魏冄从来都畏惧三分，她但发问，自是料定白起不会在如此兵家大事上听凭朝议，但有隐瞒，立时必有难堪。

“丞相之意如何？”宣太后眯着眼睛将羽书看了一遍，顺手递给秦昭王，又看着魏冄。

“启禀太后，臣以为武安君白起失之谨慎。”在宣太后面前，魏冄从来不会像在秦昭王面前那般无官称说话，言必合乎法度，“若是大势繁难纠结，敌国军力数倍于我，自当谨慎从事。然则，目下山东五国皆弱，无一国堪与大秦正面争雄。唯余赵国稍有起色，视若空前强敌，似有不妥。据实而论，赵国三十余万大军，我则有四十余万大军。赵之国力、军力，皆弱于我甚也。再说部署：赵军精锐十余万长驻阴山草原，十万大军攻中山国，所余兵力充其量十二三万，除去要塞与邯郸城防，能出动者仅在八万上下而已。当此时势，若听任赵国吞灭中山国，将大大助长山东六国气焰，合纵死灰复燃亦未可知。”魏冄本来没有想对如此一件显而易见的小战大费唇舌，若在寻常时日，以他之专断快捷，三言两语便告了断。可白起一有歧见，事情大为复杂。至少，白起在宣太后心目中的分量魏冄是清楚的，若不条分缕析，老姐姐一句话便将你撂在了一边。

“也是一理。”宣太后点了点头，对秦昭王道，“大主意秦王拿，你说。”这宣太后却是奇特，分明是自己决断国事，可每次都要在最要紧时刻将儿子推在正位，似乎总是反反复复地强调着一句潜台词：除了我，谁也不能无视秦王。

秦昭王皱起了眉头道：“看了白起羽书，我以为白起谋划深远，可做长策。然则，方才丞相一番论说，我也以为有理。兵家谨慎，原本不错。然若谨慎过分，也会贻误战机。就实说，目下委实难以决断。”

“哟，没主意了。”宣太后破例地笑了，“你等三个，如何说？”

“打！”华阳君第一个开口，“丞相大是在理，区区八九万大军，不打颜面何存？”

“武安君思虑深远，然目下却不着边际。”高陵君显得成算在胸，“战场争雄，实力较量。我只出奇兵一支攻赵心腹，使他灭中山国不成，未必与他举国大战，实在无须多虑。”

泾阳君立即跟上：“我亦赞同丞相之见。大战要武安君亲自出马，如此小战，武安君不在，亦当定策，无须迟疑。”

“如此说来，都是这个主意了。”宣太后轻轻点着竹杖，“话说到头，要论打仗，还是白起实在。纵有一谋之失，兵事还得靠白起。”三言两语将仍然倚重白起之意说得明明白白，说罢扶着竹杖站了起来，“秦王难断，我拿个主意：秦王丞相到蓝田大营聚集大将，他们都是战场滚大的，自有个掂量；若有良将请命出战，大体便是打得。”

“臣等赞同！”魏冄四人异口同声。

“好主意！”秦昭王拍案起身，“丞相，何时去蓝田？”

“饭后走，初更便到。”魏冄说罢回身出厅，“一个时辰后，章台渡口见。”话音落点，楼梯已经传来了沉重急促的脚步声。

三日之后，中山国特使被紧急召往丞相府。进府一个时辰后匆匆出来，连驿馆也没有回去，直出咸阳星夜北上了。

二　赵奢豪言　险狭斗穴勇者胜

秦军快速东出的消息传到邯郸，赵国君臣大出意料，却也没有慌乱。

在赵国君臣心目中，很是清楚吞灭中山国的利害关联，多年来只是不断蚕食中山国，而不做灭国大战。迄今为止，中山国已经只剩下不到十座城池，不到五百里地面，赵国才决意一举灭之。进兵之前，惠文王赵何曾有秦国发兵之忧虑，谁知几位重臣众口一词，秦国南郡未安，白起远在夷陵，决然不会发兵攻赵。赵何思忖一番也觉在理，赵国吞灭中山国只在一个月间，纵然白起闻讯星夜北上，待率领大军上路，只怕中山国也没有了，其时秦国奈何？可令赵国君臣惊讶的是：秦国根本就没有动用白起，也没有动用举国大军，竟派一个叫做胡伤的大将率八万铁骑直逼阏与[1]。

阏与位于漳水上游山地，南压韩国上党，西对秦国离石，距东南之邯郸三百余里，是赵国西部的第一道险关。过了阏与沿漳水河谷东下百余里，便是邯郸西大门——武安[2]要塞。武安一过，距邯郸只有不到百里，铁骑驰骋，一个时辰便到城下。唯其如此，这阏与虽则不大，却是绝不能放弃的咽喉要地，即或在兵力最吃紧的时刻，阏与也常驻着两万长于山地厮杀的精锐步军。而今秦军直逼阏与，显然是要破除赵国屏障而威胁邯郸。

紧急军报传入邯郸后的半个时辰，惠文王特使便四路出宫了：第一路直赴中山军前，向统兵大将乐闲通报军情变故，嘱其相机处置；第二路飞赴武安，急召将军廉颇来邯郸；第三路出邯郸东北直奔观津[3]，急召大将乐乘；第四路北上巨鹿[4]府库，急召田部令赵奢回邯郸筹划粮草。赵何相信，几路特使必有一路能解阏与之危。

---

[1]　阏与，战国时期赵国要塞，今山西省和顺县西南地带。

[2]　武安，今河北省武安县西南。

[3]　观津，战国赵地，在漳水北岸，今河北武邑东南。

[4]　巨鹿，战国赵地，今河北白洋淀以南地带，秦统一后置郡。

赵何之所以信心十足，根本在于这时的赵国非但有胡服新军三十余万，且多有良将。对诸侯作战，非但有勇迈绝伦的大将廉颇，更有闲居观津号为望诸君的天下名将乐毅及其同是兵家名士的两个儿子——乐闲、乐乘，老而弥辣的平原君赵胜，若再加上赵成、赵文、赵造、赵俊、赵固、赵袑等一班王族新老猛将，赵国直是当时天下的名将渊薮。其中堪称帅才而能独当一面者，至少有乐毅、廉颇、赵胜、乐闲、乐乘、赵成几人。然则，除非有亡国之险，乐毅这般名动天下的大帅是不宜轻动的。赵胜、赵成这两位，都是年过六旬的老将，也是不能随意上阵的。能立应突发危机者，自然便是常在军中的这班大将。几将之中，乐闲率军进攻中山国，其余几人便成了迎击秦军的自然人选。

暮色降临时，最近的廉颇率先赶回邯郸。

廉颇堪称天下军旅一奇，越趋盛年越见战阵之才。做前将军时，廉颇便以勇迈闻于诸侯，而今已是五十余岁盛年之期，却更见壮猛心志非凡，一副灰白的连鬓络腮大胡须挂在黝黑红亮的脸膛上，步态赳赳声若洪钟，但在军前立马，大有河岳泰岱而无可撼动之势。然则，若仅仅是勇猛，自不足以成为天下名将。廉颇之奇，在于冲锋陷阵之勇猛与统率大军之稳健奇妙地糅合在了一起。一身而享天下第一武勇与天下第一稳健之赫赫大名，战国之世无出其右。

当沉重急促的脚步声远远传来时，惠文王先自笑了。廉颇的脚步声永远都像战鼓，任你萎靡困顿之人，一听这咚咚鼓点都会陡然振作。赵何也是一样，顺手撂下案头的《阏与关山图》，大步迎了出来。

“老卒廉颇，参见我王！”还在九级石阶之下，黄钟大吕便轰然撞将过来。不称老夫，也不称老朽，硬邦邦自称老卒，这也是廉颇一奇。

赵何哈哈大笑：“老将军，本王正在虚席以待，请了。”

“我王请！”廉颇肃然一拱，跟在赵何身后大步进了幽静的偏殿。

“老将军请看，这是阏与急报。”赵何拿起案头羽书递给了廉颇。

“老卒驻防武安，军情尽知，我王何断？”

赵何笑道：“战事问将。老将军以为阏与可救么？”

默然片刻，廉颇终于开口：“阏与道远险狭，急切难救。”

赵何一惊，心下一沉："阏与丢给秦军，邯郸岂不大险？"

"邯郸无险，我王毋忧。"

"何以见得？"

"老卒镇守武安，秦军难越雷池半步。"

赵何不说话了。廉颇的回答大大出乎他的意料，以如此勇迈大将之目光，尚且认为阏与难救，那显然真是难救了。赵何不是父王赵雍那般战阵君王，没打过仗，战事决断历来以大将主张为凭据。廉颇是行伍擢升，久经战阵，他能说"道远险狭"，那必是大军无法兼程行进的崎岖山地羊肠道，赶去也是迟了。骤然之间，赵何想起廉颇当初的建言：在阏与当屯兵五万。可是，其余大将都以为两万足以支撑，屯兵过多，且不说阏与不能展开，粮草输送、兵力凝固难以迅速调遣等都是不利之处。目下看来，廉颇是沉稳老谋了。

廉颇匆匆赶回武安备兵去了。赵何郁郁沉思，连最是在意的晚餐都免了，一直在殿中转悠着守候着。

"禀报我王，乐乘将军到。"

"快！宣他进来。"

乐乘是乐毅的次子，三十余岁，自幼熟读兵书，与长兄乐闲一般沉静，儒雅之风颇似其父。当初乐毅弃燕入赵，骑劫大军被田单火牛阵一举击溃，落叶遇秋风般丢了齐国，其山倒之势比当年乐毅攻齐快捷了许多。燕惠王姬乐资大悔不迭，更怕乐毅记恨于燕国而率赵军攻燕，于是派出密使致书乐毅，将当初之过推于"左右误本王"，宣示自己的本意是"为将军久暴露于外，故召将军歇息议事"，末了竟然指责乐毅"将军过听，以与本王生隙，遂弃燕归赵。将军自以为计可也，却何以报先王之所以遇将军之恩义也"。先期随后母在剧辛护送下秘密抵赵的乐乘，见书大是不齿，冷笑道："君王多厚颜，如此言语，竟能启齿也！"乐毅淡淡一笑："亡羊尚知补牢，纵有文过饰非，也是用心良苦。"乐乘记得，父亲书房的灯光当夜一直亮着。天亮时，父亲将他唤进书房，拿出满当当字迹的三张羊皮纸说，这是给燕王的回书，你便做我信使了。为明父亲本意，乐乘仔细读完了那封少有的长书。父亲开篇直言不讳道："乐毅非佞臣。当初不能奉承王命以顺左右之心，恐伤先王之明也，故遁逃走赵。今足下使人数之以罪，臣唯恐足下之左右不察先王信臣之理，又不白臣之用心也，故敢以书对。”寥寥数语，潜藏着诸多意味，乐乘不禁大是赞叹。接着，父亲细致论说了燕昭王的惕厉奋发、敬贤拔士与任用乐毅灭齐的经过以及给燕国带来的巨大利市，显然是要给燕惠王立一面君道人道的大铜镜。末了那段话犹是感人，乐乘至今尚能一字不差地背诵下来：

> 臣闻之：善作者不必善成，善始者不必善终。昔吴王阖闾听伍子胥而成大业。夫差却赐药以杀伍子胥，而抛尸于江。吴王夫差不悟才士可以立功，故杀子胥而竟不悔。子胥不明吴王之歧见，故尸身入江犹有恨意。臣立功免身，以明先王之迹，臣之上计也。既临不测之罪，自以幸免为利。今虽身托外邦，而大义不敢逾越也。
>
> 臣闻：君子交绝，不出恶声；忠臣去国，不洁其名。臣虽不才，数受教于高士君子，自当恪守大道。臣恐王唯听左右之说，而不察贤才之疏远，故敢献书以闻，愿王留意也。

这封回书，燕惠王无言以对，只好三番五次地向赵国示好，请赵王准许乐毅回故国探访。赵何心明如镜，也三番五次地不予理睬，直到乐毅默认了，才“王命特许望诸君访燕”。这是明白警告燕国：乐毅是赵臣，燕国若有加害之心，便是与赵国为敌。后来，乐毅只身回燕，燕王多方说服乐毅回燕重掌兵权，都被乐毅婉言辞谢了。眼见乐毅不归，燕惠王提出请乐毅长子乐闲回燕承袭昌国君爵位，不想乐毅却道：“乐氏既在赵国，自当为赵国之将，何能再做逃赵之事？”燕惠王不禁惊慌道：“乐氏为赵将，忍心攻燕乎？”乐毅笑道：“乐氏不攻燕，此乃乐毅与赵王明白约定，燕王毋忧。”从燕国归来，赵何请乐毅出山掌赵国上将军大印，乐毅悠然一笑道：“乐毅年迈力衰，已丧掌兵雄心，愧对赵王了。若得军情紧急，臣之两子或可尽力。赵国良将辈出，何须一老朽之力也。”从那以后，乐毅以客卿之身在观津真正地做了隐士，乐闲乐乘先后做了赵国将军。

“将军但坐。”乐乘一进来，惠文王先礼节一句。煮茶侍女尚未就位，惠文王急迫坐到乐乘对面席位问：“将军且说，阏与如何援救？”

乐乘颇为机敏，来路上已经谋划妥当，从容答道：“赵王明察：阏与为兵家险地，一道大嵊山崎岖难行，大军无法疾进，难救也。”

“如此说来，阏与丢了？”惠文王倒吸了一口凉气。

“却也未必。”乐乘似乎成算在胸，“阏与两万精锐，或可守得一段时日。目下，我可一军出武安迂回上党，断秦军归路；待乐闲中山之战了结后，出兵南下夹击，阏与必能失而复得。”

惠文王顿时默然。乐乘之策不能说没有道理，但却要大费周折。乐闲灭中山国纵然顺利，至少也是三两个月。赵军借道上党，还得与韩国仔细交涉。韩国若借此开出高价，一时便是进退两难。南北两头但有一边卡住，收复阏与便是遥遥无期。以秦军夺取河内与南郡的实例比照，秦人夺地化地之快捷令人惊讶，但有三两个月，阏与可能永远也收复不回了。果真丢了阏与要塞，秦军便骤然钉子般楔进了赵国，直接威胁邯郸。但成如此局势，对于国力军力都在蒸蒸日上的赵国显是莫大耻辱，虽夺取中山国也无法抵消。乐乘谋划，只计兵家之可行，不解大势之需求，未免迂阔。然则，惠文王却无法对乐乘以大势所需相要求。兵事战阵，若将军无成算，君王纵然强求，十有八九也都是败笔，更不说乐毅父子最不屑的便是君王乱命了。

“启禀我王：田部令赵奢到！”御史[1]快步走了进来。

“赵奢？”惠文王一时恍然想起还急召了这个田部令回来筹划粮草，可如今无人领兵，筹划粮草却有何用？心下一松，赵何淡淡笑道，“教他进来了。”

这个赵奢，是赵国一个赫赫大名的能事之臣。

田部，在赵国是职掌田土与农耕赋税的官署，与魏国的司土（后称司徒）官署相当。田部令，是执掌田部的首席大臣。赵奢祖上原本是赵

[1] 御史，赵国官职，掌王宫文书典籍与事务，同秦国长史。

氏王族远支，后来成为邯郸的农耕国人。在武灵王赵雍胡服骑射征发新军时，年轻的赵奢入了军旅，在塞外征战十余年，因战功逐步擢升为辎重营将军。这辎重营是大军命脉所在，除了运输、囤积、防守粮草大营，同时还有兵器甲胄马具的打造修葺，诸般军用财货的保管分发等职司。一军之辎重将军，非但要有实战才能，足以率兵镇守大营不失，而且要有料理政务商旅的才能。否则，官署调拨、长途输送、立营保管、定期分发等诸多烦琐事务立时乱套。时年三十岁出头的赵奢，辎重营大将做得有条不紊，从没出过一件差错。三年之后，武灵王对赵奢的军政才能大是赞赏，破例将赵奢从军中左迁为朝官，任为田部吏，虽不是“令”，却是专门执掌田土赋税征收的实权臣工。

战国时代，赋税征收是天下第一大政，也是天下第一难题。大战连绵，大军的财货消耗惊人，没有源源不断的物资实力，大军立时不能立足。偏偏战国之世还不能靠加重赋税养军。盖因其时天下大争，各国竞相吸引人口，若是赋税加重而民不堪累，民众便会大量逃亡甚或动乱。一旦动乱，还不能轻易用兵剿灭，你若用兵强压，他国便会乘机出兵“吊民伐罪”，灭其国而分其地。齐湣王倍加赋税不到十年，一战山崩而被乱民千刀万剐，任你天下君王大权在握，也是心惊肉跳。唯其如此大势，赋税只有适度，而适度则必然时有财货掣肘。明智国策，只有依靠及时征收来弥补，除此还得严防偷漏逃赋税，否则财货立时吃紧。所以，这征收赋税的田部吏，自非能事强悍者不能任事。否则，以武灵王赵雍之重视军争，如何能将一个极富将才的年轻将领迁职为文官？

赵奢一上任，便遇上了一件棘手事。

盘查赋税大账，国辖四郡（上党郡[1]、雁门郡、云中郡、代郡）六十余县，赋税分毫不差，可占地三十余县的二十余家世族封地，赋税却仅仅收缴两成不到。封地最大的平原君赵胜、安平君赵成、平阳君赵豹、代安君赵章四家十六县，竟三年未缴国府当得之赋税。赵奢问起情由，田部主书只嘟哝一句，四君撑赵，他不缴谁却敢收？

---

[1] 上党郡，三家分晋后，韩赵皆设上党郡，此时上党主要部分在韩。

赵奢大皱眉头，思忖半日，断然下令聚集田部的催征千骑队，并备齐三千辆牛车随后，立即开赴平原君封地。在赵奢看来，平原君有“战国四大公子”之名，又是王族嫡系，素来都是国家栋梁，断无拒缴赋税之理。要清缴封地赋税，只有从平原君开始。

此时，赵国虽行新法，然却不像秦国变法那般彻底。其间最大的不同，是赵国相对完整地保留了世族封地制。所谓相对完整，主要在于两个传统没有改变：其一，封地世袭，不以承袭者无功而夺封地；其二，封地治权仍然在世族，国府只能与世族分享赋税，世族占大头而国府占小头。秦国则将封地制大大虚化为一种象征，非功臣不能封地，子孙不得世袭；封地治权在国府，受封之功臣只是“虚领”封地，由国府从封地赋税中分出小部分给予虚领之功臣。究其实，秦国的封地制已经变成了一种名义上的最高封赏，实际所得仅仅是一部分来自封地的纯粹财货。而赵国封地制，则保留着“诸侯自治”的底色，拥有一方封地便意味着拥有巨大的治民权与建立私家武装的权力。往远处说，这是诸侯制以私家世族为国家根基的老传统。往近处说，这是武灵王赵雍变法时的实际考量，后面自有交代。

平原君封地跨越大河东西两岸，有地五县六百里，几乎都是平坦沃野，东去两百里便是齐国的济水，封地城邑是平原城[1]。时当暮色，马队牛车浩浩荡荡来到平原城外，赵奢下令牛车大队与九百骑士在护城河外扎营，只带一个百人骑士队立即入城，来到平原令官署。

按法度说，平原令本是国府官员，其爵位也是赵王亲书颁赐。然就实而论，却是由封主定名，举荐与国，赵王一律下书任官赐爵罢了；实际上是封主的家臣，以国府官员的名义为封主治民理财。赵奢人马一动，平原令便得到了快马急报。及至赵奢入城，平原令已经摆好了盛大宴席，亲自恭候在官署大门外了。

“田部一路风尘，小令特设小宴为田部洗尘。请。”平原令亲切随和地笑着，虽不失恭谨，然却丝毫没有国府官员面临国事时特有的庄重认

---

[1] 平原，古黄河入海段之东岸要塞，战国初期为齐地，中期为赵地，今山东省平原县南。

真。事实上，练达的平原令也委实没有将赵奢放在心上。一个田部吏，爵位比他还低，盛宴待他，只因他是国府实权官员而已，岂有他哉！

“酒宴不敢叨扰。”赵奢目光炯炯地盯着平原令，脸上是淡淡的笑意，“赵奢为国事而来，平原令若能即刻理清三年赋税，赵奢做东设宴。”

“敢问田部，可是奉王命特征赋税？”由于常税难收，赵武灵王有时便借大战之名突然征发紧急赋税，违命者当即治罪。此为王命特征，等闲封主不敢违抗，故而平原令有此一问。

“常税未缴，无须特征。”赵奢黝黑脸膛上的笑容没有了，“本官职司田部赋税，便是王命国事。平原令请勘验本官照身印信。”一挥手，身后文吏捧过来一个铜匣，赵奢也从贴身衣袋中摸出竹板照身抬手亮在平原令眼前。

“田部焉得有假也？”平原令呵呵笑着，“只是这有封地者二十余家，大体都有拖欠，田部何独钟情于平原君乎？”

“平原令差矣！法行如山，虽王子不能例外，遑论二十余家封主？”赵奢面色肃然，“自古以来，征收赋税皆先远后近。平原君封地最大最远，自当首征。平原令老于吏治，不知国家法度乎？”

平原令脸色顿时难堪，强颜笑道：“封主在邯郸，小令如何做主？若得缴纳，还须请田部到邯郸请命平原君才是。”

“好托词！”赵奢微微冷笑，“平原令若能拿出平原君抗税手令，本官自会找平原君理论。否则，足下身受王爵治民，便是知法犯法。”

“田部当真可人！”平原令突然哈哈大笑，“在下虽是王爵，却是平原君家老，明白么？足下但有平原君手令，本家老自当遵从。否则，田部如何来者，便请如何回去，本家老恕不奉陪。”冷冷撂下一句，径自扬长而去。

赵奢双眉突地一挑：“给我拿下！”

两名铁甲骑士“嗨”的一声，大步上前将已经摇摆到门厅廊下的平原令猛然扭了回来。廊下门吏一声大喝，两排原先做迎宾仪仗的长矛兵士顿时围了上来，随平原令出迎的官署吏员也乱纷纷吵嚷着围住了赵奢。

“尔等当真要抗税乱法？”赵奢黑着脸岿然不动。

一个须发灰白的老吏嘶声大喊："老夫是赋税吏！小小田部，却奈我何？！"

"我等皆是！"几名文吏轻蔑地喊着笑着，"小田部想立功升官，却是个聋瞽塞听。啊哈哈哈哈哈！"

赵奢大手一挥，身后百人骑士队哗地散开长剑齐出，顿时将一班文吏兵士围在了中心。赵奢冷冷一笑："平原令官署有八名税吏，全数在此了。"陡然声色俱厉道，"尔等知法犯法，公然抗拒国税，罪在不赦。赵法：抗拒国税一料者斩！如今尔等竟敢抗拒国税三年六料，法度何在？督税甲士听令：平原令与八名税吏，立即一体斩决！"

"嗨！"田部督税甲士虽惯于此道，却从来没有在世族封地威风过，如今精神大振，轰然一应，十八名甲士立即将九人拿住押成一排。

"赵奢，你小小一个田部吏，敢擅杀国府命官？！"平原令挣扎大喊。

"既是国府命官，更该依法服刑。开斩！"

一片剑光闪过，九颗头颅"咚"的一声闷响，整齐一致地砸在了地上。事情来得实在突然，大骇之下，惊慌奔来的府吏与被围的军卒一片泥偶般大张着嘴巴粗重地喘息着。一个田部吏片刻之间立杀赫赫平原君九位家臣，任谁也是匪夷所思，可这九颗血淋淋的人头便在脚下，你又如何不信？陡然之间，一个府吏嘶声大喊："田部吏杀人了！快报君主了——"撒腿便跑，梦魇般的吏员兵卒也如梦初醒轰然四散逃开。

"出城扎营，等候平原君。"赵奢淡淡一笑翻身上马，带着百人骑士队出城去了。

次日午时，西方原野上烟尘大起马蹄如雷。依赵奢战阵阅历，一眼就看出这是平原君赵胜的门客骑士队，较之寻常精锐铁骑更胜一筹。平原君封地在平原，势力根基却在邯郸府邸。平原封地只有平原令官署与分驻各城池的两三千私兵，寻常时日只是督促收缴赋税并向邯郸的平原君府押运而已。但有重大事件，都是邯郸平原君府邸派出精干门客做特使回来处置。看今日气势，两千门客骑士全部出马，分明是平原君亲自赶来了。眼见如此阵势，田部吏员骑士大有惊慌。赵奢却坦然平静，目光扫过吏员骑士，只淡淡一句："依法度行事，何惧之有？"转身下令，

“整顿牛车，骑士列队，书吏备整赋税账册。”说罢走进道边茅亭。

倏忽之间，马队已经飓风般卷到。当先骑士一领火焰般斗篷罩着紧身棕色皮甲，灰白的长须飘拂胸前，一箭之外便是一声怒喝：“田部吏何在？”这声怒喝的同时，门客骑士已经遥遥展开成一个巨大的雁翼阵，兜住了田部骑士与全部牛车。

“田部吏赵奢，见过平原君。”赵奢出得茅亭，不卑不亢地拱手一礼。

“好个田部吏，给我拿下！”

平原君身后的护卫百骑队早已下马，轰然一应，立时将赵奢一绳捆定押到马前。

“田部吏，可知竖子身在何地？”平原君圈转着那匹暴烈剽悍的雄骏胡马，打量着马前这个纹丝不动的壮汉：一身黑皮甲胄衬着黝黑的脸膛，如两头一般粗的一截石柱戳在道口，分明一个只知战阵厮杀的行伍粗汉。

“平原邑，平原君封地。”赵奢平淡冰冷。

“既知本君封地，何敢杀人越货？”

“平原君差矣！”赵奢愤激高声，“君于赵国，贵为公子，却放纵家臣，不奉公不守法。君为天下风云之士，岂不明法度削弱则邦国削弱，邦国削弱则诸侯加兵，诸侯加兵，安得有赵？若无赵，安得有君封地之富？以君之尊贵，奉公守法则上下平，上下平则国富强，国富强则赵国稳固。君为王族贵戚，轻国家而重私利，安得久远乎！”声随风走四野弥散，门客兵士无不听得清清楚楚。

平原君良久默然，翻身下马，深深一躬，亲自解开了赵奢身上的绳索，唤来一个家臣吩咐几句，径自上马去了。家臣过来向赵奢恭敬一礼：“平原君有令：即刻向田部吏清结三年赋税。”从那天日暮开始，赵奢的牛车大队络绎不绝地整整忙碌了一个月，才将平原君的全部赋税分别送进各类府库。从此赵奢声名大振，平原君又尽力举荐，武灵王退位时便擢升赵奢为田部左令，专司囊括了商旅市易与百工作坊的举国赋税。赵何即位，又擢升赵奢田部令，成为职司赵国土地农耕赋税的要害重臣。近二十年来，赵国府库殷实而民无不平，一大半是这赵奢的功劳。

如此一个治国能臣，惠文王自是器重有加。然则赵奢毕竟不是领兵大将，如何解得目下燃眉之急？当赵奢大踏步进来时，惠文王兀自陷在方才的思绪之中，粗重地长长叹息了一声："阏与无救也！"

"启禀我王：赵奢奉命还都。"

"卿且坐了。"惠文王回头招手示意，"本是急务，目下缓了。"

"我王所指，莫非阏与战事？"

"你知军情？"惠文王猛然回头，"说说，阏与可救么？"

"可救。"赵奢笃定一句，"阏与之对我军，道远险狭。然则，对秦军亦同样不利。两军相遇，如两鼠斗于穴中，将勇者胜！"

惠文王目光骤然一亮，是啊，道远险狭对秦军同样不利，当此之时勇者胜也，有道理！再看沉雄厚重的赵奢，惠文王蓦然想起这个片刻诛杀平原君九名家臣的凛然之气，如眼前矗立起一座无可撼动的山岳，霍然站起道："本王特命：赵奢兼领邯郸将军，率十万大军驰援阏与！"

"臣启我王：六万铁骑足矣。"

席地稳坐的乐乘一直都在微笑，此刻却惊讶得嘴角猛然一阵抽搐。惠文王目光一闪："秦军可是八万，卿不可恃勇轻敌。"赵奢肃然道："非臣恃勇，阏与山险地狭，大军无法展开，唯轻锐劲健之师可充分施展。"惠文王双掌一击："好！本王立颁兵符，将军回府歇息一晚，明晨发兵。"赵奢庄重挺身道："大将受命之时，便是肩负邦国安危之日，何能舍军就家？臣请立赴军前，四更发兵。"骤然之间，惠文王双眼潮湿了，不禁对着赵奢深深一躬："卿之为将，国有泰岱也。"赵奢扶住了惠文王："臣有一请。"

"卿但直说。"

"许臣选择战机，请王毋得干预。"

惠文王拉过赵奢的手"啪"地一击："赵何立誓：无端涉军者暴死！"

乐乘的嘴角又是猛然一阵抽搐。赵奢肃然向惠文王深深一躬，大踏步去了。

三　秦军首败　天下变色

胡伤没有料到，阏与赵军的抵抗如此坚韧。

胡伤本是秦军前军副将，由于率军参与攻齐有功，擢升为左将军，也就是左军主将。秦之左右两军均是铁骑大军，胡伤自然也是骑兵将军。秦昭王与丞相魏冄亲赴蓝田大营，胡伤第一个慨然请战，说率所部五万铁骑定然一举拿下武安，进逼邯郸城下，迫使赵军主力从中山回援。蒙骜、王龁、王陵、桓龁等一班大将也都是主张可打，但都说非十万大军不可，且一定要以精锐步军为主。反复权衡，魏冄基于此战之要在于快速奔袭的思虑，主张采纳胡伤谋划。秦昭王自然是赞同了。为确保战胜，魏冄将右军铁骑调出三万，将胡伤兵力增至八万，且当场指令泾阳君专司粮草督运。比照司马错当年以两万兵力奔袭房陵，这八万铁骑长途奔袭赵国，应当是实力非常雄厚了，胡伤自是志在必得。

阏与当真算得兵家险地。西边一座大嵰山连绵横亘，东边一道清漳水[1]滚滚滔滔。清漳水东岸依旧高山横亘，一条仅可容车的小道从西岸山腰通过，几乎栈道一般。阏与城堡卡在两山之间，悬空一道坚实的木桥挽起两座高耸的石条箭楼，那条堪称天下最窄的官道如银线般从西岸箭楼下穿过，遥遥看去煞是奇险壮观。

由于是铁骑奔袭，也由于阏与山水险峻，秦军不可能携带重型攻城器械。更重要的在于，秦军斥候已经事先探察明白：阏与守军只有两万轻装步兵，除了强弩，根本没有重型防守器械。骑兵对步兵本来就是优势，更何况是两万步兵对八万骑兵。若再携带重型攻坚器械，秦军颜面何存。胡伤的大谋划是：先下阏与，再克武安，威逼邯郸一月。果能如此，便是这支奔袭精兵的最大胜利。

关前三里，铁骑扎营。胡伤登上了大嵰山最高处，瞭望良久，却找不到一条直接攻关的路径。一个时辰后，胡伤终于打定了主意，回到大

[1]　漳水有二，浊漳水与清漳水，此古地貌见《水经注》。

营立即聚将发令：前军一万骑士改做步兵攻城，力争诱敌出关；三万铁骑埋伏于两山峡谷，一万铁骑埋伏于下游山谷包抄；其余三万铁骑全力在大嵰山探索路径，若急切不能攻下阏与，则以部分军马翻越大嵰山，从背后包抄阏与的同时直逼武安。

一夜动作，秦军已经各自就绪。此日清晨，分两路开始了猛烈攻城——西路五千步卒以狭窄的山道为根基，猛攻关门；东路五千步卒，沿着丛林岩石间的三条羊肠小道攀缘而上，要从山头逼近箭楼。奇怪的是，秦军在隆隆战鼓中爬山攀城，阏与城头竟没有丝毫动静。直到秦军的密集步卒距城头半箭之地，尖厉的牛角号突然划破山谷，城头及相连山头万箭夹着密集的尖角岩石暴风骤雨般扑下。秦军本是试探进攻，心下也确实蔑视赵军，冷不防大是狼狈，硬生生被压下山头城墙，只一阵便丢下了一千多具尸体。胡伤见状，立即下令停止攻关，亲自到城下验看尸体。一看之下，胡伤大为惊讶。虽说这滚石不是特制的大型檑具，却是硬如精铁锋棱闪闪的岩石，比檑具杀伤力更强。再看箭镞，竟都是上好的精铁穿甲兵矢[1]，一千多具尸体除了被锋利岩石击中，凡中箭者个个都被正正地钉在咽喉。只此一端，可见赵军射技之精熟。

胡伤正在思忖，几员大将已经闻讯围了过来愤愤大嚷。鸟！老秦人打硬仗，怕甚来？打！不信拿不下这鸟关。大秦新军所向披靡！再攻！直娘贼！破关杀光赵人！退下来的骑士们一片激昂大喊，请战再攻。胡伤略一思忖，断然下令：撤回埋伏，整军再攻。

这次秦军将士抖擞精神，分做四路攻关：关下两路，山上两路。关下两路正面猛攻，吸引赵军全力防守。东西两山各有五千骑士步卒在高山密林中攀缘而上，奇兵袭击。撤回的伏兵全数在漳水两岸依山势列成高低错落的强弩阵，战鼓一起，万箭齐发，暴风骤雨般封住了两座阏与城楼与中间木桥。箭雨齐发的同时，秦军每个百人队抬一架轻便云梯，一声呐喊，冲向城下陡峭的山坡。爬城步卒也分为三路协作：三十人以轻便弓箭瞄准城头，随时射杀露头赵军；二十人手持随身携带的轻便铁

[1] 兵矢，战国箭镞的一种，宜于穿甲射深。

铲，专门在山坡挖坑夯台护持云梯靠上城墙；其余五十卒身背铁爪飞钩，左手执轻便皮盾，右手执一支长剑鼓勇攻城。如此半个时辰，箭楼女墙桥栏后的赵军不能露头，但有赵军身影，远处的强弩与城下的轻弓同时密集射杀。

眼见秦军爬城，情急之下的赵军只有埋头抛出密集岩石，弓箭手也只有匆匆转移到与箭楼相连的山头树林中隐身远射。如此一来，赵军反击之力大大减弱，秦军骑士步卒已有五六百人率先攻上了城墙。攻城法度：军士上城，攻方弩箭即行终止，以免误伤。便在城下箭雨倏忽终止之时，防守赵军潮水般拥出，城头骤然爆发出山摇地动般的杀声。秦军士卒虽是源源不断地爬城而上，毕竟与一体突然杀出的赵军相比还是兵力太弱，一时间城上刀丛剑树密集拼杀，秦军士卒不断被飞掷出来，撞在城墙或山石上粉身碎骨。

“强弩齐射——”胡伤怒不可遏，一嗓子喊出血星飞溅。

城下秦军看得惊心动魄，实在料想不到赵军战力如此强韧。胡伤一声将令，整个河谷万众齐吼，不管是否在弓弩阵内，也顾不得自己的弓箭是否硬弩，都一齐奋力疾射。秦军骑士膂力之强射技之高，本是天下一流，片刻之间，将暴露城头的黑红两方军士全部钉死。骤然之间，山谷一片寂静。

胡伤双眼血红，嘶声大喊：“强弩就位，再次猛攻！杀光赵人——”

“杀光赵人！”河谷之中一片怒吼。此时，突闻两边山头杀声大起，从山林攀缘的两路秦军在箭楼外山顶与赵军展开了激烈拼杀。胡伤精神大振，一声令下，城下秦军立即再度猛攻。一个时辰后，赵军首尾不能相顾，秦军终于占领了阏与险关。查点伤亡，秦军战死八千，重伤三千，轻伤六千；赵军战死万余，重伤两千余，突围而去者千余人。

如此伤亡相当之激战，自当年司马错率大军在丹水与屈原新军交战之后，对秦国新军当真是闻所未闻。尤其是白起领军以来，秦军每战所向披靡，拔城最少十座，斩首最少十余万，几曾有过一命换一命的惨胜战绩？在秦军将士看来，纵然夺得阏与，此等伤亡也是奇耻大辱。一时全军咬牙切齿，发誓攻克武安，至少以斩首十万的战绩班师。

胡伤激愤难耐，立即下令兼程疾进，攻克武安直逼邯郸，大战复仇。

赵奢率六万铁骑出得邯郸，不走通向武安的大道，而是向西北方向开去，行得五十余里，在前出武安十余里的一道隐秘山谷扎营。大营扎定，赵奢立下两道军令：其一，全体将士不得进谏军事，违令者斩。其二，立即修筑壕沟鹿砦，坚壁军营。

大军刚刚驻扎三日，斥候急报：秦军铁骑已经越过涉城[1]，进逼武安城下，战鼓之声已经震动武安城内屋瓦！在斥候急报之时，隐隐如雷的战鼓声在赵奢大营已清晰如在耳边，将士们大起惊慌。毕竟，秦军声威震慑天下，赵军第一次正面迎击秦军，任谁也是忐忑不安。赵奢不动声色，只教斥候再探再报，径自埋首幕府沉思了。此时，幕府大帐外一阵鼓噪，一员大将赳赳闯了进来，激昂高声："武安为邯郸咽喉，秦军猛攻，将军屯兵不救，军心难平！"

"军令在先，尔竟违令谈兵，推出斩首。"赵奢冷若冰霜，回身再补一句，"首级挂于高杆，以儆效尤。"

当这位勇猛将领的头颅在三丈高杆上飘摇的时候，将士们当真惊愕了。这个赵奢究竟要如何打仗？明是屯兵于秦军侧后要害，若出兵猛攻，与武安廉颇守军内外夹击，纵不能全歼秦军而大胜，亦当驱逐小胜，能打而不打，意欲何为？若是别将领兵，将士们也许早就鼓噪请战了。然则，赵奢是以胆略声震朝野的重臣，绝非胆怯懦弱之辈，又是受命于危难之时，深得赵王器重，能奈他何？毕竟，将军不畏死，便是个打法权宜，将士自然要听命于统帅，不会强求主帅。但入军旅，谁都懂得这个道理。赵军将士尽管心中困惑，军营中还是渐渐平息了下来。

正在城外准备猛攻武安的胡伤，突闻斥候急报，说侧后西北山谷里驻扎了一支赵军。胡伤大是惊讶，若这支赵军杀出内外夹攻，还当真棘手。思忖一番，下令先行探察侧后赵军动向，而后再定是否猛攻武安。攻不下武安事小，若被赵军断了后路孤军死战，那便是国之罪人了。胡

[1] 涉城，漳水东岸之赵国城邑，东距武安三十余里，今河北省涉县西。

伤纵然不是赫赫名将，毕竟也是勇略非凡，岂能权衡不来此中轻重？

次日日暮，化装成林胡马商的斥候匆匆归来，报说赵军营地很是松懈，只准备防守；主将赵奢还以军宴待他，定了六百匹林胡战马；谈及战事吃紧战马难以立即送到，赵奢哈哈大笑说，我只深沟高垒，足保秦军不克武安也，一月之后，便可送马了。

惊喜之余，胡伤哈哈大笑："遇此庸才，天意也！出都三五十里便屯兵山谷，还要深沟高垒？阏与武安，是秦国的了！"

次日清晨，秦军开始大肆猛攻。谁知这武安要塞是大将廉颇率三万步军镇守，粮草充足器械精良，更兼防守得法，猛攻一日毫无进展。胡伤改变战法，下令一支兵马烧毁涉城粮仓，引诱赵军来救，于山野间以精锐铁骑歼灭赵军。谁知老廉颇稳如泰山，任你百般挑衅，总是不出城池。如此旬日，相持不下。胡伤本当退兵，可一想到阏与惨胜便怒火难平，与几员大将一商议，决意攻陷周边小城威逼武安，吸引赵军从中山回援，至少大战一场斩首十万以报阏与之仇。

倏忽之间，胡伤大军在武安城下耗过了二十八天。

此时，侧后赵军突然出动了。这日日暮，赵奢下令全军偃旗息鼓战马衔枚，兼程疾进直抵阏与，凭险切断秦军归路。近月休整不战，赵军自是体力充盈，在狭窄山道牵马急行竟无一人落伍，沿途只歇息两次冷餐干肉，次日黄昏时分生生赶到阏与关后的谷口当道扎营，立即紧急修筑壁垒壕沟。

赵奢大军一出动，胡伤便接到了急报，顿时惊出一身冷汗，立即派出特急飞骑，下令前出三十里的涉城八千铁骑尾追赵军，城下主力大军随后回军，全力吞灭赵奢六万人马。秦军果然勇猛神速，虽然在军令之后立即拔营启动，已经比赵军慢了两个时辰，及至一夜一日之后，已是衔尾追来。赵军壁垒刚刚就绪，谷口已经是战鼓隆隆，秦军骑士全部下马结阵，黑压压向卡在谷口的赵军压来。

在秦军前锋将要到达时，一名年轻军吏疾步赶到了主将大旗下，高声自报姓名许历，请求禀报自己的军事谋划。赵奢沉着脸一招手，说，将他领进了临时军帐。许历急促道，秦军惊怒而来，其势正盛，我军急需厚阵[1]而敌，否则必败。赵奢正色点头，正当如此。立即紧急下令：全军变为三道防线。许历一拱手，我犯军令，请受斧钺。赵奢微微一笑：这却要等赵王下令。许历慨然振作又是一拱手："将军留意：北山制高，先占北山者胜，后攻者败。"赵奢一瞄对面黑黝黝山势，立即高声下令：前军一万，急赴北山坚壁设防。

赵奢大军堪堪就绪，胡伤大军黑云般从北边山谷压来。一看情势，胡伤便知卡在身后的这座山头是要害所在，占据此山进退裕如，不占此山将被赵军前堵后截进退失据。火把之下，胡伤一声大喊："左军两万，攻下北山！"

此次北上秦军，都是久经战阵的精锐骑士。无论兵将，一看大势便知是面临危局的绝地之战，顿时山呼海啸般一阵呐喊，潮水般两面攻来：胡伤亲自率领中军主力猛攻正面赵军，左军两万同时猛攻北山赵军。

山谷中火把成海，战鼓如雷，杀声震天。战国之世两支最为强悍的大军第一次正面碰撞，在狭小的山谷展开了势均力敌的浴血搏杀。三个时辰过去，秦军竟被渐渐压缩到南谷北山之间不足三里宽的山谷之中。这时，两军都是筋疲力尽死伤惨重尸体累累了。按照战场传统，这仗无论如何也要到天亮后再打了。胡伤浑身鲜血，心下却是清楚，嘶哑着声音下令："赵军战力已疲。休整半个时辰，鼓勇血战，一举突围！"

谁知便在秦军草草包扎伤口整顿马具，准备做最后血战的时刻，山谷间天崩地裂般一阵雷鸣，战鼓混着嘶哑的呐喊，赵军竟从谷口与山头猛烈地压了下来，红色衣甲红色火把浑身酱红的鲜血，恍如连天彻地的血色河海兜底翻了过来。如此气势，有天下"锐士"名号的秦国新军也是大为震惊了。本来，秦军的半个时辰休整便接着发动突围血战，已经是匪夷所思的连续勇猛厮杀了，赵军却是一刻不停地连续猛攻扑来。普天之下，何曾见过如此血战三个时辰犹能雷霆猛攻的大军？仓促之间，不待胡伤将令，秦军残余三万余人惊雷般炸开，轰然迎击了上去。

曙光冒出东方山巅时，阏与山谷终于平息了下来。

---

[1] 厚阵，即分层防守，加强纵深，使敌不能一鼓突破。

斥候飞报邯郸，赵惠文王大喜若狂，立即颁下王书：举国大酺[1]三日！接着派出平原君为犒军特使奔赴阏与，一则犒赏将士，二则与赵奢一起重新部署阏与防守。旬日之后，平原君差飞骑回报：赵奢所部班师东来，平原君亲率五千步骑留守阏与，请赵王作速调遣两万兵马前来阏与接防。惠文王不禁大为困惑，五千人马是平原君带去的，意在补足阏与兵力，如何只有这五千人马留守而赵奢竟不能增兵？且还须平原君亲自涉险做留守大将？阏与守军加赵奢所部是八万，纵有伤亡，何至不能留守一兵一卒？惑则惑之，惠文王还是立即向镇守武安的廉颇下书：作速派出两万精锐开赴阏与接防，替回平原君。

次日清晨，惠文王亲自率领一班大臣出西门三十里，隆重迎接赵奢大军。不想直等到日暮时分，官道上还不见人马踪迹。有大臣建言，王体为国命之本，不妨先回邯郸，留下几名大臣郊迎。正在盛年的惠文王却是执拗，将士用命，本王受一宿风寒又能如何？当即下令扎营过夜。次日又等得大半日不见踪迹，大臣们心下疑惑：不对也，阏与班师原本只两日路程，如今已是平原君飞书到达之第四日，赵奢班师之第六日，纵是迟缓亦当有个斥候信使，这茫茫石沉大海一般，不禁令人心惊肉跳起来。正在大臣们要群谏赵王回邯郸时，遥见官道上一匹快马背负夕阳飞来，显然是赵王派出的飞骑斥候，遥遥一声高喊：“到了！阏与将士到武安了——”

惠文王立即飞身登车：“起快车，武安！”

四马青铜轺车隆隆飞出，身后大臣马队风一般跟上。一路飞驰，眼见武安城楼遥遥在望，才看见官道中一片蠕动的黑点。轺车旁斥候扬鞭一指，赵王，那便是赵奢将军。惠文王不禁愣怔了，寻常班师都是旌旗飞扬金鼓大作，如何目下却是如此景象？心下一紧脚下一跺，轻便王车哗啷啷风驰电掣般飞了出去。

暮色苍茫之中，络绎不绝而又散乱不整的片片红点儿，艰难而又缓慢地蠕动在血色的黄昏里。千奇百怪的拐杖，淤满酱色的甲胄，褴褛飞

---

[1] 大酺，国君特许的大聚饮，起源于春秋战国。

扬的破衣，在额头淤血大布中散乱飘飞的长发，拖在地上的木架上的重伤号。奇怪的是，便是如此一支队伍，却没有一声些许的呻吟，人人脸上都溢满着疲惫的笑容。尽管脚步是那样的缓慢那样的迟滞，然则那缓慢从容的步态，却使任何人都相信他们不会在中途颓然倒下。

青铜王车缓缓地停在了道中，惠文王一阵愣怔，赵奢何在？如何没有他的身影？心中猛然一沉，惠文王径自跳下轺车，大步匆匆地走了过去，高声问道："赵奢将军何在？"为首一排肩背绳索的血人缓缓散开，虽然艰难却也算整齐地拱手肃立，一个吊着胳膊的将军一指拖在地上的木架，一声哽咽不能成语。惠文王大步趋前，却见一个浑身带血面目不清的人躺在木架上，两条腿被布带牢牢绑缚在镂空的木架上，声息皆无。

"禀报我王，将军双腿剑伤六处，胸前三处，右眼中一箭，昏迷三日。"

骤然之间，惠文王双眼模糊，不禁跪地抬起木架一头颤声道，上王车！木架上得王车，铺垫好厚厚的毛皮，惠文王跳上车辕高声下令："大臣军兵全体下马步行看护，车马让于伤兵！本王先行送将军还都！"说罢一抖马缰，亲自驾车辚辚疾去。

次日清晨，赵奢余部一万余人终于回到了西门。邯郸万人空巷夹道肃立，看着伤痕累累浑身浴血的将士们缓缓走过，静得唯闻喘息之声。直到将士们进入王宫车马场接受封赏犒劳，山海般人群才爆发出震天动地的欢呼声："赵军万岁！""万岁赵奢！"这一日，惠文王赵何亲自宣读王书：田部令赵奢秉承先王胡服骑射之神勇战力，为天下首次大败秦军，功勋如河岳泰岱，封赵奢为马服君，封地百二十里；军吏许历临危襄赞有功，破例擢升国尉之职；其余将士，战死者加爵三级，生还者晋爵两级，其家口一律免赋三年。一时赵国朝野欢腾，比灭了中山国还高兴十倍。

阏与之战的结局消息飞快地传开，天下顿时惊愕哗然。

大国小国，谁都知道赵国在武灵王胡服骑射之后有了另一番气象，然则，这番气象究竟意味着何等实力，却始终是一团迷雾莫测高深。虽然有北驱三胡西灭中山国之战绩，但人们对赵国的实力依旧是不以为然，大都以为目下之赵国，充其量堪堪与魏国匹敌罢了。阏与血战之前，要说赵国堪与秦国对抗，任谁都会哈哈大笑一通了事。毕竟，这种吞并蛮夷的战功连燕国也曾经有过，并不意味着真正具备了与中原强国对抗的实力。然则，阏与血战的消息传开，各国顿时为之变色。如今大争之世，一个秦国已经令天下吃尽了苦头，再来一个比秦国还要生猛狠勇的赵国，大国小国如何不若芒刺在背？自从秦国商鞅变法以来近百年，秦国新军几曾有过如此败绩？更要紧的是，目下秦军之战力正在巅峰，各国无不畏之如虎。夺魏国河内三百里、楚国南郡六百里，天下无敢攘臂而出者何也？还不是畏惧秦军之锋锐无匹，畏惧白起之战胜威力？可恰恰在秦国风头最劲的当口，赵军泰山石敢当，硬是以勇猛拼杀全歼秦军精锐铁骑八万，听着都教人心惊肉跳。

惶惶之余，山东大国纷纷开始了新一轮纵横奔波。燕国是赵国老冤家，生怕赵国趁秦国新败之机北上了结老账，匆忙到咸阳秘密结盟，毕竟，能抗住赵国的还只有秦国；齐国虽则新胜，却是元气大伤，对赵国的咄咄逼人更是怨之甚深，也派出特使赶赴咸阳结盟，以备赵国万一攻齐，只有依靠秦国为援手。魏韩与赵同属三晋，相互间虽是恩怨纠葛，利害人事世族间更是盘根错节。更重要的是，三晋“卑秦”最甚，但有合纵抗秦，三晋都是事实上的主力。如今赵国强大起来，魏韩两国立即与赵结盟，魏国要借赵之力夺回河内，韩国要借赵之力抗秦蚕食。唯余一个楚国举棋不定，单独抗秦抗不住，联结昔日“弱赵”又觉大邦尊严有失，踌躇再三而不能决。几是半年摇摆，最后还是对秦仇恨难消，终于北上与赵国秘密结盟了。

至此，天下战国格局又是一变：两大同盟隐然形成，一边以秦国为轴心，一边以赵国为轴心，开始了较之早期合纵连横更为酷烈的争战。以阏与如此一场小战，引起天下如此动荡，而使战国重新生出组合，任谁也始料不及。

在这奔波动荡的时刻，秦国是梦魇般的沉默。

当河内快马军使报来胡伤大军全军覆没于阏与的消息时，第一个接到军报的丞相魏冄顿时手脚冰凉，瘫在了书案前动弹不得。默然半个时辰，魏冄毕竟定力过人，撑持着不时瑟瑟发颤的两腿登车出府了。秦昭王便在咸阳宫，他却不想将消息先告诉这位外甥秦王。若见秦王，他是总摄国政的权臣之身，必得有个说法，那种请罪式的难堪，对于魏冄是无法忍受的；而在太后面前，他却是奉策者。事实上，攻赵之策也是宣太后最终拍案定策的。更要紧的，当然是太后最有主见，只有太后定了大主意，他才能摆布得开。

虽则如此，到了章台，魏冄还是迟迟不敢踏进那片青绿的竹林。骤然之间，他觉得自己老了，那种风火雷霆般的气势竟在此刻不知不觉悄悄弥散了。蓦然想起白起的特急羽书，他长长地叹息了一声，悔之晚矣！良久伫立，他终于鼓足勇气走进了竹林，踏上了干栏上的木梯。

"丞相来了，坐。"午眠方起的宣太后点着竹杖，打了个长长的哈欠。

魏冄默默就座，却不知如何开口。"甚时学得老到坐功？"宣太后笑了，"想与老姐说私己话么？由得你了。"只要不是正式议事，太后对魏冄从来都很宽和。

"太后，"魏冄一咬牙道，"胡伤败了。"

"如何个败法？"一道阴影倏忽掠过宣太后富态红润的脸膛，"胡伤回来了？"

魏冄粗重地叹息一声，黑脸涨得通红："胡伤战死，八万铁骑全军覆没……"

"你？你说甚？再说一遍！"尖锐一声，宣太后骤然站了起来。

"老姐姐，魏冄有罪！"魏冄一头砸在大青砖地上。

"当啷"一声，竹杖跌在蓝田白玉长案上，宣太后软软地倒在竹席上，脸色苍白得与头上的白发融成了一片。

"太后！快！太医何在？"魏冄大急，吼得山鸣谷应。

太阳落山时，宣太后才悠悠醒了过来。秦昭王也匆匆赶来了。一看那阴沉的脸色，魏冄便知道这位国王肯定也得到了紧急军报。然则，看着躺卧在竹榻骤然苍老疲惫得风烛残年一般的宣太后，两人谁也没有说话。良久默然，宣太后梦呓般嘟哝一句："白起，白起回来了么？"秦昭王连忙躬身道："羽书已到，白起正在星夜赶回。"

宣太后的眼角缓缓渗出了一丝细亮的泪水："明日都来章台，我有话说。都忙去了，不用人陪我。"秦昭王看一眼魏冄，一句话没说走了。魏冄一直木然地跪坐着，此刻要起，却觉两腿已经不是自己的了，强咬牙关猛然起身，轰隆咣啷地跌倒在玉案上。

宣太后嘴角一抽搐："老了，侬也挺不住芈氏了。"声音虽小，却是地道的楚音，魏冄听得分外清楚。骤然之间，魏冄心中一抖，一挺身神奇地站了起来："但有魏冄，撑持得芈氏。"一句说罢，赳赳大步地走了出去，沉重急促的脚步声将一座干栏震得簌簌索索。

宣太后起来了，走出了干栏小楼。

扶着那支青绿的竹杖，宣太后缓慢地摇下了干栏，摇出了竹林，摇到了与火红晚霞融成一片苍茫暮色的松林草地中。这胡伤如何便能败了呢？八万精锐铁骑啊！秦军有四十多万，骑兵只有十余万，一战净折八万，强秦八十余年可当真是闻所未闻也。秦国军法：无端败军者斩刑不赦。何谓无端？庙堂之策无误而大将战法有失也。攻赵之战全军覆没，可谓秦军大耻。算不算得胡伤"无端"战败呢？寻常看来，当是胡伤之罪了。赵欲灭中山，秦欲奇袭而迫使赵国回兵，以保秦国河东屏障。如此定策，难道有错？没有啊，确实没有。那么，胡伤八万将士有错？能攻下阏与险关而直逼武安城下，说明一个道理：只要此仗打得，任谁只能这样打。最终全军战死，非将之过也。如此猛勇惨烈，纵然天地鬼神亦当为之变色。身为一国摄政太后，何忍将脏水泼向八万忠勇将士的墓石？何忍玷污他们身死异乡含恨游荡的魂灵？那么，究竟错在何处呢？宣太后摇摇雪白的头嘟哝了一句楚语，毋晓得山鬼招魂了？荆楚人多敬山鬼，连大诗人屈原都专门写了《山鬼》长歌。楚人都说，但进大山迷路，便是山鬼迷了你的魂灵，分明你走得没错，脚下却偏偏走错，由不得你也！如此说来，阏与之惨败是天意了。上天要是存心教你出错，纵然圣贤又能如何？呸！宣太后惨淡地笑了，如此山野怪谈方士之说，你却信了？你纵然信得，老秦人难道也信了？天下战国难道也信了？掩耳盗铃，芈八子何其蠢也！

仔细想来，众皆昏昏我独醒，还得说白起了得，兵家大势拎得清。若无白起羽书，这阏与之败岂非要冤屈了八万秦军锐士？岂非要湮没了我等一干君臣的昏庸错断？秦之强，在于法行如山。阏与之惨败若对朝野没个交代，这老秦人丧子之悲愤岂能平息？一班老秦大臣又岂能不闻不问？话说到头，若得秦国不离心离德，便得在她这个太后与秦王魏冄三人之中出得一人承担罪责。秦王是自己的亲生儿子，正在盛年之期，又不亲自主政，他纵然愿担罪责，又何能服人之心？丞相魏冄是自己的嫡亲弟弟，撑持国政三十年，功勋卓著，然则，其性也暴烈其行也霸道，若由他承担罪责必定是大快人心。不过，岂非也意味着要将他置于酷刑死地？魏冄一死不打紧，入秦的芈氏三千余口，却有何人护持得浑全？

面对着血红色的沉沉落日，宣太后猛然打了个冷战。

次日午后，秦昭王与魏冄白起分别同时到了章台干栏云凤楼。令三人惊讶的是，大厅竹榻前第一次挂起了一道黑纱，两边站着两个目光炯炯的侍女，三张长案离黑纱近在咫尺，完全不是寻常时日的摆置。三人一阵愣怔，同声拱手道："参见太后。"黑纱后传来宣太后苍老的声音："都坐了。只听我说，任谁无须多言。"

"遵太后命！"三人都觉得有些不安起来。

"第一件事，阏与惨败，罪在本太后错断大势。"宣太后的声音清晰异常，冰冷得令人心跳，"秦王未涉国政，丞相亦未力主，芈八子利令智昏，是为国耻也。秦法昭昭，不究大败之罪，不足以养朝野正气。是故，即颁《摄政太后罪己书》，以明战败之罪责。"

"母后！"秦昭王一声哽咽，目光飞快地瞄过了魏冄。

魏冄紧紧咬着牙关，唇间一缕鲜血哧地喷出，却硬生生没有说话。

"秦王少安毋躁。"宣太后的话语第一次干净得没有丝毫的家常气息，"第二件，武安君白起，国难不避艰危，强势独能恒常，沉毅雄武，国之干城也。终白起之世，秦王若有负于武安君，人神共愤之，朝野共讨之。"

"娘啊！"秦昭王一声哭喊，号啕大哭，"娘亲正当盛年，何得出此大凶之言！"呼地起身扑向竹榻。两个侍女却同时一个箭步架住了秦昭王，太后有令，任谁不得触动黑纱。秦昭王更感不妙，挣扎着嘶声哭喊："娘啊！你我母子共为人质，情如高天厚土，娘何能舍嬴稷而独去也！"

"嬴稷，"宣太后冷冷叱责，"你已经年届不惑之期，如此狂躁，成得何事？你只说，方才正事，可曾听得进去？"

"娘！"秦昭王一声哽咽，又立即正色道，"嬴稷但有人心君道，何敢自毁干城？"

"便是这个道理。"宣太后平静冷漠的声音又缓缓传来，"第三件，八万铁骑为大秦烈士，当设法全数运回尸身，务使忠勇烈士魂归故里。"

"太后，"白起第一次哽咽了，"此事白起一力为之，太后宽心便是。"

宣太后长长地叹息一声："最后一件：对赵战事，悉听武安君白起决之。秦王与丞相，唯秉政治国，毋得，搅扰……"猛然，黑纱后传来沉重的一声喉结咕噜，动静大是异常。

三人觉得大是不妙。白起一个长身甩开了两名侍女，几乎同时，也一手扯开了黑纱。骤然之间，三人面色苍白，踉跄着一齐跪倒——素净的竹榻上，跪坐着一身楚人装束的宣太后，鹅黄明艳的长裙，雪白的九寸发髻，胸前挂着两条晶莹圆润的红色玉佩，双手肃然握在肚腹前，一口雪亮的短剑插在腹中，鲜血弥漫渗透了竹榻下的白色丝绵大毡，竹榻边搭着一方白绢，赫然鲜红的四个大字——自刑谢国！

"咚"的一声，秦昭王撞倒在案前昏了过去。

夜幕降临了，无边的林海涛声淹没了整个山塬。章台的所有灯火都点亮了，小山一般的干松柴围住了秀美的干栏云凤楼。午夜时分，魏冄举起了一支粗大的火把，丢进了松油津津的柴山，轰然一声大火冲天而起，整个山塬惊心动魄的血红。

三个月之后，宣太后的隆重葬礼在老秦人的万般感慨唏嘘中结束了。秦国朝野终究是平静了下来，对赵国的仇恨，也由举国喊杀化成了一团浓浓的疑云——如何在骤然之间赵国便强大得足以硬碰硬地打败秦国？强敌便在邻里，秦国却浑然不觉，毛病究竟出在了何处？目下赵国实力究竟有何等强大？赵军战力若都像赵奢之军一般悍猛无匹，老秦人又当如何？

月余之间，咸阳宫连续举行了十几次朝会。秦昭王定下音准："只议内事，不涉邦交。”将朝野疑云一囫囵掩埋起来。丞相魏冄重新振作，每次朝会后都要颁行几道丞相令，随后立即派出干员督察推行。两三个月下来，国政民治又是井然有序热气腾腾。老秦人仿佛又回到了孝公商君变法时期，憋足了一股劲勤耕奋兵，嘴上却甚也不说。

然则，细心的朝臣吏员却都觉察到了一个异象：自宣太后葬礼之后，在国人心目中最有分量的武安君白起一次也没有露过面。熟悉白起秉性的将士国人都说，白起但沉，必有大举，等着，大秦国不会趴下的。

四　茫茫边草　云胡不忧

秋风萧瑟的时节，一支商旅车队辚辚驶进了河内郡东北端的安阳要塞。

安阳原本是魏国城邑，叫做新中。白起夺取河内郡，秦国将这座要塞改名为安阳。安阳正在洹水南岸，北出洹水百余里便是邯郸，历来都是魏赵秦韩通商之枢纽，自然也是兵家垂涎之关塬。这支商旅进了安阳，安下了大本营，专门做起了贩马生意。战国之世，河东汾水地带的骏马很是有名，被天下呼之为“赵马”或“汾马”。赵马虽不如阴山胡马雄骏高大，但个头适中奔驰耐久，很得中原各国的青睐。不出战马的江南吴越楚三国，更是以大量买赵马汾马为急务。这支商旅楚语楚衣，显然是楚国马商。旬日之后，这支商旅分做三路进入了赵国：西北路河东，东北路邯郸，北上一路直奔云中九原。进入赵地，三路商旅星散流云般化开，渗到赵国的角角落落去了。过得不久，络绎不绝的骏马从赵国进入安阳。奇怪的是，马商但入安阳，从来不住楚国商社，而总是住进靠近官府驿馆的一家小客栈。每到夜晚，这些马商必到驿馆，而驿馆的灯火也常常通夜长明。住得三两日，马商们又北上了。一旦回来，又是如此。倏忽之间，这支商旅在安阳驻扎了整整两个春秋。

两年之后的中秋，秦昭王会同丞相魏冄并一班重臣在章台举行了秘密朝会，议题只有一个：听上将军白起通说赵国详情，议定对赵长策。秘密会商整整进行了旬日，末了秦昭王慨然一叹："若非赵雍心血来潮，大秦国真正难过也！"

终于，赵国二十余年强大的面纱被揭开了。

赵国的崛起，还得从赵雍即位说起。

赵雍，后来威名震动天下的赵武灵王也。赵雍即位时，正是秦惠王十三年，也就是秦国称王的那一年。赵雍之勇略，原本为列国所知，唯其如此，他的即位天下瞩目，各国都忐忑不安地注视着赵国。然则，一年一年的过去了，赵雍却丝毫没有大动静，一直到了第十九年，赵国依旧在沉沉大睡。其时燕昭王任用乐毅变法强燕已经开始，秦昭王也已经从燕国回秦即位，齐国已经成为不可一世的超强战国。当此之时，秦国主少国疑似乎已经黯淡，楚国怀王昏聩已无伸展之力，魏国萎靡不振，韩国堪堪自保，唯余燕齐赵三国大有变数。然则，赵雍十九年没有响动，谁还能将赵国再放在心上？要说春秋楚庄王初期沉沦，也不过十年不鸣，而后一鸣惊人。赵雍果真勇略，何至十九年不鸣？要将一个十九年默默无闻的战国君主看做深谋远略，任谁都会匪夷所思。大战连绵，争端迭起，十九年踏不进中原一步，指望天下正眼看你？于是，列国渐渐有了公议：赵雍庸才，天下人走眼也。公议弥漫，众口铄金，战国目光齐齐地聚向了齐燕两国，对赵国显是不屑一顾了。

然则，恰恰在第二十个年头，赵雍使天下轰然炸开。

哈哈，赵雍智穷才竭，竟要丢弃夏服穿胡人衣裳了，还要学胡人轻兵骑射，甘心做胡人子孙，当真华夏耻辱也！一片嘲讽戏谑嬉笑怒骂，列国君臣连正经评议一番的心思都懒得去花，谁却要循战国之例派出特使探察了。于是，一场后来使天下战国目瞪口呆的巨变，在任谁也不在意的情势下悄悄发生了。

事实上，赵雍从一即位，便开始了异乎寻常的谋国奔波。

赵肃侯留下的赵国，是一个内忧外患交相迫的危邦。先说外患。全局看战国之世，可以说没有任何一个大国没有外患。然则基于地缘存在的独特性，外患的严重程度却是有巨大差别的。譬如秦国，秦惠王之后，西部北部的戎胡之患大为减轻。在秦昭王夺得魏国河内郡与楚国南郡，又几次反击北地、上郡的匈奴胡人部族之后，秦国的外患大为减弱，所有的对外大战都是基于大争天下而发。南部楚国在吞灭吴越之后，外患只有西北的强秦与东北的齐国。滨海之齐国，西有宋国鲁国薛国卫国等小邦隔开中原大国，也只有与北燕南楚互为外患而已。中原腹心的魏韩，也只有秦楚齐三大国构成外患，却没有北地胡患。纵是燕国，在燕昭王平定辽东之后，东胡之患也全部流窜转移到了赵国头顶，燕国的外患也只有齐赵两个夙敌与威胁大大减弱的北胡了。

唯有赵国特异，非但有中原战国的大争外患，亦有中原各国已经消除或大为减轻的胡患，当真可说是外患层叠。具体说，这时的赵国北有三胡（东胡、林胡、楼烦）与尚未成势的匈奴，西有中山与强秦，东北有老冤家燕国，东有咄咄逼人的强大齐国，南有同根相煎百余年的魏韩两国，实在是强敌环伺危机四伏。而在所有的外患中，北地胡患对赵国威胁最大，以天下棋语说，是“急所在胡”。之所以如此，在于秦国强大之后，将西部戎狄的“不臣”部族与北地、上郡的游牧匈奴以及林胡楼烦已经全数驱赶出境。这些戎狄匈奴胡人部族，聚集于阴山草原及其东北部大漠，占据了包括九原、云中[1]在内的广阔地带，直接压在了赵国雁门[2]要塞的头顶。与此同时，东胡部族在丢失辽东根基之后，也迁徙到西北草原大漠，压在了赵国正北的代地[3]。然则，更急迫的还是赵国的两大胡族夙敌——林胡与楼烦。

林胡也叫做澹林，是长期游牧于雁门关北部山地草原的强悍部族。楼烦[4]则是长期游牧于秦国上郡与雁门南部山地的强悍部族，丢失秦国上郡根基，举族北迁到赵国代地雁门之间，与林胡一起构成了赵国的肘腋大患。其所以是肘腋大患，在于这林胡楼烦有一个共同处，精于骑射

[1] 九原，今内蒙古包头西北地带。云中，今内蒙古呼和浩特西南地带。

[2] 雁门，今山西右玉南，赵武灵王平三胡后设雁门郡。

[3] 代地，在今山西大同东部地区，赵武灵王平三胡后设代郡。

[4] 楼烦，秦统一后被匈奴吞灭，一部迁往黄河以南，一部并入匈奴攻秦。

动如飓风，经常出其不意地攻陷城堡掠夺财货人口牛羊马匹，偏偏却极难捕捉，即使费尽心力咬住了，也无法给予重创，更不用说聚而歼之了。赵国之所以始终在北边驻守十万大军，且始终无法将这十万大军投入中原争霸，根本因由便在于强大的胡患始终不能稍减。赵国之所以民穷财竭，极大的原因便是三胡部族经常的闪电式的掠夺。

单有外患还则罢了，凝聚朝野全力反击便是。偏偏赵肃侯之后的赵国又是世族分治山头林立，凝聚国力分外艰难。更有特异处，赵氏部族在春秋晋国时期便是天下赫赫大名的领军部族，几乎是代有名将精兵，更在长期抗御胡患中形成了世族独自成军的传统。三家分晋之后，赵国朝局的变动弥漫出一种强悍的国风——以各方军力强弱定权力格局，政变杀戮之频仍居列国之首。国君稍弱立有倾覆之危。历经赵成侯、赵肃侯两代，虽稍有好转，但依然发生了几次大的军争式政变。最惨烈者，便是赵雍亲自发动的剿灭叔父奉阳君而还政于父亲赵肃侯的政变。政变但起，难禁杀戮。那次杀了叔父奉阳君合族三千余口，留下的朝局创伤犹在。未及理顺，父亲赵肃侯撒手归天，国政裂痕直是乌云压顶，赵雍如何不忧？当此之时，又何敢轻动？

如此这般，是年轻的赵雍所要面对的严酷格局。

即位后的次日夜里，赵雍独自驾着一辆四面垂帘的辎车来到将军肥义的府邸后门。肥义是赵肃侯的能臣干员，年逾五十，官职却只是一个五大夫爵位的邯郸将军。赵雍做太子时，以肥义在边地的军中实力为根基，发动了对奉阳君的灭门夺政之变。按理说，肥义功勋显赫当大为擢升，可赵肃侯却偏偏一直没有晋升这个实力派老臣。肥义也丝毫没有怨愤之情，依旧忠于国君，不党附任何世族山头。对新君赵雍的夤夜密访，肥义也没有任何惊讶，只淡淡一笑，将赵雍请进了书房密室。

“邦国危难，将军教我。”赵雍深深一躬。

“君侯在上，安敢言教。”肥义扶住了赵雍坐入案前，自己却依旧站着，“肥义姑妄言之，君侯姑妄听之。赵有三难：朝局不安，中原虎视，胡患压顶。臣以三策对之：柔韧安内，示弱中原，力除胡患。如此做去，若得大局安定，再图一展抱负。是否可行，君自定夺。”虽则谋划如故，却隐隐然透着一种局外人的淡漠。

赵雍双眼炯炯发亮："将军为国之长剑，可否为赵雍制衡朝局？"

"但在其位，必谋其政。"肥义神情肃然。

赵雍哈哈大笑："国之利器，自当高悬于庙堂之上也！"

次日朝会，赵雍立即当殿下诏四道：其一，将军肥义着即爵加上卿，擢升左司过兼领柱国[1]将军，职司纠察整肃国政，右司过两臣着肥义举荐定任；其二，中府丞周绍擢升太子傅，辅佐太子赵章修习国事；其三，赵禹、赵燕、赵文为博闻师，訾议国政；其四，朝中凡八十岁以上之老臣，皆受"国老"名号，每月由国府致礼抚慰，可随时进言督察国政。

四道君书一下，大臣们百味俱生莫知其所。这设立司过大臣并命肥义领职一事，世族大臣们先已惴惴不安。且不说这肥义本来就是个唯国君马首是瞻的硬骨头，仅做了个不大的将军就敢突袭攻灭手握重兵的权臣奉阳君，世族大臣们已经是如芒刺在背了；如今骤然爵加上卿，头顶上再有两级（侯、君）便到人臣之极。加爵还则罢了，肥义毕竟也是赫赫名臣，赵肃侯未加重用，本来就是留给赵雍晋升的，大臣们谁个看不出此中奥秘？可新设如此一个"司过"大臣，还要兼领邯郸军政手握三万精锐步骑，这分明是国君要以睁得硬眼的肥义震慑朝局了。虽说各据实力的世族大臣们也未必人人都有叵测之心，但对新君上手便严加防范，毕竟是老大不舒坦。然则又能如何？整肃朝政不是该当的么？赵国多内争，谁都嚷嚷要凝聚朝野消弭边患，当此之时，设立司过大臣以纠察内政，又能以何等理由反对？

还有，这太子傅历来都是世族重臣领衔，外加一个饱学之士辅佐。如今却擢升一个执掌王室典籍的中府丞周绍独领。周绍虽不若肥义那般令人如芒刺在背，却也同样是个只认法度死理的老倔头。此前大臣们已听说，赵雍亲访周绍试探，这老倔头耿耿地撅着山羊胡须说，立傅之道六，君若守之，老夫当为也。赵雍问六者何也？这老倔头说，知虑不躁达于变，身行宽惠达于礼，威严不足以易于位，重利不足以变其心，恭

---

[1] 柱国，战国时赵国执掌国都防卫的武职。

于教而不放纵，和于臣而不伪言，此六者，傅之道也；王若不守，臣之耻也，何敢为之也？没想到，赵雍坦然允准，当真教这老倔头做了太子傅。大臣们都明白，这“六道”分明是这老倔头的开价，尤其那三四两道——威严不足以易于位，重利不足以变其心，分明便是告诫赵雍：他只认太子傅职责法度，不认国君威权。如此一个油盐不浸的老倔头做未来国君的老师，谁个心里舒坦了？然则又能如何？为太子延聘老师，历来是半私半公之事，周绍又是名节赫赫，能反对么？

若说前两道君书让世族大臣们不快，后两道却是颇得人望。

博闻师也是新设。赵禹、赵燕、赵文三人都是年过六七旬的卸职元老，能訾议国政，自然强如闭门闲居。而年过八旬的十二位元老也都成了“国老”，也都能进言督察国政，可谓殊荣加身。每一老身后都是一大族，舒畅者又岂止一人也。更要紧的是，世族大臣几乎都在中年之上，人皆有老，眼见博闻师与国老便是老之所归，谁又不暗自庆幸？在强悍实在的赵国，历来是老臣受冷落，一旦不能驰骋沙场，在国便是失爵失位，纵有子孙承袭，老臣自己却未免凄凉。而今有一抹亮色照拂暮年之期，能获高爵而安享晚境，不亦乐乎？

安定了朝局，赵雍正欲北上视边，却有魏王特使飞车邯郸，一力邀赵雍加盟“五国相王”[1]大典。这“五国相王”是魏惠王为主盟的邦交大典，邀韩、宋、赵、燕、中山五国，在魏国主持下一起称王并相互承认对方为“王国”。魏国本来早已经称王，此举完全是老魏惠王想操持天下大局重振魏国声望的别出心裁之举。

“赵为弱邦，无其实，不敢处其名也。”赵雍对特使分外恭谨，回书也只是如此一句。魏国特使大为惊讶，回报大梁，说赵雍已经下书朝野：国人称他为“君”，比“侯”还退了一步，不可思议。魏惠王哈哈大笑：“少见多怪也！赵国本弱，赵雍知其弱，有何不可思议了？”

从此，中原列国弥漫出一股“弱赵四等”的口风，讥讽赵国在王、公、侯三等邦国之后自甘称“君”，隐隐然觉得赵国只怕是当真不行了。

---

[1] 五国相王之详细经过，见第二部《国命纵横》。

否则，在强势汹汹的战国之世，向来咄咄逼人强悍张扬的赵国如何肯灭了自己威风？

风声传来，赵雍轻蔑地一笑，到国中巡视去了。

这一去竟是两年。赵雍踏遍了赵国的每个角落，对赵国山川形胜与生民艰难终究算是了如指掌了。第三年赵雍回到邯郸，立即与肥义等一班重臣商讨在赵国变法。谋划半年之后，赵国的变法终于开始了。赵雍给变法定的大要是十六个字，“不触封地，整肃吏治，废黜隶农，行新田制”。也就是说，在不根本触动世族封地制的情势下，大力整肃国政，废除奴隶制，推行已经成为战国主潮流的自由买卖土地制，激发国人勤耕奋战。因了不触动封地，所以变法得到了世族大臣的一致拥戴，而庶民与隶农官奴更是欢呼雀跃。朝野同心之下，赵国的变法水波不兴，几乎没有引起列国的多少关注，便平稳地在七八年间完成了新法之变。从战国大势看，赵国的变法除了不能与秦国的商鞅变法相比外，力度与广度均超过了其余五国。当此之时，变法已经是天下大潮，魏、楚、韩、秦、齐五大战国均已先后变法，除了魏楚韩三国没有二次变法之外，秦齐两国都是在大变法之后不断小变，法令之新领先天下。及至赵雍即位，北方最古老的燕国也开始了燕昭王与乐毅的变法。

如此一来，赵国成了战国最后变法的一个。也正因了如此，赵雍对列国变法看得分外清楚，如何在不使朝野发生大动荡的稳定情势下推行变法，也就成为赵雍反复思虑的头等大事。别国变法，都要在外患消弭或大大减弱的大局下进行，根本原因，在于变法必然会带来动荡，若外敌与内部动荡同时发作，其国必毁。唯其如此，外患未消则不能变法，几乎成为天下认同的铁则。若恪守这一铁则，赵国将陷入一个永远不能变法的怪诞圈子。赵国劲而不强，边患又是天下之最，不变法无力靖边，而外患不除又不能变法。这，岂非一个只能永远原地打转的怪圈？

两年巡视，赵雍已经想透了这件大事，决意以不触动封地的无震荡变法来走出这个怪圈，而后再相机彻底变法。一着手果然顺当，竟在七八年间完成了一次举国大变。然则对赵雍而言，更高兴的却是列国目光尽被燕国崛起所吸引，赵国悄悄地隐身在昔日夙敌的光影中跨出了一大步。

国势大定的第二年，赵雍带着一个铁骑百人队径直北上了。这一次，赵雍要寻求靖边之法，为彻底肃清三胡匈奴边患下一番工夫。

这时候，赵国的北疆还远未伸展，自西向东还被三胡与匈奴压缩在九原、云中、雁门、平城[1]、于延水一线之南。认真说起来，纵是这一线之南二三百里，也经常被胡人飞骑突破大掠。而九原云中以南的广袤高原，秦国则在河西地带修建了与大河并行南下的千里长城，使胡人无法肆意侵扰。加之雁门平城恰恰又将中山国隔挡在南部太行山地带，胡人飞骑只能对赵国燕国肆虐了。偏此时的燕国已经派大将秦开一举拿下了辽东平定了东胡，亚卿乐毅又顺势北上，一举将诸胡部族从渔阳、上谷[2]驱逐到于延水之西。如此一来，诸胡与匈奴几乎全部压在了赵国北部地区。自赵氏立为诸侯，赵国在北边始终驻有重兵，到赵成侯赵肃侯两代，长驻十万轻骑已经成了定制。应当说，那时候的十万轻骑虽不足以扫灭诸胡匈奴，但保得赵国北部平定还是游刃有余的。然则此时情势大变，赵国的十万轻骑分别驻扎在雁门、平城两地，面对兵势猛增且又日见频繁的胡族袭击，赵军在广阔的战线上已经呈现出力有不逮的弱势。

赵雍马队越过治水，直奔雁门塞而来。

此时的北疆，正是夏末秋初水草丰茂牛羊肥壮的黄金季节。一过治水，蓝天之下重峦叠嶂，霞举云高，连山隐隐，旌旗猎猎。遥遥望去，两山夹峙，恍若云天之门，时有雁阵长鸣，从门中掠过悠悠南下，令人生出无限感慨。因了如此沧桑奇观，这片险峻连绵的高山叫了雁门塞。雁门两山之中，一座关城突兀矗立，这便是赫赫大名的雁门关[3]。

抗胡大将楼缓的幕府，驻扎在雁门要塞。赵雍一进关直入将军幕府，不想幕府内外冷冷清清，一问之下，领军大将楼缓竟不在驻地。赵雍原

[1] 平城，战国时赵国北部要塞，秦统一后置县，今山西大同东北。

[2] 渔阳，因在渔水之阳得名，秦开破东胡后设郡，辖境大体为内蒙古赤峰以南、北京通县以东、天津以北地区。上谷，因在广袤山谷地带而得名，秦开破东胡后燕国设郡，辖境大体为今张家口以东、北京昌平以北。

[3] 雁门关，在今山西代县西北，战国雁门关与唐以后之雁门关大体重合。

本是秘密北上，有意不事先飞书而要真实验看边军状况，听说主将楼缓不在，微微皱起了眉头：“楼缓不在幕府备军，却到何处去了？”

“禀报特使，”一个留守司马从幕府后厅大步匆匆走出，“胡人秋掠将至，将军赶到岱海[1]踏勘地势去了！”

秋掠？赵雍恍然大悟，每年秋季都是诸胡部族大举南下的时节。其时中原农田收获方过，草原大漠寒冬将至，正好大掠粮食财货以备冬藏休牧。楼缓在此时赶赴岱海，必有不同寻常的谋划。赵雍略一思忖，马鞭啪地打到战靴上，走，岱海！

雁门关以北五十余里，有一道东西蜿蜒数百里的夯土长城，这是赵国修筑的抗胡屏障。出得长城，是广袤起伏的山地草原，驰骋百余里，正北方向一片大湖，茫茫苍苍方圆五百余里烟波浩渺，周围青山苍翠草原无垠起伏，倍显天地之壮阔。然则奇异的是，如此一片大湖，如此连绵起伏的广阔草原，湖边却没有长驻放牧的帐篷群落，纵有放牧牛羊的胡人，也是远远地洒落星散在大湖周围的小河旁。赵雍也曾在边军磨炼过几年，知道岱海是一片盐湖，其水之咸，比海水尚有过之。唯其如此，诸胡部族才不在此地扎根，而只是在水草丰茂的季节骑马赶着牛羊马群轰隆隆而来，大半日之后又轰隆隆而去。

“来者哪位将军？”湖边山丘后飞出一骑遥遥高喊而来。

百骑队风驰电掣般卷到面前，护卫将军亮出一支硕大的青铜令箭高声答道：“国君特使到！你是何人？楼缓将军何在？”

“末将中军司马。既是特使，请随我来。”骑士一圈马翻身飞驰而去。

翻过一个山头又一道山谷，遥遥见前方山腰有影影绰绰的红色身影，及至到得山下，却是一道极为隐秘的山谷：面向大湖，背靠群山，除了南面谷口，别无进出途径。中军司马在山下勒马拱手道：“骑队在山谷避风处暂歇，请特使大人随末将登山。”骑队将军冷冷道：“该当楼缓将军下山才是。”赵雍一摆手：“休得多言，只两人随我上山，马队扎营造饭。”骑队将军向百夫长低声叮嘱几句，与另一名骑士丢下马缰大步跟在

[1] 岱海，战国时草原盐湖，今已趋于淡水化，在今内蒙古凉城县东部。

赵雍身后上山。

将及山顶，一片密林横搭在山腰，走进密林，又是一处极为隐秘的山坳，一顶半旧的棕色牛皮大帐篷扎在突兀的山崖下，帐外钉子般挺立着六名长剑甲士。赵雍一看便明白，楼缓肯定要在这里谋事，正要举步进帐，身旁中军司马一声高报："国君特使到——"话音落点，一人脚步急促出帐，却又骤然停顿在帐口。

"君上？"大将愣怔间深深一躬，"雁门将军楼缓，参见君上！"

赵雍哈哈大笑："楼缓将军，未告而来，唐突了。"

"君上巡边，岂有唐突之理？君上请。"一脸糙黑两鬓灰白的楼缓肃然侧身拱手，将赵雍请进了大帐。赵雍刚绕过帐口木屏，便听轰然一声："参见君上！"一看之下，四员大将与四名军吏整肃站在帐厅。赵雍笑着摆摆手："军中无全礼，坐了坐了。"指点着道，"你是赵庄，你是韩向，你是胡笳，你是李鸢，对么？"四员大将见在边地只有三年军旅的国君竟还记得他们，自是分外兴奋，齐齐应了一声："谢过君上！"

此时，楼缓已经吩咐军务司马上来了酒囊干肉。赵雍接过酒囊咕咚咚大饮了半袋，啧啧笑道："如何有三分胡人马奶滋味儿？"

"君上，"楼缓笑了，"草原寒冷，兵士缺酒不过劲。赵酒太烈，肚腹无食不能痛饮，吃饱了更不能多饮。军士们便将马奶掺酒，既难得醉人，又当得饥渴。时日长了，军中酒都成了马奶加赵酒。君上若要赵酒，我差军务司马回雁门关拿来。"

"不不不。"赵雍摇着手又咂咂嘴，沉吟间不禁突然拍案，"使得使得，大是使得。"

"君上饮得就好。"楼缓轻松地笑了。

赵雍自顾一口气道："草原之上，马奶多多，何不就地酿造马奶酒？既省赵酒迢迢运送，又增军士体力战力，岂非一举两得？远途驰驱，但有两三袋马奶酒几块酱干牛肉，何愁饥渴？强如这赵酒掺马奶，既费事劳神，又不足供给。"

"君上大是明察！"几员大将抢先呼应。

"君上，"楼缓目光闪烁着思忖着，"马奶酒本是胡人之物，少许入军或可，若做常用，且不说国中如何，只怕中原列国要讥讽赵人化入蛮夷了。”

“鸟！”赵雍粗豪地大笑，“你等但说，马奶酒合用不合用了？”

“合用！”四员大将异口同声。黝黑粗壮的李鸢昂昂道：“真正的马奶酒给劲！胡人叫马奶子，酸甜浓稠后劲足，健胃活血滋补强身，两三大碗下肚，任甚不吃也撑他两天两夜。谁个敢说不合用？”赵庄跟上道：“马奶酒比中原酒好做多了，根本不用酿制窖藏，只将马奶收入皮囊搅拌几日，但出酸味便是马奶子。若再掺得几两赵酒搅拌，马奶子生出些许酒香酒辣，更是带劲！”韩向搓着手兴奋接道：“当真大做马奶子，连军粮都省去一半。”“雁门关老弱妇幼也都有得事做，皮囊也不空了。”胡筋高声追了一句，帐中哄然大笑。

“方便合用，好处多多，还怕个甚来？做！”赵雍看着楼缓笑了。

楼缓见国君依然不改军旅粗豪，顿时心生感奋慨然拱手道：“君上如此胆魄，楼缓何能裹足不前？明日臣分派下去，大做马奶酒！”

“便是这般。”赵雍双掌一拍，“近日我常思忖：胡人无常根，却能生生不息地与我纠缠，其中必有强势所在处。别个不说，这马奶子便是中原所不及，紧要时连埋锅造饭也省了。你等说，若没有这马奶子，胡人能不带辎重饿着肚皮千里驰骋奔袭大掠么？而我军但动，便是粮草先行，飞骑追过三日便没了接济，这茫茫草原，如何咬得住胡人？”

“君上大是！”瞬息之间，楼缓并几员大将顿时目光炯炯。国君虽然年轻，洞察大势分明是目光如炬。马奶子这件事，军旅将士看来只不过是顺应自然的寻常事体，国君却能说出如此一番根本道理，委实教人信服。

“此等事日后再说。”赵雍一挥手，“楼缓将军，看来你要给胡人谋事？”

“禀报君上，”楼缓正色拱手，“每年八月，三胡都要南下大掠，岱海东西两侧是必经之道。我与诸将计议：拟在岱海两侧山谷埋伏轻骑八万，一举重创胡人。”

“这番要打狠！”赵庄咬牙切齿地补了一句。

赵雍点头笑道：“好！算我有幸赶上了。此战若能大胜，赵国必能松活三五年。”

方略议定，日已暮色。君臣马队在月升岱海之时隐秘出谷，到得草原放马奔驰，不消一个时辰进了赵长城回到雁门关。次日开始，楼缓开始了调遣兵马，雁门关军民也同时开始了大做马奶子。在满城新鲜好奇的笑闹喧嚷中，浓郁的马奶子味沿着长城弥漫开去了。趁此时机，赵雍率百骑队星夜奔赴东北方向的平城，在平城巡视三日，又南下沿着治水[1]河谷东进二百余里直达于延水[2]。进入于延水河谷，赵雍马队隐蔽歇息一夜，次日清晨出谷，变做了一色的骑士便装，俨然一支地道的中原马商骑队。

五 林胡骑术震惊了赵雍

于延水发源于大漠草原深处的柔玄[3]山地。依目下赵雍马队的所在，一出于延水与治水交汇口的涿鹿山，已是林胡的势力范围。虽然胡人逐水草而居，没有确切的疆界，更没有固定的驻军，但赵国大军控制不了此地也是事实。涿鹿山曾经是黄帝大战蚩尤的名山，楼缓在这里虽然驻扎了六千轻骑，但也只能起到抢占咽喉要地的作用，而远远不能阻挡漫天乌云压过来的胡人骑兵。往前说，于延水河谷本来是马商通道，尤其是燕赵两国与胡人通商的大道，由于赵军已经抵御不了胡人大掠，十几年来这条商道已经渐渐萧疏了。

马队在荒草摇曳的商旅古道风驰北上，三日之后，进入了柔玄草原。

从东南进入柔玄草原，遥遥可见无垠绿色中一道青山蜿蜒横亘。翻过这道浑圆起伏的山岭，一片茫茫淡水大湖，四周星散着无数的沼泽小湖，水草连天，一片绝佳的游牧形胜之地。大湖东岸，于延水从北方山

[1] 治水，战国北部大河流之一，亦名漯水，上游即今日永定河、桑干河，故道在今永定河以北。

[2] 于延水，战国北部河流之一，《山海经》亦名修水（非江西修水），于河北涿鹿入治水。

[3] 柔玄，战国胡地军镇，《水经注》称为柔玄镇，今内蒙古兴河县西北。

谷淙淙流来，在山陵中劈开了一条长长的河道向东南而去，林胡人称之为长川。长川山岭的东麓，是林胡部族的骑兵营地，自然也是林胡单于的大本营。遥遥望去，草原上牛羊马群星散四野帐篷连绵人喊马嘶，一片生机勃勃。

“君上，我若在此扎营，胡人看见便会来。”与赵雍并马的护卫将军低声提醒道，“万一有险，东南去路宽阔。”

“此番北上，原是要入虎穴，怕个甚来？”赵雍断然一挥手，“直入长川大本营。记住，我是赵国马商乌斯丹。走！”一抖马缰，当先向山麓连绵的帐篷飞去。护卫将军大急，一骑飞出超过赵雍马头，扬声高喊：“赵国马商到，求见林胡单于——”

长川山麓下的牛皮大帐中，林胡单于正与十几位部族头人商议南下秋掠的路径，突闻帐外马蹄急骤人声隐隐，护帐骑将飞步走进：“报我单于，赵国马商求见！”林胡单于一个愣怔，赵国马商敢来林胡？双眼一瞪道：“教他进来。”林胡骑将大步转身间一声长喝：“赵国马商进帐！”赵雍应声而入，一个躬身甩手的胡礼：“赵国马商乌斯丹，见过林胡单于。”

“乌斯丹？当真赵国马商？”林胡单于飞快地眨动着细长的眼睛。

“乌斯丹原本东胡商贾，因经年为赵国贩马，三十年前举族迁入赵国。”

林胡单于哈哈大笑道：“这对了。赵人早变沟渠鼠兔了，能飞出如此一只雄鹰来？说，要多少马？给哪个买主？”

“三千匹。给赵国。”

“给赵国？”一个部族头人傲慢地揉着鼻头拉着长长的声调，“笨熊一样的，赵人会骑马么？”

“赵人不会骑马么？”乌斯丹两手一摊连连耸肩，“雁门平城有十万飞骑，不是赵国的么？他们，每年都要更换许多战马也。”

“十万飞骑？鸟！”一个黄发头人咯咯笑道，“今秋一过，剥他十万张人皮，做我林胡女人的尿囊！”话音落点，帐中哄然一阵大笑。

“乌斯丹啊，”林胡单于呵呵笑着，“念你也是胡人，劝你将马卖给燕国算了，燕国大军正在重金买马。赵国，一两年也就没了，连赵钱都要没用了。”

“不！”乌斯丹脸色骤然涨红，“燕国灭我东胡根基，乌斯丹岂能卖马于他！”

“噢？”林胡单于目光闪烁着，“林胡人不要赵钱，你却如何买马？”

“乌斯丹只用丝绸麻布佩玉金币，不用赵钱。”

黄发头人哈哈大笑：“单于，卖给赵人好啊！三个月后，还是我林胡骏马。”

“好！卖给赵国！”头人们齐声笑叫。

“乌斯丹兄弟要这样，便这样了。”林胡单于灰白的须发抖动着，“你带了多少圈马师？赶得三千骏马上路么？”

“圈马师一百，人圈三十，贩马成例。”

“不不不！”黄发头人连连摇手，“赵人马师一人能圈赶得三十匹骏马？太阳西海出来了！乌斯丹，你只能用金币雇我林胡人圈马。”

“不不不。”乌斯丹惊讶地瞪起了眼睛，“我的圈马师，都是赵军大将楼缓遴选的能手，他说万无一失。”

“啊！楼缓？”在头人们轻蔑的大笑中，黄发头人呸地啐了一口，“败将一个，肉头狗熊，还敢老鸹般呱呱大话？乌斯丹，拿茅草做棒槌！啊哈哈哈哈哈！”

“林胡圈马师当真厉害？一人圈赶得几多？”乌斯丹一双大眼瞪得溜圆。

林胡单于冷冷一笑：“岱赫巴楞，你族给乌斯丹兄弟开开眼界。”

黄发头人忽地起身走到乌斯丹身边：“兄弟，出帐。”说罢大步出了牛皮大帐，对帐外一个腰带弯刀的壮汉一挥手，“黄旗族号角。”弯刀壮汉“嘿”的一声摘下挂在腰间皮带的牛角号。刹那之间，尖厉浑厚的呜呜号声悠扬响起，倏忽停顿，四野号声遥遥呼应响彻草原。只在乌斯丹与黄发头人岱赫巴楞走到赵国马队前的工夫，长川后乌云般万千马群在隆隆雷声中卷来，其势如江海怒潮漫过苍茫原野。只见岱赫巴楞又一挥手，壮汉牛角号立即短促尖厉地响了三声，汪洋恣肆的马海在一箭之地外隆隆凝固。乌斯丹遥遥打量，方圆两三里涌动嘶鸣的庞大马群，竟然只有马群外围游动的十来个骑士，还都骑在没有马具的光脊梁马背上。来不及一声惊叹，东南北三面原野上又是隆隆涛声，万千马群顷刻间压满了广阔的草原。随着连续响起的短促号声，三面马海从各自方向聚拢在一箭之外，中间恰恰成了一个巨大的空草场。

此时，林胡单于与其他头人也出了大帐，赳赳登上了帐外那座立有一面大纛旗的土台，遥遥笑道："岱赫巴楞，不要太较真啊。"

"单于放心，虎豹对瘦鹿，用得较真么？"岱赫巴楞一甩覆盖肩背的黄发，转身一脸傲慢的笑容，"乌斯丹兄弟，我族骏马六万，白日间放牧骑士不过百人。你说，每人圈赶得多少马？""人人都是如此么？"乌斯丹一副惊讶而不可思议的模样。岱赫巴楞哈哈大笑："好啊！乌斯丹兄弟说我族人并非个个如此了？老夫只说一句，我只召来族中少年女人，你任意选来比试。赵人大笨熊，值得我这些猛士上阵？"说罢一挥手，身边壮汉三声悠长的号声。号声还在草原山谷回荡，长川岭谷口络绎飘出大片大片白云，虽不如马群声势，却也是悠悠如风鼓云帆，片刻间连天彻地的咩咩鸣叫，白云外便是斑斓星散的少年与女人。

"好！"乌斯丹双掌猛然一拍，"岱赫族长点出三个少年来。"

"乌斯丹兄弟，"岱赫巴楞有不悦之色，"一言既出，如何要老夫代劳？"

"也好，那个蓝的，那个白的，还有那个黑的。"乌斯丹向涌动参插在马群中的羊群随意指点了几下，又回头对赵国马队高声道，"赵国马师们，出来三个高手与林胡少年比试圈马。要没本事，我乌斯丹雇林胡兄弟了！"

"嗨！"马队轰然一声，炸雷一般。赵国骑士们早已经个个脸色铁青，若非身负重任，这些精锐武士可能早就炸开了。但看着赵雍浑若无事的样子，也只有强压怒火。如今国君一声令下，谁个不激昂万分。将军本想亲自出马，虑及林胡都是少年，强自忍耐，一摆手低声叫了三个名字，三个年轻骑士走马前出，只一抬手便从战马腹侧摘下套马长杆飞马驰出。此时，三名林胡少年也从羊群外飞马而来，窄袖短衣，紧身长裤被一双高腰皮靴紧紧裹住，与赵国骑士大袖布衣的飘洒相比，自是另一番风采。

岱赫巴楞一挥手：“出散马六坨，每坨六十。”

壮汉号角立时响起，顷刻间马群外围的林胡骑士打起了六声尖锐悠长的呼哨，汪洋涌动的马海中先后飞出六片奔马，顺着六个方向狂奔草原深处。

“马师起——”岱赫一声大喝，蓝白黑三名林胡少年几乎同时箭射飞出，赵国的红色骑士同时发动，六匹骏马分成六个方向奔六片散马而去。

究其实，圈赶马群之较量，第一位的便是骑术较量。骑术不精，休说圈拢马群，只怕连接近四散奔驰的马群都是勉为其难。寻常而论，骑术能否十分地挥洒出来，根基在于马具。骑一匹没有鞍辔马镫的光脊梁骏马，对于中原骑士而言肯定是极大的难事。目下赵国三骑士是马具齐全的雄骏战马，放马奔驰，自然是风驰电掣般逼近马群，似乎还隐隐领先于林胡少年。只这一飞，赵国骑士齐齐地大喊了一声好。

三名林胡少年，却都是仅有一根马缰的光脊梁骏马。对骑士而言，没有马具意味着只能用两腿夹紧马腹来保持身形稳定，即便是最出色的骏马，也不能完全没有颠簸，高速奔驰之下双腿稍一乏力，便会跌落马下。更何况少年身矮腿短，良马又都是腹大背宽，要达到超越马群之速度并不断随马群急骤转折，少年控马之难度，大大超越成人骑士。饶是如此，三名林胡少年纵马飞驰轻松自如，倏忽之间与赵国骑士齐头并进地逼近了马群。赵雍也是少年入抗胡军旅，多有草原驰骋之阅历，自然深知少年骑士之难，看得啧啧称奇，不禁大喝一声：“好！”

岱赫巴楞连连摇头哈哈大笑：“光会飞不是林胡骏马，还得马上做事。”

片刻之间，只见三名林胡少年已经分别追上了狂奔的头马。两三个回旋急转，长长的套马杆闪电般飞出套住了头马脖颈。头马骤然人立一阵嘶鸣，随着少年骑士奔驰开去，身后马群也相继隆隆跟来。在骏马聚拢成群之时，林胡少年放开了头马套杆，一声响亮悠长的呼哨，头马一声嘶鸣，率领马群奔了回来。林胡少年则纵马飞驰，时而马群之前时而马群之后，口中呼哨连连呼喝不断，马群井然有序地徐徐奔驰，绝无四散飞窜之乱象。通前至后，不过顿饭时光。

再看三名赵国骑士，一时大为狼狈。这三名骑士本是真正的圈马师从军，骑术之精战马之良在赵军中都是出类拔萃，寻常间圈赶四五十匹的马群毫不费力，比马商之马师的三十匹通例高出了许多。今日六十匹马群虽说稍许见多，但草原之上利于奔驰，依坐下战马之良骑士骑术之精，断不至于输给林胡少年。然则，除了开始飞驰稍许领先之后，赵军骑士便不断遇到难堪。先是当先骑士猛追头马，头马不断急骤转弯兜圈子，连续五六个大回环，骑士的套马杆一直无法伸出。与此同时，另一个骑士在堪堪伸出套马杆的时分，马杆后端却被随风卷动的宽大衣襟裹住，骑士马杆一抖想甩开衣襟，不料却又被一尺多宽的衣袖兜了进去，情急间回头，套马杆不偏不倚却套进了坐骑脖颈，战马骤然受惊嘶鸣人立，骑士竟被仰面摔下了马背。饶是如此，马杆长柄仍然纠结在衣袖衣襟中，致使套在坐骑脖颈上的套子无法松开，战马不明所以，拖着骑士狂乱飞奔，直窜万千马海之中。

“笨熊要死！马群要疯！”岱赫巴楞一声大吼，飞身跃上身边一匹光脊梁马闪电般飞驰草原。赵国马队的将军大惊，一挥手便有三骑挺着套马杆飞出赶上。赵雍也是心下疑惑，这岱赫纵然本领高强，赤手空拳却如何进得汪洋涌动的马海？如何降伏得惊疯烈马？

瞬息之间，岱赫已经飞近汪洋马海。但闻一声凄厉奇绝的啸叫，马群轰然散开，躲开了疯狂的惊马。岱赫尖声呼喝着冲入马群，左冲右突死死尾随那匹疯狂烈马。突然之间，只见他胳膊一抖一扬一声大喝，一条绳套箭一般直射出去，正正地套在了惊马脖颈之上。惊马骤然人立长鸣一阵，打着响鼻回旋几圈终于安定下来。此时，外围也有一名林胡马师进入马群，飞身下马一捞，将那个被拖得一身鲜血的骑士夹在了腋下飞出马群。三名后来的赵国骑士恰恰赶到，接过同伴飞驰回队。

“赵人笨熊一样，要惊疯了马群，我剥了他皮！”岱赫飞马回来犹自怒气冲冲，“乌斯丹，赵人也叫骑士了？只配叫狗熊！”

乌斯丹嘴角猛然抽搐几下却呵呵笑了：“岱赫头人，你这绳套也能圈马？”

“啊哈哈哈哈哈！”岱赫一阵大笑，“真正的林胡骑士，都得用绳套。

套杆，是娃娃们做耍子练手的。乌斯丹，你说赵国马师连我这些娃娃手也过不去，还嚷嚷驱逐三胡，娘老子真是好笑！”

乌斯丹紧紧咬着牙关，默然良久笑道：“岱赫头人，乌斯丹愿出三百匹良马之价，买你三个上等马师如何？”

“好说！”岱赫巴楞啪地打了个响指，“乌斯丹服我林胡，没有高价我也送你了。”说罢向远处一招手，三个年轻精壮的汉子大步走了过来，恭顺地垂手肃立着。岱赫巴楞指点着道，“他们三个都是我的奴隶，看看，这里是烙印。”大手一把扯开一个年轻人的衣领，一只黑色鹰头人身赫然附在一大片肉红底色之上。岱赫在年轻人背上啪地拍了一掌，“你等的三个女人留下，做我的母狗了。从目下起，你们的主人是乌斯丹，明白？”三人低着头齐齐地“嗨”了一声，又齐齐地俯身趴在乌斯丹脚下“嗨”了一声。

“这叫主人认身。”岱赫笑道，“踩他们每个一脚，要狠。”

“他们都是上等马师？”乌斯丹嘴角又一抽搐。

“不信老岱赫么？”骤然之间，岱赫的脸黑了。

“自然信了，我认！”乌斯丹猛然抬脚踩出，三个奴隶高声齐喊：“谢过主人！”

两日之后，乌斯丹马队赶着六百匹马南下了。有三个奴隶马师圈赶马群，根本不用赵国骑士动手。一路之上，乌斯丹一句话不说，只是低头沉思。进得平城，马群留下。乌斯丹立即下令：三个奴隶马师一律赐姓赵，封武士爵，分别以龙虎豹命名，充做贴身护卫。三名奴隶此时方知这是赵国君主，大是兴奋，嗨嗨连声地表示效忠主人，不要官爵。赵雍黑着脸硬邦邦一句：“赵国没有奴隶。从今日开始，你三人便是赵军马术教习。但有军功，自有重赏。若得误事，立斩不赦！”三人一阵惊愕，骤然欢呼跳跃，又一齐匍匐在赵雍脚下大哭起来。护卫将军一脸愣怔，本想说此三人尚需察勘，看看赵雍脸色却没有敢进言劝谏。

六　我衣胡服　我挽强弓

九月底，赵雍马队回到雁门长城时，赵军截击胡人的大战已经结束了。

不出赵雍所料，果然只是堪堪打了个平手。楼缓禀报说，依照事先谋划与备兵之精细，本当大胜一场，给胡人一次重创，可结局竟是损兵三万余，杀敌三万余，丧失了这次好容易捕捉到的战机，当真不可思议。近百年以来，中原各国与匈奴胡人交战的最大困难，是难以在适当季节适当战场捕捉到胡人主力并与之决战；往往是屯兵两三年，也截不住胡兵一支超过万人的部族大军；你要狠命猛追，他则无影无踪，你要回军驻屯，他又疾风般杀来；若不预先埋伏，你便是尾追而去，也无法堵截得住。唯其如此，一次能截住三胡六万大军的战机，当真是可贵之极。楼缓精心筹划两年，出动了全部十万大军埋伏，分明是将三胡大军分割在了岱海西部峡谷，可最后竟让三胡在大军重围之下强行突围而去，实际便是白白丧失了数十年不遇的良机。楼缓痛心自责，敌人重围而去，大将无能之罪也，请君上治楼缓以正法度。

赵雍默然良久，突兀问道："此战之后，胡人至少三五年不敢大举进入长城，可是？"

"该当如此。"楼缓谨慎道，"林胡举族不过六十余万人口，成军精壮不过十余万,一举丧师三万，当是前所未有之重创，几年内断不敢进入长城深掠。"

"如此说来，还可做得一件大事。"

"君上何意？"突然，楼缓觉得国君想的完全是另外一件事。

"楼缓，马奶子功效如何？"赵雍莫测高深地一笑。

"大好！"楼缓顿时来了精神，"军粮省了一半，牝马也有了用途，连雁门关民众都有了事做。兵士出长城，根本不用再带军锅刁斗，只两袋马奶子三块酱牛肉，便是三日军食，当真利落！"

"如此说来，胡人尚有堪学处了？"

“上天造物，原是互补而成世事。华夏有所短，胡人有所长，并非怪异。”

“好！”赵雍双掌猛然一拍，“好一个‘华夏有所短，胡人有所长’。但有这番见识，楼缓堪当大任也。”

“君上，”楼缓困惑地笑了，“这是你的话啊？”

“噢？我的话么？”赵雍大笑，“我看还是你的话好！对！你说的！”

“君上之意，要举国都喝马奶子？”

“如何？举国都喝马奶子？”赵雍笑不可遏，“楼缓啊，你想到湖涂国去了。举国都喝马奶子，你从哪里生出千百万牝马来？”

“倒也是。”楼缓依旧一副若有所思的模样，“君上总是有所谋了？”

“知我者，楼缓也。”赵雍慨然一叹，突然神秘地凑近楼缓耳边，“我想在赵国行胡服，兴骑射，你道如何？”

“行胡服？兴骑射？容我想想！”楼缓思忖一阵，“君上是要在军中推行胡服骑射，还是要举国胡服骑射？”

“你说如何？”

“军中易为，举国难行。”楼缓思谋道，“军行为制令，国行为礼俗。衣食住行，衣为文华礼法之首，只恐非朝夕所能做到也。”

“楼缓，且不说难易与否。”赵雍面色肃然，“你只说，赵国何以不能强兵？岱海之战，何以林胡能以六万兵力突破赵军十万重围？赵氏军争起家，何以百余年不能以军争震慑天下？赵国朝野尚武，何以今日四面边患压顶而来？赵国骑士号为华夏猛士，如何连林胡少年也赢他不得？”一伸手，赵雍在帐钩上拿下马奶子皮囊一通猛灌。一阵粗声喘息，赵雍才渐渐平息下来，将这次林胡之行对楼缓细细说了一遍，末了道，“谚云，有高世之名，必有遗俗之累。若一味固守华夏文华礼法，何来因世之变？变则强，不变则亡啊！”

楼缓本是士子入军，文武兼备，虽然算不得天下名将，却也是颇为难得的兼通之才。赵雍一席话与林胡一番故事，听得他恍然大悟，顿时明白了国君这番谋划的来龙去脉，思忖之下，大为感奋，慨然拱手道：“君上目光高远，洞察时弊，臣以为大是！”

“好！”赵雍慨然拍案，“我等思谋一番，一起回邯郸。”

“大军交于何人？”

“廉颇。”赵雍没有丝毫犹豫，“此人盛年勇迈，攻虽不足，守却有余。挡得胡人三五年，便是大功一件。”

“廉颇所部正是赵军主力，君上此断甚明。臣去部署。”楼缓转身大步去了。

这一夜，楼缓的将军幕府彻夜灯火。五更时分，一支马队飞出雁门关，在霜晨残月中兼程南下了。回到邯郸，赵雍第一件事，下诏擢升楼缓为国尉[1]兼领官帅将，加爵上卿[2]。楼缓自觉岱海之战有失，回邯郸本想自请贬黜而后辅助国君处置实际军务，不想突然擢升国尉且加爵上卿，竟一时成为重臣，不禁大是不安，连忙进宫惶恐辞谢。赵雍微微一笑：“楼缓第一个赞襄胡服骑射，岂非大功？岱海武战有失，邯郸文战补过。赵雍所望，岂有他哉！”楼缓顿时恍然，明白这是国君要他在这场胡服变俗之战中将功补过，心中虽是沉甸甸的，却也感奋异常，立时慨然拱手道：“楼缓原是边将，对胡服之变体察尤甚，愿为君上折冲周旋，虽斧钺加身而无悔！”赵雍目光顿时闪亮，却又喟然一叹：“胡服之变，非为赵雍一己之利，实是邦国安危之大计。皮之不存，毛将焉附？覆巢之下，又岂有完卵了？”楼缓不禁面色一红：“君上有此公心，臣深为愧疚。”赵雍一笑：“你只说，此事当如何发端？”楼缓略一思忖道：“胡服之变，难在庙堂宗室贵胄。臣以为：当从明锐重臣发端。”

“第一人？”

“肥义。”

“如何入手？”

“肥义忠直，君上当直言不讳。”

“好！”赵雍一拍手，“所见略同，我有底了。”

次日清晨，肥义奉命匆匆进宫。自从任上卿爵位的左司过以来，他

---

[1] 国尉，赵国执掌军事行政之大臣。官帅将，赵国执掌军事训练之大将。

[2] 上卿，赵国高级爵位，并非实职，可多名重臣同时封上卿爵。

已经是可以无须禀报而径直入宫的几名重臣之一了。他知道国君的军旅习性，穿过前殿直向湖边的高飞林而来。赵国人钟爱白杨，将白杨叫做“高飞”，又叫做“独摇”。无论是田野村畴还是宫廷园囿，但有树林处，十有八九都是挺拔的哗啦啦白杨。依赵人说法：白杨劲直，堪为屋材，折则折矣，终不屈挠。邯郸宫中，除了后宫一片仅有的松柏林，到处都是这哗哗白杨林。目下已是十月之交林木萧疏，黄叶落地的白杨林如一片丛林长剑刺向天空。淡淡的秋霜晨雾之中，林中闪动着几个灵动矫健的红色身影，恍如一团朦胧的火焰。凭着多年的戎马生涯，肥义一眼看出这几个身影正在练胡人搏击术，而其中一个身影正是国君赵雍。胡赵夙敌，赵军中原本便有胡人教习胡术，以使赵军以其人之道还治其人之身，国君好武，练习胡人搏击术也是事属寻常。

然则渐行渐近，肥义却有些惊讶了——赵雍一身短衣窄袖的胡服，与三个不时呜哇几声的胡人武士在徒手搏击。胡人武士以三敌一，虽则稍占上风，却也总是无法击倒堪堪自保的赵雍。肥义本是边军老将，徒手功夫也是颇有名望，一看便知三个胡人武士非但功夫真实且绝不是陪练做耍，而是真正地使出全身技艺要制服赵雍。当此情景，纵是赵军猛士，也只堪堪抵得一个胡人武士罢了，便是肥义自己，也决然当不得三个胡人武士如此夹击。而赵雍竟能自保不倒，当真不可思议。国君绝非以武技见长之人，如何骤然间如此了得？思忖之间，肥义咳嗽一声走进了白杨林。

“好！今日到此为止。”赵雍一步跳出圈子，将脸上的汗珠子一抹一甩，笑着说了一句，“我还是落败了，来日再练。”

“不！”一个精瘦黝黑的胡人武士红着脸高声道，“主君才学了二十天，便抗住了三只林胡猎豹，不是败了，是胜了！”

“打不赢便是败了，管他一只三只。”赵雍在衣襟上一抹汗又一拍手，“只穿这身胡服，我省却了多少绊扯，知道么？中原武技，至少有三成身法是为那宽袍大袖练的。”那三名胡人武士尚在愣怔，赵雍却已经拿起了挂在白杨枯枝上的斗篷，“肥义，走。”

肥义一路走一路思忖赵雍方才的话，总觉得赵雍似有言外之意。中原武技，至少有三成身法是为宽袍大袖练的。此话虽则并非恰如其分，然也不能说是夸大其词。那腾挪辗转，那轻身功夫，那骑射必先整衣的程式，若非自来是宽袍大袖，实在可以大大缩小幅度甚或可以不做。否则，胡人匈奴戎狄等一班异族，搏击武技未尝不精，为何偏偏都没有如此一套规矩法则？其中原委，能以“蛮夷”二字了结么？那么，国君是不满宽袍大袖了？不满又当如何？今日身穿胡服是一时兴起么？不对……

“我的上卿，你愣怔个何来？茶凉了。”赵雍叩着书案笑了。

“啊，一时走神，君上见谅。”肥义连忙一拱，席地坐在了对面案前。

“肥义啊，这茶如何？”赵雍笑得有些叵测。

“好茶好茶！”肥义连忙啜得一口，顿时惊怔，“这是甚茶？马奶子！”

赵雍哈哈大笑：“老边将了，马奶子又不是没喝过，叫个甚来？”

肥义兀自喃喃笑道：“胡服，马奶子，胡人武士，老臣云山雾罩了。”

“肥义有锻金火眼之号，能云山雾罩？”赵雍笑着向后一招手，“楼缓国尉，你出来。”随着话音，楼缓从高大的木屏后走了出来，向肥义一拱手，坐在了赵雍右手的侧案。赵雍轻轻叩着书案，“楼缓，你对肥义说说我这番巡边的狼狈。”转身又对内侍吩咐一句，“守在廊下，今日不见任何臣子。”

楼缓从马奶子说起，备细叙说了国君以马商之身冒险进入林胡大本营的种种事由，又说了岱海之战的过程、结局与自己思谋的失误处，末了只一句“上卿久在边地，当有明察”便告结束。看着肥义灰白须发下一张严峻的黑脸，赵雍喟然一叹：“上卿啊，赵国以十万精锐大军，且是长久谋划之伏击战，竟不能痛歼林胡六万游骑；赵军最出色骑士，骑术尚不及林胡少年，委实令人痛心也！如此军备，莫说简襄[1]功业，便是安保肃侯之地，也是力所不能矣！”

“邦国危难，君上思变，臣心尽知。”肥义目光炯炯，“然则如何变法，敢请君上明示。”

“胡服骑射，举国强兵！”赵雍拍案一声。

---

[1] 简襄，赵人对赵简子、赵襄侯的简称，二人驱胡拓边均有建树。

“兹事体大，只恐庙堂非议朝野动荡。”楼缓立即补了一句，将担心犹疑揽了过来。

肥义眼角一扫楼缓，向赵雍肃然拱手道：“君上所谋，强兵正道也。纵有非议，何惧之有？自古以来，疑事无功，疑行无名。君上既定变俗强国之长策，何须顾及天下之汹汹也。大道不和于俗，大功不谋于众。当行便行，何须旁顾。”肥义素来果敢沉雄极有担待，几句话斩钉截铁，较楼缓之圆柔全然另一番气象。

“果然肥义！字字掷地，金石之声。”赵雍拍案而起，“走！到我书房去说。”

一日一夜，赵雍的书房门始终没有打开。直到此日邯郸箭楼的刁斗打了五更，书房传出一阵哈哈大笑，君臣三人才走出书房，消失在浓浓的秋霜晨雾中。从这一日起，肥义在邯郸消失了，楼缓在世族大臣间开始了频繁的奔走。

楼缓走进的第一座府邸，是公子成的“相”府。公子成便是赵成。公子者，春秋战国之世对国君部族的嫡系贵胄之尊称也。赵成乃赵成侯最小的儿子，赵肃侯最小的弟弟，赵雍的叔父，自然是十足的嫡系公子。此时的公子成已经年近花甲，因多有战功，堪称赵国王室最为资深望重的宗室大臣。赵雍即位变法时，将这位威名赫赫的叔父从边地调回邯郸，做了相。这个相不是丞相，而是赵国执掌封地政令的大臣。从邦国大政看，相并非实权重臣，然则却历来都由宗室重臣担任。其中原因，在于这相是代替国君管辖封地的职事，除了监管赋税、协调各封地之间的种种冲突等日常政务，更要紧的是监控权臣封地不得坐大谋逆。唯其如此，这个相职，须得是国君特别信任的宗室大臣。公子成强悍固执，做了十八年相，赵国封地世族无一滋事，得使赵国变法平稳推进，赵雍自然深知这位叔父的分量。若得胡服之变如当年变法一般平稳，首要之计，是要声威权臣一体拥戴。目下情势，军政权臣有肥义楼缓鼎力支撑，足可回旋。当此之时，宗室世族便成了主要阻力。赵国之特殊，恰恰在于赵氏世族的力量异乎寻常的强大，且赵氏大臣多为有封地根基的军旅世家，将军辈出桀骜不驯，若世族层执意作梗，甚事也是寸步难行。

赵雍与肥义楼缓之谋划：化解世族，首要在公子成。

楼缓颇有章法，约请王緤共同拜访公子成，且以王緤为主访宾客。王緤也是老臣，职任中府丞，执掌国君内府事务，与公子成之相职时有交叉，两人甚是相投。而楼缓已是国尉之身，职司军政粮草，与封地赋税也是多有关联，两人联袂而来，不显突兀。

轺车辚辚驶到相府门前，门吏说公子成染病在榻，不见客。王緤顿时迟疑，楼缓不悦道："本尉陪中府丞前来，正是奉国君之命探国叔病体，岂做寻常宾客？还不作速通报。"门吏惊讶不迭，连忙去了，不消片刻跑来，将两人领了进去。

"王緤兄、国尉，赵成失礼了。"侍女将寝室帷幕挂起，赵成躺在榻上，一声招呼起身。王緤连忙上去扶住笑道："公子病体，尽管卧榻说话便了。""岂有此理？"赵成勉力一笑，走到了座案前，"只是不能官服待客，惭愧了。"楼缓接道："国君闻得国叔有恙，特派我等前来探视抚慰，国叔但安心养息。"

"如何？国君知我有恙？"赵成有些惊讶。

"国君有言：国叔近日或可有恙歇息。"楼缓将"或可"二字咬得分外清晰。

"如此说来，国君未卜先知了？"赵成微微冷笑。

"公子哪里话来？国君何能未卜先知？"王緤深知赵成秉性，苍老的声音直刚刚道，"原是国君欲行胡服，也望公子应之以胡服。国君只恐公子闻流言而称病，故有或可有恙之说。此间本意，是期盼公子做变俗强国之砥柱，岂有他哉！"

楼缓就势拱手笑道："在下唐突，公子见谅。"

公子成默然良久，末了叹息一声道："赵成愚笨，容我思谋两日再说。"

三日之后，赵成一卷上书摆在了赵雍案头。赵雍看着看着皱起了眉头：

谏阻胡服书

臣赵成顿首：胡服之事，臣固风闻，得两使专告，始信为真。臣闻中国者，文明风华之所居也，万物财用之所聚也，圣贤大道之所教也，仁义之所施也，诗书礼乐之所用也，异敏技能之所试也，远方之所观赴也，四方蛮夷之所师也。今国君舍中国文华，袭胡人之服，变古之教，易古之道，逆人之心，远离中国，何以面对华夏诸族？臣愿国君三思而图之也。

赵成本是老军旅，纵然不拥戴胡服之变，何来此等诉诸中原文明之迂阔议论？必是与人聚会商议，请得几个老儒代笔。赵雍一阵思忖，召来楼缓密议。楼缓看完书简道："公子成既以书对，君上不妨以书回之。书简必在世族与市井间流传，可正迂阔之议，等同将胡服之变先行朝议一般，或可收出人意料之效。"赵雍连连道好，我来说说大意，你执笔如何？楼缓慨然应命，援笔在手，思谋着赵雍之意，一个时辰间拟成了一封《答谏阻胡服书》。赵雍看过一遍，拍案叫声好，命主书立即誊抄刻简，立送公子成府。

赵成原本无病，本欲以病为由，躲过这场胡服之变。不想赵雍却派特使找上门来，也不好装聋作哑。思忖之下，请来赵文、赵燕、赵造一班赵氏元老商议，还特意邀来了有饱学公忠之名的太子傅周绍商议。谁想这班元老却要赵成先拿主意。赵成只黑着脸说了一句，怪诞无伦，难以启齿也。元老们异口同声地赞同，纷纷慷慨激昂地诉说对胡人胡服的憎恶蔑视，一致坚称，胡服蛮夷怪诞，决然不服，周绍大摇白头道，诸公之断虽明，诸公之理却不堪上案也。惊讶之下，元老们纷纷询问缘由。周绍说了一番道理：憎恨胡人，国君亦同；国君胡服，欲以敌之道治敌之身；纵然蔑视憎恶，国君能以邦国安危为本大度克之，诸公能以一己之好恶对抗么？元老们恍然，纷纷讨教。周绍只说了十个字：文明为本，正本必能清源。赵成毕竟老到，思忖一阵，肃然恭请周绍代笔，于是有了那封诉诸中国文明的《谏阻胡服书》。

这日，元老们与周绍又来赵成府邸探听音信，正在猜测议论国君将如何处置，书吏匆匆来报：国君特使送来回书一卷。元老们一阵哄嗡议论，以赵雍之风，素来与臣下直面议事，甚时也学得书来书往了？当真蹊跷！及至书简打开，众人请周绍诵读。随着周绍的琅琅诵读，元老们鸦雀无声了：

答谏阻胡服书

国叔思之：胡服之变，国叔以摈弃中国文明对之，雍大以为非也。尝闻：服者，所以便用也；礼者，所以便事也。因时而制服，因事而制礼，古今大道也，所以利其民而厚其国也。越人断发文身，吴人黑齿刺额，服饰风习不同，以便事为本，则同一也。风习各异，事异而礼变。圣贤之道，唯利其国，不一其用也。若为便事，风习可变也。是故礼俗之变，虽智者不能一；远近之服，虽圣贤不能同。穷乡多异俗，邪学多诡辩。不知之事不疑，异于己者不非，此谓公焉！今国叔所言者，俗也。我所言者，治俗也。今我赵国，北有三胡仇燕，西有强秦中山，南有列国虎视，四面边患，邦国危难，却无强兵骑射之备，岂不危乎！赵有九水，却无舟师以守水域。北有三胡，却无强兵以靖边地，长此以往，国之将亡，岂有他哉！当此之时，国叔身为宗室砥柱，不思图变强兵，却拾人余唾做迂阔大论，与国何益？与民何益？秦无商鞅变俗，何有今日强秦？秦之变俗，又何失于中国文明？何赵雍胡服，便成天下不齿之大逆也？国难在前，赵氏宗室或溺于喋喋不休之争议，而徒致社稷沦亡；或摈弃空言，惕厉奋发一举强兵！舍此之外，岂有他途？何去何从，国叔自当三思也。

及至读完，周绍抖擞得竹简哗哗作响，脸色涨红却只说不出话来。元老们也大是难堪，一片唏嘘叹息，无言以对。赵成面色渐渐阴沉，气息也渐渐粗重，默默从座案起身，一挥大袖径自去了。周绍自觉难堪过甚，对着元老们一拱手道："老夫多事也，惭愧。"也急急走了。元老们相互看看，默默散了。

旬日之间，这篇《答谏阻胡服书》在大臣中流传开来，又在市井坊间流传开来。书中扑面而来的沛然正气，直面国难的深重忧患，以及雄辩犀利的说辞，使读者无不悚然动容。有热心之士将书刻简传抄，流布郡县国人。一时间，胡服之变成为邯郸街谈巷议的话题，又弥漫为郡县国人的议论。寻常国人皆有操业劳作奔波生计之苦，衣衫本不可能有如贵胄们那般华丽讲究。纵是士子百工一班家境富裕者，也不过有两三件袖宽尺许袍长五尺的礼服而已。但有劳作奔波，必是能够利落做事的窄衣短袖，虽则不如胡服那般轻捷紧身，也决然不是贵胄官员宽袍大袖大拖曳之气象。唯其如此，寻常国人对穿不穿胡服的确没有多少切肤之痛。听人一读传书，反倒是立即为国君忧国忧民之气概感奋，既然胡服可以强兵，穿胡服得了。穿一身胡服，便不是中国子民了？便丢弃华夏文华了？当真咄咄怪事！

“我说，国君还真是说对了，紧身胡服就是利落！”

“林胡兵将，一顶皮帽子一身皮短甲，一口长刀一匹马就得。赵军？哼！”

“军兵好变，毕竟打仗，谁个不想利落轻便？”

“对！难的是大官。这么高的玉冠，三尺宽的大袖，丈余长的丝绸大袍，拖在地上还有两三尺，天神般好不威风！都紧身胡服跟老百姓一样，跟谁威风去了？”

“人家那叫峨冠博带，是贵胄威仪，懂个鸟！”

“峨冠博带？贵胄威仪？狗屎！别说上战场，田间走走看，两步仨筋斗！”

如此这般，国人议论渐渐成风，一时对庙堂贵胄们大有非议了。战国之世，邯郸赵人虽不如大梁魏人、临淄齐人那般好议国事，然则也是粗豪直率成风，遇事从不噤声的风习。不期然议国议政蔚然成风，任谁也得思谋一番。

正在国人议论纷纷的当口，邯郸又传出一个惊人消息：邯郸城外开来两万铁骑，全部胡服，由柱国将军肥义率领。于是万众哗然，争相出城观看胡服赵军，军营外人山人海。奇怪的是，这座军营非但营门大开，任庶民进出观看，且不断在校场公然举行骑术射技大演练。邯郸国人多有从军阅历，眼见赵军骑士人人胡服皮甲，比原先身着七八十斤重的铁甲轻捷利落得不可同日而语；战马鞍后绑缚三个皮囊，马奶子与干肉便是三日军粮；说声开拔，能一日数百里地连续三日追击不停；如此骑士，胡人在大草原插翅也难逃。且不说，这还仅仅只是胡服马奶子上身，还没有按照胡人骑士的标尺进行骑射训练。若练得两三年，赵军之剽悍战力谁个当得？纷纷议论之中，国人一口声地不断喊好，不断喝彩。

“万岁赵军！万岁胡服！”

“胡服骑射马奶子！好——”

“我衣胡服！我杀胡人！”

“不衣胡服，非我赵人！”

连天彻地的喊声，震撼了邯郸的所有大臣贵胄，世族元老们沉默了。谁都知道，这个凶狠的肥义从边军调来两万铁骑，绝不仅仅是为了给国人做耍子看胡服骑射的热闹。屯兵城郊，意味着国君下了最强硬的决心——若有敢于死硬阻挡胡服之变者，实力说话。在素有兵变传统的赵国，国君先将这手棋下到了明处，谁还能折腾个甚来？沉默得三五日，世族元老们终于有了动静。

第一个，是公子成进宫请罪，痛切自责：“老臣愚昧，不达强国之道，妄议文华习俗也。国君强兵以张先祖功业，老臣该当欣然从命，率先胡服。”赵雍长长出了一口气，着实将这位叔父抚慰了一番，并与公子成当场议定：立即颁行胡服令，旬日之后大朝会，君臣人等一体胡服。

公子成刚走，赵文、赵燕、赵造、赵俊四位元老先后进宫，请国君解惑决疑。赵雍心中明白，这是几位元老重臣找台阶下，自然须当顾及其体面。于是，四位元老一个接一个提出不明所以处，请国君明示。

“衣冠有常，礼之制也。若从胡而变，致使赵人流于胡地，君何以处之？”赵文如是说。

“服奇者志淫，俗僻者民乱。是以治国不倡奇异之服，理民务禁生僻之俗。若得胡服，赵人风习败落礼法大乱，致使国法不能齐俗聚人，奈何？”赵造忧心忡忡。

“衣冠风习之变，当徐徐图之。国君骤令朝会之期一体胡服，岂非强人所难哉！”赵燕老脸通红，分明一肚子别扭。

“利不百者不变俗，功不十者不易器。胡服之效，崩溃朝野文华根基，若生出不期之乱，岂非得不偿失？”赵俊振振有词。

赵雍虽则心中有底，无须一一折辩，然四人毕竟元老重臣，纵是寻找台阶，所问也是咄咄逼人。身为君主，自不能流于过场而落下“无理而强行胡服”之口实。待四人一体道罢，赵雍已经成算在胸，在殿中转悠着侃侃道出了一番道理：“四老所疑，其理同一：古法成俗不可变，变之危害不可测。然则，五帝不同俗，何谓古法？三王不同制，何礼之循？从古至今，但凡大道治国，法度制令皆顺其时，衣服器械各便其用，何来万世不移之习俗礼法？礼也不必一道，俗也不必一道。反古未必可非，循礼未必有成。”赵雍猛然盯住了赵造，“造叔之言：服奇者志淫。邹、鲁两国好长缨缀衣，天下呼为‘奇服’。然则邹鲁多奇士，孔子、孟子、墨子、吴起皆出邹鲁，更不说儒家三千弟子大半邹鲁之士，此却何解？又道俗僻者民乱。吴越两国僻处大泽山海，文身断发，黑齿刺额，天下叱为‘不通大化’。然则吴王阖闾越王勾践范蠡文种出，凝聚国人而天下变色，此何解也？”见白发苍苍的赵造难堪地低下了头，赵雍转过了话题，“究其竟，利身谓之服，便事谓之礼。进退之节，衣服之制，所以利身便事也，而非论贤愚也。何者谓明？齐民变俗，顺势应时也。赵人老话：以书驾车，良马翻沟。今诸老欲以古治今，岂非照着书本驾车么？”赵雍一时大笑起来。

四位元老默然无对，相互顾盼间也跟着笑了起来：“老朽等胡服了。”

四老一出宫，无人再来折辩胡服之事。元老重臣中只一个周绍手足无措，既无颜进宫与赵雍坦诚辩驳，又不甘自请胡服，僵持得下不了台，只有称病不出。赵雍明白这个骨鲠老儒的心思，亲自登门“探病”，谈笑间教内侍将一套胡服摆在了周绍面前。老周绍虽然面色涨红，却是甚也没说便脱下峨冠博带，就着暖烘烘的燎炉穿起了胡人的短皮衣裤，腰间扎上一条板带，头上戴起一顶轻软的翻毛皮帽子。铜镜前一番打量，周绍呵呵笑了：“奇也哉！老夫竟成老猎户矣。”

赵雍大笑：“难得老猎户也！狐皮一张，其价几何？”

开春之后，赵国大兴胡服，大练骑射，举国热气腾腾。楼缓的国尉府顿时大忙，非但要将全部二十万大军逐次换装，还要新征发十万青壮北上练成新骑兵，同时还要整顿军制，将原先各要塞步兵为主的守军改编成一色的轻装骑兵。胡服骑射之本意，在于强军，在于使赵国大军脱胎换骨，成军整军练兵自然是重中之重。赵雍权衡局势，将肥义调出，主持征发十万新军之事；楼缓则兼程北上，改编雁门关与平城两支大军。

四月初旬，楼缓紧急军报：平城大将牛赞等不赞同改步为骑，坚请面君定夺，请命如何处置？赵雍深知，边军将领与大臣之歧见若不及时消除，便会愈演愈烈，立即将邯郸国政交肥义辅助太子赵章处置，连夜兼程北上了。一路思忖，赵雍不明所以：论部属，楼缓原是边军主帅，牛赞只是驻守平城的将军，属楼缓辖制，两人历来是同心协力从无龃龉，如何以楼缓之能，连牛赞也不能说服了？莫非是廉颇接手边军将印后生出过事端？这廉颇、牛赞都是发于卒伍的盛年猛将，为人都是一等一的持重沉稳，绝不会因一事之歧见生出异心。果然如此，何等因由？

三日后赶到平城，赵雍没有先到楼缓的国尉官署，而是径直到了牛赞的将军幕府。谁知幕府是一座空帐，留守的军务司马说将军去了长矛营。赵雍二话没说，当即来到平城以北长城脚下的兵营。

雁门、平城，同为赵国北部的两大咽喉要塞，然则地利不同，兵力配属也大是不同。雁门关出得长城，是胡人南下的经常大道——岱海草原。一旦突破雁门长城及雁门关防线，胡人便会迅速进入中山国与楼烦部族区域，再沿滹池河谷东南进入赵国腹地大掠。唯其如此，雁门关地带是赵军最要紧的防御地带。除一万步兵坚守长城与雁门关城防外，全部六万铁骑分做聚散自如的六部，驻扎在长城之外；不设固定营寨而经常游动于长城至岱海间的草原，以搜寻胡人骑兵并在草原决战为防守，力求胡人不能靠近长城。

平城却不同，山险地狭不利骑兵展开，身后二十里又是一道滚滚滔滔东西横贯的治水，胡人很少选择从这里以骑兵大举突破，而只有在胡人特别强盛且合兵全线南犯之时，平城才有大危机。然则，这里一旦被突破，南边便是赵国代郡，越过代郡便进入了赵国腹地，路径却比从雁门关入赵便捷得多。有鉴于此，长期以来，赵军在这里只驻守三万余步兵，不求进击，但求坚守而万无一失。

北出平城三十余里，是赵国的夯土长城。长城之外，便是苍茫大草原。兵家常规：守城必在外。平城的三万守军，有两万余驻守在长城内外的固定营寨，身后三十里是平城的纵深守备。寻常时日，仅有的三千铁骑只在长城外二十里的草原驻扎，形成重在探察敌情并只做试探性斯杀的第一道防线；万余步兵则在长城墙外以长城为依托，构筑壕沟鹿砦，与长城城墙上的数千守军一起构成第二道防线；长城之内十里，是东西横宽十余里恰恰连接两山的一道深沟高垒，常年驻守一万精锐步兵，形成平城的最后一道防线。

赵雍飞骑未出长城，遥遥便闻长城外喊杀连天，不禁一惊；然见长城垛口的兵士兴奋呼喝，便知可能是军中演练，双腿一夹战马径直出了长城。赵雍也想看看此时的牛赞如何操持大军演练，不带卫士，一马飞上了西北角一座土山。

遥遥向“战场”望去，显是骑步攻防的操演。大约三千多骑兵进攻，正面阻击的步兵阵形大约也是三四千的模样。看得一阵，赵雍却感大为蹊跷。冲杀的骑兵是一色的胡服，由楼缓率队；防守阻击的步兵，一色的赵军原本甲胄，由牛赞率队；中央地带是带着一班军吏手执一面令旗的大将廉颇，分明便是居中裁决了。如此还则罢了，要紧的是不合法度。军中演练法度：步骑人数对等演练，步兵要依托壕沟或相应地利，步兵人数超过骑兵一倍，方才演练平地攻防斯杀。今日两军对等，步兵没有任何依托，便在草原对等拼杀，究是何故？眼看半个时辰过去，步军似乎并无崩溃之象，骑兵倒似乎“伤亡”不少，士气似乎也并不高涨。

又僵持得片刻，老廉颇令旗一劈：“步军胜。”

长城上的步军兵卒顿时高声呐喊起来：“步军胜了！万岁——”

“这阵不算，再来一阵！”身着两三处泥巴伤口的楼缓嘶声大喊。

汗湿重甲的牛赞哈哈大笑，只一挥手：“国尉啊，回去为我步军庆功。”回身一声高喊，“兵娃子们，每人两碗赵酒，不喝马奶子！”

正在此时，西北方向一骑飞来遥遥高喊：“国君驾到——”

随着喊声，马队疾风般卷来，正是赵雍的百骑黑衣马队。黑衣，是赵国君主的卫士专用名号。黑衣之名，初起于酷好搜罗剑士的赵烈侯，其卫士尽皆身着黑衣的剑士。后来，“黑衣”便成了国君卫士的官称，其实未必真是黑衣。目下赵雍这黑衣百骑，便是一式军中胡服——棕色皮甲红皮帽胄，护卫将军帽胄上还插着一根黑色鸡翎子，人人一口弯刀，背负强弓长箭，几与胡人骑兵一般无二。马队风驰电掣般卷到较武中心，骤然间齐刷刷一排人立，战马齐声嘶鸣，同时陡然止步，前蹄落地处钉成了一个严整的十十方阵，丝毫没有马蹄沓沓的摆队声。

四面将士看得清楚，为首的国君赵雍也是同式胡服，唯一的不同，是头上的一支五色翎毛鲜艳夺目，直是胡人单于气象。令将士们惊讶的是，同是胡服骑士，国君的百骑马队较之楼缓率领的胡服骑士大见英气勃勃。与真正的胡族骑兵相比，却显然没有那种散乱张扬，又分明弥漫出胡人骑兵所没有的整肃威武。同是胡服，气象竟能如此不同？骤然之间，无论是楼缓的骑兵，还是牛赞的步兵，将士们尽皆肃然无声。

“楼缓无能，自甘领罪。”

赵雍摆摆手，对着大步赳赳走来的牛赞高声道：“牛老将军，选三个最强武卒出来。”

“君上何意？”牛赞一边躬身行礼，一边连忙问。

赵雍马鞭指点着道：“步骑对演之法：两步对一骑。我今出一个胡服骑士，对你三个武卒。武卒若胜，随你所请。”

“君上大是！”牛赞顿时精神大振，转身大喝，“头前三个百夫长，出阵！”

只听“嗨”的一声，三个精壮威猛的百夫长大步铿锵地走到了中央空地，人各一身四十斤铁盔铁甲，右手一支精铁长矛，左手一张白杨木包铁盾牌，腰间还有一口备用短剑。赵军武卒也是沿袭当年吴起在魏国训练魏武卒之成法而来，虽然甲胄重量已经比魏武卒减轻三十余斤，但与胡服兵士相比依旧是庞然大物，三人三角阵一扎，威势不同凡响。更兼百夫长历来是战阵中坚，非猛勇壮士不能任职，三个百夫长对一名骑士，无论如何都是胜算无疑。

“黑衣赵虎，出列。”赵雍马鞭一指百骑队，话音方才落点，一骑沓沓三步，恰好立在赵雍战马身侧。赵雍四面环视高声道：“赵虎是真正的胡人骑士，也是黑衣百骑的马术教习。胡服骑射之术究竟有无战力，将士们自己看。廉颇老将军，还是你来执法。”

“遵命！”须发灰白的廉颇应声出马，在三步卒侧前半箭之地立马站定，举起令旗高喊，“骑士后退三里。”黄发碧眼的赵虎一拱手道：“三里不用，一里足够。”

一里足够？四周将士一阵哗然。依步骑演练常法，接战前骑士后退三里再冲锋，为的是真实仿效战场，最大程度发挥骑兵的冲锋威力。三里之内，寻常战马往往跑不出最高速度，用骑士话说，马还没疯起来，人马之灵动和谐也还来不及充分融为一体，冲击力自然要大为逊色。这胡人骑士自请一里，未免忒是狂妄也。然则普天之下法度皆有常理：限低不限高，举凡能超越低限，在任何时候都是勇士作为。狂妄归狂妄，谁又能不允准了？

“好！骑士后退一里，闻鼓而进。”廉颇令旗劈了下去。

赵虎双腿只轻轻一夹，那匹乌黑油亮的雄骏战马箭一般飞了出去。转瞬即到一里之旗，陡然一个回环转身，赵虎一声大吼，战马乌云闪电般飞了过来。三个百夫长列成前二后一的三角阵，是赵军部卒对骑兵的最有效战法：前面两支长矛两侧夹击，后面一人做好夹击不成立即猛攻的准备。三卒蓄势之时，胡骑堪堪飞到一箭之地。也不见赵虎有任何停顿间歇，三支长箭嗖嗖嗖飞来，带着些许尖厉呼啸，分明是强弓疾射。三卒堪堪往盾牌下一蹲身，三箭擦着盾牌上沿呼啸飞过。若是站立，这恰是脖颈咽喉所在。在三卒迅速长身之间，战马已经如黑色闪电般飞来。两支长矛正在马前尚未并举齐刺，便被一根灵蛇般的长鞭卷住猛力带起，两名百夫长猛力拖拽之间，长鞭骤然松动，两人一个趔趄后仰尚未倒地，后一个百夫长正举盾迎击高处的凌厉弯刀时，战马已从头顶飞跃过去，嘭嘭嘭三声闷响，三人背后各自一团墨迹。

电光石火，间不容发，快得令人匪夷所思。几乎只在呼吸之间，黄发碧眼的赵虎已经回到了百骑队中。而三个还没有来得及真正搏杀的百夫长，懵懂愣怔地木在了那里，人呢马呢？这？这便完了？长城外的赵军将士久久没有一个人出声。

“廉颇将军，”依然骑在马上的赵雍终于开口了，“你职司裁决，没有话说么？”

廉颇肃然拱手，虽则是对着赵雍说话，浑厚的声音却荡得很远：“胡骑之胜在于四：其一，骑术精湛，人马合一收发自如，远超赵军骑士；其二，射技非凡，风驰电掣间三箭连发且正中咽喉，我军纵有神射手，论马上射技无法与之比肩；其三，鞭技神异，若无一支三丈长鞭，断不能赢得如此利落。然则最根本之点，老臣却以为全在一个‘快’字。人快马快身手快，出手连锁，快如疾风。若无这个快字，威力便会大减。”

“老将军说得对么？”赵雍向四面将士遥遥招手。

“对——”四野一声，没有半点儿勉强。

“牛赞老将军以为对么？”赵雍看着紧皱眉头大红脸的牛赞淡淡一笑。

“对。”牛赞声音不高，但显然认同廉颇的评判。

“既然如此，胡骑何以快捷如风？赵军何以不及反应？老将军如何说法？”

“……”牛赞大是难堪，一时语塞无对。

“楼缓国尉，”赵雍转过身来，“同是胡服骑士，败于同等人数之步卒，你有何说？”

“君上明察，”楼缓坦然高声，“胡服初行，人马骤轻，军士尚在不适之时。更兼骑术射技均未苦练，仓促间反而不如原本战力。此为事之常理，非胡服之过也。若得两年时光，楼缓定然还君上一支草原飞骑大军。”

赵雍猛然高声发问：“将士们，楼缓说得对不对？”

“大对——”楼缓身后的胡服骑兵同声大喊。

牛赞的大队步兵却是哄哄嗡嗡一片，参差不齐地喊着“也对！”“那得看！”“不知道！”“两年后再比！”等等，牛赞索性低着头不再说话。

赵雍下马走了过来：“老将军，走，回去说。”

回到平城，已经是暮色降临。用罢简单的军膳，赵雍在简朴的行辕召来了楼缓、牛赞与廉颇三人连夜聚商。赵雍熟知军营将士的秉性，上来直截了当道：“牛赞老将军先说，平城边军改新骑兵，如何不妥？”牛赞憋闷了大半日，此刻激昂直率道：“老臣尝闻：国有常法，兵有常经，弃法乱国，失经弱兵。今君上初行胡服，便欲将老步军全数改为新骑兵。老臣以为，这是弃法失经。将士蔑敌敢战，在于熟悉固有兵器，熟悉固有军制。当此军兵通顺成法之时，君上却一朝变易，由稔熟而陌生，边军战力必然大弱。今日国尉之胡服骑士败于平城步军，便是明证。若强而行之，破卒散兵以奉胡服骑射，老臣只怕所得不如所失，而终致损君乱国也！”戛然打住，犹是一声粗重的喘息。

行辕一时默然。楼缓原本已经与牛赞多方折辩，且又报与国君，自知不宜先说。老将廉颇向来寡言，国君召见更是不问不答，此刻只是听。赵雍原是一路思忖疑惑，此刻原因大白，心下本已轻松，然则牛赞最后的一句话却使他悚然一惊。“终致损君乱国也！”若这只是牛赞的一时愤言倒也罢了，若是邯郸有人欲借边将之口发出胁迫，便须认真对待了。毕竟，赵国兵变历来都是以边军将领为实际力量的。思忖片刻，赵雍依旧是直截了当道：“老将军，所得不如所失，而终致损君乱国，这是你的话？还是别个带给我的话？”

“老臣的话，自是老臣自己的话，如何要给谁个带话！”牛赞黝黑粗糙的脸膛涨得通红，几乎高声嚷叫起来，“君上信臣臣便说，不信臣便杀了臣，何故无端疑臣也！”

赵雍哈哈大笑，走过去对着牛赞坐席一躬：“老将军忠心谋国，赵雍失言。大变在即，朝野多议，尚请老将军见谅。”

骤然之间，牛赞老泪纵横，霍然起身深深一躬：“君上明打明说话，老臣如何能心存芥蒂？胡服军制之变，老臣唯君上马首是瞻！”

“好！”赵雍又是一阵大笑，“老将军肝胆照人，赵雍何能吞吐不定。来，入座说话。”将牛赞扶入座席，赵雍转悠着道，“国事虽是赵雍决断，然则也须断之有道。老将军所言，将士稔熟于老军制器械，变之唯恐削弱战力。这个道理难以立足。亘古至今，万物之取舍，皆决于用。有用则用，无用则弃。若得一熟便不能弃不能变，青铜何以代木石？精铁何以代青铜？铁骑何以代兵车？布帛何以代兽皮？兵不当用，何兵不可易？制不便事，何制不可变？胡服节省布帛，且可使身手轻捷，何须固守华夏之峨冠博带？胡人精骑射且远超我军，已是事实，何须固守华夏之坚兵重甲？宋襄公墨守成规，不鼓不成列，不击半渡之兵，早已是天下笑柄。我等却要在百余年后重蹈覆辙，岂非更是愚不可及！”赵雍几乎是一口气滔滔不绝，稍作喘息，目光炯炯地看着牛赞，“依老将军之法恪守赵军旧制，纵能守得雁门平城不失，可长此以往，赵国必不断萎缩，胡人必不断南下。终有一日，邯郸必成周室丰镐。[1] 为今之计，赵国必须奋起强兵，练成二十万轻锐飞骑，一举扫灭三胡，安定北边。纵是事初千难万险，赵雍亦死而无怨。想我赵人，百年军争慷慨赴死，在这草原大漠流了多少鲜血，留了多少尸骨？到头来却是越打越小，越打越故步自封……两位老将军，你等已经边地征战三十余载，如今已是两鬓霜雪，面对关山白骨，此情何堪！”

小小行辕，静得连喘息之声也没有了。嘴角一直在抽搐的牛赞再也忍不住了，号啕一声，大哭起来：“君上！牛赞该死……胡服！轻兵！改制！老牛赞不要这颗白头，也要扫灭三胡！”

碧空澄澈，一轮明月照得关山朦胧。牛赞的吼声回荡在行辕，回旋在这座险峻的山城。这一夜，行辕的烛光一直亮到东方发白。太阳升起在苍茫山峦时，尖厉的牛角号响彻了长城内外，响彻了辽阔的草原。

[1] 公元前771年（周幽王十一年），西部戎狄联兵攻入关中，西周两大都城丰京、镐京被焚毁，王畿财富被抢掠一空，民众被掳掠为战俘大部流失，西周被迫东迁洛阳，从此日渐衰落。